閱讀與寫作通識講義

紮實理解他人、
表達自己的能力

吳軍

目錄

第6章　關於歷史　239

第7章　關於社會　307

前言

為什麼要學大語文？

二〇二〇年，當我在「得到」開設「閱讀與寫作50講」這門課時，很多人好奇我為什麼不開設一些實用性更強的專業課，而要開大家都學過的語文課。簡單的回答是，雖然大家都學了至少十二年語文，但是這依然不足以讓大部分人成為優秀的職業人士，更不用說讓人理解生活、享受生活了。因此，我們有必要學習那些在學校裡沒有講授的語文內容，特別是以「理解他人、表達自己」為核心的大語文內容——它比任何一門專業課都更能讓我們受益終身。

如果一輩子只學一門課，那就應該是語文。

一個人如果學不好數學，還有辦法迴避矛盾，比如能以報考文科專業來遠離數學；如果運氣好，別的能力強，甚至可以一輩子不碰數學，同樣過得很精彩。比如說邱吉爾，雖然他連帶括弧的四則運算都算不清楚，但還是當了英國的財政大臣和首相。

但是，語文能力差的人運氣就沒那麼好了。根據我當老師的經驗，很多人數理化不好，根本原因是看不懂教科書，或者考試的時候連題目都理解不了。也就是說，他們是吃了語文不好的虧，而且這個短處會伴隨他們一輩子。比如，很多人不善於理解他人，也不善於表達自己的思想，而這對所有專業人士來講都是硬傷。

語文的重要性不僅體現在它對人學業和工作的影響上，更體現在對人生活所產生的決定性作用上。我們所說的「語文」，在西方被稱為「語言藝術」（language arts）。世界上沒有哪門藝術能像語文一樣，與生活息息相關，自身又具有極豐富的內涵。人是有感情的，總是希望能被別人理解，也希望能夠理解別人。在這方面，一個人能走到哪一步，語文水準扮演了重要的角色。試想一下，兩個交往中的人，一個人能夠讀懂川端康成所描寫的那種極為細膩的感情，另一個人卻不能，那麼在一些場合，後者可能就理解不了前者的心情。即便前者刻意不開啟任何可能會讓後者感到尷尬的話題，久而久之，兩個人也會產生隔閡。相反，如果後者能夠讀懂川端康成，哪怕他從來沒讀過，兩人的溝通也不會有什麼問題。這時，前者所知道而後者尚未知道的事情，反而成了他們互補的地方。至於那些不能很好地用語言表達自己，在職場或者朋友面前說錯話的情況，則更是常有的尷尬之事。

那麼，語文是什麼？或者說語言的藝術是什麼？簡單地講，語文包括兩個方面的內容。

第一個方面是感受（receptive），**包括聽、讀、觀察和理解**。中學的時候為什麼要學具有代表性的名作？為什麼要講文學欣賞？為什麼要考閱讀理解？都是為了培養我們的感受能力。一個人對文學作品的感受能力，和他在生活中理解他人的能力是一致的。當我們能欣賞托爾斯泰的小說時，就能理解托爾斯泰（Lev Nikolayevich Tolstoy）這個人，能理解當時的俄國社會，也能理解托爾斯泰心中的人性。當我們能讀懂一篇科學論文時，就能理解作者為什麼要做這項研究，能理解它有什麼意義，也能從研究的方法和結論中獲得啟發。這時，我們所理解的就不僅僅是字面上的意思了。

第二個方面是表達（expressive），**包括說、寫、唱、表述和表演**。詹姆斯·華生（James Watson）和法蘭西斯·克里克（Francis Crick）獲得諾貝爾獎的論文只有一頁紙多一點，這麼短的篇幅就把DNA的雙螺旋結構講得明明白白，讓我這個非生物學專業的人一讀就懂，這就是表達能力，就是語文水準。看到李白的「蜀道難，難於上青天」、「黃河之水天上來」、「飛流直下三千尺，疑是銀河落九天」，我們腦海中馬上就能想像到畫面，這也體現了李白的語文水準。

那沒有文采的人會怎樣表達呢？我上學時，有一次老師請大家形容一下荷葉，有人說像倒撐著的傘。這個比喻雖然也達意，但是毫無美感，也沒有畫面感。老師講，朱自清先生說，它們像「亭亭的舞女的裙」。這個比喻不僅文辭優美，而且具有動感，因為芭蕾舞女的裙子是跳動的，而荷葉通常是隨風搖曳的。

從語文的這兩個方面來看，都有藝術的特性。既然是藝術，通常會有一個特點：有規律可循，卻沒有定勢。正是因為這個原因，很多人覺得學好語文不容易，因為它不像數學有明確的對錯。你可能會覺得自己明明寫了很多東西，老師卻不給高分。也是因為這個原因，中國古代才會有「文無第一」的說法，才會有「文人相輕」的現象。但是，正如藝術的高低大家一看就能明白一樣，語文的高低，周圍人也能一下就感覺到。正如我們看好萊塢的電影，會發現裡面什麼階層的人用什麼樣的詞彙，雖然他們想表達的意思其實是一樣的。

很多理工科學生問為什麼要學習語文。答案就是，如果你想進入一定的階層，最好就要掌握那個階層的用語，而這個教育，須要由語文來完成。遺憾的是，除了人文學科的學生，絕大部分人的閱讀與寫作訓練就止步於高中畢業了。為了準備「閱讀與寫作50講」這門課，我委託課程主編李倩老師在「得到」內部做過一個調查，發現只有不到三分之一的人上過大學語文課，甚至很多文科生都不再上閱讀寫作相關的課程了。今天社會上還有一個普遍的偏見，就是理工科的學生比人文學科的學生有真才實學，這更加讓功課和工作負擔沉重的年輕人懶得深度閱讀了。

相比之下，美國的中學和大學對於以語文為核心的人文教育要重視得多。哈佛大學唯一一門全校學生的必修課是寫作課；麻省理工學院的本科生要學夠一定數量的人文課程才能畢業；絕大部分頂級名校都會對研究生開設文獻閱讀課或者類似的研討課。這一切都是因為他們根據幾百年的教育經驗發現，缺乏基本的閱讀與寫作能力，人在專業上就可能走不遠。

史普尼克危機（Sputnik；編注：一九五七年，蘇聯成功發射史普尼克一號人造衛星震撼了美國）之後，美國在基礎教育方面做過一次全面的反思。美國的教育家們全方位研究了蘇聯為什麼能夠在基礎科學研究領域領先，發現一個重要的原因是，在沙皇俄國時代，俄國在人文和藝術領域的教育水準和成就極高。那時，俄國有托爾斯泰這樣的文豪，有柴可夫斯基（Pyotr Ilyich Tchaikovsky）這樣的藝術家。於是美國得出一個結論：人文和藝術素養可以帶來科學上原創性的創造力。到了二十世紀末，美國又重新審視了俄羅斯的科研水準，發現它已經落到了世界二流水準，這和蘇聯時代重理輕文、理科和工科分校的教育方式有很大的關係。相反地，美國從史普尼克危機之後加強了人文教育，而今天它的原創力在世界上都是首屈一指。當然，人文和藝術素養的培養涉及很多方面，閱讀與寫作對工作的幫助則是最直接的。

基於上述目的，本書採用西方大語文的教學方式，強調語文和生活的關係，語文和其他知識體系的關聯。例如，我會從人性、社會、歷史、國家出發講解經典文學，以便大家能夠透過閱讀理解他人；還會從生活和工作中需要的各種文體的寫作出發，講解如何用文字表達自我；作為一種藝術、語文和其他藝術，例如表演藝術、繪畫藝術和文學藝術，是息息相關的，所以本書也會觸及這些內容。

最後，我想談談語文學習為我自己的生活和職業發展帶來的巨大幫助。作為一名理工科出身的半職業寫作者，我已經出版了十二本書，既有《數學之美》、《浪潮之巔》、《智能時代》這種硬核科技類的書，也有《文明之光》、《全球科技通識》等科技史作品，甚至還有《格局》、《態度》的個人隨筆。這些圖書獲得了中國出版界的各種大獎和市場的認可，而這顯然要感謝我過去接受的語文教育，以及一直持續到博士畢業前的大語文訓練。

除了幫助我提高寫作水準，語文學習對我理解社會、理解生活的幫助也是巨大的。我在職業上取得的成就，除了運氣，一半要感謝在專業上的訓練和努力，另一半則要感謝理解他人想法以及表達自己意圖的能力。一個人想要從獨立的貢獻者變為一個管理者，需要的不僅僅是專業知識和技能，更需要語文水準。作為一個利用全球化機會，並且做全球化產品的人，我須要瞭解各國國民的特性。雖然和他們日常的接觸必不可少，但是透過閱讀瞭解他們的文化和思維方式更為有效。

閱讀與寫作的重要性如何強調都不為過。這個道理很多人懂，卻怕自己沒有文學細胞，缺乏寫作的天分或口才。久而久之，越來越不願意寫，越來越不願意說。其實對普通人來講，想要提高閱讀與寫作能力並應用到生活和工作中，是有進階和練習方法的。本書的前半部分注重理論和方法的講述，後半部分則從四個角度講解在我個人的生命中非常重要的經典文學作品——我跟它們在什麼樣的境況下相遇，從中獲得過哪些理解他人、理解世界的啟示，學到了哪些寫作方法和表達自我的技巧。有了這些範例，學習就不會再枯燥，練習起來也會有章可循。

我在開設「閱讀與寫作50講」這門課程的過程中，特別要感謝「得到」的李倩老師、寧志忠先生和喬文雅女士。李倩老師是北京大學科班出身的語言文學專家，她幫我梳理了課程的內容，在創作上給予了我建議，並且幫助我潤色、修改了文字。在很多章節中，她的修改堪稱點睛之筆。寧志忠先生和喬文雅女士作為「閱讀與寫作50講」這門課程的前後兩任產品經理和編輯，參與討論了課程的提綱和內容，給予了我很多有價值的建議。在本書的出版過程中，特別要感謝「得到」圖書的白麗麗女士，編輯戰軼女士和王青青女士。她們幫助我調整了全書的結構，校正、修改了文字內容，讓這些內容從講義變成了結構嚴謹的圖書。在此過程中，「得到」的創始人羅振宇先生和執行長脫不花女士給予了我很多的鼓勵和幫助。此外，在本書的出版過程中，新星出版社的各位做了大量的工作。在此向他們表示最衷心的感謝。最後，我要感謝我的夫人張彥女士、女兒吳夢華和吳夢馨對我創作工作的支持，身為課程最初讀者的他們給予了我很多很好的意見。

序章

從大語文講起

我們都生活在語文中

大語文是近些年提出的說法。相比於我們過去在課堂上對語文比較狹義的理解，大語文有著特別廣的延伸，以及非常豐富的內涵。

說它延伸廣泛，是因為凡是和生活相關的、必須用到語言這個工具的，都屬於大語文的範疇。在美國一些著名的大學和高中的通識教育中，語文教育涉及人的存在、生命意義，尤其是快樂情感的獲得和價值觀的構建。如果從這個角度思考，你會發現，我們其實是生活在語文中的。

說它內涵豐富，是因為它不僅包括基本的詞彙，還包括高級的語法、修辭等語言技巧以及表達能力。

首先是詞彙，它是語文最基本的元素。

詞彙量在某種程度上決定了人的智力水準、生活品質和職業發展。美國許多研究顯示：一個孩子在四歲之前能和父母說多少句話、接觸到多少詞彙，很大程度決定了他今後的智力發展水準；而孩子長大後能使用多少詞彙，決定了他能夠從事多複雜的工作、思考多複雜的問題。

在美國中西部，世代當農民的人日常所用的詞彙只有一千五百個左右，這意味著他們的思維無法超越這一千五百個詞彙所能表達的範疇。相比之下，一個生活在城市、受過高等教育的美國人，日常使用的詞彙超過一萬個，能拼寫的單詞達兩萬個以上；接受過研究生教育的人則能夠認識約四萬個單詞。而以文采見長的邱吉爾，他所掌握的詞彙多達二十萬個，甚至有人估計，這個數值接近五十萬。可以想像，一個只能熟練使用幾千個詞彙的人，就算被選作首相，也管理不好國家。事實上，這些人通常也難以勝任大型組織內的複雜工作。

在詞彙之上，是語法、修辭等高級的語言技巧。

常看好萊塢電影的人可能注意到了這樣一個現象，影片中的律師、醫生或其他都市白領使用的英語，和在充滿暴力的貧民窟成長的人講的似乎是兩種語言。這並非影視藝術的誇張，而是事實。雖然他們生活在同一個國度，用的是同一本詞典裡的單詞，但他們的語言技巧、語文水準和自身身分地位一致。

在古希臘和古羅馬，上層人士在教育孩子時最重視修辭學。因為一個人要想從政擔任公職，需要非常高的修辭學修養。早期的大學，無論是歐洲的牛津、劍橋，還是美國的哈佛、耶魯，也都很重視修辭學的教育。因為在那個時期，大學的任務是培養社會菁英，而菁英的特徵之一就是能優雅而準確地遣詞達意，也就是有很高的語文素養。

在語法、修辭之上，是書面和口頭的表達能力。

美國國父一代的政治家裡，除了華盛頓（George Washington），其他人都是優秀的作家，包括富蘭克林（Benjamin Franklin）、傑佛遜（Thomas Jefferson）、麥迪遜（James Madison）、漢彌爾頓（Alexander Hamilton）等。他們的作品文辭優美、邏輯講究，具有很強的說服力，即便在今天，依然堪稱政治學和文學的範文。現在，美國很多教科書都寫得非常好，被世界各國的大學普遍採用，主要原因就是各個領域的教授們本身寫作水準很高。在學術界，要想變得「有名」，就要能寫出令同行記得住的文章。這些都是書面表達能力的重要體現。

而在口頭表達方面，語文修養決定了一個人能夠調動多少資源、做多少事情，也決定了一個人在生活中受歡迎的程度。在美國陸軍軍官學院（即西點軍校）和安納波利斯的美國海軍軍校每年各錄取的一千一二百名學生中，約六成的人參加過辯論比賽。這也證明了溝通和表達能力的重要性。

從個人生活的層面講，可以說一個人生活在什麼樣的語文環境，就有什麼樣的生活，因為語文環境和生活環境是高度一致的。存在主義大師海德格（Martin Heidegger）講過：「語言是存在之家。」

從國家層面講，雖然很多人覺得科技是決定國家強弱的硬實力，但一個國家在時（歷史上）空（世界上）層面的影響力，更多的是由語言文化所決定。古代希臘城邦和羅馬帝國之所以存在時繁榮無比，滅亡後依然有影響力，秘訣就在文化裡。更準確地講，是在希臘語和拉丁語的文化裡。英美後來能在很長時間內統治世界，到今天依然具有很大的影響力，則和英語文化有很大關係。同樣，中華文明能夠延續，也要感謝中文。

正是因為懂得了語文對文明進步的促進作用，很多國家或歷史上的文明在選拔人才時，都非常看重年輕人的語文能力。

在法國，所有參加高考（Le Baccalauréat，BAC，法國高中畢業會考）的學生都要寫一篇很長的作文，考試長達四個小時。這篇作文的要求和中國的高考完全不同，有點像哲學作文，或者古代科舉考試的策論。例如，要求考生對某位思想家的語錄進行自我詮釋和討論（這類考題被稱為「語錄評論題」〔commentaire de texte〕），或者對一個觀點進行評述（這類考題被稱為「觀點論述題」〔dissertation〕）。在歷史上，法國高考考過對笛卡爾（Rene Descartes）給某個人的一封信函進行評述，論述「語言僅僅是一種工具嗎？」、「科學僅僅局限於用來驗證事實嗎？」等等。這種考試考的可不僅是文學水準，更重要的是年輕人對哲學、思想和文化的理解。在法國人看來，這些內容就是語文的一部分。

類似地，美國高中生申請大學時要寫一篇三百字的文章（common application essay），講述一件影響了自己一生（迄今為止）的事情。這其實是在考察學生對生活意義的理解。而且在申請大學時，這篇文章的重要性要遠大於學術能力測驗（Scholastic Aptitude Test，SAT）成績和平時成績。如果寫不好這篇文章，想申請上名校基本上沒有希望。

上述國家在進行語文教學時，會把語文延伸擴展到由語言形成的文化，以及語文和未來生活的關係上，這也是它們的語文被稱為「大語文」的原因。

理解了語文和生活的關係，我們就會發現，語文學習是不受課堂和學校圍牆限制的，語文的教室應該是廣闊的世界。我們可以在生活的背景下、在生命的長河中學習和理解語文。

如何更好地理解他人、表達自己？

大語文涵蓋的內容很多，但這並不意味著大語文教學沒有重點。實際上，只要把握住三個面向的線索，就能學好它。

簡單來說，這三個面向分別是讀和寫、聽和說、觀察和視覺表達。它們的核心功能，都是讓我們更好地理解他人、表達自己。

「讀和寫」的內涵，我們先拆開來看。「讀」包括理解字面意思和深層含義，理解作者、理解外部世界、理解內在的文化和人性，這些是層層遞進的。「寫」則是將自己的思想和想法，透過某種形式的書面文字（文學作品、專著、研究報告、新聞稿、信件等），一句一句、一段一段地表達清楚。須注意的是，「讀」和「寫」的訓練是不可分割的：閱讀時，我們既要理解作者的思想，也要學習作者表達自我的方法；寫作時，我們既要把自我表達充分，也要考慮如何便於讀者理解。

由於每個人的時間都是有限的，要學習和閱讀的內容又太多，因而有效閱讀是提高語文水準，甚至是學習各種知識的關鍵。有效閱讀本身也屬於大語文的範疇，相應的內容我會在後面的章節講解。在閱讀、理解的基礎知識之上，我們每個人都須構建自己的知識體系和認知基礎。而如何有效地做到這一點，如何選擇好的閱讀材料，也是大語文學習的目的之一。

「聽和說」看起來只是把「讀和寫」從書面的變成了口頭的，但實際上，它們涉及的語言藝術和方法是不同的。我們的語文教學通常會忽略這方面的訓練，只有很少的口頭表達訓練，「聽」的訓練則壓根兒沒有。

「聽」和「讀」有很大的區別。「聽」透過接收單方向的線性資訊流獲取知識。如果一個人錯過或沒聽懂某一段訊息，後面的內容基本上也就跟不上了。而「讀」可以回過頭來反覆看那些沒理解的內容，還可以看參考書。因此，聽同一場報告或講座，有的人能接收九〇%的資訊，有的人可能就是坐在那裡浪費時間——不是不想聽懂，而是因為不會聽，所以接收訊息的效率太低。類似地，有些人開會收穫很多，有些人則就是「陪太子讀書」。甚至在聊天時，不同人的收穫也會相差很大。想要解決這個問題，就必須學習大語文，掌握透過「聽」來理解他人的技巧和藝術。

類似地，「說」也並不是把書面的內容念一遍，而是有一套系統性的表達自我的方法。很多人覺得自己天生笨嘴拙舌，但實際上，口頭表達能力是可以培養的，很多明星高中、大學還會設立專門的課程訓練學生這方面的能力。

當然，「聽」和「說」也是自然聯繫在一起的。好的聽眾不僅會聽內容，還會學習演講者的講話技巧；反之，好的演講者也會顧及聽眾的接收能力。這裡面的種種技巧，我都會在後面的章節詳細介紹。

「觀察和視覺表達」也是大語文學習的一部分。我們通常認為語文是語言的藝術，但大語文的語言可不僅包括文字，還包括動作、圖形以及其他形式的語言。畢竟，無論使用哪種形式的語言，都是為了清楚、準確地表達思想、情緒和客觀訊息。因此，從文字之外的資訊源獲取知識，也是大語文學習的一部分。有些人透過讀小說瞭解百年前的社會和文化，有些人則透過看小說改編的電影接收到幾乎同樣的訊息。雖手段不同，但目的類似。我雖然不會在本書重點講述這兩方面的內容，但有必要提醒一下，這些也是大語文教育的一部分。在美國，卡通故事的創作是大學和部分高中的一門語文類選修課。在這門課程中，學生們須系統地學習利用視覺工具表達思想的方法。

美國學生的三種能力

在中美兩國都接受過教育的人可能會注意到這個現象：中國高中生的數理化比美國的同齡人學得深，但是美國學生的語文水準比中國學生高得多。因此，我們在語文教育上缺失的部分可以借鑑美國的經驗，然後自己補上。這也算是用他山之石攻玉吧。

在美國的語文教學中，有三種能力特別值得關注，它們也恰恰是我們的語文教學所缺失的。

第一種是口頭表達能力。

在美國的課堂上，學生要講自己寫的東西、做的東西，或者對暑假的閱讀讀物發表看法，而且幾乎所有課程都有五至一〇%的成績是根據發表看法時的表現評分。一個上課悶著頭聽講的好學生，可能就丟了這部分的分數。

在課外，還有很多場合必須使用口頭表達，也能鍛鍊學生這方面的能力。例如：

- 申請私立大學時的面試；
- 暑期工作的面試；
- 很多競賽（包括STEM的比賽）的展演或報告；
- 公益活動、募款；
- 演講和辯論比賽；

- 社會工作，包括辦校報、當校刊記者、從事學生會工作等。

過去，人們可能覺得口頭表達能力在歐美文化的背景下特別重要，比如在競選活動中；我們的文化強調「訥於言，而敏於行」，口頭表達能力的重要性沒那麼明顯。但現在，整個環境已經由過去的熟人社會發展為生人社會，「訥於言」不再是美德了。

中國清華的畢業生一直被認為是「訥於言，而敏於行」，但是根據我對清華企業家協會成員——四十多年，全球只有四百多名會員，他們可謂菁英中的菁英了——的觀察，他們每個人的口頭表達能力都很強，遠遠高出清華畢業生的平均水準。可以說，沒有很強的口頭表達能力，就沒有他們的成功。

高考雖然不考口頭表達能力，但是我希望家長能及早培養孩子這方面的能力。例如吃晚飯時，讓孩子講講自己的作文是怎麼寫的、聊聊對一些問題的看法。這樣的訓練每天都可以做。對於已經離開學校的人，如果過去沒有接受過這方面的訓練，越早補上，職業發展就會越順利。

第二種是閱讀嚴肅讀物、深刻理解作者思想的能力。

人不是天生就有閱讀能力，閱讀嚴肅讀物的能力更須後天訓練、培養，但這種能力會讓人受益終身。不過，僅靠瀏覽網頁或社交媒體可沒法訓練、培養這種能力。

在美國高素質的高中，每個暑假都會要求學生們讀大約十本嚴肅著作。有些學校還會要求學生在開學後寫評論，在課堂上發表。那些嚴肅著作既包括文學名著，比如《紅與黑》（*Le Rouge et le Noir*）、《戰爭與和平》（*War and Peace*）、《奧德賽》（*Odyssey*）等，也包括一些受到好評或影響力較大的人文社科著作，例如《二十一世紀資本論》（*Le Capital au XXIe siècle*）、《人類大歷史》（*Sapiens: A Brief History of Humankind*）等。我近年來讀的一些書，很多都是我孩子的老師推薦的，比如《異數》（*Outliers: The Story of Success*）和《窮人的經濟學》（*Poor Economics: A Radical Rethinking of the Way to*

Fight Global Poverty）。

哈佛大學開的書單包含大量一百多年前的非虛構類、有思想的圖書。而哥倫比亞大學要求所有本科生必須學習的核心課程裡，就包括閱讀世界歷史上二十位著名作家和思想家的著作——從古代的柏拉圖、希羅多德到近代的米爾頓·傅利曼（Milton Friedman）等。

即便如此，美國大學教授馬克·鮑爾萊恩（Mark Bauerlein）依然認為，數位時代正在使美國的年輕一代成為知識最貧乏的一代人，因為他們讀的都是社交媒體上的「垃圾」。他用「最愚蠢的一代」（The Dumbest Generation）作為書名，告誡年輕人須閱讀嚴肅著作，否則將會變得愚蠢。今天的年輕人，在具品質的嚴肅讀物閱讀方面，恐怕做得還不如美國的同齡人。

第三種是在生活中運用語文的能力。

語文是語言的藝術，也是為生活服務的藝術，學語文絕不是為了應付有關語文知識的考試。美國小學一開始教授學生們的不是大量的單詞或著名的詩歌，而是這樣一些內容：

- 認識自己，能講清楚自己是誰、家裡的情況、家庭從哪個國家來等；
- 認識社區；
- 世界是隨時間改變的；
- 動物和植物；
- 理解周圍的世界，什麼叫作合理，什麼叫作有邏輯；
- 團隊合作。

從這些教學內容不難看出，他們的語文教育很重視實用性，與實際生活緊密相關。一個孩子，如果連自己的家庭情況都介紹不清楚，就喪失了學語文的實際意義。

到了小學二、三年級，美國語文教育的閱讀策略就延伸到透過文字延展思考、提出疑問並尋找答案。再往高年級走，就必須透過閱讀培養嚴謹思考的能力和批判性思維，例如老師會引導學生對書中的觀點進行合理的質疑，然後讓大家討論。到了中學、大學，語文學習依然會和生活掛鉤。許多前述內容都涉及語文在現實生活中的使用。

我之所以花了比較大的篇幅介紹美國語文教學的特點，是希望你能意識到，**語文不是學校裡的一門功課，更不是考試之後就可以扔掉的課本，而是我們每個人每時每刻都需要的基礎技能。**

瞭解了美國語文教育所要培養的能力，接下來看看他們是怎麼做的。雖然不同學校的教學方法差異很大，但有兩點是共通的，這兩點也給了我很大的啟發。

第一，語文為所有課程服務，所有課程都幫助提高語文水準。

寫作是美國語文教學的重點，但是培養寫作能力不僅僅是語文課的任務，歷史和人文地理課上也會進行。比如，歷史課最後總成績的很大一部分來自幾篇評論，甚至考試中會給一、兩個題目，請學生寫短文。因此，語文沒學好，一方面歷史成績就會受影響；另一方面，歷史短文和論文的寫作，其實也有助於提高寫作能力。

美國對論文寫作的訓練其實從高中就開始了。例如，歷史老師會要求學生就某個歷史事件寫一篇五千到一萬字的論文，並且在格式方面有嚴格的要求。從背景介紹、印證推理到給出最後的結論，都要符合規範，列舉的每一個例子和引用的每一個觀點都必須標明出處。比較認真的老師甚至會請圖書館的老師幫忙核對這些出處。一年的歷史課學下來，這樣的論文可能要寫四篇，對提高寫作水準幫助很大。

不僅人文課程如此，數學和自然科學課也少不了寫報告。很多老師會給學生一些額外提高成績的機會，例如製作一個小計畫可以在期末成績上加五分，而計畫報告也涉及寫作，並且是規範嚴謹的寫作。

如果計畫完成了，報告卻沒寫好，學生就會丟分。

第二，死記硬背少，實用為主，綜合性強。

雖然英語的語法比中文嚴格，但是美國的學校很少講語法。我記得有一次，我女兒不明白一個語法，便去問老師為什麼要用這個時態。老師的回答讓她很吃驚：「因為這樣讀起來通順。」實際上，美國中、小學對語法的教學很高程度上是透過讓學生大量閱讀和寫作來完成，而不是依靠背語法規則。

美國的閱讀理解教學通常聚焦在三個方面：瞭解作者的寫作策略（strategy）、寫作技巧（skill）、風格和體裁（genre）。然後，老師會請學生根據人物、事件、主題和細節寫一篇作文。學完語文，能讀能寫，這是目的所在。為了讓學生掌握各種體裁的寫作，語文教學會指定各種作業。例如，請學生在讀了林肯（Abraham Lincoln）的《蓋茲堡演說》（Gettysburg Address）後，以一名南方士兵或北方士兵的身分，向家人寫封家書。

當然，在教學時，不管是文學性的評論、劇本、小說、散文、傳記，還是與生活有關的日記、書信、倡議書、研究報告、演講，甚至是廣告和旅遊宣傳冊，都會成為學生閱讀的內容。相應的寫作作業，可能就是把小說改編成電影劇本，或根據劇本寫一則廣告。

美國的語文教學常常會綜合文史哲，因為合在一起才能構成一個人真正的人文素養，並讓人在此基礎上形成價值判斷能力。為了保證學生將來有健康的人格，美國的語文教學會強調多元化，因此課文的選取非常注意各種內容和觀點的平衡。這是我以前沒有想到的。

關於語文學習，不可能說哪一種教法或學法就一定好，另一種就一定不好。我們的語文教學發展成今天的樣子，也自有它的道理。但是，我們在過去的學習中所欠缺的，可以借鑑美國的方式，自己補上。

本書接下來的章節中，我會從實用性出發，講述各種應用文體的寫作，以及在不同場合口頭表達的技巧。當然，我也會將語文和歷史、文化結合在一起，希望讓大家透過語文學習提高綜合人文素養。

本章小結

學習語文絕不應該僅僅是為了應付考試，語文會因此變成風乾的絲瓜，失去生命的活力；學習語文最重要的是為生活服務，為學習其他知識服務，也為工作和職業發展服務。理解了這一點，我們就不應該把語文僅僅定義為一個科目，而應把它看作自我修行的學習行為。在後面的章節中，我除了講述語文本身的內容，還會講到語文和其他學科的關聯，例如與歷史、文化、藝術的關係，讓大家更深入理解語文在人類知識體系中的地位。

上篇

如何閱讀與寫作

本書的上篇將全面介紹如何讀與寫、聽與說、觀察與呈現。培養這些技能的目的，都是讓我們更能理解他人、表達自己。閱讀和寫作的目的不僅僅在於獲取或傳遞訊息，還在於讀懂作者的深意，同時能有效地表達自己的思想。聽和說不是單純地把讀和寫口語化，而是一種特別的技藝。做一名好聽眾，做一名好講者，是現實社會的每個人都須要的生存技能。今天很多人喜歡談「情商」（EQ）一詞，而善於聽和說就是高情商的表現。至於觀察與呈現，它是我們獲得資訊和表達思想的重要手段，但這方面的技能又恰恰是我們在教育中所缺失的。

第1章

閱讀的意義：理解他人

但凡是能識字的人都能閱讀，但是每個人閱讀的效果卻有天壤之別。有些人看似一目十行，卻能準確把握書中的資訊；有些人一字一句地仔細閱讀，卻連考試題目的意思都無法理解。有些人只滿足於理解文章字面上的含義；有些人卻能理解文字背後作者的深意。有些人讀了很多文學作品，卻不能寫好一封信件；有些人讀書數量不多，卻學會了名家寫作的技巧。因此，每個人都須訓練自己以快速閱讀有效獲得訊息的能力，更須培養自己精讀的水準以提高理解能力。

當然，如果一個人能透過閱讀文學作品愉悅自己，那還能夠成為有修養、有情趣的人。

1.1 訊息：什麼是合格的閱讀理解？

閱讀似乎不是一件難事，因為能識字就能閱讀，但這不等於閱讀理解能力過關。為什麼呢？我們不妨來看兩個例子。

第一個例子來自我當學生、助教、老師和管理者的經驗，那就是在各種考試中，包括面試，人們考不好的一大原因是沒讀懂題目。例如，數學考試的某一道題給了一個已知條件，「三角形ABC是等邊三角形」。題意很好理解，就是這個三角形的三條邊長度相等。但這只是字面上的意思，只讀懂這一層，肯定有很多題目都做不出來，因為這句話還有很多隱含的資訊，包括這個三角形的三個角相等，而且都是60度；高是邊長的$\sqrt{3}/2$，面積是邊長平方的$\sqrt{3}/4$；重心和垂心重合等等。只有把這些隱含訊息也讀出來，才算讀懂了題目。而做不到這一點，不管多麼努力學數學，都難以取得好成績。

第二個例子是我在「得到」開設「閱讀與寫作50講」時做的一個調查。我請用戶讀一讀《詩經》的第一首詩〈關雎〉，然後說出這首詩描繪的場景發生在什麼時間、什麼地點。很多人答不出來，或者只能簡單地說出「在古代，在河邊」。其實，從全詩的文字不難推斷出這是發生在春天的故事，發生在淺水緩流的沙洲。詩的前兩句是「關關雎鳩，在河之洲」，只有流淌緩慢的水，才會形成沙洲；而被稱為雎鳩的水鴨子，只有春天才會在水中發出求偶的叫聲。第二段一開始的兩句「參差荇菜，左右流之」，則進一步印證了這不是在滔滔大河畔，因為荇菜這種葉子漂浮在水面上的水草類植物，只會生長在平靜流淌的小河裡。如果讀不出這一層意思，就難以想像詩的意境。類似地，張若虛的〈春江花月夜〉，如果只從字面上尋找資訊，並不能找到這首詩寫的是長江哪一段的景色。但如果把全詩認真讀一遍，再加上一點地理知識，就很容易判斷出來了。這兩首詩，我會在後面詳細分析。讀懂文章中全部的訊息，特別是隱含訊息，是閱讀理解較高層次的要求。至於讀懂作者更深層的意思，那就更難了。不過，很多時候，即使意思都在字面上寫著，不少人也讀不出來，這就是沒有達到閱讀理解的基本要求了。

什麼是閱讀理解？它是人類以書面語言學習新知識的途徑。站在作者的角度看，他們要把客觀的知識或自己主觀的想法，用讀者熟悉的概念講清楚。要做到這一點，無論是哪一個學科合格的作者，在描述一個對象、一種觀點、一個想法時，都須遵循從熟知到未知的方向，而不能反過來。為了進一步讓讀者理解新概念，他們也須要從很多維度、很多層次進行描述。例如描述一個圓柱體時，可以說從一個方向看過去是圓形，從另一個方向看過去則是長方形。

站在讀者的角度看，他們要想做好閱讀理解，就得站在作者的角度思考，在腦海裡把一個個側面、一層又一層的意思復原成一個完整的形象。因此，**讀懂作者的意思，是閱讀；完成形象的重構，是理解。**

要做好閱讀理解，先要訓練自己有意識地進行閱讀。

作者如果想有效地傳達自己的想法，必須提供哪些內容要素呢？在中文，可以歸納為六大要素，即時間、地點、人物、發生、發展、結果。在美國的語文課上，老師則通常會用六個以「wh」開頭的單詞來概括這些要素：when（時間）、where（地點）、who（人物，包括衍生出來的人稱所有格疑問詞whose）、what（什麼事情，即「發生」）、how（怎麼回事，即「發展」）、why（為什麼，回答疑問，給出結論）。此外，很多文章還要比較觀點，必須再加上which（哪一個）。

以上七個「wh」，就是英文裡全部的疑問詞了。如果請電腦進行閱讀理解，電腦就會把文章看作線性的訊息流，輸出的就是對上述七個「wh」的回答（如圖1-1）。

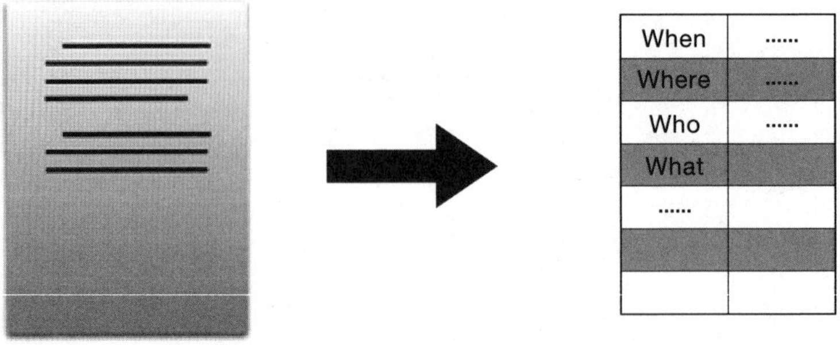

圖1-1：將文章中的訊息流變成表格訊息。

這樣看來，**閱讀理解其實是一種訊息的轉換**。

在閱讀理解考試中，不少人會先讀題，再讀正文，這其實就是先在腦海構建類似於圖1-1的表格，只不過表格左邊一列的訊息會更具體些。雖然平時的閱讀並非考試，但我們腦海裡最好還是要有上面這張表，有意識地進行上述轉換。等讀完內容，這張表也就構建出來了。從獲得資訊的角度講，任務基本上就完成了。美國國家標準暨技術研究院（National Institute of Standards and Technology，NIST）對全世界電腦自動問答的評測，關於事實問題的標準考試中，基本上就是依靠這張表的構建。

不妨來看一個具體的例子。莫泊桑（Henry-René-Albert-Guy de Maupassant）的短篇小說《項鏈》（*La Parure*）是這樣開篇的：

> 世上有這樣一些女子，容貌姣好，風姿綽約，卻偏被命運安排錯了，出生在一個小職員家庭。她就是其中的一個。她沒有陪嫁，沒有可能指望得到的遺產，沒有任何方法讓一個有錢、有地位的男子認識她、瞭解她、愛她、娶她；於是只好聽任家人把她嫁給教育部的一個小職員。

這是一段文筆非常傳神的描寫，堪稱經典，因為莫泊桑只用短短一百來字，就提供了大量資訊，讓讀者一下子就能瞭解女主角瑪蒂達（Mathilde Loisel）是什麼樣的人、她原生家庭的背景、她到目前為止的生活和命運，等等。

對合格的閱讀者來說，僅圍繞這一小段文字，就可以答出好多閱讀理解題了。你也可以來試試，在腦海裡將這段話變成七個「wh」的表格（見表1-1）。

讀出了這四點，才算基本讀懂了文字表面包含的訊息，才叫閱讀。

此外，我們還可以讀出不少隱含的訊息，包括：

- 她教養應該不錯，否則很難和有風韻聯繫起來；
- 她雖然是丫鬟命運，但是嚮往小姐的生活。

甚至我們還可以推論：

- 在當時的法國，即便有人想攀高枝，婚姻的最終結果常常還是門當戶對；
- 要想嫁給一個所謂的「好人」，至少要有四步，即先有機會結識「高富帥」，然後彼此瞭解，產生愛情，最後走入婚姻的殿堂——這既是當時法國的現狀，也是作者理解的步入完美婚姻的過程；
- 她在第一步就卡關了，於是只能嫁給和她同階層的小職員。

表1-1：七個「wh」

時間	不知道，作者沒說，當然，我們可以根據作者莫泊桑生活的年代推斷。由於作者沒說，因此如果把這段文章當作閱讀理解的材料，不會詢問關於時間的問題。
地點	也沒說，但隱含為法國。
人物	一位女子，姓名雖然暫時沒有公布，但文字中已經有指出明確的「她」。而且我們還能知道關於她的若干資訊：漂亮、有風韻、出身於小職員家庭、經濟條件一般。
發生	她嫁給了一位小職員。

這些訊息，在理解小說後面的內容時都派得上用場。

走到這一步，是進行了形象的重構，也就是初步的理解。能從一百多字中讀出這些訊息，閱讀理解才算基本上合格。當然，想要解讀一些隱藏得更深的資訊，有時須借助文章之外的訊息，例如我們提過的等邊三角形。

不管是什麼人，只要採用恰當的方法訓練，就不難在考試中做好閱讀理解，平時讀書的收穫也會比別人多。而這種訓練的第一步，可以從有意識、有條理地擷取資訊開始。腦子裡想著七個「wh」，慢慢就會養成習慣。用不了多久，只讀一遍，就能掌握各種資訊了。

如果你想檢驗這種訓練是否有效，那麼，拿一本優質雜誌，隨便讀一篇文章，然後闔上雜誌，看看自己能否回答那七個問題就可以了。如果都能答上來，基本上閱讀理解就合格了。接下來要精進的，就是對內容進行深層次理解的能力了。

練習題

閱讀〈關雎〉，看看你找到了什麼資訊。

1.2 深層：理解作品和文章深意的五個要素

一部好的作品，尤其是文學作品，通常在以下五個方面表現出色：

1. 結構；
2. 描寫手法；
3. 比喻（包括明喻、暗喻和借喻等）；
4. 用詞、用語；
5. 語氣。

因此，作為讀者，閱讀文學作品時，除了關注人物和情節，須從上面五個要素入手來理解作品。這一節，我想先講講結構。

文章的結構和建築的結構有相似之處。好的作者，寫出來的作品一定是結構清晰的，以便引導讀者跟著他的思路走。這就如同一位好的建築師，設計出來的房子結構一定很漂亮一樣。

沒有經驗的人看房子，轉半天，可能只會注意到房子裡的鍍金水龍頭或廚房裡的小酒櫃，但是房子裡有哪些房間？功能上有什麼優、缺點？整體上和另一套房子有多大的區別？他都說不清楚，甚至會把書房和臥室搞混。

可是，經常去看樓盤開盤（編注：建商取得了銷售許可證，可以合法對外宣傳預售，為正式市場所進行的盛大活動）的買家，到樣品屋走一圈，就能對房子的結構有大致的瞭解。例如，有幾個臥室、臥室之間如何連接、朝向如何、客廳和廚房的位置如何安排等等。這就是行家的眼光。

無論什麼形式的文字內容，結構往往都是有模式可循。雖然世上的作者千萬，但是行文的結構基本上就那麼幾種，例如以時間為線索、以矛盾衝突為線索、用一個微觀細節映射一個宏大的事件等。

可能有人會認為它們是套路、是固定的、不新鮮、總想標新立異。這種想法可以理解，但是幾千年下來，寫作的模式就那麼幾種，一定有其道理——不便於表達思想的寫作結構都被淘汰了，而我們常見的通常是最有效的。這就如同建築師設計房屋一樣，不僅自身風格大致固定，大多數建築師設計的建築也就那麼幾種風格。如果一定要設計非常古怪的房子，那要麼使用起來不方便，要麼結構不結實。

有限的寫作結構模式其實給我們的閱讀帶來了很大的便利。比如說，一個讀者在有了一定的閱讀量之後，大致就能摸索出各種作品的結構。如果參加閱讀理解考試時遇到涉及文章結構的問題，他就不會做錯了。

不僅閱讀時要把握文章的結構，寫作時，也應該先考慮結構，再寫細節內容，而不是想到哪裡就寫到哪裡。很多人在寫作時經常會卡關，半天憋不出幾段文字。其實我自己以及我的孩子在中學時都遇到過這種問題。我最終的解決辦法就是先搭好文章的架子，也就是先確定結構，再填入內容。中間難免會遇到卡關的地方，但是有了架子，就能先把這裡跳過去，把該寫的寫好，暫時不會寫的最後再補。我的孩子也是採用這個方法，逐漸度過了「寫不出來」的階段。

關於文學作品的這五個要素，我在後文還會結合很多具體的作品進行詳細分析。瞭解了它們，你就能更容易讀懂作品。

練習題

閱讀海明威（Ernest Hemingway）的《老人與海》（*The Old Man and the Sea*），你讀出了作者想表達的什麼深意？

1.3 思想：如何讀懂作者的內心？

合格的讀者，除了要懂字面上的基本訊息，還要能讀出隱含訊息。但做到這些僅僅是合格而已，高明的讀者還要能理解作者的本意，或者說作者的內心。

絕大部分專業作者，例如作家、記者，在寫作上和我們日常寫作有很大的不同。我們日常寫作，在主題和內容的選擇上常常是被動的，寫的往往是信件、研究報告、調查報告、總結等，寫作的內容不是自己定的，而寫作的目的是把事情說清楚。相反地，專業作者通常有很大的選擇自由。他們寫作的目的一是要表達自己的內心世界，二是要描繪他們的時代和周圍的事件。當然，他們不是沒有感情的攝影機，只懂得記錄，而是要把自己對外面世界的看法告訴讀者。因此，對於他們寫的文章和作品，只有瞭解到他們的意圖和思想，才算讀懂了。

接下來，我就以著名作家褚威格（Stefan Zweig）為例，講講什麼叫理解作者的內心，以及怎樣才能理解作者的內心。

褚威格是我非常喜歡的一位作家，原因有兩個。一個是他的文筆能打動人，我覺得這和他非常瞭解佛洛伊德（Sigmund Freud）的理論、擅長心理描寫有關；另一個是他有思想，是一位理想主義者。

我讀的褚威格的第一本書是《人類的群星閃耀時》（*Sternstunden der Menschheit*）。這本書講了十幾個影響世界歷史進程的事件，例如滑鐵盧戰役、君士坦丁堡的陷落、太平洋的發現、加州淘金熱等等。讀完並且瞭解了這些故事，只能叫完成了合格的閱讀理解，還沒有走到理解作者內心這一步。對我來說，理解褚威格的瞬間，是我被書中這段話打動的那個瞬間：

> 在命運降臨的偉大瞬間，市民的一切美德——小心、順從、勤勉、謹慎，都無濟於事，它始終只要求天才人物，並且將他造就成不朽的形象。命運鄙視地把畏首畏尾的人拒之門外。命運——這世上的另一位神，只願意用熱烈的雙臂把勇敢者高高舉起，送上英雄們的天堂。

讀完這本書，我有兩個感悟。一個是，我體會到世界上有兩種人，一種是關鍵時刻指望得上的，一種是關鍵時刻指望不上的。於是，我立志要做第一種人。用褚威格的話講，就是凡人要在偉大的事業中尋求不朽。

另一個感悟是，人類歷史上那些偉大的時刻，在出現之前，都經歷了長時間的醞釀和能量的積累。但是，絕大部分人只看到那一瞬間群星的閃耀，而忽略了之前的準備。於是，我從年輕氣盛的機會主義者，慢慢變成了一個踏踏實實做準備的人。

正是因為讀到了這些，這本書對我的影響很大，而且我在幾十年來一直對書中的內容記憶猶新。事實上，我在構思《文明之光》和《信息傳》時，就是受到了褚威格的啟發——褚威格的表達非常成功，於是我也有心學習他的表達技巧。

當然，不同的人對這本書有不同的評價。例如，有些人就批評他加入的心理活動虛構成分較多，讓這本書不像是嚴肅的歷史讀物。還有些人不喜歡褚威格在書中流露出的英雄史觀和機會主義傾向。但在我看來，《人類的群星閃耀時》的主角並不是拿破崙、韓德爾（George Frideric Handel）或歌德（Johann Wolfgang von Goethe）等歷史人物，而是褚威格自己。褚威格寫這本書，目的根本不是寫歷史，也不是寫傳記，而是在寫自己的思想。世界上並不缺歷史書，我也不須在書架上增添一本標準的歷史故事書，但是我需要一本鼓勵市民階級的年輕人以淨化自身讓自己高尚起來的書。

透過這本書，褚威格表達了這份苦心。讀懂這本書的標誌，就是理解他的這種想法。至於滑鐵盧戰役的失敗是否像書中描寫的那樣，我覺得並不重要。如果一個讀者自鳴得意地找出了書中的一大堆破綻，洋洋灑灑地駁斥作者，最後得意地給這本書打個一星差評，那麼，我想他不僅沒有讀懂這本書，而且讀再多書也難以進步。

從讀者的角度來講，能夠透過書中內容反推出作者是什麼樣的人，才算讀懂了一本書。

從《人類的群星閃耀時》中，我讀到的是一個對人類世界充滿美好理想，同時自己的內心世界也極為豐富的褚威格。這個推論，可以從他那本帶有回憶錄性質的《昨日的世界》（*Die Welt von Gestern*）裡得到印證。

那麼，褚威格是什麼樣的人呢？他是一個生活在十九世紀末到第二次世界大戰前的奧地利猶太人，一個知識分子。在《昨日的世界》裡，他講述自己經歷了從十九世紀末到二十世紀初歐洲發生的大事；講述了自己和羅曼・羅蘭（Romain Rolland）、羅丹（Auguste Rodin）等文化名流的交往；講述了自己如何受到他們的影響，成為一個和平主義者和理想主義者。褚威格從來沒有夢想出名或大富大貴，他只是想和我們一樣生活在一個和平的年代，過著小康的日子，自由地表達思想。

處於二十世紀初和兩次世界大戰之間的短暫平靜期的歐洲，確實讓人看到了光明、和平和興盛的希望。但不幸的是，希特勒上臺了，納粹吞併了奧地利，一記悶棍打在褚威格這個猶太知識分子頭上。最終，他不得不離開奧地利，流落到南美洲。在那種背景下，他寫下了《昨日的世界》。

雖然我們今天知道，第二次世界大戰的噩夢在一九四五年結束了，但在當時的褚威格看來，過去美好的東西永遠不會再有了，人類文明結束了，他所有的理想都破滅了。於是，他和妻子在絕望中雙雙選擇了自殺。

看到這些內容，你可能依然覺得無感。雖然今天媒體時不時地提醒人們珍愛和平，但是世界承平日久，很多人早已好了傷疤忘了疼。說起戰爭和法西斯的恐怖，說起死傷的人，有人覺得不過是個數字而已。再多真實的歷史書，再多血腥的紀錄片，也難以讓人懂得那個年代的恐怖。但《昨日的世界》，卻讓我深深地體會到了那個恐怖的時代給人帶來的絕望。

今日全世界中產階級的處境，其實和兩次世界大戰之間的褚威格沒有什麼不同。如果真遇到了褚威格那樣的厄運，結局也未必會比他更好。正是因為瞭解了這些，今天西方的知識階級才會反對排外行為，才會有那麼多美國人對川普（Donald J. Trump）的言論和行為表示防範。從這個結果來講，作為一個表達者，褚威格也達到了自己的目的。

在本書後面的章節，我還會分析很多大作家的作品，從雨果（Victor Marie Hugo）到羅曼・羅蘭，從勃朗特（Brontë）三姐妹到海明威。你會看到他們是如何以小說裡的人物講述自己的想法。

我一直有一個觀點，就是作品裡的主人公其實都是作者自己。他們將小說中的人物塑造成特定的樣式，並不是想編一個故事讓我們在茶餘飯後擠出兩滴淚水，也不是想透過情節牽引我們的好奇心，而是想告訴我們，他們所處的世界以及他們希望的世界是什麼樣子。因此，我覺得，閱讀理解到了深層，其實就是從讀書上升到了讀人。

回到我們自己。我們也有表達自己內心世界的需求，也有對事件發表看法的時候。學會以閱讀作品瞭解作者的內心，也就掌握了清楚表達自己內心的技巧，寫出來的內容也會很容易贏得讀者的共鳴。

同樣的人，如果身處不同的時代，會有不同的經歷和結局。從那些經歷和結局，我們又能瞭解過去的歷史，特別是那些特點鮮明的時代。

練習題

閱讀褚威格的《昨日的世界》，談談你對褚威格思想的理解。或者找出一部你讀懂了作者內心的作品，談談你的理解。

1.4 時代：如何從文藝作品瞭解一段歷史？

中國老一代的人是聽著樣板戲（編注：指創作於中華人民共和國建國以後，主要反映傳統的中國共產黨政治立場的戲劇和作品，其政治意義遠遠超過文藝價值）長大的，很多人今天還能哼兩句。但是，對今天中國的青年人來講，那些戲真的不吸引人。事實上，老一代的人現在也更喜歡看當下的影視作品。那為什麼中國在歷史上會出現樣板戲，而且還非常流行？這不是簡單的「政治需求」幾個字能夠解釋得通。實際上，歷史上其他國家也有過類似於樣板戲的文藝作品，例如法國古典時期的文學和美國十九世紀初的文學。

你可能聽說過法國劇作家高乃依（Pierre Corneille）和莫里哀（Moliere）。如果要說他們屬於什麼流派，答案就是古典主義文學。古典主義的特點就是強調理性和秩序，在文學創作上，它有一套嚴格的藝術規範和標準。例如，戲劇創作要遵守「三一律」，就是情節、時間、地點必須保持「整一」。至於劇情，只能有一根主線，不必要的插曲一律排除。在人物形象上，必須做到鮮明而完美，好就是好，壞就是壞。在語言上，要準確、精練、典雅。在故事結局上，正義通常要得到維護和伸張。同樣，美國在建國之初的幾十年裡，文學作品的主要內容就是謳歌華盛頓這樣的國父或獨立戰爭中的英雄，裡面的人物形象都非常完美。這樣的作品，你是否覺得和樣板戲或過去「高大全」的文學作品很相似呢？

類似地，如果讀俄羅斯一九五〇年代之前的文學作品，你會發現，它們都具有這樣標準式的特點。就連戲劇大師康斯坦丁．史坦尼斯拉夫斯基（Konstantin Stanislavski），都將舞臺表演程式化了。他洋洋灑灑地寫了《演員的自我修養》（*An actor prepares*）一書，對演員從形體、表演、發聲到思維邏輯都做出了非常具體的規範化要求。不僅如此，他還在書中規定了演員的責任和使命、演員如何培養藝術修養和道德修養、演員如何深入社會等等。可以想像，這樣培養出來的演員勢必會如同一個模子刻出來的。史坦尼斯拉夫斯基不僅對蘇聯的戲劇和電影產生了巨大影響，還影響到了新中國早期的表演藝術。

為什麼歐洲、美洲和中國，前後相差幾百年，卻會有風格如此相似的文藝作品出現呢？答案就在「時代」兩個字。法國古典主義作品誕生的時代是路易十四統治時期，那時王權剛剛得到確立——之前是地方封建自治時代——因此文藝要強調正統性，強調標準。美國早期文學的使命則是要促進大家對新的美國民族的認同，和對過去英國的切割，因此必須歌頌自己的英雄。類似地，史坦尼斯拉夫斯基在創作《演員的自我修養》一書時，蘇聯政權剛剛穩固，需要有標準的、符合新時代的文藝樣板。

不過，當一個波瀾壯闊的「大時代」過去之後，隨著社會開始關注民生問題，人們開始注重生活的細節，文藝作品便開始變得溫情脈脈了。這樣的時代，就是人們常說的浪漫主義時代。如果閱讀法國作家雨果的作品，就能體會到，即便是在講大時代的故事，也是溫情脈脈的。當然，也會有人從現實主義的角度來解讀社會，例如英國的狄更斯（Charles Dickens）、美國的馬克·吐溫（Mark Twain），以及蘇聯的蕭洛霍夫（Michail Sholokhov）和帕斯特納克（Boris Pasternak）。再往後，每個人會有自己看世界的視角，就會出現各種流派。正因為如此，對同一件事、同一個人，不同時代的作者寫出來是不一樣的。例如，同樣是講二十世紀初的故事，同樣是蘇聯人寫的書，《鋼鐵是怎樣煉成的》（*How the Steel Was Tempered*）和《齊瓦哥醫生》（*Doctor Zhivago*）的講法完全不同。因此，**閱讀的第三個層次（第一個層次是讀出作品本身的含義，第二個層次是讀出作者的本意），就是讀出作者所在的那個時代。**

上述規律不僅僅適用於文學作品，也符合其他藝術的發展過程。我們不妨看看下面幾幅著名的繪畫作品（見圖1-2、圖1-3、圖1-4）。

這三幅都是雅克·路易·大衛（Jacques Louis David）的作品。從這三幅畫中，你一定能看到一種

圖1-2：〈何拉第兄弟之誓〉（Oath of the Horatii）。

陽剛之氣和英雄氣概。即使是第三幅畫中的婦女，也是一個女英雄的形象。雅克．路易．大衛是新古典主義（新古典主義是相對於古希臘的〔舊〕古典主義而言的）畫派的開山鼻祖，他畫中的人物形象都高大孔武、俊美，即便你不知道畫的具體內容是什麼，也能感覺到對英雄的謳歌。

在那個年代，即使是表現女性美，也要將女性刻畫成標準的美人，身材比例要符合黃金分割，例如新古典主義大師安格爾（Jean Auguste Dominique Ingres）的代表作〈泉〉（La Source，見圖1-5）。

如果再看現實主義的繪畫，你就會發現，裡面的人物不可能是完美的了，而是更貼近生活的。例如現實主義繪畫的代表作〈拾穗〉（Des glaneuses，見圖1-6），裡面的女性沒有大衛筆下的英姿，更沒有安格爾筆下的唯美，而是三位連正臉都沒有露的農婦。

圖1-3：〈跨越阿爾卑斯山聖伯納隘道的拿破崙〉（Bonaparte franchissant le Grand-Saint-Bernard）。

圖1-4：〈薩賓婦女的調停〉（The Intervention of the Sabine Women）。

圖1-5：〈泉〉。

圖1-6：〈拾穗〉。

探究其時代背景，就能找到原因。大衛的作品之所以有那樣的特點，是因為他身處法國大革命時代——那是一個需要英雄的新時代，他和安格爾為新時代定義了各種標準的形象。而一旦社會的重大變革完成，那些高大全的英雄顯得太脫離生活、太不現實了，人們就會更需要溫情脈脈的浪漫主義作品，以及反映現實，特別是反映現實中陰暗面的現實主義作品。

類似地，歐洲的音樂也是從古典主義到浪漫主義，再到現實主義，在此我就不贅述了。我之所以想以上文的幾幅畫作例子，一方面是因為它們能更直觀地反映出時代的特徵，另一方面也是想說明大語文的範圍是很廣的，和其他藝術形式有著自然的聯繫。

我在後文還會介紹浪漫主義作家和詩人雨果、拜倫（George Gordon Byron）、雪萊（Percy Bysshe Shelley）等人的作品，你會看到他們的作品不再有「高大全」的形象。再往後，歐洲湧現出一大批批判現實主義的作家，他們不僅把社會問題作為主要的描寫對象，甚至他們描繪的社會負面內容要多過正面的內容。

我們每個人只能生活在當下的時代，不可能生活好幾輩子，也不可能同時生活在不同的國家。幸運的是，不同時代作家的作品向我們生動地回放了那些時代的畫面。這些都是我們在閱讀理解必須讀出來的。

練習題

閱讀邱吉爾的演講稿〈鮮血、辛勞、眼淚與汗水〉（Blood, Toil, Tears and Sweat，邱吉爾在第二次世界大戰期間納粹德國入侵法國時，於一九四〇年五月十三日對下議院的演講），談談你對那段歷史的理解。

本章小結

透過閱讀作品反推出作者是什麼樣的人、想表達怎樣的思想，是閱讀能力的進階。各個學科之間是相通的。讀書可以讓我們讀懂人、讀懂時代、瞭解歷史和社會，這也是我們閱讀的目的。反過來，瞭解歷史、時代、一個國家的藝術和文化，也有助於我們提升自己的閱讀和寫作能力。

1.5 品位：如何全面有效地構建知識體系？

進行大量閱讀的重要目的之一，是構建自己的知識體系。這裡面有一個效率的問題，因為人的時間是有限的。如何選擇閱讀的材料，最有效地完成自己知識體系的構建，是一門學問。

已故的著名物理學家張首晟教授曾經告訴我，他其實只上過老師楊振寧先生開的一門課，那就是文獻閱讀課。當時楊先生年紀已大，只傳道，不教具體的知識了。但是張教授覺得那門課對他的幫助特別大，因為楊先生講的是如何培養閱讀物理學文獻的品位。品位不夠，瞭解的知識點再多，也成不了大學問家。

楊振寧先生講，一個人習慣讀什麼樣的物理學論文，決定了他在物理學領域能走多遠。能夠在眾多論文中迅速找到那些品位高的，是成功的第一步。而滿足於隨便找到一些論文就讀，或者看到一個熱門的課題就去研究，那論文寫得再多，也只能是二、三流的研究者。

雖然物理學論文看起來離普通人有點遠，但幾乎每個人都會在工作中遇到這樣的情境——要進入一個陌生的領域。當然，能找到行家給自己講講是最省力的辦法，但不見得每個人都有這個條件。而剩下最好的辦法，恐怕就是閱讀了。如何省時省力地以閱讀構建一個知識體系，對每個人來說，都是很現實的需求。

但問題是，今天人類知識更新的速度大大加快了，很多領域的訊息又非常龐雜，我們在進入一個新的知識體系時，不僅時間少，而且往往會選擇困難。這個時候該讀什麼呢？這就讓我想起了楊振寧先生所說的「品位」。

單說品位有點虛，下面我就以自己構建知識體系的三步閱讀法來展開說明一下。

進入一個陌生的領域，第一步是從閱讀「正統」文獻或作品開始。

所謂「正統」，是指在某個領域或行業被主流認可的。要注意，正統的未必是正確的。事實上，過去被認為是正統的觀點，今天大部分都被證明是不準確的，都被修正了。但是，我們依然要從當下正統的觀點入手，因為它們提供了一個基準線。之後的閱讀，都是在基準線上進行修改。

「基準線思維」是一個很有用的方法論。例如，外星生命在今天是一個熱門話題，很多人就說了，為什麼天體物理學家總是按照地球的標準尋找外星生物？什麼適居帶、固態行星和液態水，都是地球生物必需的條件，但宇宙那麼大，完全可能有不同形態的生命存在。這種說法聽起來有道理，但是完全不具有可操作性。因為我們已知的物理、化學和生物學知識並非只適用於地球，也適用於整個宇宙，它們是我們理解生命的基準。如果拋棄這些基準，不限制搜索的條件，不僅成本過高，成功率也會變低。

回到正統上來。也許你覺得那些經典「啃」起來太費勁，但不妨這麼想：建立知識體系這件事的成本其實不在於花了多少錢，而在於時間成本和收益比。無論是對已知，還是未知的領域，從正統的觀點出發，都是建立知識體系最有效的做法。

那麼，應該看哪些正統的學習材料呢？如果你想進入一個新的領域，並且有時間、有能力，那第一步應該是讀教科書，尤其是中美兩國普遍採用的教科書。當然，你也可以聽知名大學開的ＭＯＯＣ（即Massive Open Online Course，大規模開放式線上課程，是一種任何人都能免費註冊使用的線上教育課程），或者聽「得到」開的通識課。

如果你想學習物理學，那牛頓的經典力學、馬克斯威爾方程式（Maxwell’s equations）、焦耳等人的熱力學理論就是正統的。這些理論在今天看來雖然不完美，但是從它們入手瞭解物理學是最為便捷的。

如果你想對金融領域有比較完整的瞭解，我推薦美國高中的ＡＰ課（即大學預修課程）教材，也就是坎貝爾・麥康奈爾（Campbell R. McConnell）等人合著的《經濟學》（*Economics*）。

至於人文學科，它的基準線也許不太容易找，但是依然要有。例如，如果你想瞭解世界史，斯塔夫里阿諾斯（Leften Stavros Stavrianos）的《全球通史》（*A Global History: From Prehistory to the 21st Century*）就是一本不錯的入門書。說實話，這本書在細節上有很多錯誤，例如對於秦國統一六國的原因，這本書是這樣分析的：

- 秦人最早用鐵製武器取代青銅武器；
- 秦人最早用騎兵取代戰車；
- 秦占領了四川產糧的大平原；
- 秦的統治者是能幹又野心勃勃的現實主義者，運用法家學說，將權力集中在自己手上。

但事實上，根據考古發現，戰國時期大量使用鐵製兵器的國家是齊國和燕國，秦國使用的武器主要是青銅器；而用騎兵取代戰車，最早是從趙國開始。此外，商鞅變法的作用被放在了最後，而且斯塔夫里阿諾斯還沒有明確講到這次變法，也和事實不符。但即使如此，《全球通史》依然是一本不錯的正統讀物，它能讓你從全球的角度來觀察、瞭解人類的整個歷史。同樣地，讀經典文學作品的意義也是幫你找到基準線。

至於今天被很多人用來吸收資訊的網路，不能說沒有用，但問題是，從網路上尋找好內容的成本太高。特別是當一個人在入門之前、還無法判斷孰優孰劣的時候，一旦把旁門左道的內容當作主流來讀，品位就很難提高了。

當然，這些只是讓我們站在了一條基準線上，遠不能讓我們構建出知識體系。更何況，很多正統的知識可能已經過時。那麼，要怎麼修正基準線呢？這就要到接下來的第二步。

第二步是閱讀權威的綜述文章。

綜述文章，基本上會把一個領域最近十年的成就概括介紹。想瞭解各個領域最新的研究進展，最簡單的辦法就是看綜述類文章。

科學領域，看著名的《科學》（*Science*）雜誌。它是美國科學促進學會（American Association for the Advancement of Science，AAAS）的核心會刊，非理工專業的人未必讀得懂。不過，它會定期推送一些綜述類文章，涵蓋科學的各個前端領域。

醫學進展，看美國醫學會的《*Perspectives*》線上雜誌。這本雜誌可以在網上免費訂閱，它也會定期刊登通俗的綜述報告。例如，我前段時間看了〈人工智慧在保健中的應用〉，這是一份近三百頁的報告，讀完以後，我就有把握和別人談論這個話題了。

工程類，看美國電機電子工程師學會（Institute of Electrical and Electronics Engineers，IEEE）的《*IEEE Spectrum*》雜誌。

金融領域比理工領域和醫學更受大眾關心，這個領域的專業雜誌有很多。如果你不想讀太專業的文章，也有不少非常通俗的好雜誌，例如《*Barron's*》和《經濟學人》（*The Economist*）。至於名聲響亮的《富比士》（*Forbes*）和《彭博商業週刊》（*Bloomberg Businessweek*），其實水準很一般，只能算消遣性質的雜誌，不能拿它們的內容當作投資指導。

如果對某一類知識感興趣，讀五篇左右的綜述文章，你就會對這個領域有大致的瞭解。雖然到不了科研的水準，但至少可以有足夠的判斷力，別人想矇騙你就很難了。

我知道有人會反感我用「權威」、「正統」這兩個詞。但沒有辦法，要有效地建立起知識體系，這是捷徑。走正統道路的好處在於，便於和專業人士交流。這一點很重要。

今天很多人對學習知識和從事專業領域的工作有誤解，認為大學學什麼專業就是什麼專業的行家，沒有學那個專業就是業餘的。這是一種偏見。民間科學家或民間高手和專業人士的差別，不在於他們過去所學的專業，甚至不在於他們是否任職於某個研究機構或專業機構，而在於他們是否經常和專業人士交流，能否融入專業人士的圈子，以及是否被專業人士認可。例如，能不能參加相應的會議和活動、有沒有專業人士背書等等。

舉一個例子，今天歷史學界有一個觀點——帶領以色列人走出埃及的民族領袖摩西其實是埃及人，而猶太教受到古埃及早期一神論的影響。這個有點驚世駭俗的觀點是誰提出來的呢？並不是由哪位歷史學家提出的，而是由大名鼎鼎的心理學家佛洛伊德提出的。佛洛伊德經過很多年的研究，在一九三九年出版了專著《摩西與一神論》（*Moses and Monotheism*），提出了上述觀點。在摩西生活的年代，古埃及的法老阿肯那頓（Akhenaten）進行了一次宗教改革，將原先古埃及的多神教改造為世界上第一種一神教，摩西是這種一神教的信奉者。阿肯那頓死後不久，古埃及恢復多神教，摩西作為一神教的信奉者，帶領猶太人離開了埃及，並用一神教的思想改造了猶太教。

在佛洛伊德之後，越來越多的歷史學家認同這種觀點，這方面的論文和學術專著非常多。那麼，佛洛伊德是如何做到這一點的呢？雖然他在這項研究中運用了一些精神分析法，但是他和歷史學界、哲學界（特別是宗教哲學界）有很多來往，他採用的是非常嚴格的學術研究方法，參考的是正統的文獻，並在最後將他的研究成果拿出來接受歷史學界和哲學界同行的評議。

當你讀了正統的文獻或作品，也看了很多權威的綜述文章，就該邁出構建知識體系的第三步，也就是讀一些有趣的專著。

今天的學者發表的學術論著，有大部分是專著，討論的課題範圍一般比較窄，而且觀點會非常鮮明，甚至是偏激。但要注意，鮮明且有新意的觀點並不等於正確，有時恰好相反。因此，在讀這些書之前，我們須對正統的知識有所瞭解，以防把標新立異當作主流觀念。

舉個例子，很多人對歷史感興趣，今天也有很多非常好的歷史通俗讀物，例如《人類大歷史》與《絲綢之路》等。這些書的觀點都很有新意，但多是一家之言。如果讀者對人類早期的歷史或歐亞大陸的歷史沒有瞭解，就很容易被誤導、被帶偏。但如果有了歷史的基準線，讀這類書的收穫就會很大。

透過以上三步——閱讀正統文獻、權威綜述和學術專著，我們在每個領域的閱讀品位就已經比較高了。之後，如果對某個話題感興趣，可以把讀過的作品或材料裡的參考文獻拿來讀一讀。當然，也可以在網路上隨意找一些自己感興趣的內容讀一讀。但是讀這些內容時，一定要留意資訊的出處、準確性和中立性。

這麼多書要讀，時間又很有限，我們能做的就只有提高閱讀速度了。其實，提高閱讀速度本身也是語文學習的一部分。當然，今天認知科學領域的成果也為我們提供了科學的訓練方法。

練習題

列出你過去兩、三年內閱讀過，以及在接下來的一年裡打算閱讀的書籍和雜誌，再列出你打算構建的知識體系，看看有什麼欠缺之處。

1.6 考試：如何回答好閱讀理解題？

一目十行，嘩啦啦地把書翻一遍，速度當然很快，但如果沒有獲得書中的訊息、沒能達成理解的目的，就不算是完成了閱讀。如果在考試中這樣閱讀，肯定得不到高分。

這一節，我想從考試中的閱讀理解講起，再延伸到一般的閱讀。因為考試對閱讀速度有一定的要求，效果也容易衡量——有沒有理解，就看題有沒有答對。

閱讀理解題通常可以從兩個面向分類：宏觀和細節、主觀和客觀。在宏觀層面，通常會問一些關於主題思想、作者態度的問題；在細節層面，會考察對特定內容、具體資訊的瞭解。換一個面向，在主觀層面，通常會問哪些表述屬於主觀看法和建議；在客觀層面，則會就具體的事實出題。這兩個面向的四種分法，其實也是我們在平時閱讀中進行理解效果自我評估的工具。

先來說一下宏觀和細節的問題。回答宏觀類問題時，必須進行換位思考——如果我是作者，為了組織好訊息、表述清楚自己的想法，會怎麼做？單篇的文本，結構其實就那麼幾種，例如對比分析、層層遞進分析等。只要有心，練習幾次就能把握作者們常用的文本結構了。對應到書上，則要先看目錄，因為目錄就體現了整本書的文本結構。

微觀細節的問題其實相對比較好回答，只要閱讀時腦海裡一直有第一章講過的七個「wh」就行，甚至可以一邊讀一邊圈出來。想要找到答案，不過是要把問題下面的選項和文本的內容對應起來。只不過絕大多數考試中，考官會在微觀細節問題設置一些陷阱，用大量和原文重複的詞，構成一個看似正確的選項而已。如果你將來要參加考試，或者身邊有要參加考試的親朋好友，不妨把這個技巧分享給他們。

這不僅僅是我的觀察，也是出考題的老師們告訴我的出題技巧。

在做閱讀理解時，很多人喜歡先讀題、後讀正文，這種做法是可以的，但是未必適合所有人。有些人記憶力較強，即使是一些毫無關聯的資訊也能記住。有些人則是理解力更強、記憶力較弱，讀一篇有邏輯的文章時，他們會記住很多細節，但是毫無關聯的訊息就記不住了。我本人就屬於後一種。每次我做完報告，如果有聽眾在提問時問了兩個問題，我回答完第一個，通常就忘了第二個，而這前後只間隔了幾分鐘而已。但是，讀完一本「大」書後，我還能記得裡面的很多細節，因為那些訊息彼此有邏輯上的連結。因此，我通常是先讀正文、再讀題目。

再來看一下主觀和客觀的資訊。在閱讀時，一定要分清楚哪些話是作者敘述的客觀事實，哪些話是他的個人看法。例如在小學時，老師會讓大家判斷下面兩句話哪個是事實、哪個是看法：

太陽很大。
太陽真大啊！

這兩個表述很容易判斷，但是對於更複雜的表述，則必須在閱讀時仔細判斷。這不僅僅是為了應付考試，我們在平時的閱讀，如讀工作信件時，也要分清楚哪些是客觀事實、哪些是主觀看法。對於客觀事實，我們要考察訊息來源的可靠程度；對於主觀看法，我們要看講話人的信譽，並注意他得出結論的邏輯——這是我們判斷訊息真偽和可靠性的主要方法。只有這樣，我們才不會被錯誤資訊誤導。

在閱讀理解考試中，有時會給出幾個選項，問哪些是作者的觀點？哪些是事實？很多人覺得這樣的問題很難，因為大部分人在閱讀時並不會刻意區分這兩類資訊，久而久之，形成這樣的閱讀習慣，你就不會在意它們的區別了。解決這個問題最根本的方法，就是在閱讀時有意辨別這兩類訊息，把它們放到大腦的不同地方。當然，這樣的習慣不是一朝一夕就能養成的，假以時日才能看到效果。能比較快見效的方法，是在閱讀時跟隨作者的行文邏輯，看看他是如何得出結論的。在閱讀論述過程時，看到事實畫個三角，看到從事實引申出來的表述打個星號，這樣等做題時就一目瞭然了。

順便說一句，在英語寫作中，從來不建議使用「I think」這種說法，這個短語在正式的文章或圖書中幾乎看不到。因此，即便是看似簡單陳述的句子，也很可能是作者的觀點，而非事實，不能想當然地認為沒有「I think」，就覺得是事實。

上述兩個面向的四類問題，會在各種閱讀理解考試中出現。它們的難度可能會差別很大，但是做對一道題得分，做錯一道題扣分，這都是一樣的。因此，一定要避免花了很長時間，卻只做對了一道複雜的宏觀問題，而不小心做錯了關於基本事實的簡單問題的情況。

你可能聽說過，現在的人工智慧在閱讀理解方面很厲害。其實，電腦只是回答細節問題比人厲害。在這些題目上，它們的正確率很容易就能達到九成以上，甚至更高。但是在宏觀問題上，電腦會錯得一塌糊塗。這代表後者的難度要大得多。

我之前主導Google開發電腦自動問答系統時，我們從來不讓電腦回答涉及主觀看法的問題。為什麼？因為對於那些問題，即使是權威和專家，也可能會錯得一塌糊塗。為了不誤導用戶，我們在設計產品時，乾脆就不讓電腦回答這類問題。

這件事提醒我們，在讀書時，對書中的主觀看法和演繹要非常小心，不要不經過大腦就輕易相信了。

練習題

看看下方這道智力題，你從中讀到了什麼訊息？

有十二個外觀一模一樣的球，其中有一個球的重量和其他十一個不同，我們不妨稱之為壞球，其他的球稱為好球。壞球可能比好球輕一點，也可能重一點。現在給你一個天秤，只能使用天秤五次。請問如何找到那個壞球，並且確定它是輕一點還是重一點？

提示：如果僅僅讀出是十二選一是不夠的。

1.7 速度：如何突破閱讀的瓶頸？

人閱讀的速度無法和電腦相比，因為人會遇到兩個瓶頸——人腦接收訊息的頻寬，以及人眼識別圖像的速度。因此，我們的閱讀速度不可能無限快，頻寬也不可能增加。我們能做到的，就是在大腦接收訊息的頻寬不變的情況下，提高效率。根據閱讀相關認知科學的最新進展，以及我在約翰霍普金斯大學（The Johns Hopkins University）和Google時做的用戶閱讀實驗的結論，我總結出了三個提高閱讀速度的方法。

在講方法之前，先來說說閱讀的兩個瓶頸。

第一個瓶頸是人腦接收訊息的頻寬。根據腦科學和認知科學的研究，人一秒鐘能接收的訊息只有一百至兩百位元（bits），換算成漢字，就是十二至二十五個字。如果實際的閱讀真能達到這個速度，那麼我們一分鐘可以閱讀七百至一千五百個漢字，就是一本三十二開圖書的一到兩頁。一本四百頁的小說，四至七個小時就可以讀完。這個速度是非常快的。但是，一般人讀書可達不到這個速度。

第二個瓶頸是眼睛和大腦一同識別文字圖像的速度。我們在閱讀文字時，眼睛看到的其實是圖像，大腦必須先進行圖像識別，然後才能理解詞彙。讀書越多，圖像識別的速度越快，但如果遇到一個生字，速度馬上就會降下來。

當然，在大腦識別圖像之前，眼睛須要先獲得圖像訊息。如果我們眼睛的分辨率非常高，真能做到一目十行，那麼圖像識別的速度也能快一些。但不幸的是，我們只有眼睛視網膜中心區域的分辨率高，它也就只能覆蓋眼睛前方大約角度一度的範圍。角度一度有多大呢？如果你手臂伸直端著書，這個角度最多能覆蓋四至五個字；如果把書拿得近一點，就只能一次看清三個字。當然，有人可能會問，我看到的畫面有幾十度寬啊，那其實是人腦合成的圖像。看過魔術表演的朋友可能會有這樣的體會：你越是盯著魔術師的手，就越看不清他的把戲。這是因為他的手動作太快，你的眼睛和大腦來不及合成圖像。

我們在Google做過一個實驗，用儀器追蹤讀者閱讀網頁時的眼球動作。我們發現，他們真正能關注的，只有網頁中很小的區域。這也證明了上述理論。市場監測和數據分析公司尼爾森（Nielsen）也做過類似的實驗，結果顯示，在一頁網頁上，讀者眼睛能夠關注到的區域最多占頁面的十分之一。

上面講的是人的生理極限，是沒有辦法改變的。不過，瞭解了這些，我們就可以透過下面三個方法，讓自己的閱讀速度達到生理極限。

第一，調整書本的位置。

我們閱讀的有效視角只有一度，因此快速閱讀時，不要把書拿得太近。只要養成把書拿遠一些的習慣，閱讀速度就可以提高三〇％。

第二，學會用語音輔助閱讀。

閱讀時，我們一般會一行行地掃描文字，但是眼睛掃描的速度和我們理解的速度常常不一致。掃描慢了自然讀不快，而掃描快了大腦又會理解不過來。這種不同步，讓閱讀速度降到了每分鐘三百至五百個漢字。其實，如果真做到這個程度，還是不算太慢的，只是很多人根本達不到這個速度。因此，提高閱讀速度的關鍵，是不斷練習眼睛和大腦的同步。

實驗室裡是這麼做的：讓人坐在電腦螢幕前，眼睛盯著螢幕不動，螢幕上的字緩緩移動，眼睛關注的中心區域字體加亮，這樣閱讀速度可以提高大約五〇％，換算成漢字就是每分鐘閱讀五百至六百個字。

但人日常閱讀時，文字並不能自動移動且加亮，替代辦法就是用語音輔助眼睛移動和大腦的配合。

人眼和大腦是無法天生同步的，眼睛一掃而過，大腦往往跟不上。但用語音輔助閱讀，就能讓眼睛掃描和大腦理解做到同步。

人在朗讀陌生文稿時，遇到熟悉的詞組，語速會快；遇到不熟悉的，則會卡住。可見，朗讀和大腦的思考是自然同步的。不過，這裡說的用語音輔助閱讀不是真的讀出來，而是用默讀的節奏來控制眼睛掃描的速度。音千萬不要發出來，那會降低閱讀速度，只要用大腦稍微想一下讀音即可。經過練習，你在看到熟悉的詞組時，可能默讀了前兩個音節，整個詞組就辨識完成了，眼睛一掃就直接跳到下一個詞組了。

舉個例子。下面這段文字，帶底線的部分要一個字一個字地默讀，在閱讀時，眼睛的目光是跳動的，要隨著默讀的速度在有底線的文字（音節）處停頓，然後跳到下一個必須默讀之處，其他內容只要用餘光快速掃過即可。

> 寶石藍是藍色的一種，也稱寶石藍色，這種顏色比深藍色更深一點，比較偏紫，代表冷靜、智慧等。這是一種晶瑩剔透的藍，比一般的藍要更深。

實驗證明，透過這種訓練，大約兩個月後，英語閱讀的速度可以提高三〇至五〇%。雖然我們沒有直接對中文做過測試，但根據我的經驗，以及採用這種方法閱讀的人的回饋，這是可以明顯提高閱讀速度的。當然，這樣閱讀的習慣要透過一段時間來養成。

第三，**遇到不認識的字，不要停，跳過去**。

閱讀並不須要理解每一個字。實驗發現，如果從一段文字中扣掉三〇%的文字，那無論是人或電腦，都無法理解它的含義了。但如果扣掉不超過一〇%的文字，電腦的理解會差點，受過良好教育的人則基本上能理解全部的訊息。因此，有幾個字不認識，不會影響你的閱讀。例如，一個中年人不理解網路用語「喜大普奔」（編注：是喜出望外、大快人心、普天同慶、奔走相告這四個成語取首字而成，意即歡樂的事情要分享出去），將它跳過去完全沒有問題，讀到幾次自然就會明白了。

練習題

1. 列出三種適合快速閱讀的內容，三種不適合快速閱讀的內容。
2. 每天練習十分鐘的快速閱讀，看看六十天後自己的閱讀速度是否有所提高。

本章小結二

提高閱讀速度，要做到有意識地閱讀，提高對文章結構和有用資訊的敏感度。快速閱讀的關鍵還在於腦和眼的配合，而語音是幫助眼和腦同步的輔助工具。另外，稍微把書拿遠一點，也有助於提高閱讀速度。

1.8 層次：如何兼顧閱讀的廣度與深度？

提高了閱讀速度之後，並非所有內容都要同等對待，都要花相同的時間來閱讀。閱讀要分層，要兼顧廣度和深度，這樣才能更有效地透過閱讀獲取知識。這也是那些擅長讀書、讀了很多書，且知識體系非常完備的學者們通常採用的做法。

在我看來，書大致可以分為三類。

第一類是供瀏覽的書，也就是你可以快速翻翻，大致瞭解一下內容的書。

為什麼要瀏覽大量的書籍？是為了增加閱讀量。以我本人為例，如果逐句閱讀，大約能長時間維持兩分鐘一頁的速度，當然，內容深奧的專業書籍除外。這個速度應該不算慢了，但是仍不足以讓我維持日常的大閱讀量。一目十行、囫圇吞棗是沒有意義的，因此對於很多書，我會跳著讀，變速讀——剛開始讀得很仔細，中間有些章節跳過去；或者每章的頭尾讀得很仔細，中間快速瀏覽一下。這樣，半天或一個晚上，或者坐飛機四、五個小時的時間，我就可以「翻」完一本書。

為了保證閱讀品質，在閱讀的過程中，我會在感興趣的地方做很多記號，以便將來有時間回過頭來仔細閱讀。這樣讀一遍書，我就能瞭解書的大致內容和我感興趣的內容。根據我的經驗，即使是我覺得有價值、花錢買來的書，也有三分之二如此瀏覽一下就可以了。畢竟，並非每本書都值得花很多時間閱讀。至於從圖書館借的、別人送的，或者逛書店時吸引到我的書，絕大部分看看內容簡介和目錄，隨手翻翻裡面的內容，就能判斷是否值得讀了。

瀏覽書不等於不關注細節訊息。對於做了記號、值得關注的內容，我經常會剪下來保存——剩下的就扔進回收桶了。當然，如果是從圖書館借的書，那就只能拍照了。不過，近十年來，我從美國的圖書館借的書大多是有聲書，數量比較多，但是我堅持聽完的不到三分之一。如果覺得好，我就會買一本紙本書。有人可能會覺得我這樣對待書太浪費，但實際上，讀書哪怕只獲得兩、三頁的資訊，也就不算浪費了。相比於資訊，書反而是很便宜的東西。

第二類是必須細讀或精讀的書，我會逐句讀完。

這類書也包括一些我在瀏覽後決定再讀一遍的書。讀這類書的時候，我會一邊讀，一邊劃重點；有時還會對重點內容建立索引，以便將來寫作需要時可以找到。如果你讀過我寫的其他書，會發現裡面很多事實引自其他作者的著作。那通常都是我在讀書時建了索引的內容。

第三類是須要典藏的書。

大約有二〇%的書會長期放在我的書架上，這些就是必須典藏的書。這類書又分兩種，一種是參考書，我時不時會用到。例如《劍橋中國史》（*The Cambridge History of China*），全書上千萬字，我並沒有一字不落地讀完，但是在寫作時，我須要用它驗證資訊的準確性。又例如我過去當工程師的時候，經常要用到《數值配方》（*Numerical Recipes*，暫譯）這本書，裡面有不少常用的數值計算的公式和算法，而我又不可能記住，於是就把它放在書架上最顯眼的地方，時不時拿出來翻看。

另一種是要品讀的書，大部分是經典著作。這些書有些我甚至有兩種語言不同版本的，既有羊皮封面的收藏版，也有翻得很爛的幾塊錢一本的平價版。這些書我讀了很多遍，每一遍都有新的感觸。在後面的章節，我會帶大家一起品讀這類經典。

對於優質雜誌，我會做同樣的處理，大約有一〇%能留下來，因為裡面有些文章寫得真的很好。另外，根據我的經驗，從瞭解訊息這方面來看，看雜誌比看書更有效。

按照我的閱讀速度，我能讀得過來八、九種期刊與一份報紙以及每年二十至五十本書。對大部分人來講，有這一半的閱讀量應該就夠了。如果你能做到前面說的一分鐘閱讀三百字以上，這應該不是什麼難事。

另外，很多讀者朋友問我讀電子書和讀紙本書是不是一樣的。在談這個問題之前，先要區別一下電子書、有聲書和盜版的PDF文件。真正的電子書（例如kindle或「得到」上的電子書）是可以像紙本書那樣做筆記、寫心得的，它們和紙本書的區別只在於採用了不同的媒介。讀電子書時，我的心態是在讀書，而不是在用手機看故事，大部分使用kindle的人也是如此。相反地，盜版的PDF文件通常只能當網頁來看，與看報紙、看雜誌、看故事沒有什麼區別。有聲書和電子書有所不同，因為聽有聲書時，接收資訊是單向、線性的，通常不能隨意跳來跳去地聽。因此，對於聽了之後覺得好的書，我通常還會再買一本紙本書來讀。

閱讀為什麼要分層呢？因為分層閱讀是我能找到的唯一可以兼顧知識面、知識完整性和深度的辦法。一個接受能力很強的人，即便每天不上班、只讀書，也做不到精讀大量的書籍。

我在約翰霍普金斯大學的老師大衛・亞羅斯基（David Yarowsky），藏書量和讀書量可能都是我的十倍，但是他九五%的書都只是瀏覽過。按照他的觀點，絕大多數書都不值得仔細讀，但是閱讀量大是有好處的，除了拓寬知識面，更重要的是能夠讓自己的想法保持客觀中立——如果你只瞭解一個作者的觀點，就有可能被他牽著鼻子走。

任何專業人士想做到一流，都必須對所在領域有全面的瞭解。也就是說，既要有很寬的知識面，又要對某些問題有深度的理解。我從二十多歲做科研時起，每個月都要把所在領域的頂級期刊全部讀一遍，雖然大部分是瀏覽，但至少摘要和結論是要看的，這樣才能保證我在想法上的客觀中立。而且，這樣在必須做判斷的時候，我就能馬上判斷什麼事情不能做，降低失敗率，因為其他人已經把成功和失敗的經驗教訓都說過了。後來我做投資也是如此，只有快速過濾掉那些不值得花工夫研究的，才有時間關注最有潛力的標的。

閱讀的品位是土壤，什麼樣的土壤會種出什麼樣的植物。最深層的閱讀是樹根，根不僅要扎得深，還要根系發達，只有這樣才能快速吸收養分，長成大樹。比深層閱讀稍微淺一點的細讀，是樹的枝幹。而大量的瀏覽是樹葉和樹冠。一棵漂亮的樹一定要枝葉茂盛，光禿禿的沒人喜歡。樹葉會落了再長，就像大量瀏覽的書籍、文章內容一樣，你可能很快就忘了，但是只要有好的閱讀習慣，很快就會又變得枝葉茂盛了。和一般的樹不同的是，知識樹的枝葉是交叉聯繫的，是網狀的，因此我們也稱之為知識圖譜。透過閱讀，一個人可以構建出自己的知識圖譜。

分層可以大大拓展我們閱讀的寬度，但閱讀也必須顧及深度。如果所有書都是泛泛地瀏覽，就難以深入一個專業。那麼，怎麼透過深度閱讀讀出「深意」呢？

深度閱讀和瀏覽的差別不僅在於閱讀速度和對細節的瞭解，還在於兩者一開始的目的就不同，然後導致方法也不同。

深度閱讀的一個目的，是在把一本書讀透之後，用它的內容構建自己的知識體系和認知框架。比如說，讀教科書就是這個目的。我離開學校後的這二十多年，還讀了十來本教科書。闔上教科書，閉上眼睛，好的學習者能把整本書的要點按照一個線索整理出來，做不到就說明你沒有把這本書吃透。為了做到這一點，遇到不懂的地方，必須花時間搞懂，甚至要看一些參考書。而瀏覽的話，這些都可以跳過去。

深度閱讀的另一個目的是去偽存真。今天的大眾媒體喜歡做「標題黨」，斷章取義，甚至會稍稍歪曲一下事實。大部分時候，我們沒必要搞清楚那些事實，但有些問題必須掌握真相，以保證自己是生活在真實的世界裡。只有深度閱讀才能讓我們達成這個目的。這時，深度閱讀要做到兩件事：第一，審查每個觀點是否有依據，資訊來源是否可信；第二，對一些專業的材料，必須進行專業的理解，甚至須要專業人士幫助解讀，以免自己理解錯誤。

例如，我在二〇二〇年讀到了一篇論文，是史丹佛大學（Stanford University）醫學院的一些研究人員在論文預發布網站上，提前登出的一篇預測新型冠狀病毒肺炎感染人數的論文＊。這些研究人員抽查了醫學院所在的加州聖塔克拉拉（Santa Clara）的三千三百人，發現在二〇二〇年三月美國加州疫情還沒有開始時，當地已有二．五至四％的居民感染了該病毒，而當時該地區報告的感染病毒的人數不到總人口的萬分之五。於是他們得出結論，該病毒的實際感染人數是報導的五十至八十五倍。這篇論文一出，就受到了媒體的關注。

如果單看論文，這些研究者的統計方法和結論似乎無懈可擊。他們是這麼做的：首先，在臉書上發廣告，邀請志願者來醫院參加免費檢測；然後，研究人員根據報名者的性別、種族和地址進行篩選，保證樣本的平衡性；之後，他們發現這些人中有一．五％的人感染了病毒，再考慮到有些細分組的樣本不足，做了一些統計上的調整，得到了二．五至四％的居民已經感染病毒的結論。

乍看他們的方法似乎沒有問題，研究者又來自著名的史丹佛大學醫學院，所以似乎是專家給出的正確結論。對讀者來說，就怕看到「史丹佛」三個字，看到隨機抽樣，就直接相信了結論。但是，如果你認真讀一下那篇論文，就會發現藏在細節中的「魔鬼」。

首先，看似有代表性的樣本，其實並沒有代表性。為什麼這麼說呢？因為這個研究其實是假隨機的。要知道，當時該地區已經頒布了居家隔離的限制令，能跑去醫院檢測的人，多少是有點症狀或有點擔心的，然後想到是免費檢測就去了。真的隨機抽樣，應該是到居民區隨機敲門，不管居民願意不願意，都進行檢查。

其次，那篇論文沒有討論偽陽性的比例問題，更沒有進一步檢測排除偽陽性。所謂偽陽性，就是參加檢測的人沒有患病，但是化驗結果呈陽性。偽陽性的比例有多高呢？該實驗使用的試劑，偽陽性的比例是一至二%。也就是說，極端情況下，他們檢測出來的一．五%的陽性人群可能都是偽陽性。

事實上，一個月後，史丹佛大學醫學院對全部工作人員做了仔細的篩查，在排除偽陽性的情況後（針對陽性群體以其他方式排查），發現感染的比例不到五（這是二〇二〇年五月之前情況。隨著美國疫情從該年夏天開始不斷惡化，核酸檢測陽性的比例早已超過文中提到的比例了）。考慮到工作人員接觸病毒的可能性較高，當地實際感染的比例應該更低。這也證實了那篇論文不可信。最終，作者撤回了那篇文章。

從這個例子可以看出，深度閱讀是非常有必要的，特別是當我們必須透過閱讀獲得行動依據時。閱讀是為了獲得可靠的資訊，以便讓我們做得更好。所以，一定不要盲目接受一些帶有雜訊的訊息，被所讀的內容誤導。

練習題

把你在過去三年閱讀過的內容分類，看看哪些適合泛讀？哪些應該精讀？對於後一類，如果還沒有精讀，找時間補上。

---

* Eran Bendavid, et al.,"COVID-19 Antibody seroprevalence in Santa Clara County, California", available at https://www.medrxiv.org/content/10.1101/2020.04.14.2006246 3v1.

1.9 欣賞：如何體會經典文學的魅力？

很多人只愛看暢銷小說，因為讀起來輕鬆，覺得經典文學讀起來顯得沉悶。實際上，如果你能靜下心來，把經典文學讀進去，一定能夠體會到文學的魅力。讀過之後，你會覺得暢快淋漓，覺得那些時間花得很值得。當然，如果因此而學到了寫作的技巧，那就收穫更大了。

我們從狄更斯《雙城記》（*A Tale of Two Cities*）的開頭講起，這段話很多人都不陌生。

那是最好的年月，那是最壞的年月，
It was the best of times, it was the worst of times,
那是智慧的時代，那是愚昧的時代，
it was the age of wisdom, it was the age of foolishness,
那是信仰的新紀元，那是懷疑的新紀元，
it was the epoch of belief, it was the epoch of incredulity,
那是光明的季節，那是黑暗的季節，
it was the season of Light, it was the season of Darkness,
那是希望的春天，那是絕望的冬天，
it was the spring of hope, it was the winter of despair,
我們將擁有一切，我們將一無所有，

we had everything before us, we had nothing before us,
我們直接上天堂，我們直接下地獄
we were all going direct to Heaven, we were all going direct the other way,
——簡言之，
– in short,
那個時代與現代十分相似，甚至當年有些大發議論的權威人士都堅持認為，
the period was so far like the present period, that some of its noisiest authorities insisted on its being received,
無論說那一時代好也罷，壞也罷，只有用最高比較級，才能接受。
for good or for evil, in the superlative degree of comparison only.

這段話非常有名，即使譯文失去了原文的一部分美感，讀起來也朗朗上口，想起來富有哲理。你可以對照中文讀一讀原文，因為原文的神韻是翻譯不出來的。我們都知道，唐詩很難翻譯成英文，因為翻譯之後詩韻就沒了。其實同樣的道理，好的英文詩也很難翻譯成中文。

讀文學作品，首先要去體會語言的美感。一種成熟的語言，不僅能承載訊息，還有獨特的美感。翻譯往往只能解決訊息，但是會帶來美感的折損。到這段話，有很多翻譯的版本，上面放的是人民文學出版社石永禮先生和趙文娟女士的版本。但無論是哪個版本，其實都很難把狄更斯語言的精妙之處譯出來。接下來，我就帶你對照著中英文，欣賞一下狄更斯的表達藝術。

在這段文字中，狄更斯用了五個表示時代的詞，原文分別是times、age、epoch、season、spring/winter，中文分別翻譯成了「年月」、「時代」、「新紀元」、「季節」，以及「春天／冬天」兩個具體的季節，以示區別。但其實這樣的翻譯，以及其他幾個版本的翻譯，我覺得都很難表達出原文的準確性。

首先，是上述四個時間名詞的差異。

在英語中，times是對時間和年代最泛泛的說法，第一句話中用的形容詞best和worst，恰好也是關於好和壞的形容詞最高級中最泛泛的說法。這句話的意思是，那是人類歷史上所有時間中最最好的一段時間，同時也是最最壞的。當然，如果按照這個意思直接翻譯就不優美，因此翻譯家不得已，只能用比較通順的話翻譯出來。

第二句話中使用了age一詞，雖然它也有「時代」的意思，但細講起來是一年、幾年這種長度的年代。相比之下，第三句話中的epoch指的是比較長的時間段。例如，我們說地球現在處於地質年代的第四紀的全新世——這個「全新世」，就是用epoch。要知道，地質的時間都是很長的，從這裡大家可以體會一下epoch的時間跨度。

至於season，是比age更短的時間段，它不一定是指一個季度，也可以表示時代，但非常具體。

其次，狄更斯還遵循了「具體配具體、抽象對抽象」的語義搭配原則。

他把最抽象的時間和好壞搭配放在最前面，然後進一步從智慧和愚昧、信仰和懷疑、光明和黑暗三個層面進行解釋。其中，信仰和懷疑在精神世界是最高層的，所以狄更斯用了跨度最大的epoch和它們對應。此外，春天總是和希望聯繫在一起，冬天總是讓人感到絕望，因此最後一句的搭配很自然。這一段文字是在不斷強化講一件事，層層遞進，但是讀起來不會令人感到囉唆。

有些中文譯本把這四個表示時間的詞統統翻譯為「年代」，就是沒體會到狄更斯表達的苦心，顯得一再重複、絮叨。

最後，狄更斯還做了個總結。

很多人在總結時喜歡用「因此」或「所以」銜接，但狄更斯用了「in short」（簡言之），文學氣息更濃。類似的場景下，有時我喜歡用「概括來講」、「簡單地講」、「用一句話來講」等短語，這都要比

「因此」和「所以」更生動。

細細品讀狄更斯這段原文，你會感覺暢快淋漓，不由讚歎文學語言的美妙之處，就像我們讀唐詩讚歎中文的美妙一樣。

當然，這段話之所以這麼重要，不僅是因為它文筆精妙，還因為它是全書的文眼。

整段話核心的修辭筆法是對比，把一組組看似矛盾的概念放到一起。在這裡，強調矛盾是有深意的。要知道，《雙城記》講的是法國大革命前後的故事，而法國大革命的特點就是不妥協，沒有溫情脈脈，非黑即白，沒有灰色地帶，沒有折衷。那個時期，同時上演著善良與邪惡、友情與陰謀、自由與暴力的大戲，狄更斯就是要讓讀者看清楚人類歷史上這個充滿了矛盾、既偉大又血腥的時代。同時，狄更斯還想告訴讀者，即便是在那個時代，依然充滿著人性的光輝。

從這個例子可以看出，同樣一段話，深讀可以讀出這麼多的內容。這就是我們必須精讀經典的原因之一。

很多文豪和狄更斯一樣，會在開篇就用一、兩句話概括全書。

托爾斯泰在《安娜．卡列尼娜》（*Anna Karenina*）的開篇寫道：「幸福的家庭都是相似的，不幸的家庭各有各的不幸。」這預示著卡列寧和安娜未來的不幸，以及全書悲劇的結局。

珍．奧斯丁（Jane Austen）在《傲慢與偏見》（*Pride and Prejudice*）的開篇是這樣寫的：「饒有家資的單身男子必定想要娶妻室，這是舉世公認的真情實理。正是因為這個真情實理家喻戶曉深入人心，這種人一搬到什麼地方，儘管他的感覺見解如何街坊四鄰毫不瞭解，他就被人當成了自己這個或那個女兒一筆應得的財產。」

海明威在《戰地鐘聲》（*For Whom the Bell Tolls*）的開篇引用了英國詩人多恩（John Donne）的一首詩：「……不要問喪鐘為誰而鳴，它就為你而鳴！」

尼克森（Richard Milhous Nixon）在自傳《競技場上》（*In the Arena*，暫譯）的開篇引用了美國前總統老羅斯福（Theodore Roosevelt）的一句話：「榮譽屬於真正置身於競技場上的人……」

他們之所以用這種表現手法，都是為了先聲奪人。當然，也為我們留下了傳誦至今的名句。

為什麼有些文學經典值得反覆讀呢？因為只有這樣才能體會其中語言的美感和文字的魔力，就如同我們欣賞米開朗基羅（Michelangelo）的繪畫或貝多芬（Ludwig van Beethoven）的音樂一樣。很多文學大師為我們樹立了一些表達思想的典範，他們用一些很普通的詞和語法很簡單的句子，把自己的想法甚至是人類共同的想法，準確而優美地表達了出來，讓語言有了音樂一般的韻律和繪畫一般的色彩。

深度閱讀文學作品，不僅能夠體會語言的魅力，還能理解作者真正的思想。

接下來，就以魯迅《故事新編》中的〈鑄劍〉為例，說說作者會在作品中埋藏什麼樣的深意。〈鑄劍〉的故事原型出自曹丕所作的志怪小說集《列異傳》，故事大意是這樣的：

楚王請天下第一鑄劍師干將、莫邪夫婦為他鑄劍。干將知道劍成之日就是自己喪命之時，因為楚王怕他們給別人鑄劍。於是二人鑄了雌雄兩把劍，雌劍獻給楚王，雄劍由莫邪保留，讓他們的遺腹子將來藉此劍報仇。獻了劍之後，干將果然為楚王所殺。

十六年後，干將、莫邪的兒子眉間尺長大成人，決心報仇。但是他一個孩子辦不到這件事，這時他遇到了俠士宴之敖。宴之敖講，他可以去殺了楚王為干將一家報仇，但是需要寶劍和眉間尺的頭顱。眉間尺相信宴之敖，就把自己的頭顱和劍交給了他。

宴之敖以獻上眉間尺的頭為由覲見楚王，並設計在煮頭的鼎邊用寶劍砍下了楚王的頭。隨後，他又砍下了自己的頭，三個頭在鍋裡亂咬。最後，眉間尺和宴之敖的頭終於把楚王的頭咬得面目全非，為干將報了仇。在整個過程中，上自王后，下至弄臣，都在一旁瞪眼看著。

同樣的故事情節，魯迅改編它的價值在哪裡呢？在我看來，魯迅為細節賦予了新的深意。這篇小說是魯迅去世前不久完成的，他一生致力於改良中國社會，但是看客們是喚不醒的，而這篇小說裡就有魯迅一生的隱喻。

例如，殘暴的楚王、想報仇的眉間尺、俠士宴之敖，分別象徵了反動的舊勢力、年輕時的魯迅和成熟後的魯迅。在魯迅改編後的故事中，暗示干將、莫邪鑄劍時就開始覺醒了，因此為後來的報仇準備了武器。覺醒、向舊世界復仇，這是對魯迅自己的寫照。但是，眉間尺有復仇之心，卻無復仇之力，這也是魯迅對年輕時自己的寫照。後來，魯迅以改造社會為己任，對應到小說裡，就是宴之敖的形象。小說最後寫到，仇報了，周圍卻仍然都是看客，魯迅是在藉此暗示自己的希望落空了。

確實有些書必須深讀、反覆讀，只有這樣才能體會到其中語言的美感、文字的魔力和作者的深意。當然，並非所有人都像魯迅先生那樣，在不多的文字中埋藏太多的深意。很多書其實表達得很淺顯，過度解讀反而是歪曲了作者的本意。

練習題

閱讀莎士比亞《羅密歐與茱麗葉》（*Romeo and Juliet*）的第一幕第三場，以及川端康成《古都》的第一章〈春花〉，感受文字的魅力。

本章小結三

閱讀是我們建立知識體系的主要手段。閱讀的品位決定了我們的水準。通常，最有效的方法是從正統的書籍入手，建立自己知識體系的基準線，然後用更新、品質更高的內容補充。為了提高閱讀速度，我們須練習一些快速閱讀的技巧、培養一些好的閱讀習慣。當然，人閱讀的速度不可能無限快，為了兼顧閱讀的廣度與深度，閱讀應該分層。用於典藏的書，需要深度，不斷反覆閱讀；有助於建立自己的知識圖譜的書，必須細讀；用於擴大視野的書，可以隨便翻翻瀏覽。

第2章

寫作的核心：表達自己

現代人除了睡覺，絕大部分時間恐怕都用在了交流上。交流的目的不僅在於理解他人給我們傳遞的訊息，更在於準確地把我們的想法或我們掌握的資訊傳遞給他人。能否做好這一點直接關係到我們的工作是否順利、生活是否幸福。在各種表達方式中，寫作是最正式、最準確的，也是可以將訊息和思想長期保持、留給後人的。因此，掌握寫作的技巧，最準確有效地表達自己的思想對每個人都至關重要。

2.1 書面表達：寫與說有什麼不同？

很多人會覺得，書面表達讓人有更多的時間去思考和優化，更容易讓人信服。但其實書面表達也有不利的一面。例如，書面表達無法與讀者互動，是一錘子買賣，一旦讀者不喜歡看，直接扔到一邊，作者根本沒有解釋的機會。因此，書面表達想要贏得精彩，就必須寫得漂亮。

這一節，我會從語言學和傳播學的角度，講講書面表達有什麼特點。所謂特點，是相對於口頭表達而言的。因此，我會從四個角度來對兩者進行對比。瞭解它們的不同之處，有助於你提高寫作水準。

第一，用詞用語不同。

如果你聽過我在「得到」開設的「閱讀與寫作50講」，再來看這本書，就會發現，雖然內容類似，但語言還是有所不同：語音課程的內容是口語化的，用詞用語是語言學上所說的「自然語言」（spontaneous speech），書面語則是「形式語言」（formal language）。如果一份正規的研究報告裡有不少口語化的詞和網路用語，就會讓人感覺缺乏權威性。此外，在口頭表達時，多次重複用同一個詞表述同一個概念是沒有問題的，但是如果在書面表達時這麼寫，就會顯得很無趣。表述同一個概念時，特別是用的動詞和形容詞，最好是能換成同義詞。因此，想要進行書面寫作，累積足夠大的詞彙量是非常重要的。

第二，表達結構不同。

口語和書面在用詞用語上的區別是小顆粒的，在表達結構上的區別則是大顆粒的。

口頭表達的結構，常常是在時間上從前往後，在邏輯上先因後果——除非有非常重要的事情須要先講結論，否則都是先講原因，再說結論。

書面表達的結構則有很多種，既可以先講原因，也可以先講結論，甚至還可以先把要說的大道理講出來。

首先，可以從前往後、先因後果地寫作，即順敘。這種寫法的一個範例就是諸葛亮的《出師表》。諸葛亮在開篇寫道：

先帝創業未半，而中道崩殂。今天下三分，益州疲弊，此誠危急存亡之秋也。

這就是先說眼下的情況，然後分析蜀漢的現狀和天下大勢，說明為什麼要北伐曹魏。這樣寫自然流暢，大家會感到北伐是歷史的選擇。

其次，可以先講結論，再講做法，即倒敘。例如，樂毅的《報燕惠王書》，就是先給結論，講自己的做法，然後再倒敘說明原因。當時的背景是這樣的：賞識樂毅的燕昭王去世，其子燕惠王上臺後，聽信讒言，罷免了伐齊有大功的樂毅，用騎劫取而代之。樂毅回到母國趙國，之後燕國軍隊被齊國的田單用火牛陣打敗，燕國得到的齊國七十餘城全部失去。這時燕惠王才想到樂毅，派人去趙國請樂毅回來。樂毅沒有回去，但是讓使者帶回了一封信說明原委。樂毅在開篇是這樣寫的：

臣不佞，不能奉承王命，以順左右之心，恐抵斧質之罪，以傷先王之明，又害足下之義，故遁逃走趙。

翻譯過來就是：

> 臣算不上聰明，不能聽從您的命令，順從您左右官員的心，又害怕犯了殺頭之罪，這樣就傷害了先王的英明，也傷害了您的道義，所以逃奔到趙國。

隨後，樂毅回顧了當年燕昭王如何器重，讓他立下不世之功。又說今王如何聽信小人讒言，不能任用忠良。當然，他沒有直說，而是用吳王夫差對待功臣伍子胥的做法暗示。然後，他表示自己不會回去了，並在最後寫下了一句千古名句——「臣聞古之君子，交絕不出惡聲；忠臣之去也，不潔其名」，表示不再囉唆了，大家好聚好散。

很多人認為諸葛亮的《出師表》在風格上跟樂毅的《報燕惠王書》很像。諸葛亮自比樂毅，一定是讀過這篇千古名文的，但他為什麼不採用樂毅的行文結構呢？因為讀者不同。諸葛亮好歹也是劉禪的臣子，以後還須劉禪支持北伐，不能張口就給結論。而樂毅已經離開燕國了，並且打算以後和燕國老死不相往來，所以就直接給了一個痛快話，省得燕惠王看到一半生氣不看了還不知道結論。當然，樂毅花了很長的篇幅寫他這麼做的原因。其實，這些道理並不是寫給燕惠王看的，而是給我們這些後人看的。正是因為有這篇文章，樂毅才成了後人眼中忠勇雙全的儒將形象。

最後，還可以先講自己要說的道理。例如蘇東坡的名篇《留侯論》，他在開篇是這麼寫的：

> 古之所謂豪傑之士，必有過人之節。人情有所不能忍者，匹夫見辱，拔劍而起，挺身而鬥，此不足為勇也。天下有大勇者，卒然臨之而不驚，無故加之而不怒。此其所挾持者甚大，而其志甚遠也。

短短幾十個字，把想講的觀點和道理說得一清二楚，之後才講到留侯張良的故事。為什麼這麼寫呢？因為這是蘇東坡在參加科舉考試謀功名之前，給當朝官員楊畋、富弼等人寫的作品集中的一篇，他要讓那些大臣知道自己的政治見解和主張。

不過，這種寫法必須承擔一定風險，因為如果開篇的幾句話不能打動人，那麼即便後面是錦繡文章，也會被當官的扔到一邊。但蘇東坡是大文豪，這個開篇短短幾十個字，無論是在立意、氣勢還是韻律方面，都堪稱千古名句。

由此可以看出，針對不同的讀者，出於不同的目的，寫文章可以採用不同的結構。相比之下，口頭表達的結構比較單一。

第三，訊息方向不同。從受眾角度來看，口語和書面語也有差別。兩者不僅存在聽和看的差別，更重要的是訊息獲取方向不同。

人在作為聽眾接收資訊時，完全是單方向的、線性的、被動的。所以，口頭表達一般只能有一條線索，這也是為什麼說最好一次只講清楚一個問題；即便要講幾個問題，也要第一、第二、第三順著來。雙方的節奏一定要合拍，如果講話者的思路跳來跳去，聽眾就難以跟上。就像大家平時可能會看到的，一個人說話太快，聽的人會說「等一等，我有點跟不上，你再解釋解釋」。

但對於書和文章，讀者可以前後來回翻，可以自己控制節奏。

所以，為了讓文章出彩，作者在表達時就可以多條線索同時展開，行文在幾條線索中來回切換。只要安排得好，即使有多條線索，讀者也不會迷失。我在後面的章節會講到《戰爭與和平》、《鍍金時代》（*The Gilded Age: A Tale of Today*）、《生命中不能承受之輕》（*Nesnesitelná lehkost bytí*），它們都是兩條或多條線索同時展開，並且不斷切換。

在書面表達中，多條線索來回切換有一個好處——可以避免讀者因為單純沿著一條線索讀的時間長了，而感到枯燥乏味和疲累。有些書會在文中插入一些補充說明，其實也是為了讓讀者換換思路、輕鬆閱讀。

在寫《數學之美》時，我特地用幾章的內容介紹了當今的資訊科學專家。有些人問我為什麼不把那些內容集中放到最後，因為我安排那些章節，就是為了讓讀者在讀了比較長時間的數學內容後，調劑一下大腦。

一本好書，通常都有兩條以上的線索，而且是互相切換的。寫作如同烹調，不是簡單把原材料堆積起來就完成了，而是要讓原材料相互混合，經過烹炒變成一盤美味的菜餚。

第四，邏輯複雜度不同。

口頭表達的邏輯比較簡單，最常用的是三段論，從大前提、小前提推出結論。邏輯搞得太複雜，聽眾就會跟不上了。如果要分層次展開論述一件事情，就要把重要的放在前面，因為聽眾通常在五分鐘之後就會出神。英語裡有一個短語叫「the last, but not the least」，意思是說「最後一點，但並不因為我放在最後就不重要了」，專門用於講到最後一個論點時，提醒聽眾打起精神堅持聽下去。

但書面表達不一樣，只要能夠不斷吸引讀者跟著你的思路走，行文邏輯就可以搞得很複雜，而且未必要把重點放在前面。

書面表達在論述時常採用的兩個方式是**層層遞進和劇情大反轉**。如果你讀過金庸的武俠小說，一定就能體會層層遞進的寫作手法：在金庸的書中，前面出場的通常都是小角色，一開始讀者覺得了不起的武功，回過頭來看都覺得稀鬆平常了。至於劇情大反轉，好處就不用多說了，不僅能給讀者留下深刻的印象，還常常讓人回味無窮。《達文西密碼》（*The Da Vinci Code*）的作者丹・布朗（Dan Brown）就經常用這種寫作手法，《達文西密碼》一書也確實非常吸引人。不過，由於他同一種手法用得太多了，大家都知道要反轉，他的作品也就不再有懸念了。

對於正在學寫作文的中學生來說，如果不知道怎麼講故事或論述觀點，不妨試著採用層層遞進和劇情大反轉的表達方式。

層層遞進能讓人覺得作者思維縝密、思想深刻。劇情大反轉通常要先樹立符合普通人通常認知的對立面，然後一一推翻，這樣能讓人感覺作者有獨到的見地。我寫的《矽谷之謎》其實就是按這樣的邏輯展開論述的，先把大家印象中的矽谷描述一遍，然後說你們想的都是錯的，我下面講的才是真實情況。這樣，讀者就會發出「原來如此」的感慨。

在用詞用語、表達結構、訊息方向和邏輯複雜度這四個方面，書面表達和口頭表達都有很大的差別。明白了這幾點，你就能理解為什麼寫作的難度要比口頭表達高得多，這也是為什麼本書會花更多的篇幅講授書面表達的技巧。

練習題

將自己這一週打算口頭傳達給同事或朋友的訊息寫在一張名片的背後。

2.2 起步：如何從害怕寫到天天想寫？

很多人寫作時面臨的第一個問題是不知道寫什麼。無論是面對命題作文還是自選題目的作文，都是憋半天寫不出幾十個字。今天，無論是學生或職場人士，其實大部分人都沒有過去這個坎。一個具體的表現是，每當要寫點什麼的時候，大家就都去網上搜尋範例。但是，那些範例基本上沒有思想，和電腦自動產出的文章沒有什麼區別。以它們為基礎改幾個字交上去，既不可能得到好分數，也不可能受到上層和同事的尊重。

一個熟練的書面寫作者，必須經過從害怕寫到天天想寫，再從天天想寫到不輕易落筆的兩個過程。這一講，我會以美國私立中小學以及大學對不同階段寫作的要求為藍本，結合我的體會，介紹第一個過程，也就是從害怕寫到天天想寫的五個進階步驟。只要按照這五步練習，每個人都有希望成為書面表達的高手。

為了方便理解，我以微信朋友圈發文的例子來說明。畢竟，寫出一篇好文章和發一個廣受點讚的「朋友圈」並沒有本質區別，因為兩者都是須很好地表達自己。

第一步，隨便找一個新鮮有趣的題材，開始寫。

這個階段，寫得是好是壞並不重要，只要寫就行。

我們在小學時都被要求寫過觀察日記，要把每天看到的事情隨便選一些記錄下來。這件事看似簡單，很多小學生做起來卻會覺得很困難，憋半天不知該寫什麼，也不知道該從哪裡入手。如果讀了別人的範文，那就更氣餒了，會覺得自己和別人的差距怎麼那麼大，卻又無從改進。

其實，寫觀察日記就與用手機拍張有趣的照片，然後加一句文字說明一樣簡單。拍什麼並不重要，關鍵是你要自己拍，而且要說清楚在什麼時候、在哪裡以及為什麼拍它。

例如，一個孩子去動物園玩，看到了食蟻獸，這可能是他之前只聞其名、未見其物的哺乳動物。這時候如果手機在手，他肯定會咔嚓一下就拍下來。如果家長問他看到了什麼，他可能會說看到了食蟻獸，而且食蟻獸有長長的身體、長長的頭、長長的鼻子、長長的舌頭，總之都是一個「長」字。家長可以繼續啟發孩子，為什麼食蟻獸身體的各個部分都有「長」這個特點。原因不難找到，因為牠必須把頭伸進蟻穴吃螞蟻。如果觀察得再細一點，孩子可能會看到牠的長鼻子外面有鱗甲，長成這樣應該跟吃螞蟻有關，這就又找到了一個身體特徵和習性有關的證據。把上面這些發現都寫出來，就是一篇很好的觀察日記了。

當然，也可能孩子沒看到覺得新鮮的動物，只看到了過去在影片和圖片中已經見過的長頸鹿和大象。這是不是就沒得可寫了呢？不是的。他還可以把對牠們的印象和感受寫出來，例如「長頸鹿遠沒有我想得那麼高」，或者「大象的牙齒遠沒有我想得那麼長」。俞敏洪老師講過一件事，他的一位農村老鄉，到了北京見到天安門後大失所望，因為它沒有閃著金光。你看，這其實就是一個很好的觀察。任何一個讓你感覺「原來如此」或「原來不過如此」的見聞，都是很好的寫作題材。

第二步，突出主題。

寫東西最重要的，就是要突出主題。如果你拍了張照片發到「朋友圈」，結果朋友留言問「你拍的是什麼」，那就算拍失敗了。即便你回覆說，「是食蟻獸，在左上方那個樹叢裡，你放大一下就看見了」，也無濟於事。書面表達和口頭表達不一樣，作者沒有機會辯解。合格的記錄者要讓食蟻獸在照片中足夠突出，讓別人一眼就能看見。這不是說不允許有環境背景，而是說背景應該只是為了反應食蟻獸的生存環境和生活習性，不能喧賓奪主。你不妨用這個標準過濾一下自己以前寫的東西，看看主題是否突出，是否摻雜了太多沒用的資訊，以至於別人看了卻不知道在說什麼，或者知道在說什麼，卻覺得沒用的內容太多。

當然，有人會說我沒有長鏡頭，食蟻獸就是拍不大，周圍的畫面就是這麼多。這就如同畫面不夠清晰，硬要以增加背景來增加像素一樣。其實，這時最好的辦法是做一次裁剪，把沒用的畫面裁掉，這樣得到的圖片可能像素不高，但是能達到你的表達目的。

能記錄新鮮有趣的東西，並且突出主題，做好這兩步，就達到了國中作文的水準。

第三步，形成具有動感的故事。

如果要向別人介紹食蟻獸，只有一張整體的照片可能是不夠的，因為看不到細節。但是如果只拍牠帶有鱗甲的鼻子或牠的尖爪子，顯然也是不夠的，因為大家可能根本不知道你在拍什麼動物。所以，你須要給食蟻獸拍一組照片來講述一個完整的故事。如果看過一些介紹動物習性的優秀紀錄片，你就會發現，那些紀錄片通常是先給我們展示一個整體的畫面，然後帶我們進入一些特寫鏡頭的描述，瞭解動物的生活細節。至於選取哪些細節，就有講究了。對於食蟻獸，最能反映其特點的細節是牠們的長舌頭、尖鼻子等，尾巴不重要。但是，如果是講述孔雀的故事，美麗的尾巴就是重點了。

按照美國私立高中的要求，一篇合格的作文要有**輪廓、細節和故事情節展開的線索**。輪廓很好理解，食蟻獸的輪廓不能看上去和長頸鹿一樣。細節的選擇必須支持主題和故事情節，與這個目的無關的，哪怕自己再感興趣，也不要選擇。

當然，堆砌細節並不能帶來好文章，還需要一條線索把它們串下來。比如講動物的習性，你可以用牠一天的生活來串，也可以用牠的遷徙來串，不同的人會有不同的線索。要注意的是，線索替代不了主題，它跟主題是兩回事。除了記錄一件事情（記敘文），說明一個觀點也要有線索。

總結來說，首先，你要有一個整體的看法、態度，這是輪廓；然後，要有支持它的證據，這是細節；最後，這些細節不能以清單的方式羅列，而要根據一條條線索展開。做到這些，你就能寫出一篇合格的高中作文了。而這樣的作品，多少都會有人點讚。到這個時候，你基本上就能做到想寫就能寫了。

第四步，讓讀者產生共鳴。

高中以前，我們寫作常常是為了練習文筆。但是高中以後，不管是申請獎學金，還是要表達對某件事的看法，寫作常常都有現實目的。如果目的沒有達到，就是失敗了。

想要達到寫作目的，挑選素材很重要。例如同樣是食蟻獸這個題材，如果是環保人士，想以一組短片或一小段影片表現食蟻獸的生活習性，強調牠們對環境保護的作用，他們可能就須要找到食蟻獸吸食白蟻的畫面、被白蟻侵害的樹木的畫面等。他們須要把這些畫面放在一起，讓讀者或觀眾的心隨之一同震顫。如果觀眾主動轉發，就代表他與之產生共鳴了。如果素材無助於達成目的，那你再喜歡也沒用。

為了讓讀者產生共鳴，寫作的時候還要看讀者是誰，要以讀者的認知體系為前提，做到有的放矢。例如，有些人寫升職申請，心態是求求你們提拔我吧，我工作這麼多年，沒有功勞也有苦勞，這種寫法常常不會產生什麼效果。相反地，如果上層和同事看了之後覺得你貢獻真大，不提拔你就沒有公平可言了，那你的目的就達到了。同樣地，如果是申請研究生的內容，系主任看到後覺得，不把你招進來就是系裡的損失，那你的目的也就達到了。

第五步，形成自己的風格。

這是對專業作者的要求。貝聿銘的建築、夏卡爾（Marc Chagall）的繪畫、魯迅的雜文、張愛玲的小說，一看就知道出自他們之手。這就是自己的風格。我曾經跟隨一位攝影大師學攝影，但他從不教我技巧，而是一直強調自己的風格以及按快門那一瞬間的感受。在他看來，沒有風格的作品，永遠可以被替代，相應的藝術家就永遠不可能有立足之本。

必須注意的是，不要簡單地模仿某個人的風格，那樣很輕易就能讓人看出來是廉價的複製。不過，要形成自己的風格，須要瞭解很多人的風格。在清華教藝術史的王乃壯教授曾經對我說，當初徐悲鴻先生對他們的要求是瞭解至少五百位藝術家的風格，只有這樣才能形成自己的風格。如果你讀過我三本以上的作品，應該能體會到我的寫作風格，但是要知道，我讀了不知道多少人的多少作品。

上述五個步驟，可以說是寫作訓練的總綱。從找到新鮮有趣的題材寫、突出主題，到形成具有動感的故事、讓讀者產生共鳴，最後到形成自己的風格，這是一個持續進階的過程。我相信，按照這種方法進階，你一定也會產生天天想寫的衝動。

練習題

依照下面四個步驟在「朋友圈」發布觀察日記：

1. 把自己這一週拍的照片發到「朋友圈」，說說自己為什麼要拍它們，以及在按快門一瞬間的感受；
2. 對自己這一週發到「朋友圈」的照片進行評論，看看哪些照片重點不突出、雜亂無章；
3. 下次發「朋友圈」之前，考慮一下用一組照片講述一個故事，把故事寫下來；
4. 對於「朋友圈」中大家點讚較多的照片或內容，總結一下是因為哪方面做得好。

2.3 修辭：如何讓外行理解陌生的東西？

雖然修辭在寫作中的重要性遠不如結構和邏輯，但這是寫作的一項基本功，必須從小抓起。根據我寫了十多本書的感受，一個人的修辭水準在二十多歲時就基本上確定了，以後很難再提高。從名家的作品也可以發現，他們作品的思想性會越來越深，但是修辭水準在發表處女作時就已經定格了。因此，對過去西方大學的菁英來說，修辭學一直是一門必修課，只是現在大家更傾向於學習實用的技能——除了個別文科專業以及要做自然語言處理的人，絕大部分人是不會有系統地學習修辭學。

我不可能把一門課的內容壓縮到一節的篇幅來講，所以本節重點要講的是比喻、對比和誇張的修辭手法。

前面講過，要讓讀者產生共鳴，須要在他們的認知水準內表達，無論是口頭表達或書面表達都是如此。如果要告訴別人一些他們過去不知道、不熟悉的東西，例如告訴一位老奶奶區塊鏈，這其實是很有挑戰性的。這時，借助比喻就是高手們常用的手法。

講到比喻，很多人會說這在小學就學過，例如形容女孩的臉像蘋果，覺得沒有什麼好講的。沒錯，比喻確實每個人都學過，但是真把它用好卻不容易。如果用不好，要麼會顯得俗氣，要麼會把原本容易理解的事情搞複雜了。

先來看一組經典的比喻，出自《詩經》中的〈衛風．碩人〉：

手如柔荑，膚如凝脂，

領如蝤蠐，齒如瓠犀，
螓首蛾眉，巧笑倩兮，美目盼兮。

這是在描繪春秋時期齊莊公女兒莊姜的美貌，用了一連串的比喻。其中，荑是白茅草的芽，又白又細，用來形容女子纖細的手指非常恰當。蝤蠐是一種昆蟲的幼蟲，像蠶寶寶似的，用來形容脖子白而長。瓠犀是瓠瓜的子，白色，排列整齊，用來形容牙齒潔白整齊。螓是像蟬一樣的昆蟲，用螓首來形容額頭豐滿開闊。蛾眉比較好理解，是說女子的眉毛如蠶蛾的觸鬚，細長而彎曲。你可以想像一下，莊姜應該個子高高的（所謂的碩人），手指纖長白皙，肌膚光滑柔嫩，脖子又白又長，牙齒潔白整齊，額頭飽滿，細眉彎彎，這就是今天標準的美人。

在上面的詩句中，大多是用植物和昆蟲比喻，這可能是因為當時的人比較接近大自然，對它們比較熟悉。從這個例子可以看出**比喻的第一層：用熟悉的事物形容不熟悉的事物，即「由簡喻難」**。

不僅比喻如此，所有描寫都應該是用熟悉的概念解釋不熟悉的，而不能反過來。今天有很多人為了賣弄學問，用一些讀者不容易懂的概念來形容普通的概念，這其實就達不到表達自己的作用。例如，很多學者在寫大眾讀物時，經常用到「修昔底德陷阱」（Thucydides Trap）這個詞，它在Google上有三百萬個搜索結果，可見其使用之頻繁。不知道有多少人真的能體會這個詞的含義，但它其實就是一個比喻，用來形容「大國之間必有一戰」。而「大國之間必有一戰」這種直白的說法，在Google上只有兩萬個搜索結果。寫學術文章不妨這麼用，但寫大眾讀物就沒有必要了。這種比喻就違反了由簡喻難的原則。

比喻的第二層，是用來打比方的事物，相似點要直觀。例如，說到柳葉眉，大家馬上能想到它是在形容眉毛的形狀，而不是顏色；說到桃花臉，則能想到它的顏色，而不是形狀。這種聯想是自然的，無須解釋。前面〈衛風．碩人〉中寫的「齒如瓠犀，螓首蛾眉」也是如此。

用熟悉的事物形容不熟悉的事物，相似點要直觀，做到這兩點，你就有可能成為一個風趣且能把複雜的道理講明白的人。但是，這還只達到了使用比喻的初階水準。再往上一層，也就是比喻的第三層：要透過比喻產生美感，這樣寫出來的東西才能打動人心。

《晉書．王凝之妻謝氏傳》裡講過謝安的姪女、著名才女謝道韞的一個故事。謝道韞小時候，有一次和叔伯、兄弟姐妹們在一起，正好趕上天降大雪。於是，謝安就讓他們來形容雪。謝安的姪子謝朗說，像在天空中撒鹽。這個比喻有兩個毛病，一是用不存在的事情形容常見的現象，二是缺乏美感。謝道韞則說，「未若柳絮因風起」，這不僅貼切，而且柳絮飄飄搖搖的畫面極美。形容女子有才的成語「詠絮之才」就是這麼來的。

歷史上另一位具有詠絮之才的女子是李清照，她的詞中有非常多具美感的比喻。例如，形容太陽落山的景色，她用了「落日熔金，暮雲合璧」；形容桂花，她用了「揉破黃金萬點輕，剪成碧玉葉層層」。

對於一些缺乏視覺形象的事物，例如音樂，我們看不見，很難直接描寫，用比喻就是很好的方法。白居易在《琵琶行》中就用了大量的比喻來形容音樂，如「大珠小珠落玉盤」。我問過一些人為什麼喜歡某首歌或某首樂曲，他們給我的回答通常只有一個詞——好聽。我又問他們怎麼好聽，他們會說，「就是好聽，音樂又看不見，沒辦法描述」。其實不是音樂無法描述，而是這些人不善於使用比喻。德國音樂評論家萊爾斯塔（Heinrich F. L. Rellstab）就很善於用比喻，在聽了貝多芬的《第十四號鋼琴奏鳴曲》（Piano Sonata No. 14）後，說它「猶如在瑞士琉森湖（lago di Lucerna）月光閃爍的湖面上搖盪的小舟一般」。這個比喻準確而又形象，於是這首名曲就獲得了《月光奏鳴曲》（Moonlight Sonata，有些小學課本裡講貝多芬為盲人姑娘演奏《月光奏鳴曲》的故事是杜撰的）之名。

除了音樂，心情也很難直接描寫，也必須用比喻來形容。例如，南唐後主李煜寫的「問君能有幾多愁，恰似一江春水向東流」，這個比喻就很直觀、形象，而且非常具有美感。文字有美感，有時就會吸引人不斷讀下去。

比喻的第四層要提升到思想層面，就是要創造一些新概念，濃縮人類在某個方面的認知。

村上春樹是一位非常擅長使用比喻的作家，他的小說裡經常通篇都是比喻。在《舞．舞．舞》中，村上春樹創造過一個詞，叫作「文化鏟雪工」，其實就是今天網路常說的「小編」。這些人從事的工作既不重要，也不令人痛苦，但是必須有人來做，他們就像下雪天專門負責鏟雪的人一樣。但是，「文化鏟雪工」這個詞就比「小編」更友好，而且有美感。

今天我們常說在事業上遇到了玻璃天花板。「玻璃天花板」一詞是一個比喻，很容易理解，來源於美國女權主義記者瑪麗蓮．洛登（Marilyn Loden）。她在一九七八年的一次演講中，用這個詞描述職場上對女性無形的歧視：在職場中攀升，女性總會感覺到有一層看不見的障礙阻隔在上面。因為這個詞，洛登被評為二十世紀一百位爭取職場平等的女權主義者之一。在洛登之前，其實法國著名女作家喬治．桑（Georges Sand）就形容過女性面臨的這種困境，但她用了一個過於文學化的詞——「堅不可摧的水晶穹頂」（une vote de cristal impénétrable），雖然與「玻璃天花板」的意思差不多，卻不容易流傳。今天，「玻璃天花板」其實已經成為在職業上遇到無法突破極限的代名詞。可以說，這個詞的出現，是對人類思想的一個貢獻。

在漢語中，透過比喻創造出來的詞也很多。例如前面講的「柔荑」、「凝脂」、「蛾眉」，就被專門用來代表女性的手、肌膚和眉毛，「蛾眉」甚至還可以泛指美貌的女性。又例如錢鍾書先生講的「圍城」和楊絳先生講的「洗澡」（「洗澡」一詞，可能當下的年輕人略感陌生，但是我父母那一輩的知識分子對此都再熟悉不過了。因為每到政治運動時，他們就要「洗澡」了，也就是在群眾面前把自己暴露出來，讓群眾幫你洗刷思想，這樣你才會變得更乾淨一點，就像洗澡一樣把這些汙垢洗掉），也都是很好的比喻，且都已成為專有名詞。這些透過比喻創造出來的文化概念，不僅讀者容易理解，也會讓作者出彩。

我出版的第一本書是《浪潮之巔》，這個書名其實就是個比喻，浪潮代表一代又一代的產業發展趨勢。現在，「站在浪潮之巔」已經成為媒體常用的說法了。在這本書中，我還用了一個比喻——企業的基因。我用基因來形容一個企業與生俱來的、難以改變的特色和行為方式，這樣大家就很容易理解。如今，「企業的基因」也已經成為一個常用的比喻。

由此可見，**比喻遠不只是為了讓表達生動形象、親切自然，它還是傳遞思想、方便讀者理解的一個重要工具。**想讓讀者更好地理解你寫的內容，就須要善用比喻。如果你聽過我在「得到」上開的「谷歌方法論」和「信息論40講」，就會發現裡面有大量的比喻。例如說，我用芝麻、西瓜、大象和地球來形容量級的差異。沒有這樣的比喻，就很難讓非理工科的人理解差一百倍、一萬倍和一百萬倍是什麼概念。

上述比喻都比較直白，被稱為明喻。但是很多文學作品裡的比喻是隱藏的，也就是隱喻，須要一定的文化背景才能讀懂。例如，二〇一九年諾貝爾文學獎得主波蘭女作家奧爾嘉．朵卡萩（Olga Tokarczuk），她的小說《太古和其他的時間》（*Prawiek i inne czasy*）以及其他作品裡充滿了隱喻，如果對波蘭近代的歷史不太瞭解，就不太容易讀懂她的書。由此可見，**有些時候比喻的使用是一把雙刃劍，它會讓一部分讀者更喜歡，也會讓一些潛在的讀者望而卻步。**上一講說到寫作要看讀者是誰，要有針對性地寫作，也是這個道理。

使用比喻是為了便於讀者理解概念，但這只是達到了傳遞思想最基本的要求。為了讓大家有更深刻的印象，通常還須要用對比和誇張的修辭手法。

在生理和認知上，人對相對的大小長短非常敏感。例如，一個女孩身高一六〇公分，一個身高一六八公分，雖然只差五%，但大家會覺得後者高很多。然而，如果我把一根長一六八公分的木棍放在人們面前，人們對它的長短是完全無感的。這就是因為我們天生對相對大小更敏感，而對絕對值無感。在寫作中，利用對比便可以加深讀者的印象。

我在《智能時代》一書中講了下圍棋這件事的複雜度。從理論上講，圍棋的擺法大約有10^{170}種，也就是1後面跟了170個0。這個數字有多大，讀者其實很難想像，只是覺得它大而已。為了描述這個數字之大，我做了一個對比，將這個數字和宇宙中原子的數量比較。如果把宇宙中的每一個原子都變成一個宇宙，再把那麼多宇宙中的原子加到一起，數量也就是10^{170}的一億分之一左右。透過這樣的對比，大家就對下圍棋的難度有了清晰的認識。

進行對比常常要樹立一個對立面，形成巨大的反差，這樣文字才有感染力。例如，杜甫的「朱門酒肉臭，路有凍死骨」，高適的「戰士軍前半死生，美人帳下猶歌舞」，杜牧的「門外韓擒虎，樓頭張麗華」，都是透過對比產生震撼力的佳句。

在文學作品的情節描寫中，我一直非常推崇《紅樓夢》中對黛玉之死的描寫。作者把黛玉之死與寶玉、寶釵的婚事安排在同一天，一邊是大婚的喜慶氛圍，另一邊是黛玉進入彌留之際。聽到二人成婚的消息，黛玉焚稿斷痴情，徹底心死，「卻要一句話一點淚也沒有了」，最後喊了一句「寶玉，寶玉，你好——」，便香魂一縷隨風散了。這時，守在她身邊的探春和李紈「走出院外再聽時，唯有竹梢風動，月影移牆，好不淒涼冷淡」。這一婚一死、一喜一悲的對比，將悲劇的色彩描繪得無以復加。今天很多學者一直在強調《紅樓夢》後四十回沒有遵照曹雪芹的本意來寫，然後紛紛提出自己構想的結局，但是黛玉之死的情節，沒有一個人的構想能超過原書。

進行對比時，大家常常會遵照A比B大、A比B好或A比B強的模式，這在修辭中被稱為比較級。但還有一種對比時常被忽略，那就是最高級，即A是某個範圍內最好的。當然，這個範圍本身的程度一定要高，這樣對比出來效果才好，否則就成短中取長了。

在用最高級做對比的作品中，宋玉的〈登徒子好色賦〉堪稱絕佳之作。宋玉為了描繪鄰居東鄰之女的美貌，是這樣寫的：

> 天下之佳人莫若楚國，楚國之麗者莫若臣里，臣里之美者莫若臣東家之子。

宋玉透過這三種最高級的對比，讓大家產生了一個印象，東鄰之女的美貌是最高級中的最高級。〈登徒子好色賦〉還用了一個常見的修辭手法，就是誇張。宋玉告訴楚王東鄰之女是天下第一美女後，還必須描繪一下她的美貌，這樣對方才會相信。否則，宋玉的說辭就只是看法，不是事實。於是，宋玉用誇張的手法進行了具體的描述，他是這樣寫的：

> 東家之子，增之一分則太長，減之一分則太短；著粉則太白，施朱則太赤；眉如翠羽，肌如白雪；腰如束素，齒如含貝；嫣然一笑，惑陽城，迷下蔡。

這裡面，除了「眉如翠羽，肌如白雪；腰如束素，齒如含貝」四句是比喻，其他的都是誇飾，說明東鄰之女美到了極致。標準的美人應該是什麼樣的？恐怕就是宋玉描寫的這樣。

在使用誇飾的手法時，要注意「度」的把握。世界上或許並不存在宋玉描寫的這種毫無缺陷的美女，但是讀者並不會感覺假，反而會感覺真切，因為宋玉在度上把握得恰到好處。相反地，金庸先生在《俠客行》中塑造了一個自覺自己「古往今來劍法第一、拳腳第一、內功第一、暗器第一的大英雄、大豪傑、大俠士、大宗師」，這就是誇張過度了。

修辭手法還有很多種，語言學家甚至能細分出五、六十類，這裡就不一一介紹了。在後面的章節講解經典作品時，如果遇到相應的修辭手法，我會提醒你注意。學修辭手法最好的辦法，就是讀經典。這並不是說一般的作品裡面沒有使用修辭，而是因為經典著作中的修辭使用得更加恰當。修辭使用得不好，有時就會畫虎不成反類犬，因此我們要找經典的例子來學習。

練習題

請用比喻的技巧做以下兩件事：

1. 向你的奶奶解釋比特幣；
2. 勸說你的「剁手黨」好友少花時間網路購物。

2.4 寫景：如何寓情於景？

讀文學名著時，你會發現裡面常常有大段的景物描寫。作者為什麼要這麼做呢？其實很多時候，他們不是為了寫景而寫景，而是以寫景寫情。人的心理活動是看不見、摸不著，很難直接描述的，即便有時能以臉色看出一個人的喜怒哀樂，他也不會將所有表情都掛在臉上，更何況，人的心理活動要比喜怒哀樂這幾種簡單的情緒複雜得多。於是，寓情於景就成了寫作中常用的描寫心理活動的好辦法。

為什麼能夠透過寫景來寫情呢？下面就以日本著名作家川端康成的代表作《古都》為例來說一說。小說的第一章叫作〈春花〉，一開頭就是一段細緻入微的景物描寫。

千重子發現老楓樹幹上的紫花地丁開了花。

「啊，今年又開花了。」千重子感受到春光的明媚。

在城裡狹窄的院落，這棵楓樹可算是大樹了。樹幹比千重子的腰圍還粗。當然，它那粗老的樹皮、長滿青苔的樹幹，怎能比得上千重子嬌嫩的身軀……

楓樹的樹幹在千重子腰間一般高的地方，稍向右傾；在比千重子的頭部還高的地方，向右傾斜得更厲害了。枝芽從傾斜的地方伸展開去，占據了整個庭院。它那長長的枝梢，也許是負荷太重，有點下垂了。

在樹幹彎曲的下方，有兩個小洞，紫花地丁就分別寄生在那兒，並且每到春天就開花。打從千重子懂事的時候起，那樹上就有兩株紫花地丁了。

上邊那株和下邊這株相距約莫一尺。妙齡的千重子不免想道：「上邊和下邊的紫花地丁彼此會不會相見，會不會相識呢？」她所想的紫花地丁「相見」和「相識」是什麼意思呢？

當然，川端康成這麼寫不是為了賣弄文筆，而是有目的的。古樹洞裡的兩株紫花地丁，其實代表了千重子和她失散的姊妹——在川端康成筆下，雖然兩個人住得其實並不遠，但是卻無法相見、相識。這樣的景物描寫在《古都》中隨處可見，它們不僅讓作品極具抒情性，而且呈現了京都這座城市的風貌。後來，很多人乾脆就拿這本書作為京都的旅遊攻略。當然，這可能並不是川端康成最初的目的。

我覺得能把心理活動和感受寫好的作家非常了不起。川端康成就把千重子的想法，透過她看到的景物，以及她對景物的態度表現了出來。用王國維的話講，就是「以我觀物，故物皆著我之色彩」。

寓情於景是描寫人心理活動的一個好工具。

但是，情和景的聯繫並不是那麼簡單的。人的心情會隨著外在世界，也就是景的變化而變化。就像范仲淹所講的，如果登岳陽樓時，遇到「霪雨霏霏，連月不開，陰風怒號，濁浪排空」，心情就是「去國懷鄉，憂讒畏譏，滿目蕭然，感極而悲者矣」；如果遇上「春和景明，波瀾不驚，上下天光，一碧萬頃」，或者「長煙一空，皓月千里，浮光躍金，靜影沉璧」，心情就是「心曠神怡，寵辱偕忘……喜洋洋者矣」。

但更多時候，面對同樣的景色，不同狀態和文化背景的人會有不一樣的心情。把景和人對照著寫，景就有了主觀色彩。比如，杜牧在〈齊安郡中偶題二首〉中寫「兩竿落日溪橋上，半縷輕煙柳影中」，這是一位大詩人眼中美好恬靜的鄉村落日景色；范成大在〈早發竹下〉中寫「碧穗炊煙當樹直，綠紋溪水趁橋灣」，也是一派詩情畫意。可是，在一位辛苦了一天，扛著鋤頭回家的老農眼中，炊煙只會嗆得他咳嗽，因此看到炊煙不會有什麼浪漫的感覺。至於彎彎的溪水，除了讓他多繞路，也沒有什麼好處。

而太陽只剩下兩竿高，他想的也只是得趁著天還沒有黑趕回家。這就是不同人眼中景物的差異。對我來說，這種看上去矛盾的情景關係，在資訊理論裡可以找到科學依據。先說說前一種，情隨景移。人的心情和外在景物可以產生相似性關聯。有些文學作品會利用這種關聯性，用景暗示心情。

更重要的是第二種：假如有一個多視角的資訊源，從不同視角看過去，看到的訊息不同，那麼我們就能根據接收到訊息，反過來找出相應的視角。例如，炊煙既有在楊柳背景中夢幻的感覺，又有嗆人的味道，這是它的不同性質。那麼在寫作時，選擇炊煙不同的性質，就能刻畫出不同的人和不同的生活。例如下面這段描寫炊煙的文字：

> 黃家屯的傍晚炊煙四起，空氣中飄散著飯菜和濃煙混合的味道，小丫光著腳站在門外，她用力吸了一口氣，那股味道嗆得她劇烈地咳嗽了幾聲。

讀完你一定可以感受到，這位小女孩的生活和杜牧、范成大的一定有天壤之別。

傳世的經典作品中反映的語言現象，很多都能夠找到科學依據。並非那些作家懂得什麼理論，而是他們在寫作時無形中遵守了某些規範之後，作品就會流暢、精煉、易懂，得以流傳。我們喜歡寓情於景，而不是寓情於食物的味道、聽到的聲音，或者身體的感覺——當然，除了一些男女之情的描寫——是因為正常人七成以上的資訊都是靠眼睛獲取的。

相比於我們，美國著名盲人女作家海倫·凱勒（Helen Adams Keller）要不幸得多，她既聽不到也看不到。因此，她自傳中的景物描寫（其實還不算少），都是別人轉述給她的，而她自己的感受則來自嗅覺、觸覺和對溫度的感覺。比如，關於去見馬克·吐溫時的情節，她是這樣寫的：

松林裡吹來的風帶著淡淡的清香。馬車緩緩地行進在曲折的山路上。我們很舒服地坐在熊熊的爐火前，室內飄著清爽的松香。我們喝著熱騰騰的紅茶，吃著塗了奶油的吐司，感到無比的舒適。吐溫先生對我說，這種吐司如果再塗上些草莓醬就會更好吃。

你可以感覺到，無論是在路上，還是在馬克・吐溫家，她的心情都是非常興奮、愉快的。這是她寓情於景的方式，而我們其實很難體會到松林的清香。

接下來，我從由易到難的三個層面，說明如何掌握好寓情於景這種寫作手法。

第一層是採用一些千百年來人們已經習慣了的思維定式。例如在季節上，春天象徵著新生和希望，夏天象徵著旺盛的生命力，冬天象徵著死亡。至於秋天，一直有兩種看法，一種是說它象徵著肅殺，另一種是說它象徵著收穫和成就。至於為什麼會有不同的看法，是第二個層面要討論的問題。

例如在顏色方面，紅色代表溫暖和熱情，橙色（金色）代表光明和活力，綠色代表青春與平和，白色代表樸素和純潔等等。

又比如在山川河海上，山、峰屬於壯景，和男性相關；水、小溪則是陰柔的，和女性相關。我印象裡，在西方的語言中，和陸地上的壯麗景色相關的自然物通常是陽性名詞（這裡指的主要是歐洲的語言，英語的名詞一般不區分陽性和陰性），和水相關的則通常是陰性名詞。甚至在陸地上跑的交通工具也是陽性的，而在水中航行的船則是陰性的。這算是人植入語言的思維定式。雖然漢語中的詞不分陰性陽性，但是講到平湖秋月或三潭印月，人們通常會想到的也是陰柔之美。

其實只要閱讀量夠了，寓情於景的思維定式很容易就能總結出來。當然，有些幫助寫作的讀物也能提供相應的模式。

第二層是透過不同人看同一景物時不同的態度，折射出他們的心情和性格。

例如，同樣是秋天，歐陽修在〈秋聲賦〉中呈現的完全是肅殺之氣，杜牧的「霜葉紅於二月花」則充滿了生命力。從中我們可以讀出作者心情的不同。又比如到了一天將要結束時，李商隱看到的是「夕陽無限好，只是近黃昏」，他看到的是生命和仕途快要走到終點了；海明威則說「明天太陽照樣升起」，表現出的是一個不屈服的硬漢形象。

即使是相似的句子，在不同的語境下，反映出來的心情也是不同的。元曲中最有名的一段小曲，當屬王實甫《西廂記》中的「碧雲天，黃花地，西風緊，北雁南飛。曉來誰染霜林醉，總是離人淚」，這是在寫崔鶯鶯送張君瑞進京趕考時分別的情景。整個《西廂記》是喜劇，這段描寫看似悲，但實際上心情是輕鬆的。這段小曲是根據范仲淹的〈蘇幕遮〉改寫的，而原詞是這麼寫的：

> 碧雲天，黃葉地，秋色連波，波上寒煙翠。山映斜陽天接水，芳草無情，更在斜陽外。
> 黯鄉魂，追旅思。夜夜除非，好夢留人睡。明月樓高休獨倚，酒入愁腸，化作相思淚。

范仲淹當時正在鎮守西北邊關，他寫的是將士思鄉的心情，相比《西廂記》中的情緒，就沉重多了。

再來看一下沈從文先生在《邊城》裡的一段描寫。這本書講的是湘西小鎮上非常單純、善良的船家少女翠翠的純愛故事。她從小和爺爺相依為命，她一直有一個擔心，就是如果爺爺不在了，自己怎麼辦。在第四章裡，有這麼幾句話：

> 落日向上游翠翠家中那一方落去，黃昏把河面裝飾了一層薄霧。翠翠望到這個景緻，忽然起了一個怕人的想頭，她想：「假若爺爺死了？」

由日落、黃昏聯想到生命終結，這是很正常的事情。因此，日落觸發了翠翠的不安全感，讓她想到了如果爺爺死了自己怎麼辦。這個問題一直潛伏在書中，是翠翠後面要回答的。過了一會兒，翠翠在一個吊腳樓下，聽到幾個水手在聊天：

> 且聽水手之一說樓上婦人的爸爸是在棉花坡被人殺死的，一共殺了十七刀。翠翠心中那個古怪的想頭，「爺爺死了呢？」便仍然占據到心裡有一忽兒。

樓上的婦人是個妓女，因為爸爸死了，被逼出來討生活，淪為妓女。翠翠此時聯想到如果爺爺死了，自己可能也會淪落到這個地步。有這種想法的翠翠，不會發出「長河落日圓」或「夕陽無限好」的感嘆。

沈從文先生這段描寫的高明之處在於，人在落日時感到傷感是很普遍的現象，而害怕養活、保護自己的親人死去，對未來缺乏安全感，又是十幾歲的孩子常有的擔心。我自己也有過這樣的擔心，所以讀到這段文字時，我非常能理解翠翠的心思。我和一些朋友談論過《邊城》，他們也都有類似的體會。

在小說的最後，爺爺死了，翠翠所愛的儺送也離開了，而她一夜之間長成大人了。我們的成長也是如此，在某一天，我們終於不擔心能不能養活自己了，對於過去的那些擔心，可能會淡淡一笑。

從《邊城》的例子，我們就可以看出寓情於景的藝術魅力。

第三層是在情和景之間建立一個橋梁。

除了第一層講到的那些定式，要將複雜的情和景結合得天衣無縫，需要一些技巧。要做到這一點不容易，因為對於同樣的景，不同的讀者可能會有不同的理解。所以，必須用橋梁建立共識。

這方面的經典作品當屬〈岳陽樓記〉，其中三分之二左右的篇幅都在寫景，最後轉而抒發自己的政治情懷。前面講凡人都會心隨物移，後面卻講士大夫要做到「居廟堂之高則憂其民，處江湖之遠則憂其君」、「先天下之憂而憂，後天下之樂而樂」。這個跳躍似乎有點大，而在這種跳躍之間，「不以物喜，不以己悲」這八個字發揮了關鍵作用。這八個字就像高樓大廈磚石之間的水泥，如果沒有這些黏著劑，直接把磚石疊在一起，大廈是不會穩固的。

中國歷史上另一篇寓情於景的名篇是王勃的〈滕王閣序〉。它前一半寫美景，寫勝友如雲、高朋滿座的盛況，後面寫自己渴望遇到明君施展政治抱負，投筆從戎，乘長風破萬里浪。如果直接把這兩部分放在一起是非常生硬的，因此王勃用了整整一段文字講述為什麼自己看到那樣的美景會有如此的聯想。他的邏輯基本上是這樣的，先從美景盛宴想到了天高地迥，宇宙無窮；然後想到人生的渺小，想到要建功立業，機會和明君很重要；最後寫如果自己有這樣的機會，就要立志報國。這樣從寫景到寫情，邏輯上就通順了。

看不見的內心活動，可以用寓情於景的方式傳達出來。想要寓情於景，可以借助人們的思維定式，也可以用景物折射人的心理，但無論如何，都要在情和景之間架設橋梁。

練習題

寫一段五百字的短文，練習寓情於景的技巧。

2.5 寫情：如何寫好心理活動？

高爾基（Maxim Gorky）曾經說過：「一個人真實的性格並不經常在他的言語裡，而是在他隱秘的內心活動中。」因此，要想成功塑造一個人物，就要把他的內心活動刻畫好。

寓情於景是一種含蓄曲折地表達心情的方式，而更直接的表達方式，就是進行心理描寫。不僅在文學作品中如此，我們在生活中也須要清晰地表達自己的心理感受，讓別人瞭解自己的意圖。可以說，描寫好心理感受，不僅是文學家的事情，也是每個人都用得到的技能。所謂EQ高，就是善於理解別人的內心，以及表達自己的內心。

例如，你可能必須寫一封信給老闆，表達自己得知被晉升後的興奮之情和感激之情。這時，抄範本顯然不行，因為萬一老闆讀過，就會覺得你不真誠；寫得太肉麻又會適得其反。又比如，你可能必須向老闆說明別人搶了你的功勞。這時，除了講事實，你可能還須要講講自己得知這個消息後有多麼震驚。不管什麼時候，表達自己的感受都是有講究的。而表達心理感受的技巧，人不會天生就知道，都必須後天學習，特別是向那些文學大師學習。

在文學作品中，心理活動描寫大致可分為直接描寫和間接描寫。直接描寫是最常用的手法。以下我們透過三個例子說明。

第一個例子來自莫泊桑的《項鏈》，裡面有這樣幾句話：

> 她沉溺在她美貌的勝利和成功的光輝裡，沉溺在奉承、讚美、追慕以及對女人來說無比甜美的

完全勝利的幸福雲霧裡，已經忘乎所以了。

簡單幾句話，就把女主角瑪蒂達的性格介紹得一清二楚。

第二個例子來自《紅樓夢》第三十二回「訴肺腑心迷活寶玉　含恥辱情烈死金釧」。史湘雲勸賈寶玉考一個功名，寶玉說是混帳話，然後說「林妹妹不說這樣混帳話，若說這話，我也和他生分了」。這時，林黛玉正好經過，「聽了這話，不覺又喜又驚，又悲又嘆。所喜者，果然自己眼力不錯，素日認他是個知己，果然是個知己。所驚者，他在人前一片私心稱揚於我，其親熱厚密，竟不避嫌疑。所嘆者，你既為我之知己，自然我亦可為你之知己矣，既你我為知己，則又何必有金玉之論哉；既有金玉之論，亦該你我有之，則又何必來一寶釵哉！所悲者，父母早逝，雖有銘心刻骨之言，無人為我主張」。最後，黛玉想到自己身體不好，怕自己薄命不能和寶玉走到頭，不禁嘆息。曹雪芹透過喜、驚、悲、嘆這種內心獨白的方式，把黛玉的心理感受寫得入木三分而又合情合理。而且以這次獨白，曹雪芹不僅描寫了黛玉的內心、她對寶玉的感情和她的擔心，還明示了寶黛之間真正的感情，這就從一個人的心理延展到了兩個人的關係。

兩個人之間，很多人在表達自己感情和想法時都覺得有無數的話要說，但是理不出頭緒。其實，黛玉的喜、驚、悲、嘆這四種情感，就可以成為你的清單提示，提醒你人要表達的主要情感無非就是這麼幾種。

第三個例子來自海明威的《老人與海》。

這本書中只有一個主要人物，就是老漁夫聖地亞哥。他老了，一連八十四天都沒有釣到一條魚，但他仍不肯認輸，在第八十五天終於釣到了一條大魚。那條魚太大了，聖地亞哥和牠鬥了兩天兩夜才把牠殺死。但是，當他把大魚拖到岸邊時，來了一群鯊魚搶奪他的戰利品，他拼盡全力擊殺鯊魚，但大魚還是被啃光了。最後，筋疲力盡的老人拖著一副魚骨頭回到了港口。人們看著骨頭驚嘆這條魚的巨大。

由於大部分篇幅裡只有一個人物，整部小說其實都是在描寫老漁夫的心理活動。海明威的寫作手法是用老人的獨白（自言自語）來反映他的內心。例如，在第八十五天感覺有魚咬鉤時，他有一種盼望已久、渴望而又怕失望的心情。他自言自語地說：

來吧，再繞個彎子吧。聞聞這些魚餌。牠們不是挺鮮美嗎？趁牠們還新鮮的時候吃了，回頭還有那條鮪魚。又結實，又涼快，又鮮美。別怕難為情，魚兒。把牠們吃了吧。

這是他在懇求魚。但是很快，他的手又感到沒有動靜了，魚游走了，於是他開始懇求：

求天主幫牠咬餌吧。
牠不可能游走的，天知道牠是不可能游走的。牠正在繞圈子呀。也許牠以前上過鉤，還有點兒記得。

等到魚轉了一圈又來咬餌時，雖然知道魚會掉過頭來把餌吞下去，但是這一次他沒敢說出聲。因為他知道，一樁好事如果被說破了，也許就不會發生了。這種得而復失的擔心被描繪得淋漓盡致。

最後，魚終於咬鉤了，他內心充滿了喜悅：

牠咬餌啦，現在我來讓牠美美地吃一頓。
等魚把餌咬實了，老人喊了一聲，「好啊！」然後雙手使勁猛拉魚線。

老人整段的心理活動就這樣唯妙唯肖地描繪出來了，讀起來也很有畫面感。

《老人與海》整部小說都是這樣以揭示老人的內心世界推動情節發展。其中最有名的一段獨白，大家也非常熟悉──「不過，人不是為失敗而生的……一個人可以被毀滅，但不能給打敗。」

《老人與海》不僅描繪出了老人的心理，也傳遞出了海明威的心理感受和他對人生的態度──小說裡的老人，就是海明威的化身。海明威賦予了這位老人堅強、寬仁、勇敢、不服輸的特質，也就是後人對海明威的評價──硬漢。在海明威的作品中，經常有這樣的人物，他們在巨大的壓力和厄運打擊下，依然勇往直前，即使失敗也保持了作為人的尊嚴。老人的獨白，就是這些人的內心獨白。

另外，海明威在《老人與海》裡的獨白，其實是兩種大家可以用的範本。一種是表達自己，即表達努力多次都失敗後，終於看到勝利曙光時的忐忑；另一種是遇到困難時為自己打氣，或者為一群人打氣時，該怎麼說話。在歷史上，麥克阿瑟（Douglas MacArthur）說過「老兵不死」；凱撒（Julius Caesar）說過「真正的勇士只死一次，而懦夫在倒下之前已經死了多次」；海明威則塑造了一個永恆的文學形象。

另一種描寫心理活動的方式是間接描寫。間接描寫有兩種最常見的方式，**一種是透過描寫行為表現內心。**例如，「他站在那裡，兩眼發呆，又驚又怕，身體不停顫抖」。這樣寫，人物的內心想法就已經傳達了十之七八。**另一種是藉由別人的嘴說出來，或者由別人的話產生感觸和聯想。**以下例子與我自己有關。

《倚天屠龍記》第二回最後一段，講少年張三豐在師傅覺遠大師去世後，和郭襄分別時，一個人不知道該去哪兒。忽見一對小夫妻從身旁經過，那女子責備丈夫，說道：「你一個男子漢大丈夫，不能自立門戶，卻依傍姊姊和姊夫，沒來由地自討羞辱。咱倆又不是少了手腳，自己幹活兒自己吃飯，青菜蘿蔔，粗茶淡飯，何等逍遙自在？偏是你全身沒根硬骨頭，當真枉為生於世間了。」然後她又說，「常言道得好：除死無大事」。

張三豐想：「郭姑娘說道，她姊姊脾氣不好，說話不留情面，要我順著她些兒。我好好一個男子漢，又何必向人低聲下氣，委曲求全？這對鄉下夫婦尚能發憤圖強，我張君寶何必寄人籬下，瞧人眼色？」於是，他獨自上了武當，成為一代宗師。

少年張三豐當時正在茫然之際，心思被那個村婦說出，產生了感觸。我讀到這裡，也就記住了「除死無大事」這句話。以後，每當遇到難事，我總會想起這句話。這時候，人的心思和書中人物的心思是相通的。

文學大師的過人之處，在於能夠把人的心思描寫得很透徹。透過分析各種描寫心理的文字，我們也可以看到，即使是不同時代、不同國家的人，其實內心也是有相通之處的。

練習題

寫一段五百字的短文，描述一下你今天下班（放學）後的心理活動。

2.6 敘事：如何牽著讀者走？

我在約翰霍普金斯大學讀書的時候，寫的每一篇論文都會被我的導師庫旦普（Sanjeev Khudanpur）教授退回很多次，等我寫博士論文時，被退回的次數就多得不計其數了。有時候被退回的次數太多，我都不耐煩了，就向他抱怨說，那些寫得不如我的同學，也都讓他們發表了，而我這篇論文，想法、實現結果、邏輯性都夠好了，為什麼還要改。庫旦普教授總是說，故事講得還不夠吸引人，可能還要換一個角度來解釋。然後他就說，如果你花的功夫少，可能將來讀的人也會少。絕大部分科技論文，除了作者和審稿者，恐怕讀的人兩隻手就能數得過來。這樣時間一長，你就很難獲得同行的認可。他特別強調，不管寫什麼東西，都應該像講故事、寫小說一樣。

回想起來，我非常感謝庫旦普教授對我在寫作上的幫助。把故事寫得吸引人，牽著讀者走，不僅讓我的論文能夠得大獎，也讓我後來寫的書廣受歡迎。

故事大家都愛聽，但不同的人講故事的效果差別巨大。有些人講故事別人不願意聽，有些人講故事大家卻會花錢去聽。

那麼，故事怎樣才能吸引人呢？我們重點地談一談講故事的順序。

一般人講故事，會按照時間或地點順序來講，或者依照因果關係的順序來講，又或者按照重要性順序來講，**這是最常見的辦法，即順敘**。

順敘的好處有很多，首先，作者比較容易寫，讀者也比較容易讀，畢竟先知道原因，後知道結果是我們正常的思維方式。其次，一環扣一環，沒到大結局，就可以一直用懸念牽引著讀者往前走。丹・布朗的書大多都是如此，讀者拿起來就想一口氣讀完。

但是很多時候，優點搞不好會變成缺點。用順敘的辦法講故事，有三個地雷要特別注意。

第一，要避免寫成流水帳。很多中學生都是因為簡單地遵循時間順序來寫作，把作文寫成了流水帳；工作中最無聊的公文，往往也是第一、第二、第三、第四地羅列事實。

第二，要避免離題。這樣想到哪，寫到哪，常常到後面就逐漸離題了，很多人的信件就有這個毛病。也正是因為如此，我以前在Google培訓入職員工時，都要求他們在寫信時如果不知道怎麼寫得漂亮，就先把重要的事情說了。這樣即使最後離題，最重要的事情大家也都知道了。

為了練習做到不離題，還可以經常做一件很簡單的事情，就是讀一讀自己寫的東西，看看前面講的和後面講的、心裡想的和寫在紙上的是否是一回事。此外，口頭表達也要防止離題，可以用同樣的方法自測。有了不離題的意識，你表達時的邏輯性就能不斷增強。

第三，要避免結構散掉。作品要有完整性，如果中間有環節扣不上，讀起來就會很彆扭。

用順敘講故事的經典作品非常多，我就不一一列舉了。如果你有興趣，可以把本書提到的作品分析一下，把用順敘寫作的挑出來，看看那些故事是怎麼講的。

相比於順敘，倒敘是一種難度更高的寫法。

稍微簡單一點的，可以像《大亨小傳》（*The Great Gatsby*）和電影《美國心玫瑰情》（*American Beauty*），先交代結尾，然後依照時間順序寫。更厲害的，是把今天當作錨定點，往回講一點故事，又回到今天，再往回講，抽絲剝繭，逐漸把謎團解開。將這種寫法運用得非常成功的例子之一是《英倫情人》（*The English Patient*），該書還在二〇一八年獲得了金曼布克獎（The Golden Man Booker prize）。

小說一開始，一架英國飛機在飛越撒哈拉沙漠時被德軍擊中，迫降之後，駕駛員受了重傷。雖然被當地人救起並被送往盟軍的戰地醫院，那名駕駛員卻想不起自己是誰，於是被叫作「英國病人」。醫院的護士漢娜孤身一人留下來照顧他，他們留在了義大利一個遠離戰爭的廢棄修道院。在寧靜的夜晚，「英國病人」靜靜地躺在房間的木床上，逐漸恢復了記憶。然後，作者的化身漢娜幫助「英國病人」回憶，一點點搞清楚了過去發生的故事。而每破解一些謎團，作者又會把大家帶回到現實。

倒敘和順敘的本質差別在哪裡呢？順敘寫法會在最後公布結局或結論，因此要讓讀者的注意力集中在「是什麼」上。倒敘是先告訴你結論，讓讀者把注意力放在「為什麼」上。例如，阿嘉莎·克莉絲蒂（Agatha Christie）的偵探小說一開始就告訴你結果，就是人已經死了，讀者好奇的是他如何死亡。而同樣是懸疑小說，丹·布朗的書讓讀者關心的是將要發生什麼。所以，為了不同的目的，可以用不同的順序來講故事。

如果是在工作向上級彙報，只有十分鐘的時間，那你不妨先說結論，特別是那些會讓他喜出望外的結論，以此吊起他的胃口，然後再講你是怎麼做的。在這個過程中，他可能會有問題，而你不斷回答他的問題，就是在抽絲剝繭、解決謎團。但是，如果是向一百個人進行一個小時的報告，就不能這麼做了。這時，你通常須從背景、工作性質到方法，再到結論，這樣依次來講。一方面，是因為大部分聽眾未必對你的工作有足夠的認識，必須按部就班地告訴大家。另一方面，是因為即使你有一個非常好的結論，聽眾也未必會像老闆那麼驚喜。所以，與其先告訴他們結論，不如把它作為懸念留到最後。

除了順敘和倒敘，文學作品中還有更複雜的敘事順序，就是《咆哮山莊》（*Wuthering Heights*）和《蝴蝶夢》（*Rebecca*）所用的寫作方法。這種敘事策略，中文裡沒有什麼現成的詞彙，為了方便記憶，我將其稱為**疊敘，也就是敘事邏輯有前後的穿插交疊**。

當然，可不是胡亂交疊。所謂疊敘，其實是找到一個時間錨點，然後採用倒敘的方式展開故事，或者跳回到最早的時間，然後按照順序的方式講。

為了便於理解，我把三種敘事方式的時間軸畫在了圖2-1、圖2-2與圖2-3中。

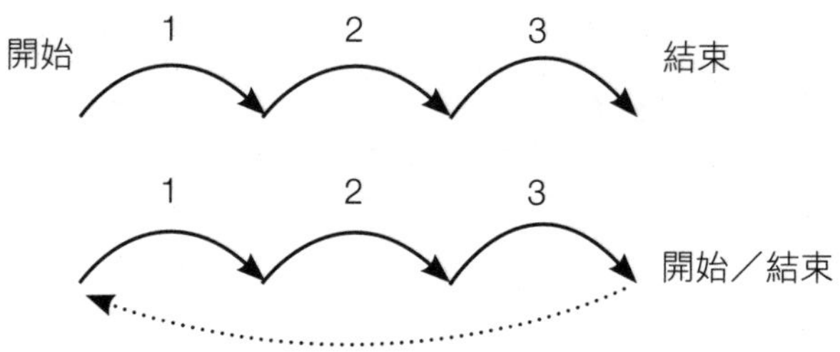

圖2-1：順敘的時間軸。

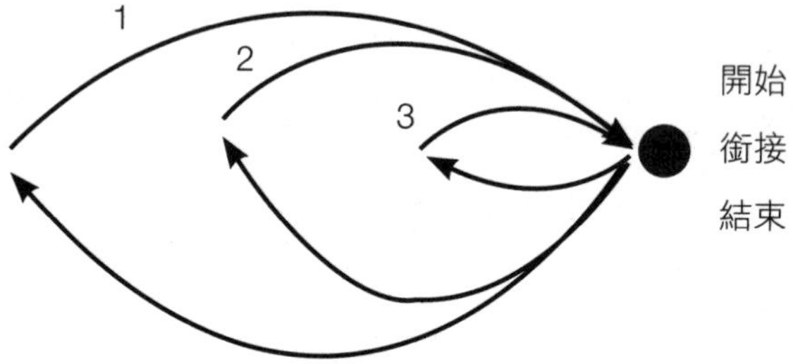

圖2-2：倒敘的時間軸。

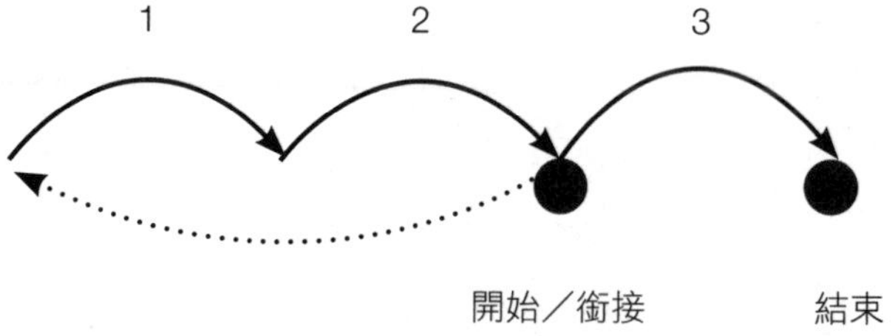

圖2-3：疊敘的時間軸。

順敘有兩種情況。一種是按時間先後，一個情節接一個情節地講。另一種是一開始先告訴大家結果，然後從開頭一個情節接一個情節地講，就是圖2-1的第二種情形。用這種方式寫作，讀者讀起來有點像倒敘，但作者完全是依照順敘的思路撰寫，所以我更傾向於將它看成順敘寫作。

在倒敘的寫法中，需要有一個時間在最後的錨定點，其他情節在追憶中展開，並不斷回到這個錨定點。這樣的寫法在構思上比較複雜，但好處是因為經常會到錨定點，所以不會離題。

《咆哮山莊》和《蝴蝶夢》採用了更加靈活大膽的敘事順序。它們是從故事中間偏後的某一個點入手，將其作為錨定點開始講故事。然後採用倒敘的方式展開，或者跳回到最早的時間依照順序講。在講到錨定點後，接著講後面發生的故事。讀這種故事時，沒經驗的人確實可能會感到混亂。

但這種方式有什麼好處呢？實際上，它結合了順敘和倒敘兩種方式的優點。前面說了，順敘強調結果的懸念，過程是自然的。倒敘強調過程的懸念，失去了結果的懸念。但疊敘，是在前一部分給大家留下過程的懸念，而最終的結果，由於大家在讀到結尾之前一直不知道，因此這個懸念也保留了。下面以《蝴蝶夢》為例來講講這種敘事方法。

《蝴蝶夢》是二十世紀英國女作家達芙妮．茉莉兒（Daphne Du Maurier）的作品，後來被電影大師希區考克搬上大螢幕。故事一開始，是年輕姑娘「我」在法國南部海邊偶遇英國貴族麥克希姆。倆人一見鍾情，閃電結婚，然後一起回到麥克希姆在英國曼德利的豪華莊園。一夜之間麻雀變鳳凰的「我」對貴婦人的生活方式很不習慣，而前女主人麗貝卡陪嫁帶來的老管家丹佛斯看不起「我」，還暗中給「我」使壞。在這個古老的大莊園裡，到處都是麗貝卡的影子，甚至充滿了陰森恐怖的氛圍。整個故事就圍繞著「我」破解麗貝卡之謎展開。現實生活是錨定點，麗貝卡之謎則把讀者不斷地帶回到過去。後來，隨著一條沉船被打撈起來，麗貝卡的屍體被發現，似乎故事有了結論——麥克希姆殺死了前妻麗貝卡。這時時間回到了錨定點，看似故事該結束了。如果是這樣，它的結構就是一個簡單的倒敘。但實際上，接下來開始進入情節反轉階段，從錨定點出發往前走，最後告訴大家真相其實是另一回事。對於麗貝卡之死，麥克希姆其實並沒有過錯，但管家丹佛斯卻不願意女主角從此過上幸福的生活，於是放火燒了莊園，也燒死了自己。

這樣講故事是不是比簡單的順敘或倒敘更精彩？

我學會這種敘事方法，是因為看了《咆哮山莊》。本書後面還會專門分析，這裡就不介紹了。我在寫《浪潮之巔》和《文明之光》時，經常採用這種手法。例如，我在寫微軟的故事時，是從它的反壟斷訴訟案寫起；寫蘋果和賈伯斯（Steven Paul Jobs）的故事時，是從賈伯斯和比爾·蓋茲（Bill Gates）見面寫起；寫牛頓的貢獻，是從他的葬禮寫起的。前面是倒敘，後面是順敘。不過，用這種寫法，首先必須挑好錨定點，因為這個錨定點是最先和讀者見面的事件，一定要吸引人。其次，後面需要有一個比錨定點更重要的高潮，這樣才能讓作品在高潮中結束。

另外，在做彙報時，如果要彙報一些遇到的麻煩和困難，我也會採用這種方式。先把壞消息告訴大家，然後講原因。但是故事到這裡並沒有結束，最後我會給出解決辦法，也就是用所謂的好消息把故事推向高潮。

每一個學習寫作的人，都應該掌握上述三種講故事的方法。這樣，你就可以根據特定場合的需求，靈活應用它們，把故事講好。但不管是哪一種寫法，平鋪直敘也好，倒敘回憶也罷，關鍵都是透過控制時間軸來控制讀者的注意力。如果你沒有能力做到這一點，控制不住時間軸，那就不妨寫得簡單一點。例如，有些初學者沒有能力用好倒敘和疊敘，一定要使用時，反而會讓行文顯得雜亂、缺乏邏輯。在這種情況下，不如老老實實用順敘的方法寫作。

練習題

和同事一起吃午餐時，利用倒敘的方式講一個小故事，看看是否能引起他們足夠的興趣。

2.7 技巧：如何讓文章更有魅力？

掌握了講故事的方法，你的行文結構就會比較清晰。接下來再學習五個高級的寫作技巧，就能讓文章讀起來更加出色。這些技巧不僅是專業作家們經常使用的，也能為你在平時的工作和生活中表達自我提供幫助。

第一，設置懸念。

懸念不僅存在於偵探小說中，也不僅存在於文藝作品中，但凡吸引人的作品，都有一些懸念，包括科學論文。有人可能會說，這是不是在為了販賣懸念而誇大其詞？其實只要讀一讀大師們的科學論文，就會發現我所言非虛。

我一直非常推崇一篇諾貝爾獎的獲獎論文，篇幅一共不到一頁半的A4紙，卻提出了懸念，又解開了謎團，這就是華生和克里克關於DNA雙螺旋結構的那篇佳作。論文一開始，他們設了一個謎，讓人馬上就想知道謎底。然後，他們幫讀者排除了一些可能性，最後揭曉答案。為了使結論有說服力，他們還給出了補充證據。讀完之後，我不禁感嘆，大師就是大師啊。

國外像華生和克里克這樣會寫論文的學者不少，例如著名機器學習專家、哥倫比亞大學教授柯林斯（Michael Collins），他的博士論文堪稱典範，也像偵探小說一樣設置謎團、破解謎團，庫旦普教授曾將它作為範文推薦給我們。後來，柯林斯教授五年三獲COLING／EMNLP（這是機器學習和自然語言處理領域最高水準的學術會議）的最佳論文獎，這和他會寫論文有極大的關係。

那麼，怎樣才能在作品中設置好懸念呢？下面根據不同懸念的特點一一介紹。

比較常見的懸念是期望式懸念，它建立在對讀者不保密的基礎上。例如科學論文，大家對方法和結果都有所瞭解和預期。歷史小說、非虛構作品、回憶錄等，都屬於這一類，即大家是知道結果的。為了激發讀者的好奇心，作者須要在結果可預期的前提之下人為製造緊張情節，增加對立面。例如，在前面提到的華生和克里克得諾貝爾獎的論文中，他們先是提出DNA結構是什麼樣子的懸念，然後給出兩個前人所構想的描述，卻又用事實否定掉這兩個答案，進一步增加懸念。在吊足了讀者的胃口後，才提出自己找到的真正答案。

在論文寫作中，經常要做比較，就是安排對立面，勾起讀者的興趣，讓他們想知道到底哪種方法、方案、觀點更好。我在《矽谷之謎》中就安排了很多期望式懸念。例如，一開始講述很多大家都知道的關於矽谷成功奧秘的說法，這就是我樹立的對立面，後面我會將它們一個個都否定掉。接下來，透過更進一步的深入分析，告訴大家那些表面現象背後的本質是什麼。

比期望式懸念更吸引人的是突發式懸念，它主要依靠對讀者保密，以使人大吃一驚的情節，讓人發出「原來如此」的感嘆，以此達到效果。當然，情節的發展雖然在意料之外，卻必須在情理之中。有的人為了製造懸念，刻意反轉結局，搞得前後矛盾，漏洞百出，這就是畫虎不成反類犬了。

我上中學時，比較喜歡看阿嘉莎．克莉絲蒂的偵探小說。她的小說既合乎邏輯，又驚險離奇。近幾年，我喜歡看丹．布朗的懸疑小說。他的小說文筆一般，套路過於明顯，但是在製造懸念方面做得非常好。讀他的書，就像是在解謎。當然，最後的謎底會出乎大部分人的意料。

不光是寫小說，製造懸念的技巧也可以用於做報告或發布消息，賈伯斯就是這方面的行家。我的朋友阿塞羅（Alex Acero）曾經是微軟語音團隊的負責人，後來到蘋果負責Siri。他剛到蘋果時非常驚訝，因為各個部門之間不討論工作問題，這和大部分研究所鼓勵大家討論工作的做法截然相反。後來他瞭解到，這是賈伯斯留下的文化，因為賈伯斯認為，一個產品賣得好不好，要看有多大的突發式懸念。

如果在開發過程中和太多的人討論過，很多設計思想難免會洩露出公司，大家對將來的產品會有準確的預期，也就不會有轟動效應了。當然，賈伯斯的這種做法有一個前提，那就是新產品所帶來的懸念真能引起轟動。

第二，有張有弛。

懸念讓作品具有張力，但高明的寫作也要懂得把握節奏，有張有弛。

敘事的策略應該和讀者閱讀時的精神忍受限度有關。有人為了製造懸念或戲劇化的效果，讓讀者始終處於緊張狀態。這樣，讀者會感到疲憊，可能隨手就把書扔到一旁了。好的敘事是有張有弛的，懸念的設置與平和的敘事交替出現。有些時候可以把讀者的胃口吊起來，有些時候則要適當地舒緩情緒，同時讓讀者為進一步的緊張做精力上的準備。

在這方面，《水滸傳》是一個很好的範例。書中的主要人物有二、三十個，一個個寫會顯得很鬆散，但如果將全書作為一個整體來寫，大家讀起來又會很累。施耐庵將全書分成了幾個「十回」，例如講述魯智深和林沖故事的「林十回」，講述楊志和晁蓋等人故事的「楊十回」，以及「武十回」、「宋十回」、「盧十回」等。每個十回裡都有高潮迭起的故事，但是高潮過後，作者又會透過一些很優美的文字帶著大家休息。

例如，在描寫完魯智深大鬧桃花村，又和史進一同殺了兩個惡人後，進入一段平緩的敘述，講魯智深來到東京汴梁所看到的繁華景象。書中是這樣描寫的：

> 只說智深自往東京，在路又行了八九日，早望見東京。入得城來，但見：
>
> 千門萬戶，紛紛朱翠交輝；三市六街，濟濟衣冠聚集。鳳閣列九重金玉，龍樓顯一派玻璃。鸞笙鳳管沸歌台，象板銀箏鳴舞榭。滿目軍民相慶，樂太平豐稔之年；四方商旅交通，聚富貴榮華之

> 地。花街柳陌，眾多嬌豔名姬；楚館秦樓，無限風流歌妓。豪門富戶呼盧，公子王孫買笑。景物奢華無比並，只疑閬苑與蓬萊。
>
> 智深看見東京熱鬧，市井喧嘩，來到城中……

這段文字讀起來很輕鬆，為接下來講述林沖故事的高潮做準備。

再比如，講完宋江殺了閻婆惜四處逃命這段緊張情節後，作者安排了一段很輕鬆、平和的文字，講宋江在柴進莊上避難遇到武松的故事。

不僅是小說，平常寫文章、做報告也用得上這個技巧。一般來說，人很難集中精力超過五分鐘，所以，讓讀者和聽眾的精神集中了五分鐘之後，一定要讓大家放鬆一下。

第三，管中窺豹。

第三個技巧是管中窺豹，指的是透過一個細節把全景講清楚。我在《文明之光》中寫美蘇太空競賽時，選擇將它寫成馮·布勞恩（Wernher von Braun）和謝爾蓋·柯羅列夫（Sergei Korolev，布勞恩曾任美國太空總署空間研究開發的主設計師，主持設計了阿波羅四號的運載火箭土星五號。柯羅列夫是蘇聯在一九五〇到六〇年代的火箭工程師與設計師領袖）兩個人的競賽，用的就是這個技巧。

好萊塢有很多大片，製作投入了很多錢，但是票房表現平平，評價也很低，例如《特洛伊：木馬屠城》（*Troy*）、《珍珠港》（*Pearl Harbor*）等。在此之前，還有差點把二十世紀福克斯電影公司（Twentieth Century Fox）搞垮了的《埃及豔后》（*Cleopatra*）。這些電影的製片人初衷都很好，就是想把宏大的歷史場景記錄下來。但是由於場面太大，很難掌控，更難以添加細節。相反地，《搶救雷恩大兵》（*Saving Private Ryan*）和《大敵當前》（*Enemy at the Gates*），前者以雷恩大兵反映了戰爭的慘烈，後者則透過蘇德雙方兩名狙擊手在史達林格勒戰役（Battle of Stalingrad）中的鬥智鬥勇，全景式地展現了那場被譽為第二次世界大戰轉折點的戰役。這都是以一個點、一個側面，甚至是一件小事來展示全景。在這方面帶給我許多啟發的，還有余華的小說《活著》和電影《阿甘正傳》（*Forrest Gump*），它們都是以一名小人物，描繪了一個大時代。

第四，點睛之筆。

一部好的作品，還常常需要點睛之筆，例如警句。今天人們常說「金句」這個詞，它和「警句」都有含義深刻的意味，但是「警句」更有警示和激勵的意味，能激發讀者思考。很多時候，大家讀完一部作品，裡面的細節全忘光了，警句卻記住了。例如〈岳陽樓記〉，可能大部分人已經背不出來了，但是它裡面的「先天下之憂而憂，後天下之樂而樂」，大家都記得。再比如，讀過《雙城記》的人大多數都記得開篇的那幾句話——「那是最好的年月，那是最壞的年月……」，許多作品就是因為有這麼一、兩句話而受後人知曉。

要想寫出這樣的點睛之筆，必須做好以下兩點：

一是**善於總結作品的內容，最好能用帶有「標語性質」的一句話，把自己要說的內容總結出來**。要注意的是，這句話不能斷章取義，更不能是「標題黨」。例如，我在《智能時代》一書說到，未來社會首先受益的人可能只占人口的二％，這句話一下子就能引起讀者的注意，但這個結論是總結了過去三次工業革命得出來的，不是憑空捏造出來嚇唬人的。

二是**要考慮讀者的心理和知識背景，考慮說什麼話能讓他們有所觸動，最好是替他們找到一句話，把他們思考了很久但是想不透徹的疑問點清楚**。例如，巴菲特（Warren Buffett）曾說「永遠不要問理髮師你是否須要理髮」，這就點出了客戶和基金經理人之間的利益衝突。再比如，他說「垃圾資產總有一天會變成名副其實的垃圾」，回答了投資時能否撿便宜貨的疑問。有了點睛之筆，一部作品的意境常常因此提升了。

第五，反諷手法。

在任何時候，寫東西都不能抱有怨氣，不能抱有吵架的心態，哪怕自己再不高興也一樣。一生氣，無論自己多有道理，都已經輸了。但是，人不可能永遠不生氣，如果真想表達自己的不滿，甚至是憤恨的心情，反諷手法就是一個解決辦法。由於篇幅的原因，這一點就不多說太多了，你可以看一下以下的小短篇：卡夫卡（Franz Kafka）的《海神波塞頓》（*Poseidon*）。這個小故事沒有直接罵任何人，卻把社會上所有的浮於俗事的人都給罵了。

波塞頓坐在書桌旁仔細處理文件。管理全部水域的工作著實繁重。他本來能夠要多少助手有多少，而他也的確有許多助手，可是因為他對工作十分認真負責，什麼都要親自再處理一遍，助手們便幫不了他多少忙了。倒不能說這工作給他帶來什麼樂趣，其實他處理這些事，只不過因為這是他的分內工作，他也曾多次要求換個如他所說的叫人高興一點的工作，但無論提議給他什麼工作，他總是感到不如原先的合他的意。事實上，要給他找份別的工作也不容易。隨便把某一片海域劃歸他管是行不通的。一則，如此一來處理文件的工作並不減少，只是更加瑣碎罷了，更主要的是偉大的波塞頓永遠只能坐在要位，海域之外的職位更不能請他擔任。只要想到這個，他就覺得痛苦難當，這位神就會呼吸困難，他那尊貴的胸膛就會顫動不已。其實人家並不認真對待他的訴苦，當一位大人物痛苦的時候，別人當然要假裝努力順著他的意思去做，儘管事情根本不可能做成。沒有人想過要把波塞頓從他的位置換下來，從開天闢地起，他就被任命為海神，這一點可是改變不了的。

令他最為惱怒的——主要就是這件事引起他對現任職位的不滿——他聽說人們有不少關於他的傳說。例如想像他總是手握三叉戟、駕著馬車在水上到處閒逛，而這時他正坐在大洋之底不停地處理文件，日子單調無趣，唯一的調劑就是偶爾到朱比特（Iuppiter）那兒走一趟，而這種造訪每每使他大怒而歸。就這樣，他簡直就未好好看過大海，只有登上奧林帕斯山（Mount Olympus）時匆匆瞥上一眼，更不要說真正逛逛大海了。他常說，他就這樣等著世界末日的到來，那時，當他檢驗過最後一項文件，就在終結之前的一剎那，該會有片刻的安寧，那麼他就可以抓住機會快速地遊覽一遍大海了。

這麼多技巧，想要一下子都掌握顯然不切實際，你不妨根據自己的特長和需求，將設置懸念、有張有弛、管中窺豹、點睛之筆和反諷手法這五個技巧一次使用一個。使用熟練了，你便可以隨意組合了。

練習題

利用所學的寫作技巧，修改一篇你之前寫的短文。

2.8 實踐：我是怎麼寫出暢銷書的？

在這一節，我會透過回顧自己的寫作經歷，談談在不同的階段，如何使用各種寫作技巧。

到目前為止，我正式出版的書大約有四百萬字。雖然在很多人眼中，我寫作依然屬於玩票，因為我的職業並不是作家。但是既然出來玩了，就要玩出名堂，就要努力做到不比專業人士差。這就如同京劇大師馬連良先生做飯，比北京當時最好的鴻賓樓飯莊的大師傅做得還要好一樣。大家都是人，專業人士能做到的，我們認真做也能做到。當然，方法和經驗累積很重要。

高中畢業以前，我的作文成績時好時壞。這倒不完全是因為發揮不穩定，很大程度上是因為成績的好壞取決於文章是否對了老師的胃口。後來回想起來，我總結了這樣一條經驗——**寫文章是兩個人的事情，不僅要好好表達自己，還要理解讀者的心理。**

國三的時候，我的作文水準似乎有了一個飛躍。我之所以說「似乎」，是因為那只是一家之言——我的語文老師的評語。那時我已經讀了幾年文學作品，因此能寫出幾句漂亮的話，而那位老師恰巧喜歡漂亮的文字，所以覺得我的水準似乎是提高了。

關於閱讀和寫作到底有沒有關係，不同人的看法差別很大。公平地講，它們之間有關係，而且關係密切。那麼，為什麼很多人說自己讀了很多東西卻還是寫不好呢？我覺得有三個深層次的原因：

首先，閱讀對寫作的幫助至少要延後一到兩年。

其次，讀什麼很有講究。真正對寫作有幫助的是那些經典著作，那些經過了上百年，甚至上千年，被各種人篩選後留下來的經典作品。天天看雜誌、刷「朋友圈」，閱讀量再大，對寫作也沒什麼幫助。

最後，怎麼讀、關注什麼很重要。很多人讀書很心急，希望能從書中找到一些警句或漂亮的文字，直接用到作文裡。這種想法過於天真了。即便是經典，警句和高潮篇章也不可能經常出現。而它們之所以出色，也是因為有周圍語境的烘托。這就如同一杯茶，雖然香味來自茶葉，但是只有用水沏完，才能品出茶的好壞，乾嚼茶葉是不行的。很多人在寫作時抄一堆名人名言，這不僅不會提高作品的境界，還會讓作品顯得過於牽強、文理不通。

到了高中，我的作文成績一下差了很多。原因也很簡單，那時候的語文老師余順吾先生不太在意文辭，反而非常在意文章的結構和行文的邏輯，而我當時沒有能力駕馭它們。雖然他一開始給了我不少比較差的成績，但是我今天依然非常感激余老師，因為他為我指出了一個正確練習寫作的方向。我用了將近三年的時間把寫作的風格定型了——注重結構和邏輯，而不是文采。有了這個基礎，文采可以慢慢補上。當然，在這三年間，我的閱讀量是極大的，這種累積的收益二十年後才顯現出來。

高中我寫得最多的是日記，一開始是流水帳，後來就是每天思考、記錄一、兩個主題——對於日記來講，寫什麼比怎樣寫更重要。除此之外，我還學著寫古體詩和填詞，因為那陣子我對唐詩與宋詞非常著迷。掌握詩詞的韻律並不是最難的，最難的是要寫出真情實感。而當一個人社會經驗不足時，免不了會為賦新詞強說愁。今天看起來，那些內容雖然文字還算工整，但是由於缺乏真實的情感，讀起來很好笑。這也讓我認識到，**任何時候，內容都比形式重要**。

我那時還承擔了一些社會工作，口頭表達能力得到了鍛鍊。為了做好口頭表達，我開始閱讀很多著名演講，很多片段我至今還能記得。當然，演講的邏輯和方法我也學到了不少，這其實也是語文教育不可或缺的一部分。

今天的大學，大部分人都不再上語文課了，這並不是一件好事。很多理工科學生的悲哀就在於此。由於缺乏持續的語文訓練，人雖然從青澀的少年長成了成年人，文字水準卻永遠停留在了十八歲。

我寫作水準的第二次飛躍是在約翰霍普金斯大學讀書時，庫旦普教授給了我很大的幫助。那段時間的寫作訓練，讓我寫的東西能夠很輕易地達到發表的水準。除了前面介紹的，在行文結構、邏輯以及講故事方面對我進行指點，庫旦普教授還給了我另一個值得分享的經驗：**一篇文章的口氣和用詞要保持一致，寫出來的東西才會顯得專業**。例如，如果一篇文章前面是以非常嚴肅的口吻寫的，那麼通篇都要如此，不能後一半變成調侃的口氣。反過來，如果是以詼諧幽默的口氣寫的，那麼通篇用詞都要符合這個風格。英語比較講究時態和語序，它們必須保持高度一致。在中文裡，口氣和人稱也要保持一致，不能一會兒用第三人稱，一會兒用第一人稱。

庫旦普教授還是個細節大師，即使是再細小的用詞，他也十分講究。每次我們學生投稿，他都要確認我們的文章在細節之處沒有任何問題。正是靠庫旦普教授的幫助，我的寫作水準才能和年齡相稱，而不是停留在十八歲。

我在Google的時候，寫得最多的是專利申請書，通常幾個人一起申請專利，而最後複審把關的是我。到美國後的大約十年裡，我很少有機會寫中文的稿件，直到後來Google請我為中國的官方部落格寫文章介紹Google的產品。當時這類公司網站發的絕大部分文章都是直接介紹產品或公司動態，而我覺得這樣做會讓人覺得是在自吹自擂，而且和其他公司沒有分別。為了體現Google產品在技術上的優勢，我決定寫那些產品背後的數學原理。這就是「數學之美」系列文章的由來。由於之前沒有人向大眾普及應用數學，因此這個系列受到了熱烈反應，獲得了幾百萬的閱讀量。

在「數學之美」之後，我把自己對資訊科技（ＩＴ）產業以及商業的思考寫成了另一個系列，就是「浪潮之巔」。我和同事最初研究商業規律，既有推廣產品、確定研發方向的目的，也有個人理財的需求。於私，我們是用真金白銀投資；於公，我們是動用大量的人力和財力資源開發。一旦搞錯了，我們的損失是實實在在的，因此我們不會像一般的媒體記者說不用負責任的話，也不會像很多商學院的老師為了產出論文刻意發表新觀點，而是盡可能準確地把握市場。為了保證資訊的準確，我們幾乎不用二手資料，很少看媒體對商業事件帶有主觀性的解讀，而是從大量的一手資料入手做研究。這樣得到的規律是媒體、記者通常得不到的。我覺得，正是因為這個原因，「浪潮之巔」系列一經發表就很受歡迎。

可以說，這兩個系列文章之所以成功，有三個原因：首先是選題好，這是寫作成功的第一步；其次是內容真實、有獨特性，這是成功的第二步；最後是材料組織得好，用大家看得懂的方式表達出來，這是成功的第三步。做到這三步，對部落格寫作來說就已經足夠了。但是想要出書，這還遠遠不夠，還須進行更多的工作。

部落格就像日記一樣，無須具備整體結構，但是書需要；部落格可以沒有明確的主線，但是書需要；部落格的每一篇文章風格未必要一致，但是書需要。此外，相比於部落格，書還有很多須改進的地方，因此改寫的工作量還是很大的。那兩本書的出版協議雖然早在二〇〇八年就簽了，但直到二〇〇九年年底，我才利用換工作的兩個月長假完成了改寫。此外，我發現在飛機上無事可做時，寫作是一件很好的打發時間的方式。二〇一〇至二〇一一年，我在周筠老師和出版社的幫助下，出版了《浪潮之巔》和《數學之美》，它們在市場上和出版界都獲得了成功。

《數學之美》和《浪潮之巔》算是我的處女作，它們在結構上依然維持了部落格的特點，就是每個章節相對獨立。這樣的書相對好寫一些。後來我發現，初次寫書，用這樣的結構是一個明智之舉。有了這兩本書的成功，我開始構思將自己對歷史的思考寫成一套完整的書，也就是《文明之光》。這套書我前後寫了四年多，而在此之前我已經準備了十年。王石先生在給我寫序時說，一個人寫一部通史是需要勇氣的。確實如他所說，這件事的難度很大。所幸我找到了一個化繁為簡的辦法，就是參照《人類的群星閃耀時》和《人類大歷史》，將幾千年的文明史切成三十二個片段，以這三十二個片段折射出歷史的全貌。這個方法也就是前面講到的管中窺豹。

相比於《文明之光》，我其他書的創作要容易得多，但是每一本書的寫作手法都不盡相同。**寫作永遠要讓形式和內容相匹配，內容不同，讀者群不同，寫作手法也須調整。**

聽完我的寫作歷程，你可能會覺得只要長期寫下去，不管是什麼專業的人，都能成為好的作者，這確實不假。我在「得到」上開設的「數學通識50講」的一位助教說，她原來有點重理輕文，也怕寫作，但是後來因為寫點部落格文章談談數學，寫著寫著就能寫出不錯的內容了。現在她可以輕輕鬆鬆寫出一千多字的文章，而且寫得很好。她也經常在網路上發表自己的看法，頗受歡迎。因此，不管是什麼人，只要按照正確的方式經常練習，假以時日，遇到必須寫作的時候，你就能有信心寫得更好。

練習題

找一本你讀過的暢銷書，說說它的寫作特點。

本章小結

本章介紹了書面表達的各種技巧，掌握這些技巧必須練習。你不妨把動作分解一下，分三個階段進行。第一個階段，可以把寫作當成發「朋友圈」，看看如何寫出讓朋友們點讚的生活記錄。第二個階段，可以把寫作當成蓋房子，將注意力放到文章的結構和行文邏輯上。第三個階段，把寫作當成做工藝品，試著做到巧奪天工。

寫作的技巧還有很多，我不可能在短短一章的篇幅內講完。後面分析名家作品時，我還會順帶分享一下它們的寫作特點。

第3章

日常實用寫作

語文和生活息息相關，提高寫作能力可以直接幫助一個人獲得職業發展。絕大部分的人一輩子很少有機會寫散文，更不會寫小說，但在日常工作中，卻免不了要寫信件、簡歷、評論、論文和報告等等。一個人想要在工作中不斷發展，光有文采是不夠的，還必須懂得進行上述文體的寫作。所以這一章，我們就來談談這些實用文體的寫作。

3.1 日記：如何用日記提升寫作能力？

提升寫作能力有一個很重要也很有效的辦法，就是寫日記，它是讓人越過「寫不出來」這道障礙的必經之路。因此，我把它作為本章第一節來講。

日記是一種很特殊的文體，通常它們的讀者只有作者一個人，這就給了作者很大的發揮空間，因為他既不必顧及不能說什麼，也無須擔心寫不好被大家笑話。有些大人物的日記，例如蔣介石和曾國藩日記，因為作者身分特殊，日後成為很珍貴的史料。但即便是他們，即便是在意識到了將來會有人讀的情況下，他們依然記錄得很真實，也很隨意——裡面有很多內容就是流水帳，也有很多內容呈現了他們在公開場合從來不曾流露出的負面情緒。這些都代表他們寫日記時很放鬆，而在放鬆的情況下，大家更有可能把內容寫好。

對普通人來說，日記依舊應避免寫成流水帳。也就是說，日記雖然是在極放鬆的情況下寫的，但目的性依然很重要，這和其他創作沒有什麼區別。不少人寫日記只是為了寫日記，每天花一、兩個小時寫，幾年後覺得「怎麼我的寫作水準還是沒有提升」。這樣目的不明確的低水準重複，是無法讓你提升寫作水準的。如果你只是想記錄天氣或財務支出情況，這和我說的「以寫好日記幫助自己提升寫作能力」是兩回事。要想提升寫作能力，目的性必須很明確。

寫好日記的第一要素，是在每天動筆之前搞清楚寫什麼和不寫什麼，這比怎麼寫更重要。根據我從中學開始長期寫日記的經驗，以下三類內容非常值得寫，但它們也常常被很多人忽視。

第一類是工作日記。

歷史上，許多大科學家和發明家都有詳細的工作日記，這不僅能幫助他們總結在哪裡成功了和在哪裡失敗了，還是幫助他們維護自己的發明權和各種利益的證據。

在電話的發明上，曾經發生過亞歷山大．貝爾（Alexander Graham Bell）和伊利沙．格雷（Elisha Gray）關於發明權的爭議，這場官司一直打到美國的最高法院，最終貝爾獲勝了。雖然一些傳記作家和媒體人總是喜歡把這件事戲劇化，把貝爾獲勝的原因歸結於他的岳父兼合夥人哈伯德（Gardiner Greene Hubbard）比格雷早幾個小時將貝爾的專利申請送到了專利局，但這並不是主要的原因。一方面，在美國，只要有證據顯示某個人更早想到並實施了這項發明，即便他提交發明的時間晚一些，也依然有可能獲得發明權。另一方面，如果發明權的判定能夠簡單到比較提交專利的時間即可，那這場官司也就沒有什麼好打了，地方法院直接判貝爾獲勝就可以了，根本用不著打好幾年，更用不著一直打到最高法院。事實上，貝爾最後贏得官司，是因為他提交了完整的工作日記，裡面詳細記錄了他每一天的研究進程，而且貝爾還保留了格雷給他的一些書信，書信顯示格雷承認貝爾對電話技術的貢獻。

我在Google工作時也有一個習慣，就是會把一些重要的想法寫下來，在和同事討論後，請他們在我的工作日記旁簽個名。將來我們一起申請專利時，這就是在某天形成了最初想法的證據。

據我所知，很多做科研的人都沒有寫工作日記的習慣，以至於發表的結果自己都難以複製出來，然後受到同行的質疑。很多時候，不是他們隱瞞了什麼，而是他們實在記不清當初工作的每一個細節了。

當然，工作日記更大的作用是幫助自己總結得失。

我在工作中會時不時遇到一些問題，然後卡在那裡。有些問題是我自己花了很長時間慢慢解決的，有些是請人指點一下很快解決的。在解決了這些問題的時候，我通常會覺得自己學會了，下次就知道該怎麼做了。但是大部分時候，真遇到了，我可能怎麼都想不起來上次是怎麼做的，結果又要花很長時間再來一次。後來我就學乖了，但凡遇到這種情況，都隨手記錄下來，週末時把有價值的內容整理出來。這樣，再遇到類似的問題時，就能節省很多時間。有時，即使是用photoshop把一張照片處理得很漂亮，也值得把處理的步驟一一記錄下來，否則下次未必能重複得出原來的結果。

寫好工作日記，既是為了讓自己同樣的錯誤不犯兩遍，更是為了不斷累積成功的經驗。

第二類是讀書的心得和收穫。

前面講到閱讀時，說到希望透過閱讀獲得三個層面的收穫：對全書輪廓的瞭解、對書中一些細節或知識的瞭解，以及對作者寫作技巧和手法的瞭解。對於這些收穫，除非印象特別深刻，否則就會學了新的忘掉舊的。因此，你必須記下來。把自己的想法寫下來，就過了一遍大腦，將它們變成了自己的東西。這其實是一個自我表達能力的訓練。

把自己的思考和想法寫下來的另一個目的，是防止記住一堆似是而非的資訊。研究顯示，人的記憶力在十七到二十四歲達到高峰，二十五歲之後會下降，理解力的發展曲線會延後五年，也就是說在三十歲之後也會下降。人們通常會隨著時間的推移而對事情的瞭解有所增加，但是由於遺忘的作用，很多記憶會逐漸變得似是而非。這種模糊的印象有時比完全不知道更有害，因為它會讓人變得自以為是和固執。如果人對一件事沒有經驗，他不會對此自負，但是如果有過經驗又忘了一大半，就會比較麻煩，因為他會把錯誤記憶當成正確的經驗。將自己的想法寫下來，在寫的同時大腦會思考，記憶會加深，即便記不住，也有日記可以查閱。很多作家都有寫日記的習慣。這樣，他們在需要使用某些素材時，就有案可查，不會毫無頭緒，更不會把記憶不準確、似是而非的東西寫到書裡。

第三類是自己對特殊經歷，特別是失敗的經歷的感受，以防自己好了傷疤忘了痛。

很多人會在同一個地方跌倒很多次，一個原因是，儘管他們的大腦把事情記住了，但是卻把感受給忘了。出於自我保護的考慮，人類這個物種會選擇把那些不好的感受忘掉，這是我們的天性。但是這種自我保護的本能，會讓人重複犯同樣的錯誤。例如，一個人炒股、炒原油期貨不僅輸掉了本金，還欠了一屁股債，當時可能後悔不已，甚至連死的心都有了。但是兩年之後，他依然會做同樣的事情，因為那種想死的感受早就忘記了。類似地，很多人在感情上，同樣的錯誤會犯很多遍，每一次都是切膚之痛，但是下次還會再犯。把這些感受寫下來，人才更有可能做到不二過。

明確瞭解了日記可以寫什麼，接下來說說這類日記該怎麼寫。我把它總結為三個要點。

第一，過濾出哪些內容值得寫。

如果你覺得值得寫的內容太多，那麼，限定半個小時的時間，寫下最重要的。有了這種本事，寫作文時就能找到最重要的要點，而不是寫得很長，卻不知道在說什麼。同樣地，在進行口頭表達時，即使只有五分鐘的時間，你也能把一件事簡要地講清楚。

我大約是從中學時開始寫日記的，到了高中開始比較認真地堅持寫，曾經有大約兩年的時間一天不落地寫。高中和國中寫日記最大的不同之處在於，高中我開始每天找一件最值得寫的事情來寫，而不是把所有事情都寫成流水帳。每天值得寫的事情可以是讀書的收穫，可以是自己經歷的好事或壞事，也可以是自己的想法。**每天的題材可以變，但是只寫一件事這個原則不能變。**

此外，我還會刻意將寫日記作為語文練習，也就是目的更明確了。比如，學到了某個詞的用法、某種描述現象的手法、某種行文結構，我就會用日記來練習一下，但每次只練習一個技巧。過一段時間，我會回過頭來看看，新的習作是否讀起來比過去更吸引人。練熟了，以後真到了要寫信、做報告時，那些技巧就手到擒來了。

為了達到練習寫作的目的，最好努力做到表達清晰、行文流暢、用詞準確，不要因為只有自己閱讀就錯別字滿篇、文法亂七八糟，否則效果就無法保證。這就如同即使是在家上班，也須穿著整齊，有一定的儀式感，不能穿著運動褲、汗衫，靠在床上開電話會議。

第二，帶著目的寫，每週做總結。

雖然後來我做不到每天寫，但總的來講是堅持下來了，直到我離開學校。再往後，經常對工作進行的總結占了日記的大部分。除了每天記錄的內容，我每週還會用一、兩個段落做總結。那些總結出來的內容都是將來寫論文、申請專利、寫書、做報告的素材。甚至有時為了將來寫作方便，我會將一部分總結直接按照論文或書中段落的形式寫出來，而不僅僅是用只有自己一個人看得懂的形式寫。因此我過去做研究時，每過一段時間自然就會有一篇論文出來；做產品時，對專利的申請會隨著工作自然展開，不會變成額外的負擔。

每週做總結還有一個非常大的好處，就是能發現自己在時間管理上的漏洞。例如，我上學時就發現，十二月份的班級活動，如文藝演出、過元旦等，其實嚴重擠壓了讀書的時間。工作以後，從十一月底到元旦，也會有很多時間都花在雜事上。但是因為忙，所以不會察覺。如果每週做個總結，就會發現其中的問題。

第三，日記要真實。

無論是對客觀對象的描寫，還是對自己想法的記錄，都要追求真實。日記是寫給自己看的，而不是寫給別人看的，即便是有不適合寫進公開文稿中的內容和想法也沒有什麼關係，無須進行過多的文飾。例如，你對某個人的看法後來改變了，但如果記錄下了當初的想法，特別是產生那種想法的原因，事後就能發現為什麼自己看人有片面性。這樣，日記就成了一面鏡子，可以讓人不斷校正自己的想法。如果一開始寫的內容是修飾過的，回頭再讀，就不會有什麼收穫。此外，很多事情對自己的觸動，我們未必會說出來，但不妨真實地寫下來。這樣，將來如果真的必須對某一類事情發表看法，那些看法也是自己深思熟慮過的。

不僅日記要真實，任何寫作都要盡可能地真實。我在「得到」開設「閱讀與寫作50講」時，收到了很多同學的習作。我發現，但凡是寫自己真實經歷的，讀起來就感人，獲得的按讚數就多；但凡是編的，讀起來就很無趣。所以，真實這一點應該貫穿所有文體的寫作，特別是日記。

日記，無論是工作日記、讀書心得還是對特殊經歷的記錄，都可以從三個方面提升我們的語文水準。

首先，觀察能力。在對美國大語文教學有了較多的瞭解之後，我發現每天找到一個對自己重要的事情做記錄，其實就是在培養大語文所說的觀察能力。幾個朋友出門遊玩，某些細節可能有的人看到了，有的人忽視了；反過來，看到的東西太多，有的人能過濾出重要的，有的人則不能。這就是觀察能力的差異。寫日記可以鍛鍊這種能力。

其次，分析能力。對一件事情，自己有什麼看法，這就是分析能力。有了分析能力，你才能講話頭頭是道。

最後，表達能力。寫日記是讓自己的寫作水準從記隨意的流水帳，到迅速寫出結構清晰、有邏輯、有條理的短文最自然的進階途徑。

任何人，只要能堅持每天寫一點，刻意練習、使用學到的技巧，並時不時回過頭來審視自己有沒有進步，經過半年到一年的時間，寫作能力就會有所提升。

練習題

在接下來的一週裡，做好工作記錄，寫好工作日記。

3.2 郵件：如何寫好工作郵件？

對很多人來講，日記是寫得最多的文體，其次便是工作信件了。這裡講的工作信件並不是特指要用信箱發出的內容，還包括工作中各種必須以書面表達的內容，例如一份五百字的微信內容。工作信件的寫法顯然不可能和日記一樣，因為它們是公開的。

擅長寫工作信件，對人的職業發展至關重要。回到古代，司馬光與王安石雖然同朝為官，但還是會一來一回地寫《與王介甫書》和《答司馬諫議書》；大臣雖然上朝見得到皇上，但也要寫正規的奏摺遞上去。中國古代有很多大臣，能夠到位極人臣的地位，主要是因為奏章和來往批覆的文件寫得好。例如，明朝前後兩任首輔大臣夏言和嚴嵩，就是靠文章上位的。後來嚴嵩失寵，很重要的原因之一是自己老了寫不動了，兒子嚴世蕃怠惰不替他認真寫。

很多人以為今天大家都用微信或其他工具溝通，不再須要寫工作信件了，這其實是個誤解。今天可以用於口頭非正式表達的工具越來越多，甚至它們也像白紙黑字一樣有保存功能，但工作中的書面正式表達仍然非常重要。事實上，不擅長寫信件的人會更容易遇到職業發展的天花板，這樣的人不僅容易被人誤解，還可能會讓別人不把你的事情當回事，久而久之耽誤自己的業績。

想要寫好一封工作信件，最重要的不是怎麼寫，而是弄清楚什麼該寫，什麼不該寫。我把它們總結為「三寫四不寫」，下面先說說什麼不該寫。

第一，不想留下存底的內容不要寫。

這倒不完全是為了將來賴帳，而是有些東西根本不能留存。例如涉及法律後果的問題，一定不能用工作信件討論，不能說「如果我們這麼做，是否會侵權？是否會違法？」等等。否則將來到了法庭上，這種文字就會被認定為「明知故犯」的證據。

第二，**未經深思熟慮的內容不要寫。**

很多人還沒把想問題想清楚，就以信件把話說出去了。當想清楚之後覺得不妥時，改變想法吧，怕人說打臉；不改吧，損失更大，結果就是左右為難。

第三，負面的內容不要寫，尤其是氣話。

例如，有些人沒有得到上級的提拔，沒有與客戶達成交易，就寫信發怒。這不僅沒有幫助，還會授人以柄。如果是當面吵架，過後後悔了，最壞的情況就是道個歉，還有挽回的餘地。但如果留下了書面的文字，就總在提醒別人你們之間有過一些不愉快的經歷。

第四，一次講不清，必須反覆討論才能搞清楚的事情不要寫。

這些內容不是說完全不能寫，而是以信件討論的效率太低，既浪費時間，又容易增加誤解。這種時候最好的辦法是當面講，不行就電話講。最後如果有了一致的認知作為總結，可以寫幾行字做個記錄。

明確了哪些不該寫之後，在寫之前想一想，可能有一半以上的信件就可以省去不寫，就可以集中精力寫好那些該寫的了。下面三條，是工作中尤其該寫的。

第一，**必須留存的話一定要寫。**

例如，老闆承諾做完這個專案就提拔你，他或許是在認真考慮這件事，但是等到做完之後，可能已經過去半年了，公司的情況可能也發生了些許變化。這時，他可能在考慮提拔別人，可能這一年名額有限，總之他對你的口頭承諾恐怕要泡湯。即便你去問他，由於口說無憑，你也只能自認倒楣了。對於這種情況，即便事先說好了，也要留下書面文字。比較好的做法是，在談完之後，你以感謝的名義寄一封信給他。信件中不妨這麼說：

感謝您對我的信任，把如此重要的任務交給我，而且承諾在完成任務後提拔我。我一定努力完成任務，不辜負您的期望和栽培。

這時，只要老闆沒有說「我沒打算提拔你」這樣的話，就是默認了你說的一切。類似地，很多人在求職時謀求的是比較高的職位，錄用通知寫的卻是相對較低的職位。如果對方給出了理由，例如「我們有三個月的見習期，這期間如果沒有問題，我們就會給你高一級的職位，你就放心來吧。」這時，不妨直接向對方負責人寫一封信，可以這樣寫：

根據我們方才的電話，我的理解是，目前給我的部門經理一職只是前三個月見習期的職位，三個月後只要我還在公司，正式的職位就是部門總監。請確認我的理解正確。

這時，只要他們希望你去，就一定會確認。如果不肯確認，你也就不用去了。這時你還沒有入職，是他們在「求」你，所以說話要態度明確、表達清晰，不要像之前和老闆說話那麼委婉、客氣。同樣地，自己有什麼值得講的成就，也要寫出來。

對於這類重要的談話，我通常會以信件確認並影印留存。工作關係不可能總是在蜜月期，這樣的記錄能保障我們的權益。

第二，必須寫而大家又懶得寫的備忘錄一定要寫。

在一間有制度的公司，部門開完會之後，應該有人發一份備忘錄，告訴大家會議討論了什麼、有什麼結論、哪些議題沒有結論等等。這件事大家常常懶得做，因為寫上千字的備忘錄畢竟要花不少時間，但常常第二次開會發現上一次開會討論的問題都沒有解決。這時，不妨主動要求由自己承擔這項任務。

這樣做有兩個好處：第一是讓部門裡的人，特別是上級關注到自己，因為他們其實需要這樣一份留存的書面資料；第二是能站在整個部門的角度想問題。如果一個人真想被提拔，想管理更大的部門，就要從做這種事情開始。只有這樣，你才能學會管理，才能有全局的視角。我們團隊過去有一位年輕的同事，他現在是中國某個非常成功的私營企業的創始人，他管理經驗的累積，就是從寫這類信件開始。

第三，重要的通知和安排一定要寫。

上級正式通知下級一件事情，例如升職、調職、新的工作安排等，不能以簡訊或口頭通知，即使口頭通知了，也要用書面文字再說一遍。反過來，下級要接受任命或工作安排，也須以書面表達。同事之間也是如此。

明確瞭解了該寫哪些內容，接下來說說怎麼寫。寫信的稱謂、用語、該副本給誰、不該副本給誰，都是最基本的要求，這裡就不說了，我把重點放在表達自己、影響別人的技巧上。我把這些技巧總結為下面的四點。

第一，簡要清晰地說明來信的目的。

用書面文字溝通，必須把寄信的目的說清楚。例如「這次升遷你能不能推薦我？」、「你能不能分享一下你的實驗數據？」、「建議你去找某某機構，瞭解如下資訊，然後做如下工作」等等。雖然前面講了很多一般性的寫作技巧，比如製造懸念，但這些都不適用於撰寫工作信件。很多人讀信通常是掃一眼內容，看不到自己覺得特別重要的事情，就把它扔到一邊準備之後再看，但實際上之後也不會看。不信的話，你可以看看自己信箱，裡面是不是有很多沒有讀的信？

為了保證信件能夠在第一時間被讀到，最好不要在下班後或午飯時間寄送，因為你的信件往往會被埋在一大堆其他信之間。我一般會從側面瞭解一下上司讀信的習慣，然後在他平常看信的時間寄送。例如，我發現我在約翰霍普金斯大學的幾位教授喜歡在晚上回信，於是我會在晚飯後寄信給他們。而我在

Google的兩位老闆喜歡在下班前一小時回信，於是我會在那時寄信給他們。

第二，一封信最好只講一件事，幾件事就要用幾封不同的信件講。

這個原則對寫信而言至關重要，但很多人意識不到，這是因為今天的工作方式。我們可能都有過這樣的經歷——信件寄送出去之後，有人會從中間加入某個主題的討論，或者某個收件人要將信件轉寄給第三方。如果一封信討論了三個主題，有的收件人只與第二個主題相關，那麼第一個和第三個主題的內容對他來說就是多餘的。站在主管的角度想，如果一個部門有不少人都圍繞著某封信討論，那是很花時間的事情。討論的內容越聚焦越好。如果一封信有多個主題，大家就難免會扯到其他主題上，造成不必要的發散。

此外，工作信件經常必須保留，一個主題一封郵件也更便於管理和查找。

第三，寫信也要像講故事那樣吸引人。

大家每天收到的信件太多了，所以在發出一封郵件時，就要想到收件人有很高的機率會沒讀完就把它放到文件夾臨時保存了。因此，為了讓收件人盡可能讀完，信要像講故事那樣吸引人，前面說的一些講故事的技巧就可以使用了。但是，在寫信時最好不要用大反轉的技巧，因為一旦對方沒讀完，他就會看不到反轉。比較有效的技巧是層層遞進，甚至可以用一些標記來強調信件內容的層次，例如圓點、星號等。故事講完了，一定要有結論，信件無須讓人有回味無窮的感覺。

第四，主觀感受的表達要視收件人而定。

有些信件必須表達自己的主觀感受，有些則不能。如果收件人是一個人，或者是一群利益一致的人，你可以加入自己的主觀感受。例如，寫給部門全體下屬的信，可以寫：親愛的某某部門同仁，在過去的三個月裡，我們如何通力合作，如何克服各種困難，現在取得了何等的成績，我是如何喜悅等等。雖然收件人很多，但其實相當於你在一對一地表達自己。

但是，如果你在協調兩個部門的關係，就應該避免加入主觀感受。比如，如果你對A部門的人說了一大堆拉攏關係的話，類似於「我們過去合作得很好，你們特別夠意思，我一直心存感激」等，然後說「現在也請你們像對待我一樣對待B部門的人」。A部門的人收到信件之後，不會因為過去對你好就同樣對B部門的人好；反過來，B部門的人會想，你和A部門關係那麼好，會不會偏袒A部門。這種時候，能促成兩個部門合作的是它們自身的利益，而不是個人的情感。因此，這種時候用利益打動比訴諸情感更有效。

總而言之，一對一的信件可以增加主觀感受，使工作關係不那麼冷冰冰；一對多的郵件就要減少引入主觀看法，以做到客觀公正。

在今天，正式的書面表達能力依然是一個人職業發展道路上的重要技能。必須留存的話、備忘錄和重要的通知，最好透過工作信件傳遞。想寫一封好的工作信件，請要把重要的事放在前面，儘量一封信只講一件事情，要寫得吸引人，還要注意根據收件人的不同來決定是否加入主觀感受的表達。

練習題

在接下來的一週裡，寫好工作信件後，在發出去之前多花一分鐘時間再讀一遍，看看是否有可以改進的地方，改進後再寄出。

3.3 簡歷：如何寫好簡歷？

一個人，除非是要接手家族企業，否則總有一日必須寫簡歷。在過去幾十年的職業生涯裡，我看了幾千份簡歷，可以很負責任地告訴大家一個結論：**一個人無論是求職或升遷，成功機率和簡歷的品質緊密相關**。因此，不管你有多麼不願意寫作，最起碼也要把簡歷寫好。

在講如何寫簡歷之前，先來講講寫簡歷的四個忌諱。

第一，**切忌把小成績當大成就誇耀**。

有些人把自己很小的成績和獎項當作很大的成就來寫，這樣不僅會讓人懷疑他的水準和資歷，還會讓人懷疑他的見識。舉個例子，如果有人把自己在國三獲得的智力競賽三等獎，列到大學畢業找工作時的簡歷中，你會有什麼感覺？這不僅僅是畫蛇添足或濫竽充數，還代表那個人心目中所謂的成就，都是些不值一提的事情。這就如同過去吃不飽的老漢，能想像出來的最富裕生活就是兜裡總有花生米一樣。

當然，可能沒有人真的把自己在國三得的獎寫在簡歷上，但是寫類似內容的卻大有人在。例如，有不少本科畢業生會把自己在中學得的獎列出來，這毫無意義。人一旦進入某所大學，不管是從哪所高中進去的，和大學同學都是平等的了，大家更關心你是帶著什麼樣的收穫走出大學。還有很多人沒有工作經驗，把自己在課程中做的很小的計畫寫進去，讓自己工作經驗顯得多一些。這種做法就好比有人展現肌肉時談論自己能扛幾袋大米，有人卻說自己提起過三斤饅頭。

第二，**切忌把別人的功勞當自己的誇耀**。

現在很多工作都必須大家合作完成，大家各司其職。簡歷中要把自己的功勞講清楚，但不要籠統地講，故意誤導別人，讓人以為所有的功勞都是你的。

我看過一份來自某個頂級跨國公司的員工簡歷，她說自己曾召集過上百家企業的資訊長（Chief Information Officer，CIO）開會。光聽這句話，你會覺得她應該職位不低，因為那樣的活動通常規模不小。但是她的工作時間只有兩年，一打聽，發現她也就是負責發信和一些會務輔助工作。由於她提供了不實資訊，簡歷自然就被扔到一邊了。像她這樣寫簡歷的人，我見過很多，他們沒有一個人被錄用。其實，對一個只有兩年工作經驗的人，大家原本也沒期望他做過多少大事，更看重的是他的發展潛力。

第三，切忌平均用力，沒有亮點。

很多人寫簡歷就是按照時間次序寫，其實，人總有事業高峰期和低谷期。例如，一個人在職業生涯中做了五件事，有兩件比較突出、一件平平、兩件沒做好，那就要重點突出做得好的，沒做好的那兩件事要淡化處理。

以下我量化說明一下，這樣就更容易明白了。例如，你完成的五件事，綜合評分分別是三十五分、七十分、九十分、八十五分、四十分。如果不影響簡歷的完整性，三十五分和四十分的經歷就別寫了。如果一定要寫，就淡化地寫。對方問起來，你就說那些工作在你心中只值十分，而其他幾項工作分別值七十分、九十分和八十五分。這樣對方就會想，那些值十分的工作並非做得一無是處，而你所說的其他工作一定水準高很多。反過來，如果非要把三十五分、四十分的工作說成七十分，對方就會覺得你是一個對自己要求很低的人，而且自我感覺良好，其他幾項工作的成績恐怕也是誇大其詞。

寫簡歷的關鍵在於，不要把金子埋到沙堆裡讓人去找，而是要把沙子洗掉，讓金子更耀眼。

第四，切忌用投影片撰寫簡歷。

我看過一些產品經理、市場人員和媒體人這麼做，他們把自己參與過的每一個產品和專案都列出來，做成一張張投影片。這就是把簡歷和作品集搞混了。

那麼，簡歷應該怎麼寫呢？我總結了六個要點。

第一，搞清楚寫簡歷的目的。

簡歷是關於自己的正式文件，裡面除了有必要的個人資訊，主要是介紹自己的背景、技能和成就。如果是求職簡歷，還須說明自己下一步，甚至一生的職業目標。例如寫上「尋求一個高速發展企業之市場主管的職位」。當然，這個目標須因對象的不同而有所改變。如果對方是緩慢發展但很知名的企業，如IBM，你就得說「尋求一個技術領先的跨國公司的某某職位」了。

第二，分清楚資歷和能力的差異。

很多人會把自己的工作經歷依照時間順序一一列出，但那只是資歷。即便資歷看上去很漂亮，也不等於能夠做事情。我見過一份簡歷，那個人工作了六、七年，換了五家公司，其中還包括甲骨文（Oracle）、微軟等明星公司。但是，他每一段經歷能講出來的成績都不突出。你看了這份簡歷的第一印象會是什麼？恐怕會覺得這個人是找工作的行家，而不是善於做事情的人。這個例子可能有點特殊，但是把資歷和能力混為一談的人非常多。

一份好的簡歷，要透過自己做過的事情體現自己的能力，特別是顯示出自己比同齡人、同職位的人能力更強。

第三，強調效果勝過強調水準。

一個人水準很高，不等於他做事情的效果很好，有經驗的公司都清楚這一點。當然，老闆提拔部下時也是更看中效果。因此，簡歷中要強調自己做事情的結果，讓對方由結果倒推出水準；要把自己包裝成能帶來效果的人，而不是只有光環的人。

二〇〇二年，我在Google面試完之後，人力資源部門為了勸說我加入Google，把主要負責人的簡歷給了我一份，讓我印象最深的是銷售主管奧米德·柯德斯塔尼（Omid Kordestani）的簡歷。他並非名校畢業，工作時間不長，全球的銷售主管中比他更出名、能力更強的也一定有，但是他做銷售的效果卻讓人感到非常驚豔。例如，他在網景（Netscape）兩年就將銷售額提升了百倍，在Google則將公司的銷售額從幾乎為零做到了盈利。看到這家小公司（當時Google還很小）有這樣實幹型的銷售能人，我覺得加入至少不會出現哪天公司揭不開鍋的情況。很多小公司為了撐門面，通常都會找一些有名的人來擔任顧問或名義主管，但是這些人一般不會盡全力，水準再高也未必會帶來效果。對一間公司而言，需要的是大量能帶來效果的員工，而不是頭頂光環的員工。

第四，保持一致性和向上的趨勢。

每個人在不同時期及不同領域的發展都是不平衡的，但是簡歷中要呈現出一種表現穩定，而且逐漸向上的趨勢。

不要讓人感覺你高中的表現比大學好，大學的表現比工作中好。有些人喜歡吹牛，說「我是北京四中畢業的」或「我是實驗中學畢業的」。但是，如果你從一所著名的高中畢業，卻只上了一所二流的大學，然後研究所沒考上，工作換了幾個也都很一般，那就不要提當年勇了。

部門主管在選拔下屬時常常有一個期望成績歸零原則。什麼意思呢？如果你申請研究所，就只看你從哪個大學畢業，不看你從哪個高中畢業。如果你工作十年了，就只看你最近五年的工作經驗，不看你從哪所大學畢業，甚至不看你第一份工作的經驗。類似地，如果是針對這次的提拔和升遷，上次升遷前的功績就歸零了，因為那些功績在上次升遷時已經被用過一遍了，這次只會看從上次升遷到目前這一段時間裡的成績。

人不能把人生第一份功勞用一輩子。因此，簡歷需要講述這樣的故事：我在求學和職業生涯中一直在進步，成績越做越好。如果把一個人的表現依照時間順序畫出來，最好的情況是呈上升趨勢，最糟糕的是呈下降趨勢（見圖3-1）。

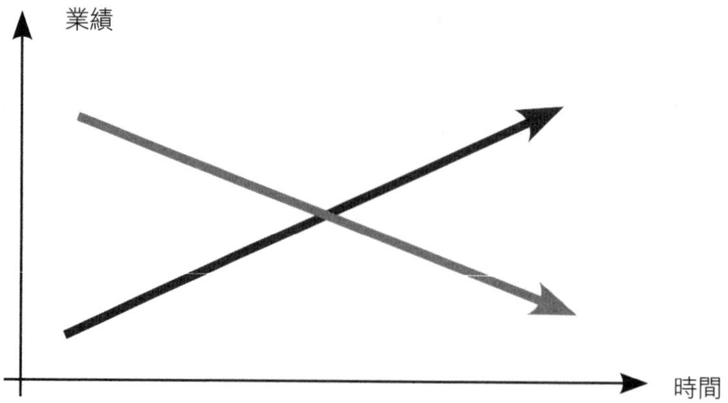

圖3-1：理想的和糟糕的職業發展趨勢。

對於經歷，我們不能造假、修改，但是可以強調和忽略一些細節。如果把有所起伏的經歷和業績全部堆到簡歷中，一個人的表現就會顯得比較平庸。例如，某個人主要完成了七件事，把每件事的成績都畫在圖中，你會發現，雖然他的職業發展趨勢是向上的，但是不明顯（見圖3-2的虛線）。如果刪掉兩個影響職業發展趨勢的點（圖3-2的灰點），就會感覺他是不斷進步。這就是修飾簡歷的技巧。

第五，注意用詞。

在「得到」開的「信息論40講」中，我介紹了在簡歷中要用好的主題詞。今天很多大公司招聘，除非有「內部人士推薦」（簡稱「內推」）這樣的關鍵詞，否則簡歷通常都是先由電腦篩選一遍，之後才能到人力資源部門或招聘主管眼前。缺乏合適的關鍵詞，或者充滿各種不同的關鍵詞，都是寫簡歷的大忌。

在對自己進行描述和包裝時，在符合事實的前提下，可以透過用詞的細微差別，對自己做一些修飾。通常，用詞的原則是用上位詞替代下位詞。所謂上位詞，是指概念向外延伸更廣的主詞，比如「花」是「鮮花」的上位詞。當然，「鮮花」就是「花」的下位詞。在寫簡歷時，「工程」是「電腦工程」的上位詞，「理科」是「物理學」的上位詞。

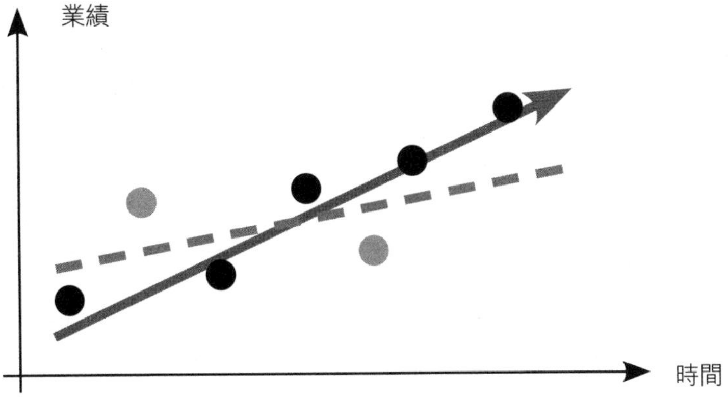

圖3-2：修飾前後的職業發展趨勢。

用上位詞替代下位詞並不是撒謊，但可以讓自己的簡歷顯得和工作崗位更匹配。

我在約翰霍普金斯大學有一個同學，他本科是清華的土木工程專業，碩士轉到了電腦專業。在一些公司看來，這不算完全的科班出身，因為他土木工程學了五年，電腦只學了兩年，會比本科就是電腦專業的學生吃虧。後來，我建議他把在清華的經歷改寫成「從清華獲得工程本科學位」，不強調具體是哪個系。這沒有作假，但是大家對他的印象變成了本科階段接受了工程的通識教育，又畢業於一個很好的大學，碩士階段接受了電腦的專業訓練。這樣的教育背景就非常完美了。

不過，有時則必須講得很具體。例如，我在Google時收到過一份簡歷，申請人泛泛地講了他做過機器學習的工作。機器學習是一個巨大的概念，這時就須具體點出自己做的是什麼了。

關於用詞，還要強調一個細節，就是簡歷中要多用名詞，少用形容詞。至於為什麼，相信你也不難明白。

第六，切忌篇幅冗長。

簡歷既然叫簡歷，就不能太長，通常以不超過兩頁（A4紙正、反兩面）為佳。但是，不要因為簡而漏掉要點。再次強調一下，職業目標和與具體職位有關的技能、成績是不能漏掉的。簡歷的格式無須太複雜、太花俏，但要設計得讓人一眼就能看到他們想看的資訊，同時要讓自己提供的訊息構成一個完美的故事。

練習題

把你的簡歷重新修改一遍。

3.4 評論：如何寫好評論？

說到寫評論，有人可能會覺得自己不是作家，也不是評論家，這似乎跟自己沒什麼關係。其實，評論是日常應用非常廣泛的一種文體。不只是對一本書、一部電影、一件時事發表看法叫評論，年終總結時同事或上下級之間相互寫評論、幫某個想提升職稱的同事寫一封推薦信，大到評估一項專案，小到在應用程式留下評價，這些都可以歸入評論的範疇。

好的評論應該針對性強、視角獨特、客觀公正、令人信服。

所謂針對性強，是指在寫評論前，要非常清楚是寫給誰看的。針對不同的讀者，有不同的寫法。這一點，寫書評和寫下針對某人的評語是一樣的。

為一本書寫推薦序和寫一般性的評論，寫法完全不一樣。前者須盡可能全面概括這本書的內容、風格和特點，讓讀者看了推薦序就知道這本書講的是什麼、好在哪裡。後者主要是談自己的感受，特別是自己對書獨到的看法。類似地，如果你是一個部門的經理，要寫下某位下屬的評語，你可能會希望面面俱到，不忘掉他們的任何一個特長和任何一個主要的貢獻。但是，如果是公司請同事寫下某位同仁的評語，其實是希望他們能各自將此人的某些特點分析透徹，不一定要很全面，但是要準確、深刻、有根據。如此一來，十個人的評語看下來，上級對這名員工就會有非常全面的瞭解。

為了在接下來的內容中不引起混淆，我把前一類評論，即寫推薦序和對某個人全面的評價，稱為**第一類評論**；把一般性的評論和對某人具體的評論，稱為**第二類評論**。

絕大多數人平時寫第一類評論的機會少，寫第二類評論的機會多。而且，只有第二類評論寫得好了，才有機會寫第一類評論。不幸的是，絕大部分人會把第二類評論寫成第一類評論，也就是把應該具體的評論寫得面面俱到。其實，第二類評論更需要的是獨特的看法、個人的感受，而不是大而全的分析。

接下來，就從四個方面來談談第二類評論應該怎樣寫。

第一，要有自己獨特的視角。

任何人云亦云的評價都沒有太大的意義。評論和記敘文、議論文相比都有所不同，記敘文更偏重客觀描述，議論文更傾向表達主觀想法，評論則介於兩者之間。一篇評論必須以評論對象的基本事實為依據。例如，評論張三，他沒有做過的事情，無論好壞，都不能算在他頭上。但是，一篇評論也必須有自己的主觀看法。很多人一想到「主觀」二字就有點害怕，怕自己的主觀看法和別人的不一樣，怕被扣上不客觀的帽子。其實，看評論，大家希望看到的就是每個人的主觀看法和想法。

面對一個複雜的目標，從某一個特定的角度看，每個人都只能看到一部分。只有每個人各自獨立講出自己看到的，然後綜合所有人說的，我們才能對目標有全面的瞭解。如果每個人都試圖猜測別人看到了什麼，考慮的都是怎樣讓自己寫的看法和別人的一致，那麼評論的意義就消失了。

對人的整體評論就更複雜了，因為人不僅有多個側面，在不同時間的表現也不同。如果十個人評論一名準備升遷的同事，每個人都說出了自己的主觀看法，主管就能在綜合大家的評論之後，結合每個人和他的關係，還原出一個活生生的全面形象。對人的評論，只有這樣寫，才能達到目的。

第二，要看到評論對象獨特的地方，特別是其他觀察者看不到的地方。

很多人都讀過《福爾摩斯探案全集》（*Sherlock Holmes*），福爾摩斯的特長是什麼？除了邏輯推理能力，還有他能觀察到別人忽視的細節，而很多時候，魔鬼就藏在細節裡。寫評論時，如果能從一般人看不到但又非常重要的地方入手，就是邁出了寫精彩評論的第一步。

中國古代有一個「管鮑之交」的佳話。當時大家看到的管仲都是個既貪財又怕死的人，只有鮑叔牙看到了管仲的這兩種行為都是因為家貧且有老母要贍養，獨具慧眼地發現了管仲賢明的一面。所以，與其說鮑叔牙厚道，倒不如說他看到了管仲沒被別人注意到的優點，他對管仲的評價也就格外有價值。

第三，非凡的結論要有非凡的證據。

前兩個原則都是在強調評論的獨特性，一個是從寫作者的角度講，另一個是從被評論對象的角度講。但是，這兩個原則切忌使用過度、極端，否則就變成譁眾取寵、以偏概全了。很多人為了一鳴驚人或其他目的，刻意標新立異，發表與眾不同的觀點，甚至做一些歪曲事實的評論。這就有悖評論最基本的原則——以評論對象的事實為依據。

例如，在辛亥革命前後，許多知識菁英出於反清，把所有能和反清扯上一點邊的書都說成反清的。當時，就連著名學者蔡元培先生，也硬把《紅樓夢》說成了反清復明的書。這篇論文還可以在網上找到，你會發現它真的是有損蔡先生的形象。反清沒有問題，但是為此胡亂找根據，就有失公允了。

今天，隨著網路的普及，大家可以發表評論的地方比蔡元培所處的時代多了很多。在網路上，會發現有很多譁眾取寵的評論。要說沒有證據吧，他們也能給出一些，但是那些證據通常是孤立的、牽強的、只見樹木不見森林。不只是普羅大眾，甚至專業人士也會這麼做。

前面講到了史丹佛大學某些研究人員預先發表的那篇關於新冠病毒感染率的文章。作者們斷定真實感染人數是檢測出的人數的五十至八十五倍，這確實引起了一定的轟動。雖然他們標新立異的目的達到了，但是這篇文章一出來，馬上就受到了學術界的詬病，因為他們尋找證據的方式存在很大的問題，最後反而有損他們的聲譽。加州州立大學舊金山分校的演化生物學家彭寧斯（Pleuni Pennings）犀利地指出了問題所在——非常的主張需要非常的證據。可惜，這篇論文的主張很獨特，證據卻漏洞百出。可見，即使一篇研究論文出自名校教授之手，也不能保證這項研究就是可靠的。

如果一定要發表一鳴驚人的主張，千萬記住，非常的主張需要非常的證據。如果結論的轟動效應是「一」，證據的強度是「一」就可以了；如果想產生轟動效應是「十」的結論，就必須成比例地找到轟動效應是「十」的證據。當然，這種情況對讀者來說也是一種智商測試——如果你相信了證據強度只有「一」，轟動效應卻是「十」的結論，那可能就要反省一下自己的思考方式了。

第四，要謹記三七分配原則。

評論通常有篇幅限制，長篇大論也不會有人愛看。在有限的篇幅內，要把自己的看法說清楚，而且不能說得太空洞，就要平衡輪廓描述和細節描述的占比。我通常的做法是，用三〇%的篇幅描述輪廓，然後用七〇%的篇幅寫一個側面。

舉個例子，我曾經成功推薦幾名認識的孩子進入美國名校。我不可能瞭解他們生活、學習的每一個細節，但我會根據和他們的接觸，強調他們某方面的特長和品質，只講一件事，這比泛泛地說這是一個好孩子有效得多。但是，如果我不用一些筆墨對他們做一些整體評價，可能會顯得我對他們所知甚少，會影響我講的事情的可信度和分量。

最後，要特別強調一點：**任何時候都不要輕易寫負面評價**。如果你覺得一位同事不應該被升遷，或者一本書不算太好，那你可以不寫評論，但千萬不要輕易寫負面評論。特別是不要為了讓自己顯得有見識、了不起，故意貶低別人。常玩刀劍的人最後會死在刀劍之下。筆有時也是一把刀，用起來要小心。

如果不得不寫，又不願意寫很正面的評論，通常有兩個辦法。一個辦法是，寫得不溫不火，這樣其他人讀起來就能感覺到你的態度。另一個辦法是，用反轉手法，先從正面肯定，最後寫一點和大家不同的看法或負面的評論。這樣，聰明的讀者也能讀出其中的意味。總之，如果寫「一分」的負面評論，就要有「十分」的證據。一定不要像有些人，只有「一分」的證據，卻寫了「十分」的負面評論。

概括來講，寫評論一定要寫出自己獨特的角度，找到其他人沒有觀察到的事實，非常的結論要有非常的證據支持。在有限的篇幅內，要平衡輪廓和細節的占比，給細節七〇%的篇幅會讓你的評論更精彩。最後，發表負面評論，一定要慎之又慎。

練習題

在臉書或IG寫一篇書評。

3.5 論文：如何寫好論文？

絕大部分人在工作中寫得最正式的文件就是論文和報告，這也是實用文體中最難寫的兩種。這兩種文體寫得好了，工作中絕大多數的正式寫作，都可以因它們的寫作技巧而受益。

例如，一位工程師完成了一項計畫，要寫一份總結報告，這其實就是論文的變種。事實上，很多研究人員在正式發表論文之前寫的草稿，就是這樣的總結報告。雖然我這裡用了「報告」二字，但這只是一種說法，其本質屬於論文類。我之所以把論文拿出來作為這一類寫作的代表，是因為論文的格式規範比較嚴謹，比較容易學習，而且從論文寫作出發往非正式的工作彙報進展比較容易，反過來就比較難。

在工作中，另一類經常要寫的是綜述或調查研究報告。例如，一名主管請產品經理對行業類似產品進行調查研究，然後寫一份研究報告供大家參考，這就屬於報告類。類似地，投資之前必須進行的盡職調查（due diligence），其成果也須以報告的形式展現給大家，這類寫作也都歸到報告類。簡單來講，**論文類寫作是對自己做的創新類工作的彙報；報告類寫作是對客觀已經存在且通常是他人工作的分析和總結。**

論文和報告的寫作的連結不少，又在一些地方截然相反，因此我將兩者對照講述。這一節先講論文寫作，一方面，是因為它比報告寫作稍微容易一些；另一方面，是因為如果能在寫正式的工作彙報或成果彙報時，用到一些寫論文的技巧，就能讓自己的報告看起來更專業。

論文通常是科學（包括醫學和經濟學）、工程學或人文學科研究成果的展現。當然，論文研究的問題應該是前人尚未解決的問題，而不是把輪子重新發明一遍的問題。這些成果可以用很多方式展現，例如演示（歷史上，英國皇家學院經常用這種方式展示研究成果）、報告，甚至是紀錄片，而以文章展現的，就是論文。

寫論文是有技巧的，掌握了這些技巧，不僅能寫得更快，讓大家更容易讀懂，還能更容易被雜誌和會議接納、發表。相反，如果寫不好，即使科研做得很好，也會被拒稿。

以清華大學為例，在施一公回去之前，全校平均一年也發不了一篇《科學》或《自然》（*Nature*）這兩份全球自然科學領域水準最高、最難獲得發表出版的雜誌。施一公一回去（二〇〇七年，施一公離開美國普林斯頓大學，回到清華大學擔任生物系教授），他一個人在那兩份雜誌發表的論文數量就超過了學校其他人的總和。後來，清華大學又陸續引進了一些這個級別的教授。很快地，清華的教授們就經常能在這兩份雜誌上發表論文了。這倒不是施一公等幾個人將清華的研究水準提高了多少，而是過去的教授們不太會寫國際雜誌認可的論文。施一公等歸國學者的示範，讓大家很快掌握了寫論文的技巧。

我至今還經常會遇到一些中國的學者把論文寄給我，請我幫他們改英文。從他們的論文中，我能看出一些共同的問題。因此，我講述的寫論文技巧，主要是針對很多人常犯的錯誤，分為四點。

第一，要重視研究綜述。

雖然論文報告的是一個未被解決的問題研究結果，但千萬別覺得新觀點、新發現最重要。其實，用文獻綜述的方式把這個問題的來源交代清楚更重要，而且應將綜述放在論文的開頭。

今天的學術研究，九九％是「N＋1」的工作，不管你覺得它多麼重要，都不過是在前人工作基礎上進行了一些改進。既然是「N＋1」的工作，那麼寫論文時的第一件事情，就是提一下「N」的工作，也就是同行以前做過的工作。這就是文獻綜述，在英語裡叫作「literature study」。

寫綜述的目的不僅是引出問題，也是表達對前人和同行成就的認可。有些人請我幫他們讀一下論文、給一些建議，我發現很多人正文寫得很好，問題出在一開始的綜述部分。他們通常會在綜述寫這個問題對世界科技發展、國民經濟，甚至對每個人有多麼重要。如果是到人民代表大會或政協會提出建議，這麼講或許沒錯，因為聽眾是政策制定者。但論文是寫給同行，也就是學術同儕看，所以大而空的話就不夠有的放矢了。

另外，如果在綜述中引用同行的論文，而那篇論文的作者恰好是審稿者（這個機率很大），他對你的第一印象會更好，論文也更容易通過審核。如果同行在審閱時，看到你沒有引用他們的成果，就更容易覺得你的研究基礎不紮實。這也是人之常情。

第二，要重視研究方法的呈現。

寫論文的直接目的，是要告訴大家你的最新研究結論。但結論不能憑空得出，方法和過程要寫清楚，這在論文中非常重要。很多被退稿的論文，不是結論不夠好，而是方法講得不清楚。當然，有些人數據造假，故意把方法說得不清不楚，那是另一回事。

我說的重視方法和過程，可不僅限於理工科論文，哪怕是人文學科的論文，方法和過程也同樣重要。在人文學科的論文中，方法雖然不是實證，卻依然必須有據可循，合乎邏輯、合乎同行認可的學術規範。有些時候，同行從你的論文能收穫最多的是來自方法，而非結論。例如，在歷史研究中，王國維先生用了一種新的研究方法——二重證據法，也就是出土文物和史書的文獻記載相互印證的方法。後來，中國歷史學界普遍改為採用此方法。

第三，要重視比較工作。

好的論文不能光顧著說自己的研究和結論，還要比較自己的成果和相關研究的優劣。

既然做研究是「N＋1」的工作，那麼為了證明「N＋1」比原來的「N」好，首先就要重複前面「N」的工作。科研領域的實驗結果要求必須能夠重複，這叫可驗證。一個專業的研究人員，在展開研究工作時，通常是從重複和驗證前人的工作開始的，要把前人的結果作為對比的基準線。通常，要把這些結果放到自己的各種實驗結果之前。

此外，同時期的不同人可能會用不同的方法解決同一個問題。如果論文的篇幅允許，也須將自己和同行的結果進行對比。大部分時候，同行來讀你的論文，未必是要採用你的方法，但是他們必須知道各種方法的有效性。

如果全世界有五個研究小組研究同一個課題，但是採用不同的方法，得到了不同的結論。大家把自己的方法都公布出來，相互比較，就能知道哪種方法更有效，整個研究領域就能進步了。有些論文只是孤零零地給出了自己的結果，大家難以瞭解它真正的水準，就很容易被拒稿，或者被打回去要求補充對比數據。

第四，要為「N＋2」指明方向。

這也是一個容易被人忽略的問題。論文的最後，不應該是一個句號，而應該是一個刪節號。一篇合格的論文，要討論這個領域尚未完成的工作，它們可能是自己正在進行和將要進行的，也可能是留給同行繼續解決的。如果不提同行的貢獻，只吹噓自己的工作，最後說我解決了所有問題，為這項研究畫上了句號，這就和研究工作本身固有的特性相違背了。寫論文的人要很清楚，我們是在一個學術共同體中生存的，我們比前人進步了，但後人也會超越我們，我們的工作承先啟後，只是學科大廈中的一塊磚而已。

從我強調的這四點，你可能會發現，論文有點像中國過去的八股文。這是因為論文的主要目的是進行學術交流，用一種大家都熟悉的方式來表達，大家就更容易理解你的工作。處理好這幾個問題，只要論文本身的研究水準不差，文字表達不晦澀含糊，論文被接受的可能性就會大增。

最後要注意的是，寫論文有三件事一定不能做，它們只會幫倒忙。

第一，過分讚揚自己，也就是過分強調自己研究的重要性和水準之高。很多人怕立意不夠高、結果不夠好而被拒稿，於是拚命往上誇耀，但這種做法其實是在幫倒忙。有些人喜歡在論文中宣布自己解決了一個天大的難題，改變了世界等等。其實，論文的閱讀者都是同行，這項研究意義如何，大家心裡都清楚，無須你多費口舌。

第二，故作驚人之語。能夠得出和同行不同的結論，固然可以讓你一舉成名，但這也是一把雙刃劍，搞不好會讓你永遠都無法在圈子裡混了。這裡要再次特別強調一下，非常的結論需要非常的證據。只有民科（編注：民間科學家之簡稱），才會動不動就推翻已經被反覆驗證的結論。

第三，一些次要的、相關性不強的工作，根本無須寫到論文裡，因為這反而會讓讀者更糊塗。一篇論文，能說清楚一件事就好。

寫論文的技巧是可以培養的，而且應該儘早培養，以免花了很多年的時間做研究，結果也不錯，卻被人拒稿。寫論文時，除了大家都關心的結論，也要重視在開頭亮出文獻綜述，中間寫清楚自己的研究方法，注重相關研究的比較，最後還要對未來的研究做個方向上的展望。

練習題

如果你寫過論文，依照本節內容把你的論文梳理一遍，看看是否有可以改進的地方。

3.6 報告：如何寫好報告？

對很多人來講，大學畢業論文完成之後，寫正式的、準備發表的論文之機會可能就不多了，但是很可能免不了要寫各種形式的報告。能夠寫好報告，是一個人職業發展必需的高級技能。報告的種類很多，本節主要討論綜述報告和研究報告的寫作。

典型的綜述報告是政府工作報告，或者如巴菲特每年寫給股東的公開信那樣總結過去、展望未來的報告；典型的研究報告是高盛（Goldman Sachs）等公司對某家上市公司做的評述報告。但不要覺得這種報告離我們很遠，公司執行長在年度業務會議上做的報告就是前者，而我們寫的行業或競品分析報告就類似於後者。

先說說綜述報告。越是高層管理者，越須寫這種類型的報告。以下我用論文與它對照講述。

第一，綜述報告要關注不同水準的讀者。

論文的讀者是同行，但報告的讀者可能是外行，而且通常外行比內行多。要注意的是，如果你在小組內講自己的工作細節，這其實屬於講述論文，不是做綜述報告。如果你是總監，將要代表部門為全公司或面對媒體進行報告，這就屬於綜述報告了。

由於讀者水準參差不齊，綜述報告在內容須做必要的背景知識介紹，在使用概念時須做必要的解釋。如果你讀過《*IEEE Spectrum*》雜誌的綜述報告，會發現其作者會用很多比喻說明新的概念，而不是做字面上的解釋。例如，在一份介紹重力波的綜述報告中，作者講到了人類花那麼大代價發現重力波有什麼意義。作者把哈伯太空望遠鏡看到的太空圖像比喻成視覺，把重力波裝置測到的波動比喻成聽覺。

過去人們看宇宙，雖然是明眼人，但卻是聾子；現在能測重力波了，相當於有了順風耳。這樣，讀者即使不懂物理，也能理解檢測重力波的意義。這種文字在論文中完全是浪費篇幅，在報告中卻是必要的。

第二，綜述報告的覆蓋要全面。

論文強調的是重點突出，而綜述報告要求覆蓋得全面。例如，如果我要寫一篇關於人工智慧技術進展的報告，就要把目前這個領域主要的研究工作都包括進去，不能因為我喜歡人臉識別，就把報告集中在這部分，將其他領域僅約略帶過。

即使是在學術界，如果某位大師受邀為一個大型學術會議做一個綜述報告，或者受邀為某份雜誌寫一個綜述報告，而他只總結了自己熟悉的領域，也會被認為是水準不夠，且藏了私心、不客觀。以後就不會有人請他來做這種事情了。

過去，無論是寫綜述報告，還是做綜述報告，我通常都會寄信給相關人士，希望他們每人提供兩張投影片，並用這些內容構成報告的主體。雖然他們的工作我也瞭解，但請他們提供投影片，一來是為了保證報告的準確性，二來是提前告訴他們我會講到他們的工作，沒有忽略他們。當然，我可能會為了報告的完整性和可讀性而有所側重，但是基本上會涵蓋每個人或組的工作。

第三，綜述報告特別強調內容的對等性。

什麼是對等性呢？就是報告中呈現的要點，須在同一個層次上。與報告不同，論文只講一件事情，不用考慮這個問題。很多文學作品，為了增加可讀性，也可以採用不對等的寫法。例如我們說的以一斑窺全豹，就是如此。又比如《搶救雷恩大兵》，雖然一開始的場景是整個諾曼第登陸，但是很快就集中在一個人身上了，這就是嚴重不對等的寫法。

如果你是公司總裁的秘書，要為老闆起草一份年底給全體員工的總結報告。在總結這一年的成就時，你可以把同級別部門的工作一一總結，因為它們的地位是對等的；也可以依照主要任務一一總結，例如開發新產品、開拓新市場、改進內部管理、招聘人才等，因為這些任務也是對等的。但是，你不能把某個部門的某項研究工作，和公司改進內部管理這件事放在一起講，因為它們不對等。前者是某個部門內的事，後者是整個公司層面的事。

報告寫不好最常見的原因就是忘記了對等性原則。把不同層次的內容放在一起寫，會讓聽眾和讀者感覺非常混亂。如果有興趣，你可以看一看政府工作報告，裡面的主要內容都符合對等性原則。

第四，綜述報告不重過程，只重結論。

上一節強調了論文要把研究過程和方法寫清楚，但是綜述報告無須如此。例如，在政府工作報告中，無須講述為什麼明年的國內生產毛額（GDP）增長能做到七%。這一點和以下的研究報告也不同。有些人在寫綜述報告時會花很多篇幅講道理，其實讀者並不關心這些。這樣的報告還會顯得囉唆且結論不明確，會被讀者扔到一邊。論文的可信度來自事實和嚴密的推理，而綜述報告的可信度來自報告者的信譽。每年都有很多人專程跑到美國小鎮奧馬哈（Omaha），聽巴菲特對於經濟形勢和投資的綜述報告。巴菲特報告時並不會用數據做分析，大家相信他的話，很大原因出於他的信譽。

一個好的綜述報告，要讓讀者在不長的時間（一個小時左右）裡對一個領域的情況有全面的瞭解，這是綜述報告的目的。與這個目的無關的細節，都可以省略。如果因為自己的偏好讓讀者產生了片面的誤解，報告就不算成功。

接下來談談研究報告的寫作。這裡講的研究報告不是指論文的初稿，而是對一些與自己無關的對象、事物和現象的研究結果，例如高盛關於微軟公司的研究報告，或者政府智庫對石油價格動盪可能產生的後果研究報告。當然，老闆請你製作的競品分析、公司和商業盡職調查等，也屬於這一類，只不過它們的讀者僅限於公司內部的人，甚至只有你的幾個上級。

研究報告的讀者群非常固定，甚至是讀者花錢請專家寫的，例如某企業請麥肯錫公司（McKinsey

& Company）做的管理改進建議書，所以研究報告的針對性非常強。提供這類報告的專業公司，通常對這類報告有自己的規範，寫報告的人要嚴格遵守。不過，一些在規範之外、和語文有關的要點，很多人會在無意中忽略，以至於報告只有形式，內容卻非常空洞。我把這些要點歸納成了四點。

第一，**研究報告的分析要中立、客觀、到位**。前面講過，再發明一次輪子的論文是沒有機會發表的，因此一定要找點前人不知道的新東西發表。但是，研究報告沒有這個問題，而且一定不要為了新而忽視全面性和客觀性。例如，一支基金上個季度發布了對微軟的研究報告，報告認為這家企業發展得很好，結論是大量買入其股票。這個季度對微軟的結論類似，再強調一次上回的結論（買入）是沒有關係的。雖然這份報告和上一份可能有五〇%的內容是重複的，但是沒有關係，千萬不要為了增加新內容而把一些無關緊要的事情加進去，更不要刻意標新立異，最後誤導了讀者。

第二，**研究報告要做好橫向和縱向對比**。這一點和綜述報告不同，和論文有相似之處。例如，分析微軟這家公司，要把它放在整個行業和一個較長的歷史時期分析。假如它每年增長一〇%，關於它的增速是不是很快，要對比整個行業的發展才能得出結論。此外，還要和它過去的發展以及未來的潛力做對比。因此，要寫好一篇研究報告，必須進行的研究工作可能會比想像的多出一個數量級。對比一下中國不少研究機構做的研究報告，以及麥肯錫、高盛等企業做的同類報告，我發現前者的格式比較花哨，但是缺乏後者的嚴謹性，特別是缺乏後者詳盡的對比。

第三，**研究報告要注意證據的充分性和數據的規範化**。前面講到，非凡的結論要有非凡的證據支持，這點對研究報告來說同樣重要。在尋找結論時，不僅要從正面證實，還要找反例，看看能否證偽。例如，A公司最近發展得很好，這受益於它的線上業務，於是得出結論——A公司應該進一步發展線上業務。這個結論雖然看似符合邏輯，但是任何一個結果都可以有很多種符合邏輯的解釋，如果認定給出的結論是最合理的，就必須否定其他的解釋。假如B公司的線上業務也發展得很好，但是整體發展卻不太好，我們就不能得出「A公司應該進一步發展線上業務」的結論，而要找它發展好的其他原因。

第四，研究報告要解讀數據，甚至進行視覺化處理。研究報告中常常會有很多數據，很多人簡單地把數據放在那裡就算交差了，這其實是不對的。讀者之所以願意花時間讀研究報告，是為了在短時間內瞭解結論，而不是為了花很多時間再做一次研究。因此，對數據進行合理的解讀很重要。不僅是提供第三方的研究報告須如此，提供上級的研究報告也須如此。為了幫讀者節省時間，研究報告的結論一定要清晰，不要怕說錯話，而寫一大堆「既……又……」的模棱兩可的結論。

最後，研究報告雖然也要做分析，但是無須提供太多細節，它的結論和結論的合理性最重要。

概括來說，綜述報告要關注不同水準的讀者，內容盡力做到全面覆蓋，講究內容對等；研究報告則更注重對比，注重數據和證據，還要對證據進行分析。善於寫報告，你就會變成更專業的人。

練習題

把你過去寫的報告，依照本節的內容梳理一遍，看看是否有可以改進的地方。

本章小結

根據本章介紹的應用文體寫作，你可能會發現，寫作在生活和工作中使用的頻率遠遠超出了我們的想像。對於各種日常的寫作，無論是哪一種，首先，都應該明確寫作的目的，在動筆前想一想寫什麼、不寫什麼；然後，要對不同的讀者有針對性；最後，要注重每一類文體的格式和規範。

第4章
聽和說的藝術

語文的重點是閱讀和寫作，或者說是透過書面語言理解他人、表達自我。不過，表達自我除了寫，還包括說，而和說相對應的是聽。這兩種藝術都和生活息息相關，但是恰恰在學校裡很少教。因此，在有系統地講述寫作技巧之前，我想先講講聽和說的藝術。

4.1 聽的藝術：如何高效率、高品質地接收資訊？

聽和說是對應的，它和讀一樣，是接收訊息的重要方式之一。如果說話的人是傳遞訊息的高手，聽的人通常會比較輕鬆地接收到訊息。但這只是理想狀態，現實的情況往往是，講話之人的口頭表達水準參差不齊，聽眾有時聽得懂，收穫很大，有時則覺得如入五里雲霧，聽了半天也沒聽明白。但即便是後者的情況，也有些聽眾能獲得八〇%的資訊，有些則連一〇%都接收不到。這樣一來，學習和瞭解情況的效率就會有很大的差別。因此，如何當一位好聽眾也是美國大語文教學的內容之一，因為掌握聽的藝術可以讓人受益終身。

我問過一位曾經在清華兼職的柏克萊大學（UC Berkeley）的教授，清華的博士生和柏克萊博士生的差距在哪裡？他想了想說，柏克萊博士生的很多新知識是從講座中學到的，清華的博士生聽講座的機會太少，而且不會聽，因此知識面較窄。

我的第一反應是，他如何找到這樣的差異？但細想便覺很有道理。我自己在美國讀書期間，每週都要聽一次約翰霍普金斯大學語言研究中心（Center for Language and Speech Processing，CLSP）請來的學者、教授做的報告。那個系列報告是對外開放的，許多美國國家科學基金會（National Science Foundation，NSF）和國防部的專家都會專程花費一個多小時開車來聽。此外，博士生每學期都要選一門聽報告的課程，一學期要聽至少十次報告才算通過。這門課是全系唯一一門博士生每學期必須選修的課程。因此，不會聽顯然和聽得少有關，當然，也和缺乏這方面的引導有關。

接下來，我會分五個要點，談談聽的藝術。

第一，做一位有效率的聽眾，自己要有所準備。

例如，去聽一門課，碰上一個不太會講課的老師怎麼辦？第一節課大家可能就聽不太懂，這個過錯不在聽的人，而在講的人。但是，聽了三節課之後還是聽不懂，聽的人就多少有些責任了。為什麼這麼說呢？

第一節課沒有聽懂，除了講課人表達不清晰，還有一個重要的原因是我們對他講課的方法、風格完全不瞭解，完全處於被動接受的狀態。但是上了兩、三次課後，已經知道講課者在表達上的缺陷，我們就須透過其他方式主動彌補了。例如，有些人講課枯燥乏味，五分鐘就令人腦袋昏沉，於是有些重要的內容沒有聽到，接下來會用到前面講述的重要內容之處，當然就聽不懂了。在這種情況下，我們必須做一些預習，約估一下接下來一節課的重點可能在哪裡。等上課的時候，實在覺得無聊、想打瞌睡也可以，但是重點內容千萬不要漏掉。還有些講者邏輯性較差，經常只說結論不說原因，在這種情況下，就不要花很多時間自己思考原因，以至於漏掉接下來講的內容。好的做法是，先將結論記下來，如果能提問，直接問原因，如果不能，之後再以其他互動方式弄清楚。

有些老師會說，聽課前無須預習，因為看了後面的內容，上課時就不會有好奇心了。對於這種話，大家要當心。在我看來，只有講課有邏輯的老師才有資格說這種話。

當然，如果是去聽報告，因為報告者只會講一次，我們可能這輩子都不會和他有第二次交集，所以也沒有機會搞清楚他做報告的特點。這時，就必須先瞭解報告的大致內容，以及聽這次報告的目的。帶著問題去聽，效果就會好很多。

我弟弟吳子寧博士從清華到史丹佛，一路都是第一名，我的成績根本比不上他。他並非課外花的時間比別人多，而是接收資訊的效率很高。每次聽報告前，他都會看一下內容提要，如果有非常想瞭解的內容就去聽。在演講中，聽到那部分內容就算達到目的了，有時他甚至會提前離開，但是效果卻比一直坐在那裡耗時間的人好。他在史丹佛的一名同學，後來成了Google的傑出工程師，這是Google技術職的最高級。這名同學在Google時，每次聽報告也是目的非常明確，聽到要聽的內容就打起精神，如果剩下的內容無關緊要，她有時就離開了。

第二，要預判重點和關鍵之處。

聽課、聽報告，甚至是看電影，都要抓住那些重點和關鍵點。重點是言者想傳遞的主要訊息；關鍵點是報告中所有結論都避不開的環節，沒有聽懂關鍵點，就聽不懂後面的內容。人幾乎不可能做到五十分鐘都全神貫注，在長達五十分鐘甚至是更長時間的聽講過程中，什麼時候該放鬆，什麼時候該打起十二分精神，是很須注意的。重點和關鍵點不能錯過，而知道什麼是重點和關鍵點就很重要了。

聽課是比較容易判斷重點和關鍵點的，因為每個老師講課都有一套模式。老師大致可以簡單地分為兩類，一類是有邏輯，另一類是沒有邏輯。聽有邏輯的老師講課，最重要的是跟隨他的邏輯，也就是聽他講問題的過程。在這類老師的課堂中，講關鍵點時一定要聽清楚。哪怕結論沒聽到，事後看書也能補上，但關鍵點一定不能錯過。聽沒有邏輯的老師講課，重點是聽結論。因為他自己對過程都講不清楚，如果把心思放在聽他講過程上，結果就只能是過程沒搞懂，結論也沒聽到。

聽報告就比較困難了，因為我們可能一輩子只聽對方講一次，這時最關鍵的是要跟隨講者的邏輯。但凡是被請去做報告的人，都是水準還不錯的演講者，都知道如果自己講的內容有點複雜，須有架構地分解自己提供的內容。不過，每個人分解內容的方法不一樣，因此不是根據自己習慣的邏輯聽他們報告，而是接受他們分解複雜問題的方法。很多人聽報告時會著急，總是想怎麼還沒講到結論，或怎麼還沒講原因就先給出結論了。別著急，他們是在用自己的方式抽絲剝繭，傳遞內容。

聽報告時，我通常會把關注的重點放在以下四個方面之一：

- 能否學到新方法或瞭解新知識；
- 能否聽到感興趣的結果；
- 能否學到分析問題的過程和邏輯；
- 能否學到做報告的方法（事實上，我的口才就受益於聽了很多報告）。

一般而言，一份報告不可能讓人同時獲得這四方面的收穫，能讓人在一方面有所收穫就非常好了。有些人講的內容並不新穎，但是講得很好，這也值得學習。我通常會想：「喔，這個問題這樣講解似乎更容易理解。」還有些人不太會講，但是告訴了我們很多新知識，或者我們之前不知道的結果，這時就不要糾結於他們混亂的邏輯了。

此外，對報告要有合理的預期。很多人看到報告的題目和講者大名，慕名而去，結果卻敗興而歸。其實，除非你瞭解講者，否則聽報告有收穫和沒收穫的可能性各占一半。因此，不要對報告有過高的預期。很多時候，報告會低於我們的預期，但是也有很多時候會讓我們喜出望外。人不會總是運氣壞，也不會總是運氣好，但是主動去聽一定比被動接受收穫大，這是不爭的事實。

第三，適當做筆記。

過去做筆記通常是因為拿不到電子版的報告資料，不做一些記錄可能很快就會忘了。但是這和聽講相互矛盾，因為若是將心思花在記錄上，就難以專心聽了。今天，這個問題有了很好的解決方式。最便捷的是向老師或講者詢求電子版的講義或投影片，如果拿不到，也可以用手機記錄。不過，聽講時依然必須做一些筆記，只是記錄的目的和以往不同。

今天做筆記主要是為了兩個目的，一方面是記錄自己非常有感悟的重要之處，另一方面是記錄不懂之處，特別是接下來要問的問題。並非每一個講者都是好的表達者，能講得讓大家都明白。聽一小時講座，有幾處不明白的地方很正常。記錄下來馬上搞清楚，不僅能在這些具體問題方面大有收穫，還可以防止自己的知識體系累積一大堆雜訊。很多人學了很多課程，聽了很多講座，但是依然糊裡糊塗，主要就是因為他們記住的東西都似是而非。

例如，很多人都知道「國內生產毛額」（GDP）和「國民生產毛額」（GNP）兩詞，但其實大部分人都不知道它們之間的區別，甚至不知道它們存在區別，平時都混著用。這種似是而非的印象是怎麼來的呢？其實就是在聽講時一開始沒有搞清楚，然後模糊不清的印象就越來越深了。今天，很多同學聽完課都覺得自己聽懂了，但其實很多人只得到了一個似是而非的印象，一到考試就現出原形了。我常聽到一些家長說自己的孩子學得很不錯，就是考試考不好。其實，所謂的「學得不錯」只是一種自我感覺，很多概念他們根本就沒有清楚，所以不能將事情簡單地歸結於沒考好。

那麼，不明白怎麼辦？最有效的辦法就是提問。

第四，透過提問搞懂沒有聽懂的地方。

中國和美國學生在聽講時的巨大差異之一就在提問。雖然孔子說人該不恥下問，但是很多中國學生不僅恥於「下問」，還不好意思「上問」。一節課、一場講座結束，很多人其實有不少疑問，但是都放在心裡，默默地就離開了。美國學生則相反，不僅好問，而且不恥於問「傻」問題。不僅年輕的學生喜歡問，大教授也不會礙於臉面不提問。

在約翰霍普金斯大學語言研究中心（CLSP）的系列報告會上，知名景象就是著名語音識別專家賈里尼克（Frederick Jelinek）教授每次都在他坐的第二排發聲提問。他問的問題有些是入木三分的，有些是一般性的常識，還有些是把講者含糊帶過的地方挖出來。沒有人覺得他無知。在他的帶動下，通常一小時的報告後，大家問問題就要問半個小時，散場之後還有很多聽眾圍著講者討論。類似地，我在AT&T公司香農實驗室（Shannon，它的前身是貝爾實驗室〔Bell Labs〕，而貝爾實驗室是國際著名的實驗室，自一九二五年以來，貝爾實驗室共獲得兩萬五千多項專利）實習時，主管整個公司科研的副總裁拉賓納（Larry Rabinar）博士也總會坐在第一排問第一個問題，有時他還會問一連串問題，這也成了AT&T香農實驗室各種講座的知名景色之一。很多人覺得提問會讓自己顯得很傻，特別是問那些可能會顯得自己沒聽懂的問題。實際上，你沒聽懂的地方，其他人可能也沒聽懂，大家不僅不會覺得你傻，還會覺得和你有同感。就算問了一個「傻」問題，那也只是「傻」一天，然後明白一輩子。如果有問題卻不搞清楚，雖然會顯得聰明一時，最後卻會糊塗一世。

我在高中和大學時都發現了一個現象，經常向老師問問題的學生通常是成績好的，反倒是成績差的學生很少問問題。後來我給自己定了一個原則，叫作「問題不過夜」——如果環境容許，我會當場打斷講者提問；如果不容許，我會在下課或演講結束後提問；退一萬步，如果沒有機會提問，我也要回去在當天搞清楚，否則，似是而非的印象就會越積越多。

最後要說的是，提問還有一個目的，就是衡量所聽內容的可信度。

第五，找出講者含糊之處。

今天，大家面臨的問題不是資訊不足，而是資訊過剩，無法判斷其真偽和價值。無價值甚至是錯誤的訊息，並非只有低品質的媒體和閱讀素材才會出現，頂級學術會議或最知名的人物做的報告中，同樣也充斥著大量不確切的資訊、個人有意或無意的偏見，這些都必須在聽的過程中判斷出來。

例如，我有一次參加美國電機電子工程師學會一個最高水準的年會，同一個研討會上，兩位分別來自德國和美國的知名教授，對同一種方法給出了截然相反的結論。顯然不可能兩個都對。學術會議允許發表不同的觀點，但是作為聽眾，我們必須能判斷兩人在這個問題上誰對誰錯。後來，大家詢問了他們研究的細節，發現其中一個實驗室的實驗條件弱一些，實驗其實無法測試充分，導致了偏離真實情況的結果。如果我們簡單地迷信專家，認為這是最高水準的學術會議，講者是知名教授，結論就一定是對的，那麼就又記住了一些似是而非的結論。解決這個問題最好的辦法，就是提問和討論。

還有很多時候，報告人會含糊帶過，或者發表一些帶有非常明顯的主觀傾向的觀點，後者在人文學科的報告非常常見。對於這種情況，我們就須以提問找出對方的問題——是否誇大了結論或隱藏了條件，是否在推理中加入了不適當的主觀假設等等。

我剛到約翰霍普金斯大學時，某次學校請了一位日本著名的教授到語言研究中心（CLSP）報告，他彙報的部分結果比大家想像得好。如果是你，聽到這個報告會怎麼辦？是完全相信他的話嗎？如果這樣，你可能會在接下來的工作中用到他的方法，結果發現不管用，然後耽誤半年的時間，這種情況很有可能發生。當時，賈里尼克教授就說出了他的懷疑，然後刨根問底。最後，那位日本教授承認他的實驗做了一些有利的假設。這種情況在學術界其實很常見，大家一般不會嚴格看待，但是作為聽講之人，我們心裡一定要清楚。而在這種情況下發現問題，只有透過提問和交流來解決。

在我到美國之前，中國科學院一位泰斗級的研究員給了我一個建議，就是私下多和世界各地的學者交流，因為他們在臺上講的東西到底水準如何，你只有私下交流了才能準確判斷。後來我發現這確實是經驗之談。

透過這些實例，你可能會發現，「聽」這件事看起來簡單，其實也是很有學問的。在上述方法中，最核心的是做一名主動的聽眾。閱讀是主動的行為，聽卻常常是被動的，將被動變為主動，收穫就會有所不同。

練習題

把你這三天在和朋友聊天時聽到的弦外之音寫下來。

4.2 說的藝術：能說、會說的背後有什麼秘訣？

說（即口頭表達）的重要性常常被人們忽視。例如，我問過很多人這個問題：專業的本事和表達能力哪一個更重要？絕大部分人給我的答案是前者，並認為表達能力屬於錦上添花的事情。很多人內心其實看不起那些只會表達的人，覺得他們不實在。我年輕的時候也覺得人要靠自己的本事，靠硬實力。

但現實社會是什麼樣的呢？可能和我們想像得略有差異。先來看一個大家可能都會遇到的例子。一個專案小組中有三個人，第一個人擅長做專業工作，組裡最重要的工作都是他做的，其他人也經常要靠他指導；第二個人擅長把大家組織起來，當大家遇到困難時，他能夠鼓舞士氣，帶領所有人克服困難、取得勝利；第三個人能把他們專案小組的工作講清楚。如果老闆要從中提拔一個人，誰的機會最大？我相信很多人會覺得是第一個人，但在現實生活中，往往是第三個人機會最大。

為什麼呢？我們假想一下三個人分別代表專案小組彙報工作的場景。

第一個人講了一堆專業細節，主管聽了覺得很無趣。最後，這個人既沒有讓全組的工作被上級認可，也沒有爭取到什麼資源。也許第二次大家就不推舉他當代表了，或者這個專案受不到重視，小組便直接被解散了。

第二個人去報告會是什麼情況呢？他給人的印象就是一名行政管理人員，在具體的事項外圍打轉、指手畫腳，細節根本講不清楚。這樣，彙報的效果當然也好不了。

如果是找第三個人彙報，那麼全組的工作最有可能受到認可。這個人還能爭取到很多資源，於是大家都有好處，接下來還會請他代表大家彙報。久而久之，在外人的印象裡，他的功勞就是最大的。

這不是我編的故事，你可以在部門裡看看周圍，就會發現情況和我講的大同小異，這是在一個部門裡自然選擇的結果。由表達能力好的人彙報工作、做報告，全組的人都會受益。當然，這個彙報者也會因此更容易被看見、被提拔。

你可能在媒體上瞭解過美國工業界的一個現象，那就是印度移民，以及第二代移民（父母從國外到美國後，在美國出生長大的那一代移民稱為第二代移民。第三代以後，他們和母國在文化上的聯繫就很弱了，一般大家就不再把他們當移民看待了）擔任大型跨國公司執行長的比例很高，例如微軟的執行長納德拉（Satya Nadella）、Google母公司Alphabet的執行長皮蔡（Sundar Pichai）。但是，其他亞裔（包括華裔、日裔和韓裔）很少有人能在管理階層取得這樣的成就。這是為什麼呢？有人說印度人在大學裡接受的是英語教育，英語水準比其他亞裔好。這是事實，但英語水準的影響其實很小，更何況第二代移民早已沒了語言障礙。還有人說印度人愛吹牛，這種說法多少帶有一些偏見。讓自己說的話更吸引人，真正達到表達自我的目的，可不能簡單地用吹牛來形容。很多人只看到了印度人能說、會說，卻沒有看到他們接受的訓練，以及在說之前做的準備工作。我曾經和兩個「印度老闆」共事很長時間，非常清楚他們為什麼能說、會說。

我要講的第一個「印度老闆」是我在約翰霍普金斯大學的導師庫旦普教授。庫旦普教授是一個表達能力極強的人，這一點在機器學習學術界是公認的。但即便如此，他準備報告也極為認真。哪怕是一個十五分鐘的報告，他也要準備一兩天，不僅投影片要反覆修改，每張投影片結束時該停一秒鐘、兩秒鐘，還是不停，都會事先設計好。有些時候，他覺得聽眾聽完後可能要想一下，所以講完後會停兩秒鍾不說話，有些時候則會講一句俏皮話當作過渡，這都是設計好的。

庫旦普教授對我口頭表達能力的提升幫助很大。我在約翰霍普金斯大學的語言研究中心（CLSP）做論文研究期間，平均一、兩個月就要做一次報告。在前兩年，每次做報告之前，他都會幫我改四、五次投影片，有時甚至更多，然後要預演三、四次。你可能會奇怪為什麼要預演三、四次，這不是因為我講稿背得不熟，而是因為他一直在打磨每一個要點要怎麼講才更清晰。每當他覺得聽眾在某個要點之處可能會聽不懂時，就要思索並尋找另一種講法。因此必須預演很多遍，才能確保整場報告清晰而生動。後幾年，我已經「很能講，很會講」了，但他依然會幫我改兩、三次投影片，預演一到兩次。當然，每次講的內容我都會背得滾瓜爛熟。

我遇到的第二個「印度老闆」是我在Google的上級辛格（Amit Singhal）博士。他後來擔任Google的資深副總裁，負責搜尋和人工智慧等重要部門，同時還是美國工程院院士。辛格博士的英文有些口音，但他每次做報告的效果都很好。他告訴我，過去他也怕說，於是在和任何人談話之前，都會把要談的內容寫下來，甚至是和同事之間五分鐘的談話，也要如此。久而久之，他就能講了。但是即使如此，他做報告之前也要請我們先聽一聽、提一提意見。不管是誰，做報告時，即使不能把內容背得滾瓜爛熟，至少也要把講的內容寫到紙上，這樣最不濟還能拿出來照著念。

有時，我們在感慨矽谷的印度人職位比華人高的時候，真的須承認他們在口頭表達上花的心思比其他亞裔多得多，而不能只看到現象，不去尋找背後的原因。

好的口才不是天生的，而是可以訓練出來的。我剛到美國讀書時，很訝異美國教授講課都講得特別好，從中國過去的同學也都有同感。平心而論，比清華老師的講課水準高多了。在美國讀書的時間長了，我發現學校對每名學生表達能力的訓練是不間斷的，任何專業的研究生都要接受表達能力的培訓，特別是口頭表達能力。如果中國的教授在大學和讀博士的時候能接受更多的口頭表達能力訓練，講課效果就會好很多。在美國，不僅一般的博士生要接受口頭表達能力訓練，如果有誰想走大學教職的道路，負責的導師還會對他進行專門的講課訓練。

許多年輕人和家長覺得學習技術才是學真本事，系統性地練習口頭表達能力是浪費時間。這種想法在美國的華裔之間也存在，所以華裔的第二代在大學裡最喜歡學的是工程。但我身邊很多印度朋友卻不這麼想，他們的第二代很多會去學商業、讀企管碩士（MBA），花很多時間刻意練習表達能力。很多人在對比華裔和印度裔各自的優勢時，常常會忽略這個因素。在下一節，我會結合我受到的口頭表達能力訓練，以及我多年工作和公開演講的經驗，講一講具體的口頭表達技巧。

練習題

在部門吃飯、喝茶或聊天期間，向朋友講一個笑話（不要談及對方），看看朋友的反應。

4.3 口頭表達：怎樣講才能達到預期的效果？

在進行口頭表達之前，要明確一件事情，就是無論怎樣講，都要以對方接收到自己的訊息為目標。達不到這個目標，講得再精彩也沒有意義。

很多人覺得，只要自己能滔滔不絕地講下去，就算是會演講，這其實是對口頭表達的誤解。有的人只會講段子，講的東西大家聽完了笑一笑就過去了，那就沒有達到目的。有的人口若懸河地自吹自擂，更是只會讓人產生反感，在達到目的方面的效果是負的。在這一點上，即便是受過專業訓練的美國總統和總統候選人，也不見得都過關。我們不妨對比一下柯林頓和他身邊的人在口頭表達方面的差異。

我剛到美國那年，正趕上美國總統大選，柯林頓對經驗老道的杜爾（Robert Joseph Bob Dole）。柯林頓的表達方式給了我不少啟發。他總是以平靜且節制的語調，讚揚自己過去幾年最主要的成績，不像川普和歐巴馬那樣把所有功勞——無論大小——都往自己身上攬。平靜而有節制的講話方式很重要，因為只有那樣講，大家才會相信你講的內容。柯林頓還善於抓住對手的邏輯漏洞，巧妙地把矛頭對準對方。不過，在批評和挖苦對方時，要用風趣但不庸俗的語言，不能直接攻擊對方。

相比之下，柯林頓的副手高爾（Albert Arnold "Al" Gore, Jr.）和太太希拉蕊（Hillary Diane Rodham Clinton）女士顯然沒有得到他的真傳。高爾後來在競選時講自己是網路之父，成為全世界的笑柄。其實他的意思是，他直接推動了美國網路的發展。這是事實，但是他一誇張，反而把自己應有的功勞全否定掉了。至於希拉蕊，平心而論，她講的內容未必不好，但她永遠在攻擊和埋怨別人，很不中聽，我聽兩分鐘就會把電視關掉。任何傲慢的講話方式，都會讓有價值的內容變成廢物。

高爾、希拉蕊和柯林頓的差距不在於能否口若懸河、妙語連珠地講話，這些對職業政客來說都不是問題。但前兩人帶有職業政客的傲慢和圓滑，自說自話而不知，沒有把自己的想法有效地傳遞給大眾；後者則善於讓聽眾在一種放鬆的環境下，不知不覺地接受自己的想法。

為了讓口頭表達達到預期的效果，必須從講者自身以及聽者角度這兩個方向刻意訓練自己。

首先，以講者的角度而言，要解決的核心問題是講什麼、不講什麼。哪怕聽眾只有一個人，和他進行的是非正式的交流、一般的聊天，講話最好也要目的明確，以免對方覺得你話很多。至於在大眾面前講話，講的內容一定要有明確的主題，主題之下要有清晰的重點。我把它們總結為「四講四不講」原則。

第一，最重要的主題講，其餘的都不講。

除非你和聽眾都有足夠多的時間，而且不管講什麼都比郭德綱講的段子還有趣，否則就不要試圖一次講很多內容。一次只應該，也只能講一個主題。為了防止講著講著就扯遠了，在講之前，不妨把想講的內容列一個清單，然後刪除次要的內容。刪到不能再刪，就差不多了。如果到後來還有一大堆內容想講，怎麼都不捨得刪，那就選一個最重要的。如果選不出來，就擲骰子選一個。讀一下《論語》，你就會發現，孔子一次也只講一個話題。所以，永遠不要覺得自己比孔子還能講，不要覺得自己能同時講好多個話題。

所有沒被選上的內容，不是有時間就可以提一、兩句，它們恰恰是陷阱，是你要強迫自己不講的。如果你覺得還有很多事情要講，那就下次講。只要這次講得成功，你一定會獲得下一次機會。柯林頓當總統時，到最後幾年，大家都很期待聽他講話。聽眾對他的這種信任，是靠他之前一次次主題明確的演說逐漸建立起來的。不過，等到他退休，沒什麼可以講了，卻還想以演說賺錢時，大眾對他的評價就發生了一百八十度的轉彎。會講話的人，恰恰是那些能控制自己什麼都想講的慾望的人。

第二，能講清楚的講，講不清楚或太花時間的不講。

庫旦普教授在約翰霍普金斯大學主持的研究中心，是全世界大學裡經費最多的自然語言處理實驗室，這顯然和他能說服相關機構發放巨額經費有關。庫旦普教授教告訴了我一個做學術報告的原則——永遠不要試圖在有限的時間裡，講必須花很長時間解釋且容易引起聽眾疑問的結果，即使那個結果在你看來好得不得了。在這個世界上，並非你做了一件很了不起的事情，告訴大家，別人就會覺得你了不起，而是大家聽懂了你的貢獻，並且對此毫無異議，才會覺得你了不起，即使那個貢獻看起來不是很大。相反地，如果你做了一件很了不起的事情，半天都講不清楚，還一定要講，別人就會懷疑你的能力。

第三，自己的獨到之處講，別人都有的東西不講。

在過去的十年裡，許多中國的市長會到美國招商引資，我也經常被邀請捧場。坦率地講，那些報告內容極差，因為如果把相應城市的名字去掉，換成另一座城市，報告照樣成立。這也是在公司經常看到臺上主管報告時，臺下員工都在睡覺或玩手機的原因。

你還可以換一個場景想一想：如果你是一個總監或局長，要聽二十個人彙報，結果一天下來，聽的東西都一樣，你會是什麼感覺？我在Google時，向上級申請資源，一定會找一個別人沒有的理由，而不是最重要的理由，這樣做的效果非常好。

第四，對自己和對方有利的話講，對自己和對方沒有好處的話不講。

羅振宇老師說他很少在微信用語音和其他人溝通，通常都是打字。這麼做的好處是，利用打字慢的特點，可以再想一遍，避免盲目衝動地說一些沒必要講的話。對此，我也有同感。話講得不對，即使是好心，對方也未必會感激。人在第二次思考後，會避免講那些沒有益處的話。

接下來，我們站在聽眾的角度，看看如何提升口頭表達能力。我把它們總結成了以下三個要點。

第一，口頭表達要有對象感。

與寫書、寫新聞報導不一樣，口頭表達是對特定對象說話。以一種對方願意接受的方式傳遞訊息，比用自己覺得最精彩的方式講效果好得多。因此，講話一定要看對象。有一句粗俗卻精闢的話，「見人說人話，見鬼說鬼話」，這其實是很有道理的。

永遠要用對方懂的事情和概念去解釋、形容新的事物，不能用只有自己懂的概念解釋別人不懂的事物，因為自己懂的東西，別人未必懂；更不能故作高深，用一些大家不懂的名詞表示其實很淺顯的概念，這就是很多專家講東西大家聽不懂的原因。例如，某些大眾媒體動不動就會使用「市場主體」這個詞，其實它就是指企業。專家和媒體的編輯覺得用這個詞顯得自己更有學問，卻忽略了聽眾和讀者是誰，以及他們是否明白「市場主體」是什麼意思。這個問題在希拉蕊身上也很明顯，她的選票一半來自低收入、低教育水準，甚至是無收入的人群，而那些用精美修辭包裝起來的高大尚的理想，對他們來講如同天書。

很多時候，即便是在同一個圈子裡，也要避免講別人聽不懂的事情。舉個例子，在機器學習領域，我知道有位教授水準極高，還時不時獲得最佳論文獎，但他的影響力和自身水準完全不相配。重要的原因之一是他和同行，特別是更資深的專家學者，面對面的交流不順暢。他愛講大家都聽不懂的笑話，而這讓那些顧及臉面的專家很沒面子。

第二，口頭表達要有吸引力。

怎麼講才能有吸引力呢？講故事、類比和對比是最簡單、最常用的增加講話吸引力的方法。

人都有好奇心，都對能勾起自己好奇心的內容喜聞樂見，因此，講故事通常是吸引聽眾的好辦法。但是，凡事都得有個限度，講故事只是為了借用這種手段表達自己的想法，故事本身不是目的，這一點被很多人忽視了。有些人故事講得很好，卻忘了自己講話的目的，最後講了半天，什麼目的都沒有達到。

在中國歷史上，孟子是一個很會講故事的人，《孟子》一書裡全是故事。他每次向君王講道理，都以故事開頭，但是最後總會把話題引到他想講的道理上。這就是為什麼同樣是講故事，《孟子》是經典，《山海經》卻只是寓言和傳說。

每個人都有自己熟悉的生活場景，聽到和自己的生活場景類似的內容，就更容易接收訊息。因此，類比是一個非常好的表達方式。很多時候，當我們想直接講大道理時，不妨根據聽眾的背景，看看能否透過類比的方式講出來。如果能，就不要直接講大道理了。例如，我在上課講到摩爾定律（Moore's Law）時，如果直接講「幾十年來，電腦處理器的能力提升了萬億倍」，這些生活在數字世界的學生其實不會有太多感覺。所以我通常會講：「如果用一九四六年世界第一臺電腦ENIAC的技術來開發二〇一六年打敗李世石的AlphaGo，需要上百萬個三峽發電站供電。」這樣，學生就會有非常深刻的體會了。

有對比才有高下之分，因此在口頭表達時，多做對比，聽眾的印象才會深刻。例如，我在講中國改革開放以來工業化給國家和民眾帶來的好處時，會做這樣一個對比：從漢末到改革開放前，中國人均國內生產毛額（按照購買力計算）花了兩千年大約只提高了一倍；改革開放後短短四十年，人均國內生產毛額就提高了十一倍。這樣做一個對比，就能讓聽眾感受到改革開放的成就。否則，人們其實對「人均國內生產毛額（GDP）增長十一倍」的說法會完全無感。

但是，在做對比時，千萬不要陷入一個誤區，就是把小成績誇大，更不要把問題說成成績。有些人會把自己很小的成績吹得天花亂墜，他們顯然是數學和語文都沒學好。小成績是無法吹成大成就的，因為聽眾不是傻子，接收訊息時，他們也在思考。如果一個人覺得自己那點小成績很了不起，對方反而會覺得這個人水準太低，覺得他所謂的成績不過是點小東西。這就如同一位將軍誇耀的「偉大勝利」不過是殺敵十人，那再怎麼吹，人們也不會覺得他了不起，反而會把他定格在「偉大勝利＝殺敵十人」上。

相反地，如果把自己的小問題說成大問題，把大成就說成小成績，而且表現得不虛偽，對方反而會覺得你把對自己的標準定得很高。

第三，口頭表達要掌握節奏。

前文講到，人腦接收資訊有頻寬的限制，講得太快，聽眾其實是跟不上的。這裡說的「快」不是指語速快，而是指短時間裡傳遞給聽眾的資訊量太大。如果後面講的內容要以對前面內容的理解為基礎，那麼聽眾一旦前面沒有聽懂，後面基本上就接收不到任何訊息了。這就是很多老師講了幾十年課，還被學生評價為不會講課的主要原因。

從資訊論的角度講，要想讓訊息在傳輸過程中沒有損失，就需要增加一些冗餘度（redundancy），也就是一些廢話和重複的話。

在口頭表達時，要控制廢話的比例。有人覺得廢話越少越好，這其實是不符合通信理論的。廢話不僅僅是為了讓講話者放慢速度，也是為了增強內容的趣味性，因為絕大部分人能夠全神貫注聽講的時間大約只有五分鐘，在此之後需要休息片刻。廢話就發揮了讓聽眾的大腦休息，同時思路依然被講話者牽引，而不至於出神的作用。

雷根（Ronald Reagan）是一位公認會演講的總統。在演講時，他每隔幾分鐘就會講一句俏皮話，讓聽眾笑一下，放鬆一下，這樣大家就又能全神貫注地聽他講重要的內容了。當然，如果講的全是廢話，或者很久都沒有實質內容，聽眾就跑光了。掌握廢話的比例和講廢話的時間點，是須要練習的。

口頭表達還常常必須講一些重複的話。所謂重複的話，不是簡單地把說過的話再一字不漏地重複一遍，而是換一個角度，用另一種表述再說一遍，特別是重要的、關鍵的內容。每個人接收資訊的習慣和熟悉的場景不同，某種說法可能對一部分聽眾非常有效，但是另一部分聽眾可能就沒聽懂，所以，換一種說法重複一遍是非常有必要的。

口頭表達還要注重節奏。這裡的節奏不僅是指傳遞訊息快慢的節奏，還包含掌握聽眾的注意力。講任何事情都要像寫小說一樣，在前面要預設一些後面的場景。很多人講自己的想法時會像竹筒倒豆子一樣，一次把話講完，但是絕大部分人都不喜歡被灌輸任何想法，而是喜歡自己挖掘訊息。因此，講話時刻意留一些懸念，引起聽眾的好奇甚至是提問，再以解答疑惑的方式把自己的意思表達出來，對方就會覺得是自己挖掘到資訊，而不是被灌輸的。

很多好的演講者會在演講前預判聽眾可能會問什麼問題，並做好回答的準備。他們甚至會刻意引導聽眾提問，就像寫偵探小說那樣，不斷製造一些懸念。這樣，不僅能一直讓聽眾的頭腦保持高度活躍的狀態，還能讓聽眾的好奇心得到滿足。

沒有人是天生笨嘴拙舌的。不管是什麼人，只要經過目的明確、方法得當的口頭表達訓練，就能成為受歡迎的講演者。

感謝科技的發展，今天大家在做正式的報告時，通常會借助投影設備提供輔助的影音素材。在書面表達時，也會利用圖表等工具幫助讀者理解。這些內容其實也是語文的一部分，但是通常被我們的教學所忽略。下一節，我就會講述這些相關內容再呈現的技巧。

練習題

如果你有機會為大家做一個報告，或者向主管彙報工作，那麼請按照本節講到的技巧做好準備工作。

4.4 內容再呈現：如何讓表達效果最大化？

前面講大語文內容的時候，我提到了觀察和呈現是大語文很重要的一部分內容。關於如何透過觀察獲取資訊，前面講寫日記和研究報告時也已經談到了。這一節，我會結合口頭表達，重點談談內容的再呈現。

內容的呈現有許多方式，可以用一個例子做一個簡單的對比。表4-1的數據是一九九〇年到二〇一七年中國的人均國內生產毛額（GDP）及其增長率。由於表格寬度的限制，我以三年為單位統計數據，因此增長率就是每三年的累計數值。

從這張表裡能看出什麼？大部分人只能看到增速很快，但這種增速到底有多快，他們其實是無感的。當然，還有一部分人會發現絕大部分增長都是在後半時間：從二〇〇二到二〇一七年增長了五萬多，此前只增長了不到一萬。至於增長率，大家除了能看出它有高有低，不會有太多的感受。

圖4-1和表4-1展示的是完全相同的數據，只是採用了另一種方式呈現。這樣一來，大家對同樣的資訊就更容易有直觀的印象，也更容易接受。根據這張圖，大家可能會發現，總的來講，中國的人均國內生產毛額呈增長態勢的；對比增長率還會發現，在二〇〇〇年前後，增長速度相對較慢，

表4-1：一九九〇至二〇一七年中國人均國內生產毛額和增長率變化

	1990	1993	1996	1999	2002	2005	2008	2011	2014	2017
人均國內生產毛額（GDP）	1,663	3,027	5,898	7,229	9,506	14,368	24,100	36,302	47,173	60,014
增長率	48%	82%	95%	23%	31%	51%	68%	51%	30%	27%

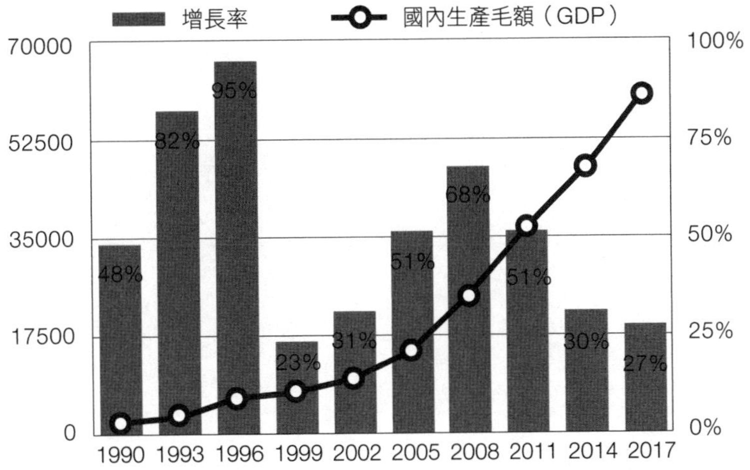

圖4-1：一九九〇至二〇一七年中國人均國內生產毛額與增長率變化。

在二〇一四年之後，由於基數大，增長率也放緩了。

同樣的數據，用不同的方式呈現出來，表達效果就會有很大的差別。因此，無論是口頭表達或書面表達，做好內容的再呈現都是非常必要的。很多時候，我們花了很大的成本、精力得到了一些資訊，卻因為沒有呈現好，讓我們的工作沒能得到應有的認可。在這方面，很多專業人士也沒有做好。在各種頂級學術會議和報告展示區，有一大半的投影片和海報都可以改進。接下來，我就以製作投影片和報告為例，來說明內容再呈現的技巧。

首先，我們須明確瞭解，報告是以口頭表達為核心的，投影片只是提供輔助訊息，不能喧賓奪主。報告者不能把做報告的過程變成聽眾閱讀投影片，同時自己念投影片上的內容。在這個原則下，要防止陷入四種製作投影片的誤區。

誤區一，投影片過於花哨或複雜。

很多人覺得投影片做得越花哨，報告效果越好。其實，投影片過於花哨反而會適得其反，做得複雜情況就更糟糕了。例如圖4-2中的投影片，聽眾不可能在兩分鐘內看懂，而報告者要想把它解釋清楚，沒有十

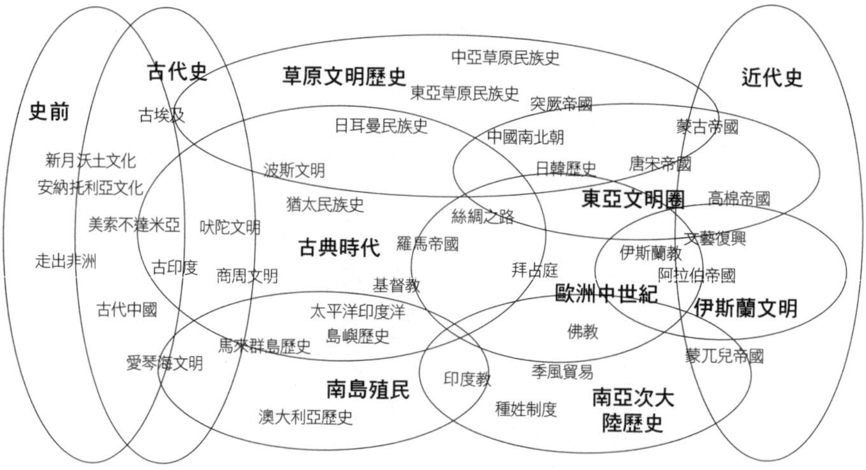

圖4-2：過於複雜的投影片會讓人困惑。

分鐘是辦不到的。

誤區二，投影片文字太多。

美國部分大學在教學生做報告時，要求投影片中不用句子，只用短語。這可能有點絕對，但是投影片一定不能有長句子，更不能有大段的文字，除了引用名人名言。聽眾會自然地想讀投影片中的文字，這樣一來，他們的注意力就會從聽講轉移到閱讀上。特別是當聽眾閱讀文字的速度比講者說話的速度快時，他們就會覺得講者囉唆，會表現出不耐煩。只用短語提示的好處是，聽眾難以從短語中得到完整的資訊，只能聽講者說。同時，因為有了部分訊息的提示，他們也不至於跟不上講者的節奏。

誤區三，投影片就是講稿的摘要和內容提綱。

很多人習慣於寫出講稿或報告內容的段落摘要，然後直接用這些摘要組成投影片。這樣就浪費了呈現內容的一個方向。任何效果好的表達，都須讓聽眾在大腦中形成一個完整、立體的形象。投影片和講稿應該是互補的，對於同一件事，投影片從一個視角展示內容，講者的語言則從另一個角度來詮釋。這樣，就能讓聽眾的眼睛和耳朵同時接收資訊。例如，在給大家看圖4-1展示的人均國內生產毛額和增長率變化情況時，可以講這樣幾點內容：

1. 中國的經濟在過去幾十年裡一直增長得很快；
2. 但是，在這幾十年裡，經濟的增速是不均勻的，有兩個高峰和兩個相對的低谷；
3. 經過幾十年的累計增長，中國經濟取得了了不起的成就，人均國內生產毛額增長了近四十倍。

這些內容，不要都寫到投影片中，否則聽眾就會不自覺地閱讀，而不是聽你講。同樣地，在講解這張投影片時，也不應該照著上面的數據讀，例如「從一九九〇到一九九三年，人均GDP增長了八二%，從一九九三到一九九六年，人均GDP增長了九五%……」這種話根本不用講，聽眾可以自己讀。

誤區四，投影片的數量太多。

投影片的數量不要超過講話時長（按分鐘計算）除以二得到的數。例如，講三十分鐘，準備十五張投影片就夠了。大部分人覺得，如果投影片的數量不足，自己就講不了那麼長時間。但事實上，超過一半的限時報告，演講者都是因為超時被趕下臺的。在國際會議上，會方工作人員通常會在還剩三分鐘時舉牌子提示，這時很多講者會試圖加快語速講完自己的投影片，而結果是，最後幾分鐘因為講得太快，沒有成功地傳遞任何訊息，相當於浪費掉了這段時間。任何報告，不管有沒有投影片，自己該怎麼講都應該是不變的，投影片只是提供另一個面向的輔助資訊。不能因為有了投影片，自己反而被它們牽著走，將一個完整、有邏輯性的報告變成快速念完所有投影片的過程。

明確瞭解了投影片的輔助作用，接下來要注意的是，**內容的再呈現要符合人接收訊息的基因。**

這句話是什麼意思呢？舉個例子。最初，沒有數的概念，後來人類有了多餘的物品，才學會了算數，但是只能計算數量很少的物品。著名物理學家喬治．加莫夫（George Gamow）在《從一到無限大》（*One Two Three...Infinity*）中講了一個故事，大意是，原始部落的人比賽說一個大數字，有一個人說了三，其他人就認輸了，因為當時的人很少有超過三件東西，再多就數不清了，只稱之為「許多」。人類這種對數字不敏感的基因至今也沒有太多改變，因為人的演化其實是很慢的。今天，很多人對一億有多少完全無感，更不要說感知國內生產毛額上萬億對國家、個人意味著什麼了。類似地，人類對小也無感。說到今天的半導體積體電路零件的尺寸可以做到奈米等級，奈米是多大，人們也無感。因此，當你必須展示數量時，一個個具體的數字雖然在表達意思上很準確，卻無法引起聽眾的共鳴。

不過，人天生對具體物品的相對大小很敏感。兩個雞蛋放在一起，一個比另一個大五％，五歲的小孩都能把大的挑出來。因此，但凡要在報告中展示數量，都要用圖形、曲線或其他主觀形式呈現。不僅在投影片中應該如此，口頭表達時也應該如此。很少有人能理解「太陽的質量是地球的三三五五八二倍」是什麼意思，但是換一種說法，說「如果把太陽比作西瓜，地球大致就是個芝麻」，大家就都能理解了。這就是有效的內容再呈現。

很多人以為給出的數據越精確越好，其實這得看場合。進行科學和工程類的報告時可能如此，但大部分人對「13％」、「2／5」、「3125」這種數字是沒有感覺的。因此在絕大多數時候，對這些數字好的表達方式應該是「一成多」、「將近一半」、「三千多」。不僅在口頭表達時應該如此，書面表達時也須將資訊依照讀者容易接受的方式展示。

除了科技書，儘量不要用阿拉伯數字表示那些只須強調相對意義上大和小、長和短的概念。例如，說「孔子生活在兩千多年前」，就比說「孔子生活在西元前五五一到前四七九年」有感很多。我在寫書的時候，通常會避免寫出像「西元前五五一年」這樣的具體數字，而是會用描述相對多少或大小的數量詞給讀者一個大致的概念。無論是口頭表達，還是書面表達，都須對內容進行這樣的再呈現，而不是直接給出原始的內容。

基因還讓我們對某些顏色很敏感，對某些顏色相對不敏感。如果是圖片，我們對黃綠色（檸檬色）最敏感，對深藍色、深紫色、暗紅色不敏感，因此投影片就不要用這類色調的圖片了。對於文字的顏色，我們的敏感度則正好相反。因此，在選擇投影片的文字顏色時，要考慮聽眾的敏感程度，而不能依照自己對顏色的偏好選。不同顏色還會引起聽眾不同的心理反應，這些都是要注意的。

此外，人眼在看超過肉眼分辨率的圖片時感覺比較舒服，看分辨率太低的圖片時則會不舒服。因此，選取圖片須保證它有足夠的分辨率。由於現在近視的人比較多，不要指望坐在最後一排的人能看清楚投影片的小字或圖片的細節。因此，無論是文字或圖片，都要夠大，保證所有人都能看清楚。

最後要講的是，內容的展示須根據讀者和聽眾的不同而有所變化。例如，對人文學科的學者來講，想瞭解孔孟老莊，讀他們的書就可以了。但是很多人瞭解這些先賢的思想是透過他人的解讀，我母親則是以蔡志忠的漫畫。無論是朱熹的《論語集注》，還是蔡志忠的漫畫，都是對孔子思想的一種再呈現，但它們是針對不同人的。類似地，針對不同的聽眾，呈現內容的方式也須有所不同。有些人一套投影片講遍全國各地，這樣哪怕投影片做得再好，傳遞資訊的效果也好不了。

練習題

如果你有機會在大眾面前演講一份報告，看看該如何做出一份好的投影片。

本章小結

聽和說在我們的生活中每日都在進行。成為一個好的思想表達者很重要，特別是在今天，在這個商業化氣氛很濃、必須進行眾多交流的現代社會，很多人都逐漸意識到這一點了。但是，成為一個好的聽眾也同樣重要，這一點常常被我們忽視，而它也是大語文學習的一部分。聽和說是相互影響的，學會聽別人怎麼說，可以提高自己的口頭表達能力；反過來，站在聽眾的角度多想想，也可以讓自己說得更精彩。

下篇

閱讀與寫作經典範例

上篇是本書的方法論部分，全面地介紹了大語文中讀與寫、聽與說、觀察與呈現的方法。但語文是一種能力，而不僅僅是一堆知識點。不做大量的實踐，方法論再高明，也無法真正對我們產生幫助。因此，在本書的下篇，我會透過分析一些文學作品，幫你學習具體表達自我的方法。我在此選擇的作品，無一例外，都堪稱名篇。當然，這難免受到我個人喜好的影響。對此，我會講清楚我是在什麼機緣下與它們相遇，以及這些作品在理解他人和表達自己的層面上給了我哪些啟發。

第5章

關於人生

語文是和生活相關的，每個人在生活中都會遇到的一些問題和經歷，就成了文學永恆的主題。圍繞這些主題進行創作的文學佳作，也就成了不朽的名篇。它們不僅能讓我們學到表達自己思想的方法，還能影響我們對世界的看法，或者激發我們對某些問題的思考。我們對此可能會產生共鳴，使其流傳給後人，進而讓後人體會到人類對一些永恆話題不變的看法。

5.1〈春江花月夜〉：如何參悟渺小人生？

文學有一個永恆的話題，那就是人和宇宙的關係、人對生命意義的看法。圍繞這個問題誕生的看法，時隔百年千年都綿延不絕。而我想從王羲之的〈蘭亭集序〉和張若虛的〈春江花月夜〉入手，談一談那些善於表達自我的人對這個問題的記述。

作為書法作品，〈蘭亭集序〉在中國歷史上無出其右，或許也是這個原因，令它的文采被很多人忽略。先來欣賞一下這篇名作優美的文字。

永和九年，歲在癸丑，暮春之初，會於會稽山陰之蘭亭，修禊事也。群賢畢至，少長咸集。此地有崇山峻嶺、茂林脩竹；又有清流激湍，映帶左右，引以為流觴曲水，列坐其次。雖無絲竹管弦之盛，一觴一詠，亦足以暢敘幽情。

是日也，天朗氣清，惠風和暢。仰觀宇宙之大，俯察品類之盛，所以遊目騁懷，足以極視聽之娛，信可樂也。

夫人之相與，俯仰一世，或取諸懷抱，悟言一室之內；或因寄所託，放浪形骸之外。雖趣舍萬殊，靜躁不同；當其欣於所遇，暫得於己，快然自足，不知老之將至。及其所之既倦，情隨事遷，感慨係之矣。向之所欣，俛仰之間，以為陳跡，猶不能不以之興懷；況脩短隨化，終期於盡。古人云：「死生亦大矣。」豈不痛哉！

每覽昔人興感之由，若合一契，未嘗不臨文嗟悼，不能喻之於懷。固知一死生為虛誕，齊彭殤為妄作。後之視今，亦由今之視昔，悲夫！故列敘時人，錄其所述。雖世殊事異，所以興懷，其致一也。後之覽者，亦將有感於斯文。

中學時，每逢郊遊之後，老師都會請我們寫遊記。剛開始我寫的往往都是流水帳，後來想編出一、兩個佳句增彩，但成績自然不會很好。直到讀了王羲之的〈蘭亭集序〉，我才算學會了怎麼寫有思想性的遊記——王羲之用三分之二的筆墨描繪了自己在春遊結束一刻的感悟，從而把全文的境界提升得很高。經過了大約三年的練習，高考時，我的作文就寫得很好了。

當然，這篇文章對我來說可不僅是一篇作文範例，它還讓我理解了宇宙之浩大，人生之渺小。也正是這個主題，讓這篇文章成為傳世之作。

關於〈蘭亭集序〉的來歷，你可能聽說過王羲之蘭亭雅集的故事。

簡單來說就是，在東晉穆帝永和九年（三五三年）的暮春時節，王羲之和子弟朋友們——包括謝安、謝萬、孫綽、王獻之、郗曇等大名士——在紹興郊外賞花春遊、飲酒賦詩。這種事對古代文人來說很常見，記錄這類遊記的文章也有很多，但為什麼〈蘭亭集序〉能成為千古名篇呢？因為它探討了一個普遍的人類話題：有限的生命與無限的宇宙。

人類能夠談上千年的主題，大致可以分為兩類：一類是向內認識自我，另一類是向外認識宇宙。當然，兩者是互動的。不同時代背景下的不同人，對這兩類主題的看法也會不一樣。

在〈蘭亭集序〉中，王羲之先講了當時遊玩的情況。在江南最好的時節、最美的風景裡，和最好的朋友們在一起，又遇上最好的天氣，遊玩得自然很開心。但是轉眼一天過去了，人就不免開始惆悵。這裡描寫的是一種喜聚不喜散的普遍情感。

例如，中學時，我遇到學校要去郊遊，早上異常興奮，整天也玩得特別盡興，但是當暮色降臨、即將返回時，我就會開始惆悵起來。這是人之常情。再比如，臨近春節時，我們心裡充滿了期盼和喜悅；假期過了三、四天，想著還有一半，也不太發愁；但是到了假期最後一天，一想到第二天要上班、上學，就不免開始惆悵。王羲之當時也是這樣，隨著惆悵產生了一些感悟。你看，寫人的普遍情感，更容易得到讀者的共鳴。

當然，如果只是這種單純的喜悅與惆悵，還不足以支撐〈蘭亭集序〉成為千古名篇，王羲之對主題進一步做了昇華。他接著寫，好朋友們共同相處的時光過得很快，不僅一天如此，一生也很快就會過去，「不知老之將至」。不管人活多久，最後一切都會化為烏有，想到這裡，豈不痛哉！今天，我們在這裡感嘆古人都不在了，今後的人也會同樣感嘆我們。因此，我記錄下我們這些人今日所做之詩作。即使時代不同，人的情致也是一樣的，因此，後人看到這些也會發出同樣的感慨吧！

其實，今天我們讀到王羲之的〈蘭亭集序〉，又何嘗不會發出同樣的感慨呢？而這恰恰是寫作的意義所在——王羲之將當時的心境和思考永遠留給了後人。他談到了一個任何時代、任何人都繞不過去的話題，就是人的生命、人和宇宙的關係。人終有一死，和宇宙相比終究渺小，人生怎麼過是每個人都必須面對的問題。

《蘭亭集》中的詩雖出自名家之手，卻一篇都沒有留下來，而這篇序言反倒流傳千古，原因是什麼呢？就在於文章立意的高下。曾國藩講過，文章以立意為第一要義，而〈蘭亭集序〉就是那個時代少有的立意高遠的佳作。

同樣是兩晉南北朝時期創作的作品，駢文大家吳均的《與朱元思書》雖然辭藻華美，堪稱錦繡文章，但只表達了「美麗的大自然讓人忘卻俗世功名」的主題；丘遲的名篇《與陳伯之書》雖然留下了「暮春三月，江南草長，雜花生樹，群鶯亂飛」這樣形容江南暮春景色的佳句，通篇卻只是傷懷於國族家鄉。它們都遠比不上〈蘭亭集序〉把觸景生情上升到對人生和宇宙的哲學思考，所以後者自然更能超越民族家國，甚至時間、空間的局限。

在王羲之寫下〈蘭亭集序〉三百多年之後，初唐詩人張若虛寫下了著名的〈春江花月夜〉，二者在立意上有相似之處。

張若虛的生活年代、家庭背景與王羲之迥然不同。張若虛並非歷史上的大名人，一生只做到兗州兵曹，一個八、九品的芝麻官，因此關於他的記載非常少。這樣一個生逢盛世、不太得意的文人，和生在亂世第一家族的王羲之形成了鮮明的對比，但兩篇作品的格局同樣闊達。

我們先看下原詩，再用前文講到的閱讀技巧，獲取藏在這首詩中的基本訊息線索。

春江潮水連海平，海上明月共潮生。
灩灩隨波千萬里，何處春江無月明？
江流宛轉遶芳甸，月照花林皆似霰。
空裡流霜不覺飛，汀上白沙看不見。
江天一色無纖塵，皎皎空中孤月輪。
江畔何人初見月，江月何年初照人？
人生代代無窮已，江月年年只相似。
不知江月待何人，但見長江送流水。
白雲一片去悠悠，青楓浦上不勝愁。
誰家今夜扁舟子，何處相思明月樓？
可憐樓上月徘徊，應照離人妝鏡臺。
玉戶簾中卷不去，擣衣砧上拂還來。

此時相望不相聞，願逐月華流照君。
鴻雁長飛光不度，魚龍潛躍水成文。
昨夜閒潭夢落花，可憐春半不還家。
江水流春去欲盡，江潭落月復西斜。
斜月沉沉藏海霧，碣石瀟湘無限路。
不知乘月幾人歸，落月搖情滿江樹。

全詩分為三部分：第一部分寫良辰美景，第二部分寫對人生的感嘆，第三部分寫遊子思婦的相思情愁。詩裡的「春」、「月」、「夜」三個字都在提示時間，「江」字則表明了地點。詩中對江水的描述暗示具體的地點可能是長江的下游，因為描寫的江面比較開闊。根據今天學者的考證，應該是在揚州鎮江附近。不過，理解全詩的重點是標題裡的「江」和「月」二字。張若虛以月象徵時間的亙古永恆，以流水象徵時間的變動流逝，它們也是漢語中非常重要的兩個詩歌意象。

這首詩在文學史上的評價褒貶不一。讚譽它的人說這首詩「孤篇蓋全唐」，但也有不少文學家覺得它沒有擺脫六朝宮體詩的形式主義，詩句多有重複感。

平心而論，雖然這首詩篇幅較長、不夠精練，還有些段落顯得重複，但是就憑全詩最出色的兩句——「江畔何人初見月，江月何年初照人」，就可以和李白的「今人不見古時月，今月曾經照古人」相媲美。考慮到它的創作時間離六朝金粉時代確實不是很遠，所以，文風上保留了過去的一些綺麗浮華的特點也是可以理解的。

但這首詩和更早的宮體詩有所不同的是，前者初露盛唐氣象，寫出了無盡的時空和我們每個人生命的關係。良辰美景，是世世代代的人對美好生活的渴望；遊子思婦的相思之情，也是普遍的人類情感；

更重要的是，雖然一個人的生命是短暫的，每個人都是渺小的，但人類的歷史是久長的，人類是偉大的。我自己讀這首詩，就有一種遇到知己的感覺。

全詩高明的地方在於，它糅合了情感和景物、時間和空間、永恆和易逝，讓它們形成一個有機的整體，而不是列清單。

對比〈蘭亭集序〉和〈春江花月夜〉，我們不難發現，人類在一些最根本的問題上有相似的思考。古人所談論的問題，和今天的人依然密切相關。事實上，李白在寫下「今人不見古時月，今月曾經照古人」時，心境顯然和張若虛是一樣的；李白寫「浮生若夢，為歡幾何」時，心境和王羲之也是類似的。時代雖變，那些永恆的問題卻依然存在。王羲之講的「後之視今，亦猶今之視昔」，所言非虛。我兩次到英國的格林威治天文臺感嘆時空永恆時，都會想到這句話。

〈蘭亭集序〉和〈春江花月夜〉也在寫作上給了我很重要的啟發——選對超越時效性的主題很重要。今天，即使不寫文章，只是寫個貼文或「朋友圈」，我們也希望有很多人一起參與討論。這種情況下，談什麼話題、發什麼感慨，不妨參考一下〈蘭亭集序〉和〈春江花月夜〉這一類作品。此外，但凡談論涉及人和宇宙的話題，不能空對空，否則文字讀起來就很無趣，我們可以融合外景、內心和時空。

最後，我想講一句題外話：如果讓你穿越回去變成王羲之，你願意嗎？你是願意做生逢盛世的小人物張若虛，還是亂世中的大人物王羲之呢？

讀了這兩篇作品，我覺得大人物王羲之好像並不比張若虛過得開心。王羲之雖然是當時天下第一家族琅琊王氏的主要成員，物質生活無憂，但生逢永嘉之亂，社會秩序崩潰，人們朝不保夕。從〈蘭亭集序〉表現出的心境來看，王羲之應是憂鬱多於歡喜的。雖然在蘭亭聚會中，當時主要大家族的名士們相聚一堂，但歡聚短暫，隨後他們都要回去面對殘酷的現實。而張若虛生逢盛世，雖然在生活上可能有不少失意之處，但從他筆法清麗的詩中，我更多感覺到的是內心的寧靜。俗話講，「寧為太平犬，不做亂世人」，我自己是認同這一點的。

當然，我們不可能回到唐朝或東晉。但那些善於表達的文人墨客的作品，千百年後仍能引起我們的共鳴。這不僅是因為它們描摹了人的普遍情感，更是因為它們立意高遠，超越了時空的限制。我們自己在寫作時，也要有這樣的野心。

練習題

試著融合外景、時空和內心，寫一篇五百字的短文。

5.2 《九三年》：如何理解複雜的人性？

生活中，一個永遠迴避不了的話題就是人性。二〇二〇年的全球公共衛生事件，其實就是在考量人性。你會發現，有些人悲天憫人，有些人則相對比較冷血；有些人不分國家、種族地域思考，有些人則把小群體的利益放在最前。

總之，關於人性，人類討論了上千年，到今天這依然是一個在社交媒體上很熱門的話題。它值得被討論上千年的原因在於，人性的問題沒有標準答案，因此誰都可以發表看法。不同國家、民族的人，不同社會背景的人，對人性的看法又會相差很遠。遇到這種情況，評判別人的看法是對是錯恐怕沒什麼意義，更重要的是搞清楚對方為什麼會這麼想。遺憾的是，很多人在情緒的衝擊下，自己都說不清楚自己的想法。

我是透過閱讀幾部文學作品，以及在老師的啟發下，開始思考人性這個主題。那幾部作品包括曹禺的《雷雨》和雨果（Victor Hugo）的《九三年》（*Quatrevingt-treize*）。這一節，我想以雨果的《九三年》為例，試著跟你一起理解人性的複雜。此外，我對西方人的理解也是從這本書開始的。而我到美國後能夠很快融入當地社會，也要感謝這本書。

如果從法語書名直譯過來，《九三年》的書名應該是「一七九三年」。瞭解法國大革命的人都知道，這一年雅各賓派（Jacobins）當政。當時，法國社會分裂，產生了嚴重的階級仇恨。一方面，極端的雅各賓派嚴酷地清洗貴族、教會和其他保守勢力；另一方面，保皇黨的軍隊（白軍）在很多地區叛亂，共和國軍（藍軍）和白軍展開了你死我活的激戰。

書裡的主要人物是相互關聯的三個人：白軍統帥朗特納克侯爵（Marquis de Lantenac）；藍軍指揮官高文子爵（Gauvain），他是朗特納克的叔姪孫；還有一位在藍軍中扮演「監軍」角色的西穆爾登神父（Cimourdain），他是高文的老師。

雖然高文和朗特納克是遠房親戚，但雙方都堅持自己的政治主張，誓要消滅對方。朗特納克是一個非常冷血、殘忍的人，對擁護共和國的人絕不留情。而高文是一個軍事天才，打得白軍節節敗退，還把朗特納克等人包圍到一座城堡裡。城堡裡的平民，則都成了白軍的人質。最後，白軍抵擋不住，放火燒了城堡，朗特納克帶領手下從密道逃跑了。但就在朗特納克跑出城堡的那一刻，他聽到了一位母親的呼救聲。原來，她的三個孩子被困在城堡裡了。朗特納克經過一番考慮，毅然從暗道返回城堡，救出了那三個孩子，然後自己被高文逮捕。

此時，高文和老師西穆爾登就如何處置朗特納克產生了分歧。西穆爾登認為革命高於一切，主張處死朗特納克。高文認為，大惡人朗特納克在危急時刻顯露出人性善良的一面，希望能饒他不死，但是高文自己又無權釋放朗特納克。於是，高文進入牢中，與朗特納克換了服裝，放跑了他，自己偽裝成朗特納克留在牢房中。為了維護法律，西穆爾登忍痛將高文處死，然後自殺了。

雨果最知名的小說當屬《悲慘世界》（*Les Misérables*）和《鐘樓怪人》（*Notre-Dame de Paris*），但最能體現他對人性思考深度的，則是這部《九三年》。《九三年》是雨果最後一部小說，完成於一八七四年。當時法國剛經歷了巴黎公社（la Commune de Paris）起義，已經七十二歲高齡的雨果對人性有了極為深刻的思考。因此，他在這本書中描寫的人性相當複雜，不像《鐘樓怪人》那樣，把善與惡、美與醜描寫得非常分明。

雨果一生經歷了法國多次革命，可以說是慣看秋月春風了，他晚年的思想相比年輕時有了巨大的變化。早年他曾經因為反對拿破崙三世稱帝而被迫流亡，但是到了晚年，他開始懷疑暴力行為能否真正解決社會問題。早年他支持法國殖民非洲，但是到了晚年，他開始譴責法國火燒圓明園的行為。在巴黎公社的問題上，他則強烈譴責對陣雙方的暴行。*

雖然譴責巴黎公社，但晚年的雨果認為人性的善是最可貴的，並且身體力行。在巴黎公社失敗後，他一邊幫助遭到鎮壓的公社社員，一邊對當時的比利時政府施加壓力，希望比利時為公社成員提供政治庇護。雨果最終的理想是建立一個所有人能夠和平相處的歐洲共和國，不再有戰爭和暴力，也不再有死刑。如果他生活在今天一體化的歐洲，大概會感到欣慰很多。

瞭解了雨果個人思想的變化過程，特別是他對人性的理解，再回過頭來讀《九三年》，就能體會到這位文學大師在表達自己這種複雜立場時的匠心獨具。這也正是我們常說的寫作特點。

雨果在書中採用了蘇格拉底啟發式提問的方法，引導讀者思考下面這些問題。不過，有些問題他給出了答案，有些則沒有。

第一，政治主張（派別）和親情哪一個更重要、更有凝聚力？

對於這個問題，雨果是有明確答案的，那就是政治主張。小說中的三個主要人物都是親戚朋友，但都分立於各自的立場。這一點至今仍是普遍現象。例如，二〇二〇年有一篇傳遍微博的文章，說疫情中三觀一致的人抱成了團，親戚之間反而因為矛盾疏遠了。

第二，朗特納克該不該受到處罰？

對於這個問題，雨果沒有直接指明答案，但是他花了很多篇幅描繪朗特納克冷血的一面，特別是朗

---

* 雨果在日記裡寫道：「In short, this Commune is as idiotic as the National Assembly is ferocious. From both sides, folly.」（簡而言之，這個公社是白痴，正如國民議會太殘暴一樣。兩邊都荒唐）。參考文獻：Hugo, Victor, “Choses vues, 1870–1885”, Gallimard, 1972, ISBN 2-07-036141-1, page. 164

特納克挾持無辜平民做人質的事情。因此我們能看出，雨果對朗特納克是持否定態度的。

第三，朗特納克有沒有人性？

這是一百多年來，大家一直爭議的一個問題。從朗特納克冒死救人的行為來講，他顯然是有人性的。但是，很多人提出，對一個相當冷血的反派角色來說，這一點善行不足以掩蓋他的惡。為了解釋朗特納克的矛盾，很多人主張人性會被階級或團體的利益扭曲。也就是說，朗特納克原本是有人性的，然而一旦被階級、民族、國家利益左右，人性就會被淹沒或掩蓋。

對於這個問題，雨果沒有給出答案，而是啟發讀者自己思考。但從雨果在巴黎公社事件前後的所作所為和言論來看，他厭惡了那些政治、民族主義和階級對立，認為它們扭曲了人性。

第四，朗特納克做了善事，有沒有資格將功補過？

這又是一個沒有答案的問題。在書中，雨果暗示他只是中止了犯罪，因為那一家平民母子是被他劫持到城堡中的，最後他決定救這一家人，只是在贖罪。對於已經在贖罪的人，雨果的想法是矛盾的，所以他透過高文表達希望對這些人網開一面的看法，又透過西穆爾登神父表達應該嚴懲首犯的看法。

第五，高文是否是爛好人？

對於這個問題，雨果也沒有給出答案。顯然，朗特納克逃出去後，肯定會繼續組織軍隊反攻藍軍。對敵人的同情，就是對自己人的殘忍，這一點高文是心知肚明。但是他依然決定用自己的生命救朗特納克，這體現出了一種騎士精神。如果朗特納克真的有貴族精神，他應該好漢做事好漢當，而不是讓高文頂罪，自己逃走。這樣的人物，同樣能夠映射到今日的歐美人身上。

關於這一點，我過去在中國時理解不深，但是在國外生活了幾十年後，我發現今天很多歐美人就跟雨果筆下的高文一樣。他們不會站在全局的高度來決定如何做事，很容易被一些善行感動。當然，這也體現了人性光輝的一面。因此，處於矛盾中的雨果一方面將高文這個爛好人處死，另一方面謳歌他的善。在全球化的今天，和西方人打交道，就必須理解他們之間有一大堆高文這樣的爛好人。如果不認同他們，就很容易受到圍攻。

第六，為什麼正面角色都死了，反面角色反而逃脫了？

這點我們必須換位思考一下。雖然雨果在整本書裡都安排高文處在正面角色的位置上，但如果換一個角度，可能就是另一個故事了。朗特納克為什麼要反叛？因為當時雅各賓派在法國各地殺了一萬六千人，抓了五十萬人，朗特納克不得不反抗。實際上，在雨果的書裡，不管是保皇黨或共和黨，面對平民都同樣冷漠、殘忍，芸芸眾生在他們眼中不過是實現自己政治目的的工具。但是，雨果認為，「在革命的絕對真理之上，存在著人道的絕對真理」。因此，在他的書中，並沒有真正的正派和反派之分。

《九三年》出版時，雨果在文壇的風頭已經過去了，因此這本書沒有像《悲慘世界》那樣引起轟動。但是今天有很多人跟我一樣，認為《九三年》才是他的最佳作品。這本書凝練了雨果一生對人性善惡的思考。他在書裡提出的種種問題，我們至今也繞不開。例如，前兩年對待中東難民的問題、二〇二〇年各國防疫的措施，都涉及人性的衝突。看到這些，我就會想，喔，又回到雨果當年談的老問題上了。

好的作品，不是給一個完美的答案，而是啟發我們做更多的思考。這個寫作技巧給了我很大的影響，讓我知道，提出一連串大家關心的問題，引發讀者思考，比解決問題更重要。此外，無論是寫作或做報告，都要留點餘味，讓一批又一批讀者／聽眾討論、爭論，思想就流傳下去了。完全沒有爭議的作品並不是寫得完美，而是沒有觸動人心靈的最深處。那種無爭議，不能算成功。

即便不寫作，在部門或社交圈裡經常能提出一些好問題，提出一些別人總是躲不開、必須面對的問題，也會被認為是有思想的人。

練習題

請針對你讀過的文學作品中的主角，寫一篇五百字的評論短文，分析一下他的人性。

5.3 小李杜：如何度過人生的低谷和無奈？

世界上有兩類文人。第一類是純粹的文人，如曹雪芹、魯迅、雪萊、拜倫、雨果等。他們無論富貴貧窮，心思都在寫作上，甚至不追求功名，只求將自己的情感、思想寫出來，將自己身處的社會記錄下來。第二類則是古代的士大夫和今天的一些專業人士，他們有其他主業工作，大部分心思都花在仕途上，只不過他們同時也是文人。

第二類文人為實現自己的夢想努力過，也為愛情癲狂過，但後來無論是生活或仕途都有諸多不如意。幸運的是，這些人把自己的經歷，特別是苦悶的心情，用最美的文字記錄了下來。這讓千百年後的我們，在自己人生不如意時，能和他們產生共鳴。中國古代這樣的文人很多。這一節，我們就以欣賞杜牧和李商隱的作品，來理解他們的心境。

杜牧出身於名門望族。他的祖先是西晉的名將杜預，《三國演義》最後一回「薦杜預老將獻新謀，降孫皓三分歸一統」中講的就是杜預滅東吳的故事。杜牧的爺爺和堂兄都當過宰相，不過他和堂兄幾乎是仇人。杜牧受的教育非常好，他也很自豪於自己的家世，從小就有一番抱負，而且二十五歲就以第五名的好成績考中了進士。雖然我們今天把杜牧看成一位文學家和詩人，但他最自豪的是自己懂兵法，還寫了很多這方面的文章。

雖然起點不低，年輕時也得到過很多朝廷大臣的推薦，但杜牧的仕途走得並不順。他在人生最好的歲月裡擔任幕僚，而且一路就是十年。在這段時間，他在愛情上也頗受打擊。

杜牧第一次擔任幕僚時的主人是江西觀察使沈傳師。在沈家，杜牧遇到了讓他動心的美貌歌伎張好好。兩個人曾經有過一段短暫的美好時光，三天不見，就覺得度日如年。但沒過多久，張好好就被沈傳師的弟弟納為妾，從此與杜牧音信隔絕。兩年後，杜牧在洛陽遇到了張好好，那時她早已被薄情的丈夫拋棄，當壚賣酒。杜牧感慨萬千，寫下了〈張好好詩〉。正是由於這首詩的原稿留傳了下來，我們今天才知道杜牧堪稱大書法家，這幅字也成為今天北京故宮最重要的館藏之一。

在接下來的歲月裡，杜牧多數時間只是當一些閒差，這讓他有時間到處憑弔古蹟，或混跡於青樓之間，並寫了無數好詩。透過這些詩，我們能看到一位極有才氣的文人的無奈。

杜牧的詩可以分為兩大類。一類是憑弔古蹟的感懷之作，這類詩占杜牧詩作的大部分。清代著名文學評論家劉熙載評論杜牧的詩「雄姿英發」，多半指的是這一類。這些詩通常立意雄奇、寓意深刻，例如以下兩首：

〈赤壁〉

折戟沉沙鐵未銷，自將磨洗認前朝。
東風不與周郎便，銅雀春深鎖二喬。

〈題烏江亭〉

勝敗兵家事不期，包羞忍恥是男兒。
江東子弟多才俊，捲土重來未可知。

另一類是香豔的情感詩。這類詩在杜牧的作品裡並不算多，但是今天的人們很喜歡讀，例如以下兩首：

〈贈別〉

娉娉裊裊十三餘，豆蔻梢頭二月初。

春風十里揚州路，卷上珠簾總不如。

〈送人〉

鴛鴦帳裡暖芙蓉，低泣關山幾萬重。

明鏡半邊釵一股，此生何處不相逢？

如果不點明這些詩都是杜牧寫的，你可能會覺得它們出自兩個人之手。事實上，在文學創作中，這種看似矛盾的現象常常出現在同一個人身上。魯迅曾講過，正是因為「刑天舞干戚，猛志固常在」和「採菊東籬下，悠然見南山」都出自陶淵明之手，陶淵明才偉大。實際上，「採菊東籬下」是不得已，「猛志固常在」是陶淵明的本心。杜牧也是一樣，他對自己揚州十年風花雪月的生活評價是：

落魄江南載酒行，楚腰腸斷掌中輕。

十年一覺揚州夢，贏得青樓薄倖名。

那十年的胭脂溫柔鄉，其實是杜牧落魄的十年。「贏得青樓薄倖名」不是他的本意，他想要的是出將入相，至少作為一個參謀，提出的建議能被國家採納。魯迅建議，瞭解一個文人，要讀他的全集，這樣才不至於片面。透過杜牧的作品，我們不難理解魯迅這番話的深意。

杜牧最後做到了中書舍人，這是一個品級不算高，但頗有實權的官，可這時離他生命的終點只有一年了。杜牧最終也沒有成為張說、張九齡那樣的文人政治家，而是在四十九歲那年抱憾離去。臨死前，杜牧寫了篇很短的墓誌銘，然後閉門在家，燒掉了自己的大部分詩文，只留下二、三成作品。由此可見，杜牧最終沒有覺得自己這輩子過得多麼成功，但是接受了命運的安排。

杜牧和陶淵明一樣，心中的抱負和現實的無奈碰到了一起，只能落得不完美的結局。幸運的是，杜牧透過作品把自己的一生記錄了下來，可以幫助我們理解人世的無常。杜牧沒有文人身上常有的酸腐氣，他非常真誠，把自己的經歷、想法都直白地告訴世人。今天我們喜歡讀杜牧詩的一個重要原因是，它們非常通俗易懂。例如「清明時節雨紛紛，路上行人欲斷魂。借問酒家何處有，牧童遙指杏花村」，用的就是大白話。但若僅僅是大白話，那就是打油詩了。杜牧評論問題常常一針見血，這才讓人覺得他的詩值得讀。例如「商女不知亡國恨，隔江猶唱後庭花」，詩句並無對朝廷的斥責，提出的警示卻振聾發聵。這種寫作手法，用曾國藩的話講，就是「含雄奇於淡遠之中」。

作為詩人，杜牧有兩點特別值得稱道的地方。

首先，他將犀利的筆鋒藏於白描般清新的文字中。杜牧的詩直白易懂，但寓意深遠，幾乎每首詩都會有一、兩句點睛之筆，包括那些香豔的情詩。

其次，杜牧善於利用同理心打動讀者。杜牧從中進士到去世只有二十四年，中間最美好的十年又過得頗為無奈。在這種境遇下，寫詩對他而言是一種消遣、一種記述、一種解脫。後世每一個人的人生道路是否會比杜牧走得更順利，我們不得而知，但有一點是肯定的，就是再順利的人也有無奈的時候。這時讀他的詩，是一種消遣，也是一種解脫。或許我們也想說同樣的話，卻寫不出這樣精闢的好詩，這時才會發現杜牧已經將自己的心裡話都說出來了，這是一種安慰，也是一種激勵。

既然說到了杜牧的直白，就不得不說李商隱的含蓄。李商隱的詩非常含蓄，以至於今天的人依然在猜他的真實含義到底是什麼。最典型的當屬〈錦瑟〉。這首詩到底是寫什麼的、寫給誰的，人們至今也無法達成共識。不過，我們稍後再具體分析這首詩，先來看看李商隱這個人。

李商隱姓李，唐朝皇帝也姓李，李商隱多次表示自己和皇室有血緣關係。但即便真是如此，也要追溯到北魏時期，離他生活的年代有三百年了。實際上，李商隱出生於一個小官僚家庭，雖然從他父親往上數幾代人都做過官，但最大也就到縣令而已。因此，儘管李商隱很有才華，二十多歲就中了進士，但想在仕途向上攀升並不容易。

幸運的是，李商隱有一個同學是令狐綯，他是宰相令狐楚的公子——後來令狐綯也當過宰相。依靠這一層關係，李商隱成了令狐楚的門生。還有人認為，李商隱得中進士也有令狐楚施加影響力的因素。令狐楚去世時，李商隱幫助料理喪事，遇到了朝中另一位重臣，也就是王茂元。王茂元看中了李商隱的才華，就把小女兒嫁給了他。從李商隱的詩中，我們可以看出這段婚姻極為美滿，但這也讓李商隱在仕途上遇到了麻煩。

當時唐朝政壇有牛李黨爭，令狐楚是牛黨的重臣，王茂元則是李黨的重臣。如果李商隱是一個會左右逢迎的人，他可能會在兩頭拿好處，可偏偏他不會做官，夾在中間兩頭不是人，令兩邊都排擠他。事實上，李商隱和上司、同僚相處得都不是特別好，因此他仕途不順也就不奇怪了。李商隱一輩子都沒有機會做一方的長官，或者在朝中擔任一個像樣的職位，最高也就是做到參軍這樣的高級幕僚。更不幸的是，三十八歲那年，李商隱的原配妻子王氏（王茂元之女）去世了，這件事對他的打擊非常大。此後的幾年，李商隱一直鬱鬱寡歡，甚至想過出家為僧，再也無心追求仕途的成功。七年之後，這位晚唐最傑出的詩人便去世了，年僅四十五歲。

李商隱是一位極具天賦的詩人，他將自己的苦悶和無奈都寫在詩中，讓後人能夠透過他的詩讀懂他這個人。李商隱最有代表性的作品是〈錦瑟〉：

錦瑟無端五十弦，一弦一柱思華年。
莊生曉夢迷蝴蝶，望帝春心託杜鵑。
滄海月明珠有淚，藍田日暖玉生煙。
此情可待成追憶，只是當時已惘然。

關於這首詩到底寫了什麼，說法不一，但是如果扣住「思華年」這三個字，再結合李商隱的生平，倒也不難理解他想表達的意思。錦瑟顯然是美器，若自比作者非常恰當。李商隱天資聰穎，但是他在中進士後參加博學宏辭科的考試，初試已通過，卻在送中書省複審時被刷下來，可謂青年時不得志。接下來遭兩黨猜疑、排斥，仕途不順。中年又喪妻，生命的最後幾年孤苦伶仃。因此，他回憶起自己過去美好的年華，感到非常「惘然」。

李商隱在詩中用了四個典故，對自己的一生做了概括。莊周夢蝶其實是一個哲學上的思考——我們追求的東西可能本身就是虛幻的。杜鵑啼血不僅表示悽慘，更表示自己失去了一切。魯迅在引用這個典故時講，「我早先豈不知我的青春已經逝去了」。滄海珠淚意思是明珠被遺棄在海中，猶如鮫人的眼淚。良玉生煙表示美好的東西可望而不可即。最後兩句則是總結。

我們可以把這首詩看作李商隱的自傳，他把自己從躊躇滿志到懷才不遇、最後無可奈何的坎坷一生，表現得淋漓盡致。

李商隱的詩雖然以隱晦含蓄著稱，但是如果讀多了，並把自己代入他的身分、視角來看，就會發現他的詩其實並不難懂。但是如果只讀過一、兩首，極有可能不理解他在說什麼。這又印證了魯迅的那個觀點，瞭解一位文人要讀他的全集。

平心而論，歷史上比李商隱倒楣的大有人在，但是我們只知道李商隱，不知道那些人，因為李商隱在表達自己的艱難境遇這方面比其他人做得好。這就如同一只百達翡麗（Patek Philippe）的手錶，不管走時準不準，手錶本身做得太精美了，所有人都願意收藏。

把自己的情感繪聲繪色地表達出來是一種能力，在一些關鍵時候可能會幫到大忙。二〇〇二年我畢業離開約翰霍普金斯大學時，雖然已經完成了答辯，但論文還沒有最後定稿，學校不能授予我學位。因此，我必須請導師幫忙讀一遍論文並簽上字。但是對導師來講，一名已經離校的學生的請求，在他任務清單上的優先順序永遠是最低的。我每次打電話或寫信找他，他都是滿口答應，然後就把我的事情放到其他事情後面去了。後來我寫了篇繪聲繪色的短文，回顧了我們密切合作的好時光。他收到之後馬上打電話給我，說想起那段合作的時光很是懷念，並立即放下手裡的事情讀了我的論文、簽了名字。

很多時候，我回想自己的職業生涯，發現其實有很多不順利的時候。那種不順，是自己多努力都無法改變的，必須借助他人，特別是上級的幫助。如何在情感上打動對方，就是一種藝術。有些人簡單地把這種技能看作情商，但情商的高低其實很難量化，也難以訓練。不過，透過語文學習，理解他人在類似處境下表達心情的技巧，能夠實實在在地幫助我們表達自我。

練習題

寫一篇日記，記錄一件對你來講很無奈的事情。

5.4 李煜：如何面對人生的絕境？

幾乎每個人都希望自己在仕途和職業道路上能像羅曼．羅蘭筆下的貝多芬那樣，不斷往上走，在人生的最後達到光輝的頂點。同時，沒有人希望自己像李商隱那樣，雖有才氣，且努力了一輩子，卻發展一直不順利，最後鬱鬱而終。當然，還有很多人比李商隱更慘，他們是一路往下走的，例如曹雪芹、褚威格。而最可悲的，莫過於那些苟活下來的亡國之君，他們前半生和後半生的反差實在太大。在這些人中，最為人熟知的當屬南唐後主李煜了。因為他在囹圄中感悟出了人生，且以詞作講述了自身的悲慘經歷。

如果沒有遭遇國破家亡，李煜是不會領悟出這些人生道理的，他也就不過是中國歷史上諸多昏君之一。李煜在二十五歲時繼承了父親南唐中主李璟的皇位。這個皇位對他來講既是意外，又是歡喜，更是詛咒。要不是他的哥哥李弘冀自尋死路，加上他前面四位兄長均夭折，皇位原本與他無關。李煜本不是當皇帝的料，大臣鍾謨說他「德輕志懦，非人主才」，這個評價還是很準的。但是李璟堅持要把皇位交給他，他便接過了那個已經開始走下坡路的國家。

李煜的父親李璟早年尚很有志氣和運氣，只是到了晚年開始驕奢淫逸、不思進取。李煜既無父親早年的志向和運氣，又在生活奢靡方面有過之而無不及。歷史上對他有「性驕侈，好聲色，又喜浮圖（即佛教），為高談，不恤政事」的評價，也是非常準確的。他每天的生活，用他自己的詞來講是這樣的：

〈浣溪沙〉

紅日已高三丈透，金爐次第添香獸。紅錦地衣隨步皺。

佳人舞點金釵溜，酒惡時拈花蕊嗅。別殿遙聞簫鼓奏。

當時北宋隨時會入侵，李煜卻依然能混一天是一天。頭一天晚上玩到半夜，第二天睡到接近中午，然後繼續和美女們開派對，喝得醜態百出。這邊玩完了，那邊又開始了。

李煜早期的詞大部分都是在描寫這種生活，例如他早期的另一首詞：

〈玉樓春〉

晚妝初了明肌雪，春殿嬪娥魚貫列。笙簫吹斷水雲間，重按霓裳歌遍徹。

臨風誰更飄香屑，醉拍闌干情味切。歸時休放燭花紅，待踏馬蹄清月夜。

這樣的日子持續了十五年。在這段時間，李煜對宋稱臣。宋朝的使臣來了，他就為階下臣子；使臣一走，他就坐上龍椅當皇帝，回到後宮過起紙醉金迷的生活。在這期間李煜也有填詞，但是水準比五代《花間集》的水準高不了多少，甚至連他父親都不如。大臣潘佑、李平勸他及早備戰，他不聽勸，反而把那二人殺了。西元九七五年，北宋大將曹彬攻陷南京，李煜率大臣肉袒而降，從此開始過囚徒的生活。

在被囚禁期間，他不僅失去了自由，還受到了侮辱，自尊受到了極大的刺激。於是，他每日「以淚洗面」，後悔不已。在這種處境下，李煜的才情被激發了，他的詞脫胎換骨，並且奠定了他在中國文學史上不朽的地位。

在介紹李煜的詞之前，先要說說他之前的詞是什麼樣子的。五代時，後蜀人趙崇祚編輯了中國第一部詞選集《花間集》，裡面的作品大多是在描寫上層貴婦的日常生活。《花間集》裡的詞雖然字句工整，但格調不高，可以用「香豔細膩，思想空洞」來形容。這樣的詞，王國維稱之為伶工之詞，是登不了大雅之堂的。詞最初的轉變始於李煜，他把自己的悲慘經歷和真情實感作為創作內容，詞的境界就上去了。王國維在《人間詞話》中講，「詞至李後主而眼界始大，感慨遂深，遂變伶工之詞而為士大夫之詞」。我們不妨來看下李煜後期的詞：

〈破陣子〉

四十年來家國，三千里地山河。鳳閣龍樓連霄漢，玉樹瓊枝作煙蘿，幾曾識干戈？

一日歸為臣虜，沈腰潘鬢消磨。最是倉皇辭廟日，教坊猶奏別離歌，垂淚對宮娥。

這首詞用短短幾十個字寫清楚了李煜降宋前的生活、降宋的過程和降宋後的生活。經過兩代人的努力，南唐一度擁有三十五個州、三千里地山河，皇宮高聳入雲，生活繁華奢靡。然後李煜筆鋒一轉，說承平日久，我又怎見過打仗呢？於是，當俘虜的命運就注定了。被俘那一天的事李煜記得特別清楚，他倉皇告辭祖廟，向列祖列宗說，咱們國家完了，我要去做俘虜了；而這時，教坊裡依舊歌舞昇平。於是，李煜只好垂淚和宮女們告別上路。此後，李煜就過上了俘虜的生活，很快腰也彎了，鬢也白了。

這首詞裡有兩個巨大的反差對比，一個是降宋前後的生活對比，另一個則是「最是倉皇辭廟日，教坊猶奏別離歌」這兩句。這兩句前後反差太大，是整首詞最感人的地方，而且和「商女不知亡國恨，隔江猶唱後庭花」有異曲同工之妙。

當了俘虜之後，李煜大徹大悟，寫了一首小令：

〈烏夜啼〉

林花謝了春紅，太匆匆。無奈朝來寒雨晚來風。

胭脂淚，留人醉，幾時重？自是人生長恨水長東。

這是我最喜歡的李煜的一首詞。整首詞語言清新，情調哀怨，意味深長。「林花謝了春紅，太匆匆」如果單獨用，就只是嘆息好景不長，但和後面的「無奈朝來寒雨晚來風」合到一起，含義就變了。後一句道出了前一句的原因——寒雨晚風摧殘了林花。這其實也是一種寫作手法，透過語境，為詞組、句子賦予特殊含義。

下半闋則寫出了李煜的悔恨、痛苦和絕望。如果對比上下兩闋，不難發現，上半闋寫花開花謝是會循環往覆的自然規律，下半闋寫人的命運卻不同。李煜成為俘虜之後悟出一個道理，就是自己再也沒有機會東山再起了，伴隨他的將會是綿綿無盡的悔恨。而人生的不如意，莫過於此。

最後，李煜寫下了〈虞美人〉：

春花秋月何時了，往事知多少。小樓昨夜又東風，故國不堪回首月明中。

雕欄玉砌應猶在，只是朱顏改。問君能有幾多愁？恰似一江春水向東流。

這首詞表達了李煜感懷故國的心情，將亡國之君的悔恨抒發到了極致。歷史上有很多感懷故國的詩詞，如辛棄疾的「鬱孤台下清江水，中間多少行人淚。西北望長安，可憐無數山」。但是，對那些詞人來說，江山畢竟不是自己的，自然也表達不出李煜那種悲憤和悔意。據說宋太宗看了這首詞，覺得李煜依然思戀故國，就把他殺了，於是這也成了李煜的絕命詞。

在寫作手法上，這首詞用兩問表達心情，上闋問天，下闋問人。這種問天問人的寫法是詩詞中常用的手法，例如蘇東坡的「明月幾時有，把酒問青天」。李煜這兩問，實際上是在讓讀者跟著他一起發問，很有代入感。因此，王國維讀了這首詞後，說「後主之詞，真可謂以血書者也」。

李煜最可悲之處在於，他的人生之路是斷崖式下跌，直到低谷，而且看不到重見天日的可能性。即使是在今天，這種滅頂之災也會發生。我認識一位老先生，他的家庭曾經是中國最富有的家庭之一，他小時候過的真就是錦衣玉食的生活。後來時代變遷，他們家失去了一切。這樣的反差不是一般人能夠承受得了的。當然，後來他成了一位很有名的作家。我在美國時，我的一位導師也有過類似的經歷，因為家裡受到納粹德國的迫害，生活一下子從天堂跌到地獄。因此，我們最須防範的，就是避免讓自己身處絕境。如果人真到了要嘆息「人生長恨水長東」的時候，一切就都晚了。我經常在想，我們應該感謝李煜，因為他以自己的詞告訴了我們什麼叫最悲慘的人生。再結合周圍一些人和李煜相似的經歷，我一直對下行風險保持防範。

當然，就算身處絕境，我們也要做點什麼。我身邊的那些朋友都換了一種身分和方式繼續生活，有些人依然活出了精彩。即便是李煜，已經知道自己再無走出谷底的可能性，也依舊選擇了和後主劉禪不同的生活態度——他以自己的方式進行反抗，用筆把自己的遭遇和真情實感寫了出來。

李煜和宋太宗角力，他顯然不是後者的對手，生前輸得一塌糊塗也是注定的。但李煜的反抗還是有作用的，他讓宋太宗在歷史留下了一個不厚道的形象。

在歷史上，這類事情還曾發生在嚴嵩和王世貞身上。嚴嵩整死了王世貞的父親，無論後者怎麼求情，嚴嵩都不肯網開一面。但是嚴嵩忘了王世貞是大才子、文壇領袖，不僅自己寫戲曲，還著有很多書，而且那些書成了後人瞭解明朝中期歷史的重要史料。今天嚴嵩之所以會成為中國歷史上最著名的幾個白鼻子奸臣之一，除了他確實做了很多壞事，主要就是拜王世貞所賜。

一個弱者面對一個強者，最有力的武器就是手中的筆。很多年前我讀了《安妮日記》（*Het Achterhuis*），感慨萬千。安妮一家是猶太人，第二次世界大戰期間逃到荷蘭，在當地一家人的幫助下，於一間倉庫密室裡躲了很多年，最終卻沒能逃過劫難。所幸，安妮用日記的形式記錄下了當時的生活，而這些文字成了弱者對強者暴行的控訴。筆是我唯一能想到的，能把強權者永遠釘在歷史恥辱柱上的工具。

李煜離我們有千年之久，《安妮日記》講的也是七十多年前的事情，為什麼這些東西還有人讀呢？因為它們是對人性的刻畫。人性是文學作品中不朽的話題，幾千年來都沒有什麼改變。如果你想為後人留下什麼文字，不妨用優美的文筆記錄下自己對人性的思考吧。

練習題

向李煜寫封信，對他或表示同情，或表示安慰，或表示批評。

5.5 古希臘悲劇：如何理解命運與人生底色？

不知道大家是否問過自己：人生到底是一場喜劇還是一場悲劇？如果是悲劇，我們又該以怎樣的態度來對待人生？

我最早思考這個問題是在大學時代。當時我正天天坐在病床上，處於人生的低谷。在那種時候，父母、師長、同學和朋友的安慰其實都幫不上忙，只有自己消除心結，才能走出低谷。而真正幫了我的，是尼采和羅曼．羅蘭。

讀了尼采的《悲劇的誕生》（*Die Geburt der Tragödie aus dem Geiste der Musik*）和其他著作之後，我振作了起來。可以說，《悲劇的誕生》是一本影響我人生的書。而正是透過這本書，我開始瞭解希臘戲劇。後來我去了很多次希臘，特別是有一次和竇文濤等人在當地學者的陪同下做節目，得以對希臘的文化，包括戲劇文化，有了深刻的理解。

這一節，我想以古希臘戲劇說一說古希臘先哲對人生底色問題的探尋。

希臘在很多歐洲人心裡就像文明之母，歐洲很多人都對希臘懷有像對母親般的感情。這種感情，不僅是為希臘的解放而獻身的拜倫有，我在訪問英國、德國期間接觸的很多當地學者也都有。有人說，英國是希臘生的蛋，美國則是希臘蛋的蛋。這種說法有一定的道理，因為希臘確實是歐洲文明的原點。因此，想瞭解西方的文明和社會，要從古希臘開始。而要瞭解古希臘這個原點，則要從古希臘戲劇這個原點的原點開始。說起古希臘文化，就不得不提奧林帕斯眾神。其中，太陽神（即日神）阿波羅（Apollo）和酒神戴歐尼斯（Dionysus）非常重要，兩人都是宙斯的兒子。阿波羅代表詩歌、光明、理性和邏輯，戴歐尼斯則代表生命力、戲劇、狂喜和醉酒。從古希臘留下的雕塑來看，他們倆都長相俊美。但是在古希臘文化中，二者代表的性格和藝術風格截然不同。當然，這種不同可以更理解為互補，而非對立。

從哲學層面上講，他們代表了我們每個人身上對立的兩個側面。當然，這兩個側面也在每個人身上統一。在《悲劇的誕生》這本書中，尼采就是以古希臘悲劇的誕生，把這種對立統一的關係講清楚的。這讓當時才二十歲的我看清了很多人生本質的東西。

在古希臘文化中，理性是由阿波羅精神主導的。尼采講過，太陽神精神代表了形式美、節制和對稱，這也是我們今天思想的主旋律。同時，人又都有酒神戴歐尼斯的一面。我們常常感覺很累，其實就是因為身上的太陽神精神不足以支撐全部的生活。這時，做一些非理性的事，比如喝個半酣，或找個人吐槽，反而是解決問題的好方式。

希臘人講，阿波羅之下沒有陰影。既然沒有陰影，那些不太見得了光的事情就不能做。但是，世界上總有些事不得不做，例如靠關係把自己的孩子送進幼兒園。日本人對這些事的態度是，避過太陽，晚上到酒桌前去做。

用尼采的話講：「酒神狀態的迷狂，它對人生日常界限和規則的毀壞，其間，包含著一種恍惚的成分，個人過去所經歷的一切都淹沒在其中了。」這種帶點瘋狂的快感會讓人暴露出非理性的一面，消除人與人之間的界限，讓大家成為一個整體。

希臘文化裡既有太陽神主導的理性精神，也有酒神主導的非理性精神，而它們其實能對應進我們的生活——我們既有樂觀積極的一面，也會有沮喪陰暗的一面。從這個意義上講，古希臘戲劇的喜劇和悲劇就不僅僅是遙遠而陌生的文學經典了，而是跟我們有密切關係的。

總體來講，古希臘戲劇以悲劇為主，輔以一些喜劇。希臘的學者們對我說過，「悲劇」這個詞在希臘語裡的原意比較傾向「嚴肅劇」，而非「悲傷的劇」。很多國家把它翻譯成「悲傷的劇」，是因為這些劇大多以悲慘的結局告終。

那麼，為什麼嚴肅劇總是以悲慘結局收尾呢？有三個原因。首先，人生是短暫的，這本身就是個悲劇。其次，人的力量是有限的，很多事自己做不到。最後，命運是無常的，用今天的話講，總有黑天鵝事件發生。古希臘悲劇並不會將結果歸結為某個人的過錯，不是說誰幹了某件蠢事導致了悲劇，而是進一步分析命運。古希臘悲劇其實是獻給神的，他們想要透過那些故事，告訴神人類對命運的理解。

那這是否意味著酒神精神代表沮喪和無望？並不是。古希臘文化裡沒有來世，因此，希臘人對現世的態度是非常嚴肅認真的。既然生命本身就是一幕悲劇，有很多無奈，那麼人能夠勇敢地接受這種無奈而不消沉衰落，正是生命的驕傲。這讓我聯想到了日本人對櫻花的態度。雖然櫻花的美轉瞬即逝，帶有憂傷色彩，但它畢竟絢爛綻放過。

尼采說的酒神精神，其實在前文介紹的王羲之等人身上也有所體現。王羲之在飲酒後寫出了絕世佳作〈蘭亭集序〉，酒醒後想再抄寫一遍，卻怎麼都無法將字寫得像原來那麼漂亮了。回顧一下〈蘭亭集序〉的內容，我們也能體會到尼采描繪的各種無奈。尼采認為，在古希臘悲劇作家艾斯奇勒斯（Aeschylus）和索福克里斯（Sophocles）的作品《被縛的普羅米修斯》（*Prometheus Bound*）和《伊底帕斯王》（*Oedipus the King*）中，同時蘊含太陽神精神（演員對話部分）和酒神精神（歌詠團歌唱部分）。後來，劇作家們捨棄了酒神精神，將戲劇引到純理性的邏輯層面，於是西方的文化走到了死胡同。

介紹完背景，再來具體說一說索福克里斯的《伊底帕斯王》。如果只讀一部古希臘悲劇，那我推薦讀它。

簡單地說，這是一個殺父娶母的悲慘故事。對心理學感興趣的人，一定知道「伊底帕斯情結」（Oedipus Complex）一詞。

殺父娶母這種橋段真實發生的機率非常低，而《伊底帕斯王》之所以偉大，當然不僅僅是因為它講了這麼一個微小機率的人倫慘劇。給我最大啟發的是，當這樣的慘劇發生後，伊底帕斯的所作所為。

伊底帕斯的父親底比斯（Thebes）國王劫走了鄰國柯林斯（Corinth）國王的兒子，因此遭到詛咒。為了逃避詛咒，他命牧人把伊底帕斯拋棄到荒野。後來，伊底帕斯碰巧被柯林斯國王當作親生兒子撫養長大。

一天，伊底帕斯得到阿波羅的「神諭」——自己將來會殺父娶母。為了避免神諭成真，伊底帕斯逃離了柯林斯。誰知，他在一個三岔路口與一群人發生了衝突，殺了人，其中就包括他的生父。

後來，伊底帕斯破解了司芬克斯（Sphinx）之謎，殺了獅身人面怪獸，救了底比斯城的人。他被擁戴為國王，並娶了原先的王后，也就是他的母親。

到這裡，雖然詛咒應驗了，但悲劇還沒有完全發生，特別要關注的是故事後來的發展。之後，底比斯一直災禍不斷，伊底帕斯向阿波羅請示神諭，並且透過牧人瞭解到自己的身世，這時才知道殺父娶母的命運已經在他身上應驗了。為了拯救底比斯人，伊底帕斯刺瞎自己的雙眼流浪，讓國家得到了拯救。

對我來說，這部悲劇真正的偉大之處就在這裡。結合尼采給我的啟發，我在大約二十歲的時候，第一次對人生有了這樣的認識——悲劇底色下的喜劇色彩。個人最終的出路在於超越自我，就如伊底帕斯，在他刺瞎自己的雙眼、接受自己的過錯（雖然不是他的本意）後，底比斯得到了拯救，他的後代也能世代為王。

我在《格局》這本書裡講過，悲劇有三類。第一類是由自身問題造成的，即可憐之人必有可恨之處；第二類是由壞人（包括社會）造成的，如岳飛的悲劇；第三類是自己沒做錯事，也沒有壞人，但是命運造成了悲劇。伊底帕斯的悲劇就屬於第三類，而且是悲劇中的悲劇。古希臘的戲劇非常強調人生這種悲劇的必然性。

那麼，對待沒有來世且命運不確定的人生，我們該持以什麼樣的態度呢？簡單地講，**悲痛但不憂傷，平和地對待厄運和死亡。**

我記得周國平先生編過這麼一個寓言。一隊人默默地排著隊往前走，走到路的盡頭就是死亡。有一個青年向一個少女搭訕，二人聊了起來，漸漸地，隊伍裡有了笑聲，大家都有說有笑地聊了起來。

這則寓言特別適合解釋古希臘人對人生的態度：雖然知道路的盡頭是無盡的黑夜，但我們可以選擇是歡笑著走完這段路程，還是愁眉苦臉地走完。古希臘有很多人閒來無事就琢磨人生的問題，然後把自己的想法告訴後人。從他們留下的想法中，我們能夠看到人性最根本的一些東西。

順便說一句，古希臘的宗教和猶太教、基督教等一神教完全不同。古希臘的神是人格化的，具有人的喜怒哀樂，也會犯錯；而一神教的神是絕對精神、絕對權威和絕對智慧的象徵。從這個意義上說，古希臘的宗教與中國的傳統信仰更接近，古希臘人的人生態度和今天不相信來世的中國人也沒有本質的區別。這也是我們更應該花時間讀一讀古希臘悲劇的原因。

對於人生的底色，不同的人會有不同的理解。但透過閱讀《伊底帕斯王》等古希臘悲劇，我更傾向於接受人生這種悲劇的必然性，並將其溯源為命運的無常。但在承認這樣的悲劇性之後，我們仍然可以像伊底帕斯一樣，做出超越自我的選擇。這便是一種積極的生活態度，也是我對不確定的人生命運的態度。

練習題

如果你曾經遇到命運帶來的無奈，不妨將它記錄下來，將來講給你的孩子聽。

5.6 羅曼·羅蘭：如何堅守理想主義？

除了尼采，另一位帶我走出人生低谷的作家是羅曼·羅蘭。人得了病，不免消沉，所幸我有足夠多的時間閱讀。我在病床上讀完了羅曼·羅蘭的「巨人三傳」，也就是《貝多芬傳》（*Vie de Beethoven*）、《托爾斯泰傳》（*La Vie de Tolstoï*）、《米開朗基羅傳》（*Vie de Michel-Ange*）。在當時，它們給了我很大的鼓舞。

羅曼·羅蘭在講述他寫「巨人三傳」的原因時，道出了一個幾千年來在世俗社會（中世紀神的時代不算）的各個國家都存在的現象，就是市儈的大環境和有理想的年輕人之間的矛盾。這也是我年輕時遇到的問題，更是我被「巨人三傳」吸引的重要原因。

人年輕的時候，如果未好好解決理想和現實的矛盾，就很容易變成今天所謂的憤青、廢柴或精緻的利己主義者。書讀多了你就會發現，在這個問題上，今天的我們其實和生活在兩百年前的貝多芬或生活在一百年前的羅曼·羅蘭沒什麼區別。

而上述問題，不是學了哪種技能就能解決的。事實上，即使理工科、商科或醫學學得再好，也解決不了這個問題，因為數學書、經濟學讀本和醫學課本根本不會教我們怎樣看待這些現象，更不要說解決問題了。能幫助我們解決問題的，是文學，以及在文學背後的思想。

羅曼·羅蘭一生都在試圖用自己的筆來解決這個問題。至於他最後有沒有解決，我不知道，但是對我個人來講，他是給了答案的，而且是靈驗的答案。

我們先來看看《貝多芬傳》。這部傳記以萊茵河為線索：貝多芬出生在萊茵河畔，年輕時又在那裡結識了很多朋友；後來到了法國，在他夢裡浮動的依然是萊茵河；最後彌留之際，他耳邊聽到的依舊是萊茵河的濤聲。

藉著對貝多芬生平的介紹，羅曼．羅蘭對現實和理想進行了深刻的描述。現實是，十八世紀末的歐洲，工業革命方興未艾，社會充滿市儈之氣，鄙俗的物質主義壓制著思想，普通老百姓面對的是艱苦沉重的勞動，過著沒有光華的生活。

在這種環境下，清醒之人其實很痛苦。一方面，他們受這種環境壓迫，自身反抗的力量很微小；另一方面，他們不知道同類的存在，沒有同盟軍。這就如同魯迅在《吶喊》自序描述的情景一般。但即使如此，也總有想以自己的努力改變現狀的人。羅曼．羅蘭給出的解決方式是什麼呢？就是呼吸英雄的氣息。當然，這要先定義什麼是英雄。

「我稱為英雄的，並非以思想或強力稱雄的人，而只是靠心靈而偉大的人。好似他們之中最偉大的一個，就是我們要敘述他的生涯的人所說的：『除了仁慈以外，我不承認還有什麼優越的標記。』」這就是羅曼．羅蘭定義的英雄。

讀完這段話，米開朗基羅、牛頓、貝多芬這些創造文明的人，在我心中地位大增；而橫掃歐洲的拿破崙在我心中的地位頓時矮了一大截，其他的王侯將相就更加不值一提了。正是羅曼．羅蘭等人的書，讓我重新定義了英雄的概念。這也是我後來寫《文明之光》和《全球科技通史》的原因之一。

羅曼．羅蘭一生寫作的目的，就是「為了援助他們，我才在他們周圍集合一般英雄的友人，一般為了善而受苦的偉大心靈……我們在戰鬥中不是孤軍。世界的黑暗，受著神光燭照」。這種想法和魯迅講的「有時候仍不免吶喊幾聲，聊以慰藉那在寂寞裡奔馳的猛士，使他不憚於前驅」，其實是同一個道理。

可以看出，這是一種普遍的困境——人要進步，但若受到社會環境的限制，又沒有志同道合的朋友，出路在哪兒？雖然時間已經過去了一百年，但這樣的問題依然存在，所以羅曼．羅蘭的書還是非常值得閱讀。

要深入瞭解羅曼．羅蘭所說的英雄主義，還得瞭解他最著名的小說《約翰．克利斯朵夫》（*Jean-Christophe*）。這套四冊的巨著前半部分其實是《貝多芬傳》的小說版，講述了一個意氣風發的音樂天才崛起的故事。中間部分是羅曼．羅蘭這一批理想主義作家在歐洲的追求和生活。他們才華橫溢，有抱負，經歷過青春和愛情，也有著不錯的物質生活，但是他們不諳世故，時不時地被捲入是非之爭，搞得自己身心疲憊，最後只好逃避現實。

在第四冊，也就是最後一部分中，克利斯朵夫老了，愛人去世了，充滿激情與鬥爭的生活也遠離了他。這時，他的反抗精神已經完全消失，甚至和抱有他當年理想的人產生了代溝。他不問世事，一切恩怨都付笑談中。

是不是所有人都有過與克利斯朵夫相似的經歷？年輕的時候有理想，最後卻不得不回歸現實。但是，克利斯朵夫和那些碌碌無為走過一生的人不同，他不斷地在創作，在為社會文明添磚加瓦。羅曼．羅蘭在克利斯朵夫身上注入了雙重性，讓他既是一個英雄，也是一個凡人，既有過夢想和感情，也有過錯誤。他的內心時常充滿矛盾，既會為了理想和愛情奮鬥，又時不時地表現出軟弱與痛苦。讀完羅曼．羅蘭的作品，我對英雄的定義發生了變化——英雄要回歸凡人。

《約翰．克利斯朵夫》出版三年後，羅曼．羅蘭就獲得了諾貝爾文學獎。此後，他一直致力於宣傳人道主義和理想主義。很多年前，我第一次讀諾貝爾的遺囑時，看到他說要把文學獎授予理想主義的文學，於是就關注什麼是理想主義的文學。瞭解得多了以後，我便覺得諾貝爾的想法是有道理的。這種理想主義也對我的創作產生了很大的影響。

簡單地講，十五世紀，歐洲人開始關心現實和現世的問題後，發現現實很不完美。面對世界的不完美，人會面臨選擇：成為提出問題的批判者？還是成為提出主張的建議者？作家也會分成兩種：一種是批判者，告訴人們問題在哪裡，當然，他們說的問題有些只是自己的猜測；另一種是建議者，他們會在頭腦中構造出完美的世界——他們就是理想主義的作家。

如果依照這個標準衡量，你也許就知道哪些文學作品夠格獲得諾貝爾文學獎了。例如，莫言的《紅高粱家族》就算得上理想主義的作品。他寫的那些故事在現實中很難發生，但是他在書中弘揚了很多精神層面積極向上的東西，大到報效國家，建立樂土家園；小到追求個人精神的自由，都符合諾貝爾對文學的期望。

但是，今天講職場勾心鬥角的小說和電視劇，虛構出的逆襲勵志故事或高富帥和白富美的愛情故事，都算不上理想主義的作品。即便是費茲傑羅（F. Scott Fitzgerald）的《大亨小傳》也不算，因為它只說了問題，沒給出建議。如果一個人讀的都是這一類的故事，難免就會陷入一種死循環：從得不到一路至失望，從多次失望到絕望，在絕望中又更加得不到。

關於理想的社會到底該是什麼樣的，見仁見智，但是有兩點，批判者和建議者是有共識的。首先，理想社會應該是積極向上的；其次，它不倡導唯利是圖的物質慾望，而是提倡一種在精神層面健康而有力量的生活，這裡說的健康包括人的健康和社會的健康。

諾貝爾獎委員授予羅曼．羅蘭諾貝爾文學獎的理由是：「文學作品中的高尚理想和他在描繪各種不同類型人物時，所具有的同情和對真理的熱愛。」這既是對羅曼．羅蘭作品很好的總結，也是對諾貝爾理解的文學的詮釋。

當我們透過文學作品結識羅曼．羅蘭所描繪的那些人時，會發現自己在這個世上並不孤獨，那些人走過的路，我們也可以走。心靈是引導生活向上的動力，而這種動力就源於前人為我們留下的深層次思考和高維度智慧。

理想主義宣傳的大多是精神層面的價值理念，它的思想在今天和一百年前沒有太多不同。一名二十多歲、希望以自身努力向上攀升的人，在遇到阻力時，如果能接觸到羅曼·羅蘭的書，並且讀進去，可謂人生大幸。

練習題

閱讀羅曼·羅蘭「巨人三傳」的《貝多芬傳》，講述一下羅曼·羅蘭透過這本傳記要傳遞的理想主義是什麼。

5.7 英倫情詩：如何將愛說出口？

愛情無疑是文學創作中永恆的主題，甚至可能是被談論得最多的主題。但是，許多人在愛情面前，既羞於表達，又會變得笨嘴拙舌。學會表達愛和享受愛會讓人受益終身。

情詩可以被看作最直接、最熾烈的愛之表達。但很多人成年以後就不再讀詩了，更別說情詩了。其實，實在說不出口的話，或自己不能準確概括的心情，不妨直接挪用、借鑑那些經典的情詩。

這一節，我想以雪萊、濟慈（John Keats）和拜倫的三首情詩，來談談如何表達「愛」。如果有人對你說，愛情比生命更重要，你會相信嗎？我想大部分人會覺得這只是誇張的說法，甚至有人會認為，那不過是嘴甜的男生在討好女生，或者不諳世事的女生在做童話夢。但是我們不能這樣輕易地下結論，因為世上真的存在這種人，雪萊、濟慈和拜倫這三位英國詩人便是如此。

在英語世界裡，情詩寫得好的詩人很多，我之所以選擇這三位來講，主要是因為他們在英國詩人中排名前三。雪萊和濟慈在西敏寺（Westminster Abbey）文學家墓區所占的位置僅次於莎士比亞，拜倫則被譽為「英國的驕傲」（有人會說，莎士比亞也是詩人，確實如此，不過我更傾向於將他看成劇作家，會在後文講到他）。我自己喜歡雪萊等人詩作的原因之一是，那些詩比較容易理解，熟悉的人也比較多。因此，那些詩作就是一個有利於和別人交流的平臺。

我們先來看一首雪萊的愛情短詩《致》（*To—*）：

音樂，當柔聲已逝，

還在記憶中震顫；
芬芳，當甜美的紫羅蘭凋謝；
仍在感官中留有餘香。

Music, when soft voices die,
Vibrates in the memory —
Odours, when sweet violets sicken,
Live within the sense they quicken.

當玫瑰枯萎，
花葉仍堆積在愛人的花床。
當親愛的你離去時，
愛情沉睡入夢鄉。

Rose leaves, when the rose is dead,
Are heaped for the belovèd's bed;
And so thy thoughts, when thou art gone,
Love itself shall slumber on.

這首小詩雖不是雪萊詩中最有名的，卻是我認為最優美的。遺憾的是，想將它翻譯成中文又不失其韻味極難。這種現象叫作「迷失在翻譯中」（lost in translation）。好比唐詩翻譯成英語就乏味了，英文詩也很難翻譯成中文。具體到雪萊的這首小詩，原文極盡語言之妙，我找了四、五個譯本都不滿意，只好勉為其難參考各個版本，自己翻譯如上。

這首詩極為柔美。我記得在美國時，一個男生把它抄給一個女生，女生當時就哭了。這就是文學的魅力。當一個人有某種情感要表達卻又不知道該如何表達，而他恰好讀過一些詩，那就可以借別人的話表達出來了。

一個人不管從事什麼行業，基本都有過「當時年少春衫薄」的時候。學習語文、瞭解詩歌、僅僅背下幾首唐詩，能夠應付考試，是遠遠不夠的。好的詩歌是表達情感的範例，我們完全可以從中體會他人在情感上的需求，進而模仿作者的表達方式。而為了達到這個目的，我們必須在更廣的範圍裡接觸各種各樣的詩歌。例如，雪萊的這首小詩令我體會到了男女感情那種細微的美妙之處。它顯然和唐詩完全不同，但是在打動人心方面，一點也不亞於唐詩。

至於雪萊為什麼能做到這一點，就不得不說說他這個人了。

雪萊出身於貴族家庭，但年輕時受到蘇格蘭啟蒙運動思想家休謨（David Hume）的影響，成為一名反對宗教的人文主義者，並因此被父親切斷了經濟來源，靠兩個妹妹接濟過活。後來，他遇到妹妹的同學哈麗特（Harriet Westbrook），這個十六歲的少女是他的「迷妹」。雪萊覺得她很可愛，又聽說她在家受到父親的虐待，所以雖然僅與她見了幾次面，還是帶著這個可憐的少女私奔結婚了。在這個過程中，雪萊完全把自己當成了浪漫的騎士。但是愛情不等於婚姻，他們婚後很不幸福，二人都在精神上備受煎熬。

幾年後，雪萊遇到了才華橫溢的少女瑪麗．戈德溫（Mary Godwin）。二人志同道合，於是就同居了，然後一起去歐洲大陸旅行——瑪麗當時才十七歲。也就是在那次旅行中，雪萊伉儷和拜倫等人在瑞士有了密切的交往，而瑪麗完成了著名的《科學怪人》（*Frankenstein*）一書的構思。

哈麗特當然很不開心，雖然衣食無憂，但兩年後她還是在絕望中自殺了，瑪麗則正式成為雪萊的太太。為了不影響自己與瑪麗所生孩子的教養權，雪萊離開英國到歐洲大陸定居，算是為愛放棄了一切。

在隨後的兩年裡，他完成了重要的長詩《解縛的普羅米修斯》（*Prometheus Unbound*）和名作《西風頌》（*Ode to the West Wind*）。

二十九歲那年，雪萊死於海難，過早地離開了人世。雪萊的作品，後來大多由瑪麗整理出版。

從雪萊的經歷可以看出，有了愛，他可以不在乎金錢、不在乎榮譽，甚至不在乎生命。這樣一名作家的情詩，的確是出於真情實感。

不過，愛情不僅會帶來甜蜜、思念和幸福，還可能會帶來孤獨和痛苦。以下是雪萊的另一首短詩，看看他是怎麼表達失去伴侶的悲傷蒼涼的。

這首詩叫作《歌》（*A Song*）。我之所以選它，一個很重要的原因是，郭沫若先生的譯文非常棒。

有鳥仳離枯樹顛，
哭喪其雄劇可憐；
上有冰天風入凍，
下有積雪之河川。

A widow bird sate mourning for her love
Upon a wintry bough;
The frozen wind crept on above
The freezing stream below.

森林無葉徒杈枒，
地上更無一朵花，
空中群動皆息滅，

只聞嗚咽有水車。

There was no leaf upon the forest bare,
No flower upon the ground,
And little motion in the air
Except the mill-wheel's sound.

郭老的翻譯已經是再創作了，而且他還把詩名譯為《偶成》。當然，他不得不放棄了原詩中的韻律。蘇福忠先生在《譯事餘墨》一書中評價說，譯作比原詩更多了一種荒涼、悲切和孤獨的氛圍。我甚至能想像到這樣的畫面：冬日，小溪流過山谷，皚皚白雪覆蓋在水車磨坊上，旁邊的枯樹上立著一隻孤獨的鳥。很多時候，在愛戀中感到孤獨的人，會覺得自己就是這樣一隻小鳥。

但我要提醒你的是，**表達愛，是以真心和真誠為前提的。這是愛的表達的第一個層次**。我讀過一些詩人為賦新詞強說愁的作品，裡面編出來的情感描寫讓人感覺空洞而又虛假。

情詩還能觸及我們內心柔軟的部分，讓我們感受愛或享受愛。接下來就講講濟慈。

濟慈也是以寫愛情詩而出名的。雖然他的家庭背景和雪萊的差別很大，但是兩個人的思想和追求很相似。濟慈為了照顧感染肺結核的兄弟，自己也染了病。在外地養病期間，他和鄰家小姐布朗（Fanny Brawne）相愛了，兩個人私訂終身，一同度過了幾年非常幸福的時光。濟慈生命中最後幾年，全部的詩文都是寫給布朗女士的，那些文字感人至極。下方這首著名的詩——它其實是一封情書，所以沒有題目。

我最親愛的女士：
我正愜意地臨窗而坐，
眺望遠山如黛，
碧海連天，
晨光和煦。
我之所以能調適心情，
享受此間生活，
全因有你的甜蜜回憶相伴。
你近乎殘忍，讓我無可自拔，
將自由拱手相讓。
曼妙如你，我欲訴衷腸卻一時語塞，
再璀璨爛漫的字句都不足以形容。
期冀你我化蝶，
生命僅有三個夏日，
有你相伴，三日的歡愉，
也勝過五十年寂寥歲月。
在信裡向我傾訴，
即刻動筆，
全力撫慰我，
滿篇的情愫，

像罌粟般迷醉我心，
親吻你最溫柔的字句，
至少我也能感受你唇間的餘溫。

如果回顧濟慈的一生，他做過最被人稱頌的事，或許就是和布朗小姐戀愛，並幸福地生活了幾年。隨後，濟慈就病逝了。但無論是濟慈或布朗小姐，都覺得此生非常值得。事實上，正是這段愛情造就了濟慈。兩人的故事後來還被拍成了電影《璀璨情詩》（*Bright Star*）。

濟慈也是一個用生命寫詩的人。在這首詩中，我能真切地感受到，他非常享受和布朗小姐的這段愛情。整首詩寫得熱烈而不肉麻，有點西洋版〈關雎〉、〈蒹葭〉的味道。最吸引我的幾句是「生命僅有三個夏日，有你相伴，三日的歡愉，也勝過五十年寂寥歲月」，這和秦觀的「金風玉露一相逢，便勝卻人間無數」有異曲同工之妙。

最後來談談拜倫，他也是一位情事豐富多彩的英國詩人。但是相比他對女人的愛，更打動我的，是他對人類的愛，並且是付諸行動的愛。**這就是愛的更高層級——超越個人的博愛**。

拜倫在三十七年的短暫生命中寫了大量優秀的詩篇，包括史詩般的《唐璜》（*Don Juan*）。節選自《唐璜》的〈哀希臘〉（The Isles of Greece）說的是浪蕩公子唐璜到了希臘，沉浸在青春的愛情和大自然的美景中，對腳下這片土地——歐洲文明的發源地——是如此地痴迷與愛慕。但是，當時希臘正受到土耳其的入侵，拜倫以唐璜之口說道：

我獨自在那裡冥想一刻鐘，
夢想希臘仍舊自由而歡樂；

因為，當我在波斯墓上站立，
我不能想像自己是個奴隸。

拜倫對希臘的愛並不是說說而已，他積極而勇敢地投身到希臘民族解放運動中，並且成為幾位領導人之一。後來，拜倫死在希臘的軍營中，希臘因此為他舉行了國葬。而英國人聽到這個噩耗後，也舉國哀悼。

透過雪萊、濟慈、拜倫的經歷和作品，我們不難發現，世界上真的有把愛看得比命還重的人。這樣的人才是更純粹的詩人。而純粹的詩人是一個特殊的群體，他們用生命作詩，所以他們表達愛的水準比我們高多了。這也是我們應該讀一點情詩的原因。不過，我雖然羨慕這種用生命寫詩的人，卻沒有勇氣真像他們那樣生活。絕大部分人的想法可能和我差不太多。假如我能活十世，那我願拿出一世來過雪萊、濟慈或拜倫那樣的生活。但遺憾的是，我只有一生。因此可以說，讀他們的詩，瞭解他們的想法，讓我的生命被延長了。

練習題

把你讀過的最打動人心的情詩（情書）再讀一遍，總結出它打動你的原因。

本章小結

文學其實很難迴避如何為人服務的問題。對人生的意義、人的道德和社會責任的思考，以及對人性的探究，都是文學創作的目的。雖然時代在變化，特別是在現代化經濟浪潮的衝擊下，我們對社會的看法也發生了巨變，但是人生的底色並沒有多少改變。我們今天在哲學層面思考的人生問題，過去的人思考過。其中一些人思考得特別透徹，而且用優美的文字記錄下了他們的思想。讀這些文字，不僅可以和萬里之外、千年之前的智者就這些關於人的話題對話，還能從他們那裡學會如何表達自己的思想。

第6章

關於歷史

每一個對世界文明曾經產生巨大影響的國家都有自己的文豪，有自己的史詩。那些在一個民族特定時代創造的文藝範本，不僅是那個特定歷史時代的產物，也是那些國家和民族精神的結晶。透過閱讀這些作品，我們不僅能夠理解那些國家的民族性，由於人類的本性是相通的，我們還能從那些作品中看到我們的時代和我們自身的特點。例如，透過《詩經》，可以理解我們這個民族文化的基礎；透過《浮士德》（*Faust*），不僅可以理解德意志民族的特點，還能從中看到中華民族和德意志民族的一些相似之處；透過《鍍金時代》，可以看到一百多年前在美洲大陸所發生的事情，可以更好地理解我們當下所處的時代。文學超越時空的特性便在於此。

6.1 《詩經》：定格中國人的婚戀觀

每個人都應該讀一讀《詩經》，特別是非人文學科專業的人。這不僅因為《詩經》是中國第一部詩歌總集，創作於距今約三千年前的周朝（我們今天所說的中國文化實際上是從周朝傳承下來的，更早的商朝對此影響其實很小），更因為作為收錄了大量情詩的詩歌集，《詩經》定義了我們這個民族戀愛、婚姻的價值觀。

我們今天在婚戀方面的一些觀點，早在《詩經》裡就記錄得明明白白了。以下我們透過《詩經》中的一些詩篇，看一看周朝人在婚姻方面的態度與今人的相似之處：

〈召南．鵲巢〉

維鵲有巢，維鳩居之。之子于歸，百兩御之。

維鵲有巢，維鳩方之。之子于歸，百兩將之。

維鵲有巢，維鳩盈之。之子于歸，百兩成之。

我們所熟知的成語「鳩占鵲巢」，就來自這首詩。當然，這個詞在詩中的意思和今天我們的理解完全沒有關係——今天指的是侵占了別人的資產，或者寄生於他人羽翼下卻反過來傷害對方。

這首詩講的是男女婚嫁，描繪的是婚禮場面。詩裡的「鵲」指男方，「鳩」指女方。用直白的話講，詩的大意就是男方要準備好大房子，用一個長長的車隊迎親。詩裡形容車隊規模用的是「百兩」，

「百」當然是虛數，但仍然代表規模很大，可見雙方家境非同一般，甚至可能是諸侯、卿大夫的聯姻，新娘遠嫁。這種家族聯姻常常有一個特點，就是嫁一個再陪嫁幾個，這被稱為媵妾制，所以第三句有「盈之」的說法。

能看出來，這與今天許多女性對婚姻、婚禮的要求有很多相似性。很多女方要求男方有房有車，然後在結婚時用一個車隊把女方接過去。也許有人覺得這麼做有點俗氣，可這真就是我們這個民族在形成早期的做法，而今日的做法不過是舊時做法的自然延續。從女方來講，「維鵲有巢，維鳩居之」還有一個含義，那就是嫁人要嫁好人家。

雖然這首詩寫的是上層社會的婚嫁，但是中國歷來上行下效，它反映的確實是我們民族認可的價值觀。我們也必須承認，物質是婚姻關係必不可缺的經濟基礎。

在《詩經》的三百零五首詩歌中，有很多屬於這一類的婚姻祝福詩，如〈周南．樛木〉、〈周南．桃夭〉等，我就不一一講述了。

當然，這些詩裡表現出來對婚姻現實的態度，並不意味著那時的人們排斥浪漫的愛情，《詩經》裡還有很多描寫唯美愛情的詩。要論最美的一首，可能要屬《詩經》的第一首〈關雎〉，它記錄了非常美好的兩情相悅的情景：

關關雎鳩，在河之洲。窈窕淑女，君子好逑。
參差荇菜，左右流之。窈窕淑女，寤寐求之。
求之不得，寤寐思服。悠哉悠哉，輾轉反側。
參差荇菜，左右采之。窈窕淑女，琴瑟友之。
參差荇菜，左右芼之。窈窕淑女，鐘鼓樂之。

就算沒讀過整首詩，你一定也知道「窈窕淑女，君子好逑」這句話。

詩中描繪的場景非常美，春日河畔，風景優美，滿目春光，還伴有鳥叫聲。一位翩翩君子，見到了一位有貌有德的女子。

在任何國家、任何時代，愛情最美好的時刻，都是青年男女無意間的美麗邂逅。一瞬間，兩個人體內的激素迅速發生變化。男子見到夢中情人，先是對她鍾情，接下來朝思暮想，晚上翻來覆去難以成眠，然後想要採取行動——「琴瑟友之」、「鐘鼓樂之」。這兩句話的次序描寫得很好，先是親近對方，然後取悅對方。這個男子想的取悅對方的辦法，不是炫富、送美玉，而是用琴瑟和鐘鼓的音樂打動對方。音樂在中國文化中可不僅僅是娛樂，在周朝，它是禮的象徵，還意味著和諧。

把整首詩讀一遍，我們可以看出周朝人在追求一種自然、浪漫且充滿陽光的愛情。

當然，有不少學者認為這首詩是新婚的祝福詩。畢竟那個年代的詩和歌是合二為一的，說這首詩歌是用在婚禮上演唱的，講述新人從相識、相知到結合的過程，然後祝福兩個人今後鼓瑟和鳴，這也能說得通。而且，這種理解還有一個合理之處，就是解釋了為什麼這首詩是以第三人稱敘述的。但無論如何，這首詩反映了那個時代人們心目中理想的愛情——「窈窕淑女，君子好逑」。兩千多年過去了，今天的人依然在夢想能遇到讓自己輾轉反側的美麗邂逅。

美麗的邂逅，一見鍾情，都只是通往婚姻的第一步，兩個人在相知相戀的過程中還要走很長的路。而在這個漫長的過程中，戀愛雙方最苦惱的事往往是猜不透對方的心思。這種情況，今天的人和兩千多年前依舊沒有什麼差別。以下我們來讀一讀〈鄭風．子衿〉，它對戀愛中人的心理掌握得極為準確：

青青子衿，悠悠我心。縱我不往，子寧不嗣音？

青青子佩，悠悠我思。縱我不往，子寧不來？

挑兮達兮，在城闕兮。一日不見，如三月兮。

這首詩表達的是女子對心上人的思念之情。「青青子衿」四個字放在一起，就是「青色的是你的衣衫」。從這句能看出，女子對男子的著裝細節記得很清楚，這是只有戀愛中的人才做得到的。我在一篇小說中讀過這樣一個細節，一位女生注意到戀人的手指上有一個小肉刺，這種描寫間接地寫出了兩人感情深厚。

「縱我不往，子寧不嗣音」這句特別有意思，「就算我不去，你難道不能派人來傳個音信嗎？」錢鍾書先生對這句詩特別稱頌，他在《管錐編》中講，「薄責己而厚望於人也。已開後世小說言情心理描繪矣」。什麼意思呢？明明想見對方，又不好意思開口或採取主動態度，然後半嗔半怪地埋怨對方不主動。後世的言情小說常常把戀愛中的女子描繪成這樣子。你看，短短幾個字，寫盡了戀愛之人尤其普遍的心理。

最後的「一日不見，如三月兮」是點睛之筆，相當於我們今天說的「一日不見，如隔三秋」（此句本身也出自《詩經》的〈王風．采葛〉「一日不見，如三秋兮」），這種誇張的手法在《詩經》以及之後的詩歌中很常見。

《詩經》中描寫一個人相思的佳作很多，比如〈王風．采葛〉；也有描寫戀愛雙方幽會和兩情相悅的詩，比如〈齊風．東方之日〉；還有描寫悼亡的詩，比如〈邶風．綠衣〉。總之，《詩經》可以算是對我們這個民族早期的情感進行了全面的描寫，同時也定格了我們上千年來的婚戀觀。我在很多場合講過，今天的理工科學生尤其須讀一讀《詩經》。有些心裡話不知道如何表述，看看《詩經》是怎麼寫的就行了。

《詩經》並不難讀，這和它裡面很少用到典故有關。經典的文學作品裡通常有很多典故，如果沒有注釋和導讀，有些人在閱讀的時候就會卡關。但《詩經》就是中國最早的詩歌集，沒有可以引用的典故，所以我們理解它們，無須更多的文學知識，只須細細體會那種至真至純的情感的自然流露就可以了。不過，《詩經》本身又是大量成語和典故的出處。因此，讀《詩經》對我們閱讀其他經典非常有幫助。

最後，我想用理工科思維給《詩經》定個位：《詩經》之於中國詩歌文學，猶如《幾何原本》（*Elements*）之於數學，《羅馬法》（**Roman Law**）之於法律，《聖經》之於宗教。

許多世上知識體系裡的內容，都可以不斷往前追溯來源。例如，數學裡的很多東西可以追溯到歐幾里得的幾何學，法律裡的很多東西可以追溯到羅馬法，宗教可以追溯到神話傳說，中國的詩歌，則可以追溯到《詩經》。

再往前呢？那就只能追溯到自然法則了。自然界不證自明的公理，是歐幾里得幾何的基礎；自然法，是羅馬法的基礎；自然界中最有力量的天地雷電和命運，是神話的基礎。而人的本性，兩性的愛情、婚姻，中國社會形成初期的法則（禮數）和價值觀，是《詩經》的基礎。體會到這一點，《詩經》就不是單純的三百多首古文詩了，而是如同山林田野中自然生成的鮮花一樣，雖不像牡丹、芍藥那麼豔麗，卻充滿了生命的力量和樸素淡雅之美。這是《詩經》永恆的藝術魅力。

練習題

在《詩經》中選一首你喜歡的詩，以五百字分析一下它打動你的地方。

6.2

《紅樓夢》：曹雪芹到底在講誰的故事？

有些西方人問我，如果只讀一部中國經典的文學著作，應該讀哪一部。我說，毫無疑問是《紅樓夢》，因為它是瞭解中國社會文化的一把鑰匙。不僅西方人該讀《紅樓夢》，我們每個人更該讀，而且要讀通、讀透。

《紅樓夢》的故事，幾乎每個人都不陌生，畢竟人們還可以透過改編的影視劇瞭解它。但只是瞭解《紅樓夢》的故事情節還遠遠不夠，每一個在中國生活、工作、尋找機會和發展的人都必須深刻理解中國的社會，特別是現象下的本質。而最好的方法，就是透過有質感的文學去掌握——在中國所有古典文學作品中，沒有比《紅樓夢》把中國社會描繪得更透徹、更生動的了。

《紅樓夢》的高明之處在於，作者能看到我們這個民族超越時代的一些共性。我將其概括成了以下幾個方面。

第一，**自上而下的權力結構**。賈府如此，今天我們所在的工作部門也是如此。這和海洋文明國家的橫向／縱向分權是不同的。每種權力結構都有好處，也有弊端。例如，遇到困難的時候，自上而下的權力結構可以及時應對。在《紅樓夢》中，王熙鳳代理整治寧國府，賈探春在大觀園興利除弊，效果立竿見影。但這也會帶來一個問題，就是誰當這個頭，影響很大。而賈府之所以衰落，和賈寶玉這一代沒有一個成器的男子有莫大的關係。

第二，**能夠集中力量辦成大事**。這是由自上而下權力結構的文明形態決定的。在《紅樓夢》中，賈府修大觀園很快就能按時完工，這和法老修建金字塔、路易十四修築凡爾賽宮沒什麼區別。相比之下，權力分散的商業文明國家要做這種事情就很困難。例如，古代商業文明的代表古希臘之宙斯神殿修了幾百年都沒有完工，就是因為無法集中力量辦大事。直到六百多年後，這項工程才由能調動整個羅馬帝國資源的哈德良皇帝（Caesar Traianus Hadrianus）完成。

第三，自給自足的經濟形態。賈府能出產很多東西，但不是為了賣錢，而是為了自己消費。府內所用之物，除了些胭脂首飾，都能自己生產、製作。這種經濟形態有缺點，效率不高，缺乏創造力；但也有優點，特別是在遇到災難時，優點體現得尤為明顯。二〇二〇年的全球公共衛生事件就很有代表性。美國擁有世界上最先進的技術、現金最多的五家企業，但不生產口罩，有再多錢也沒有辦法。可以想像，如果一場瘟疫發生在古代，賈府一定比《金瓶梅》裡的西門慶家更容易渡過難關。

第四，熟人社會的人際關係。賈家聯姻、政治上的交往，都出不了那個小圈子。賈府表面上有大家族的規矩，但關係常常還要靠人情維護。例如，別看史湘雲是小姐，她也免不了要送戒指打點丫鬟襲人、鴛鴦等。而同樣是大丫鬟，怡紅院的晴雯能去大觀園的小廚房點餐，輪到迎春的丫鬟司棋，就碰了一鼻子灰。

瞭解了上述這些特點，我們就能理解當下的很多現象。例如，《紅樓夢》中描寫的人和人的關係，不僅清代如此，現在也差不多。從中總結的經驗，我們平時完全用得上。我在《見識》一書中講了造成晴雯悲劇的原因，今天在職場上，如果犯了與晴雯一樣的錯誤，結果也不會有什麼差別。這就是名著超越時代之處。也正是因此，我一直建議大家如果要瞭解中國文化，一定要好好讀《紅樓夢》。

《紅樓夢》至少要從三個層次去讀。

第一層是讀它的內容，從故事、文學的層面去讀。

大部分人讀《紅樓夢》僅止於此，我在國中剛接觸《紅樓夢》時也是如此。那時並沒有關於完整《紅樓夢》的電視劇或電影，要瞭解它的故事，只能靠讀書。但是，書中很多家長裡短的情節無法引起我的興趣，我讀得非常慢，常常拿起來又放下。因此，我很能理解為什麼很多人不願意通讀這本書。直到準備高考的時候，我才將《紅樓夢》認真讀完。那時每天晚上複習完功課，覺得累了，就讀讀《紅樓夢》裡的文字愉悅自己，算是功課外的閒暇享受。今天很多人讀《紅樓夢》，其實也是抱著這種文學欣賞目的。再後來，我又把它讀了很多遍，主要是把它當作瞭解中國社會和文化的樣本。這時，我就能讀懂那些家長裡短的情節背後的含義了。

第二層是站在作者的角度，看看他到底想表達什麼。

我們都知道，《紅樓夢》前八十回的作者是曹雪芹。作者往往會透過作品表達自己對世界的看法，曹雪芹也不例外。他生不逢時，經歷了大富之家的迅速衰落。後來他心灰意冷，連在皇家的子弟學校捧一份鐵飯碗都懶得去了。正是因為把那個時代和社會看透了，他才會有那些叛逆的想法，才會變得心灰意冷，《紅樓夢》裡故事的發展也才會步步向下，直到「落了片白茫茫大地真乾淨」。在我們一般人的想像中，謀個功名，混碗飯吃，總好過吃了上頓沒下頓。那是因為我們沒有經歷過斷崖式下跌的人生。我見過一些與曹雪芹有相似經歷的人，很容易體會他們為什麼對世界懷有那種悲觀的態度。

曹雪芹寫的不僅是個人的故事，也是曹家的故事。只有瞭解了他的家世背景，裡面的很多情節我們才能讀懂。

曹雪芹的曾祖母孫氏是康熙皇帝的乳母，他的爺爺曹寅是康熙的髮小（編注：從小一同長大），從小陪康熙讀書。在清朝，按宮廷規矩，嬪妃生了孩子是不能自己帶的，要交給皇后或某個貴妃撫養。當然，皇后也不會親自帶孩子，而是由乳母帶。皇子的乳母不是餵奶的，有點像幼兒園阿姨。康熙小時候得了天花，被送出過紫禁城，當時便是由孫氏照顧。康熙非常懂得知恩圖報，後來對曹家一直很好。他下江南到曹家後，見到孫氏，牽著老太太的手和大臣們講，「此（乃）吾家老人也」，可見關係之親近。曹寅一直是康熙信得過的大臣，他當江寧織造時，實際上就是被康熙安排去江南做眼線。曹寅的妻子李氏是康熙另一個髮小蘇州織造李煦的妹妹。此外，曹寅的長女嫁給了一位王爺。《紅樓夢》裡賈家頗受皇帝器重、四大家族聯姻的情節，與曹家的家事有很多相似之處。

曹寅沒有兒子，康熙就特許他的寡妻李氏從曹家姪子過繼一個，繼續擔任江寧織造，這個人就是曹雪芹的父親曹頫。瞭解了這一層關係，再看書中賈母和賈政不親，就不覺奇怪了。至於賈母和賈寶玉，那是隔代親，而且寶玉是賈母看著長大的。同樣地，我們也能夠理解為什麼賈母更願意把林黛玉嫁給賈寶玉，因為林黛玉是她自家人，而且寶玉和黛玉的血緣關係並不是很近。

曹家後來衰落了。雍正其實對曹家並不算寡恩，還特意讓自己最信任的十三阿哥允祥關照曹家。但曹頫在雍正朝三天兩頭辦砸差事。我讀過當時曹家的一些奏摺和雍正的批覆，也感覺曹頫實在是不會做官，也不會做人。這和《紅樓夢》中講賈家後代不成器也是一致的。可以說，《紅樓夢》在第二層講了一個大家族的歷史，特別是衰落史。瞭解了這本書、這段歷史後，我特別認同曾國藩的一個觀點：給孩子留萬貫家財，不如把他們教育好。

關於《紅樓夢》的原型，其實還有不同的說法，其中有一個說法出自乾隆皇帝。這部小說在乾隆年間以手抄本的形式流傳，很多王公貴族都讀過。據說乾隆在讀了《紅樓夢》以後說，這講的不就是明珠家的故事嗎？

為什麼乾隆這麼說呢？對比一下納蘭明珠家和《紅樓夢》裡的賈家，還真能看出很多相似的地方。

首先，納蘭明珠作為康熙朝最著名的兩位宰相之一，家裡的排場和賈府差不多。納蘭明珠家的先人跟隨順治皇帝一起入關，他的堂妹（一說堂姪女）是皇妃（惠妃），自己也受到皇上恩寵。最重要的是，納蘭明珠還有一個和賈寶玉神似的兒子，那就是大才子納蘭性德。這些都和《紅樓夢》所描寫的賈府很像。

其次，明珠家族以及納蘭性德的結局和《紅樓夢》裡描寫得也差不多。納蘭明珠後來也失勢了，而這個曾經出過葉赫那拉部落酋長的大家族，最後也真的像《紅樓夢》裡寫的那樣，「落了片白茫茫大地真乾淨」。

當然，今天更多人傾向於認為小說的原型是曹雪芹的家族。但離作者年代更近的乾隆為什麼會說寫的是納蘭明珠家的事呢？他其實是在不知道作者是誰的情況下，一句話道出了專制時代鐘鳴鼎食之家共同的特點和最終的結局。因此，**《紅樓夢》在最深層，即第三層，講的不僅僅是一、兩家的事，更是專制時代中國上層社會的普遍規律。**

《紅樓夢》的文學成就非常高，裡面的人物形象豐滿，詩詞歌賦也很精彩。值得一提的是，《紅樓夢》中那些虛構的人物形象其實就存在於我們的現實生活中。環顧四周，我們不難找到寶、黛、釵、鳳等人的影子。能夠用一個個虛構的人物將一批現實生活中人物的共性表現出來，是文學作品成功的一個重要標誌。在這一點上，《紅樓夢》不僅做到了，還把那些看似不重要的小人物都寫得入木三分。賈伯斯說，判斷一件家具的好壞，要看那些平常注意不到的地方（比如衣櫃背板）用的是什麼材料。《紅樓夢》就是這麼做的，因此它可謂精品中的精品。《紅樓夢》的文學價值是無庸置疑的，也有很多從文學角度討論《紅樓夢》的學術專著，因此這裡就不再贅述了。

總之，《紅樓夢》有很多值得讀的地方，而我只是從寫作者的角度出發，為大家讀《紅樓夢》提供另一個線索——它既是在講曹雪芹自己的故事，也是在講曹氏家族的故事，更是在講專制時代中國上層社會的普遍規律。

練習題

閱讀《紅樓夢》，以五百字試著分析一下賈母。

6.3《牡丹亭》：什麼是中國人的浪漫情懷？

如果要從中國的諸多劇作家中找一位和莎士比亞對等的，我會選擇明朝的湯顯祖。這兩位偉大的劇作家是同時代的人，還都逝世於一六一六年。更重要的是，湯顯祖的《牡丹亭》確實是一部能夠與莎士比亞的戲劇比肩的偉大作品，也是中國文學史上少有表現浪漫愛情的佳作。

中國人從古到今都比較講究實用主義。對待自然界，中國人不會像古希臘人那樣，琢磨芝諾悖論（Zeno's Paradoxes）那種看似無聊，但是對科學至關重要的問題（芝諾悖論有四個，其中最著名的是所謂的「阿基里斯追不上烏龜」的悖論，這些悖論看起來荒唐，卻在數學史上占有重要地位。關於芝諾悖論，大家可以參閱我的《數學通識講義》）。在人文方面，但凡有機會接受教育的人，都希望「學得文武藝，貨與帝王家」。而那些於做官無助的學問，人們是不願意花功夫研究的。雖然中國有屈原、李白、李賀等偉大的浪漫主義詩人，但是大部分文人都比較現實，包括前文講的《詩經》，也是現實主義色彩遠遠大於浪漫主義色彩。很少有人會像雪萊、拜倫那樣用生命寫詩，為了愛情什麼都可以拋棄。

正是因為有這種背景，《牡丹亭》在中國文學史上就顯得格外突出。有了這樣一部浪漫主義的作品，我們在與西方人交流時，也可以很有底氣地說，我們在內心方面，與世界上其他追求浪漫的民族沒有什麼不同，也渴望純粹的愛情，也珍惜青春和春天，也會把愛情放在生命之上，也有人鬼不了情。

事實上，《牡丹亭》確實發揮了讓西方文藝界重新認識中國人情感的作用，也因此獲得了很高的評價。美國文學評論家丹尼爾．巴特（Daniel Burt）認為，中國的戲劇在湯顯祖時期達到了頂峰。而且，《牡丹亭》是唯一一部入選了巴特的「世界有史以來最偉大的一百部戲劇」清單的東亞劇作。一九九〇年代，著名作曲家譚盾將《牡丹亭》改編成歌劇，作為年度主打劇目，在紐約大都會歌劇院的主場林肯表演藝術中心（Lincoln Center for the Performing Arts）演出，並受到西方世界的廣泛好評。不過，很多人覺得它被改編成歌劇後有點不倫不類，因為男、女主角的體型都很壯碩，並且英文歌詞過於俗白，沒有了湯顯祖原詞的美感，不如崑曲有味道。

《牡丹亭》篇幅非常長，超過莎士比亞的任何一部戲劇，但它的情節並不複雜，講述的是太守杜寶的獨女杜麗娘和書生柳夢梅的愛情故事。杜麗娘在讀〈關雎〉時春心萌發，夢到自己和書生柳夢梅在芍藥欄前、湖山石邊卿卿我我。醒後，杜麗娘因思念夢中情郎，鬱鬱不樂而亡。到了陰間，閻王查出她命不該絕，且命中注定有一段姻緣，便放她返回人間。而柳夢梅在赴京趕考的路上夢見了杜麗娘，與她的遊魂相會。杜麗娘指示柳夢梅挖開墳墓，讓自己還魂復活。隨後兩人結為夫妻，柳夢梅繼續赴京趕考，高中狀元。其實故事到這兒就可以結束了，但這樣會顯得非常平庸。實際上，故事至此才進行了一半。

柳夢梅從京城考試回來就到杜府拜見岳丈杜寶，杜寶聽這書生講了一番話後覺得匪夷所思，因為女兒杜麗娘已經去世三年了，怎麼能復生。又聽說女兒的墓被這書生挖開，便怒不可遏，把柳夢梅抓起來要處斬。但因朝廷來人報柳夢梅中了狀元，杜寶無權處置他，便寫了奏本讓皇上公斷。最後，皇帝傳杜麗娘來到公堂，在「照妖鏡」前驗明是真人身。於是皇帝下旨，讓父女、夫妻相認。一段為愛而死又死而復生的愛情得到了大團圓的結局。

在今天看來，這個故事可能有點俗套。不過，任何能夠讓全世界人都接受的愛情故事多少都有點俗套，因為理想的愛情並不複雜，而且全世界人的看法都是類似的。《牡丹亭》涵蓋了全世界浪漫愛情的基本元素。

首先，要有一個無可替代的對象。

在文學作品中，寫愛情的作家會努力刻畫出一個無可替代的對象，這對象未必是俊男美女。這個對象刻畫得好，讀者讀起來就會覺得作品中愛情的部分寫得好，否則就會覺得愛情不動人。很多人把金庸的小說當愛情小說，就是因為書裡經常有一些無可替代的對象，例如趙敏之於張無忌、阿朱之於蕭峰、醜和尚虛竹之於西夏公主。在《牡丹亭》中，對杜麗娘來講，顯然柳夢梅就是這個無法替代的對象。

其次，要有苦戀的成分。

從今天科學的角度講，戀愛中的人和平時的人已經不是同一個人了，因為他體內的激素、大腦的思維方式都變了。就像畢卡索在他生命最重要的一段戀愛經歷中，畫風都變了一樣——把那些畫單獨拿出來看，人們根本不覺得是他畫的。類似地，還有貝多芬和泰瑞莎・布倫瑞克（Therese Brunsvik）談戀愛時寫的《第四號交響曲》，和其他八首作品完全不同。這種變化讓人既幸福，又痛苦。借用一句網路上流行的話，苦戀就是「世界上最遙遠的距離，不是生與死的距離，而是我站在你面前，你卻不知道我愛你」。成功的愛情作品必須要把苦戀寫好，這一點《牡丹亭》做到了，杜麗娘甚至因感夢而死。而且，杜麗娘的死而復生也是有象徵意義的，象徵著她實際上已經變了一個人。

再次，浪漫愛情一定要遇到反對力量。

凡事沒有阻力就沒有動力。阻礙愛情的反對力量可以有很多，例如家庭、社會地位的差異，比如情敵，又比如自身性格的缺陷等等。但正是因為反對力量的存在，才襯托出了愛情的偉大，這就如同死亡讓生命顯得特別美好，艱難時世會讓友誼顯得難能可貴一樣。在莎翁的劇作中，《羅密歐與茱麗葉》中的反對力量來自有世仇的家族，《奧賽羅》（*Othello*）中的反對力量來自情敵和自身的缺陷。同樣地，《牡丹亭》中也有反對力量，它來自家庭。

最後，浪漫愛情要過命運這一關。

世上之事，一半靠人謀，一半靠天命。浪漫愛情會受到命運的作弄。命運有時會幫助人，這就是喜劇結局；但有時會陰錯陽差地毀掉一對戀人，這就是悲劇結局。現實主義作家常常會安排悲劇結局，因為世事無常是現實情況。不過，湯顯祖在《牡丹亭》中讓命運幫助這對相愛的人，這其實寄託了他對愛情的祝福，也彰顯了他作品的浪漫主義色彩。

《牡丹亭》與西方同類作品在浪漫愛情的元素方面沒有什麼差別。但是能替中國人把這樣的情感寫出來的優秀作品並不多，特別是在古代。因此，《牡丹亭》就顯得難能可貴了。可以說，它寫出了我們這個民族內心深處的浪漫情懷。

讀完《牡丹亭》，不妨想一想，我們難道真的那麼現實嗎？我們內心深處難道沒有浪漫的情懷嗎？答案應該是否定的。

當然，一種好的想法，需要好的創作手法表達，只有這樣才能得到讀者的廣泛認可。《牡丹亭》在文學創作上有很多可圈可點之處，我們重點來看以下三點。

第一，用夢境描寫現實。這是浪漫主義文學常用的手法。想像不存在的事是人特有的本領。人在現實中有很多東西得不到，只好寄託於夢境或神鬼，這樣才能保持樂觀，保持希望。在現實生活中，如果一個人不僅是自己在做夢，還能讓很多人都相信一個共同的美好夢想，他就會有領導者氣質。馬斯克之所以被很多人崇拜，其實就是因為他給大家勾畫了一個夢中的美景，而且讓人真的相信。

第二，故事結構。《牡丹亭》的敘事方式並不複雜，只是單線順敘表述。這樣的敘述方式有時很容易讓故事本身失去懸念，但是《牡丹亭》透過三次劇情反轉，也就是一波三折，製造了大量懸念。

第一次反轉是杜麗娘由生到死。劇情到此結束也可以，著名的芭蕾舞劇《吉賽爾》（*Giselle*）就是如此。第二次反轉是杜麗娘由死復生。《梁山伯與祝英台》的劇情——兩個人雙雙化蝶——其實也是到這兒結束。但是《牡丹亭》還有第三次反轉，即杜麗娘的父親不認可女兒和柳生的愛情，令柳生差點丟掉性命。如果是現實主義的寫法，到此就可以結束了。但湯顯祖作為浪漫主義作家，用第三次反轉給出了一個喜劇性結局。故事浪漫就浪漫在這裡，讓並不完美的社會保留了一份對美好愛情的念想。

第三，這部劇的文字特別出色。古代絕大多數戲曲，包括很多有名的元曲，唱詞都比較俗白，但《牡丹亭》是個例外，它的文字極具詩意。例如以下幾個非常著名的唱段：

皂羅袍

原來奼紫嫣紅開遍，似這般都付與斷井頹垣。良辰美景奈何天，賞心樂事誰家院……朝飛暮卷，雲霞翠軒；雨絲風片，煙波畫船，錦屏人忒看的這韶光賤！

江兒水

偶然間心似繾，梅樹邊。這般花花草草由人戀，生生死死隨人願，便酸酸楚楚無人怨。待打併香魂一片，陰雨梅天，守的個梅根相見。

山桃紅

則為你如花美眷，似水流年，是答兒閒尋遍。在幽閨自憐……轉過這芍藥欄前，緊靠著湖山石邊……是那處曾相見，相看儼然，早難道好處相逢無一言？

最後，我還想講講自己由這部名著延伸出的兩點感觸。首先，是人在任何場景下都要設法成為不可替代的對象，不僅僅是在戀愛中，在生活和工作中也是如此。其次，是換個角度看待反對力量，也就是對立面。完全沒有對立面，其實很難激發人的能動性，愛情會變得平庸，其他事情常常也做不好。

練習題

試著以五百字分析一下《梁山伯與祝英台》這個故事打動人心之處。

6.4 《神曲》：什麼人才配受到後世尊敬？

義大利是最受旅遊者歡迎的國度之一，大家去那裡旅遊主要是衝著它的兩張名片——昔日羅馬帝國的中心，以及文藝復興的起源地。

提起文藝復興，就不能不提佛羅倫斯這座城市，以及生活在佛羅倫斯的但丁（Dante Alighieri）。但丁可謂「中世紀的最後一位詩人，同時又是新時代的最初一位詩人」（恩格斯〔Friedrich Engels〕所言）。因此，要理解文藝復興的文學藝術何以開啟，為什麼西方世界得以從神權世界過渡到人文世界，就必須從兩個人入手——但丁和後文要講到的薄伽丘（Giovanni Boccaccio）。

今天，要理解義大利人，特別是他們對宗教、歷史和現實的看法，也須從但丁入手。因為透過《神曲》（*Divina Commedia*），但丁不僅描繪出了義大利從中世紀向近代過渡時各個領域發生的變革，還確立了人文主義的原點，甚至「定義」了義大利語。今天的義大利人和古羅馬人其實沒有太大的關係，如果要溯源，大致要追溯到但丁所處的時代。

如果按照字面的意思，《神曲》應該翻譯成「神聖的喜劇」（La Divina Commedia），事實上，今天它在西方有時依然被簡稱為「喜劇」（Commedia）。「Commedia」這個詞，一方面具有古希臘喜劇的含義，帶有滑稽戲的意味；另一方面，它又和古希臘的喜劇有所不同，介於貴族嚴肅題材和平民通俗題材之間。因此，但丁的這部作品從字面上講，就是關於神的世界（即非世俗的）帶有諷刺意味的作品。而他寫這部作品的目的，是希望做到雅俗共賞，讓各個階層的人都來讀一讀。

《神曲》是以長詩的形式創作的，全詩長達一萬四千多行，差不多是莎士比亞全部詩歌長度的三倍，但丁寫了二十多年。在這二十多年裡，但丁的人生境遇一直經歷變化，這種變化也反映在《神曲》中。因此，這部史詩被認為是反映當時義大利社會全貌的百科全書，也是但丁對歷史、哲學和自然常識的全貌闡述。

《神曲》全詩以第一人稱記述，構思非常奇特，極富想像力。我們可以把這部長詩理解為作者做了一個夢，然後把夢境記錄了下來。在這個夢中，但丁在自己人生的中途（三十五歲那年）進入一座黑暗森林，這做黑暗森林象徵著罪惡。森林裡有三隻猛獸，分別是豹子（象徵欺騙和惡意）、獅子（象徵野心）和狼（象徵貪婪）。後來有人認為，它們分別代指當時統治佛羅倫斯的政治勢力、覬覦義大利的法國國王以及羅馬教皇。正當作者呼救之時，他一生靈魂上的愛人貝德麗彩（Beatrice di Folco Portinari）派來古羅馬詩人維吉爾（Publius Vergilius Maro）為他領路。維吉爾領他走的是一條繞過猛獸的路，這條路要穿過地獄和煉獄，最後由貝德麗彩引導但丁前往天堂，見到上帝。

在《神曲》中，「三」這個數字非常特殊。我們知道，但丁在詩中描寫了地獄、煉獄和天堂三個不同的世界（也被稱為「境界」），每個世界有九層（三乘以三）。他各用三十三篇來描寫每個世界，共九十九篇，再加上序篇，正好是一百篇。此外，全篇文字以三行為一組。但丁對「三」這個數字如此鍾情，是因為基督教有三位一體的教義。但丁雖然抨擊教皇和教士，卻並不反對基督教，他甚至覺得自己的思想來自上帝的啟發。

回到《神曲》的內容。但丁接下來一路前行，見到了歷史上的各種人物。他透過安排這些人物死後的命運，對他們生前的所作所為進行了評判。以這種方式，但丁一方面表達了自己對歷史和歷史人物的評價，另一方面也闡述了自己的價值觀和政治理想。今天大部分人對但丁一生所為的瞭解只有一半，那就是作為一名偉大詩人的但丁。但是除此之外，但丁還有一個理想，就是成為偉大的政治家。只不過，這個理想沒有實現。但丁寫《神曲》有和孔子修《春秋》類似的目的，即將《神曲》作為對歷史的總結

圖6-1：《地獄》。

和一本政治教科書。瞭解了這個事實，我們在讀《神曲》時，就不能像讀《荷馬史詩》（編注：指由荷馬〔Homer〕所著的《奧德賽》與《伊里亞德》〔*Iliad*〕）那樣單純從文學和歷史的角度來看了，還須兼顧對歐洲那個時期政治的理解。

實事求是地講，《神曲》並不好讀。除了篇幅長、涵蓋的內容豐富，但丁還用了很多典故和象徵的寫法，只有讀者對《聖經》和希臘、羅馬文化有深刻的瞭解，才能完全讀懂。我自己讀《神曲》也很費勁，是去了義大利很多次，看了很多相關的藝術品，又有很多義大利朋友幫助，才理解了但丁的本意。為了便於你理解，我想採用一種獨特的方式，即透過講解三幅名畫來介紹《神曲》。

先從但丁的地獄行說起，這段歷程對應的名畫是波提切利（Sandro Botticelli）依照《神曲》〈地獄篇〉（Inferno）創作的《地獄》（見圖6-1）。

這幅畫按照《神曲》描述的樣子，把地獄畫成了一個朝下的螺旋形大漏斗，分為九層，從上到下逐漸縮小，中心在耶路撒冷（Jerusalem）。

漏斗越向下，裡面靈魂的罪惡越深重，直到地心，那裡由魔王撒旦掌控。死去的亡魂從撒旦的尾巴爬過地心，進入另一頭——煉獄。但丁的這個思路很有想像力，有點像現代物理學關於黑洞的理論——黑洞的盡頭是通向另一個世界的白洞。

在地獄的第一層，也就是亡魂罪孽最輕的一層，但丁最先見到了自己最仰慕的五位詩人，包括荷馬和前文提到的維吉爾，他把自己放在第六位。跟隨著這五位詩人，但丁進到正廳，見到了三十五位偉人。這些偉人可以被分為四類：第一類是英雄，例如《荷馬史詩》的英雄赫克托爾（Hector）；第二類是政治家，如凱撒；第三類是傑出女性，例如茱莉亞（Julia，凱撒的女兒、龐貝的妻子）；第四類則是對人類文明有巨大貢獻的學者，如蘇格拉底、歐幾里得、托勒密（Claudius Ptolemy）等。由此可以看出但丁的歷史觀，他崇敬的是對人類文明做出了貢獻之人。

地獄的第二到第六層關的是犯了各種無節制罪的人。根據犯了什麼罪就要受到什麼處罰的原則，這些亡魂或被火燒，或被風雨雹雪吹打，或在泥潭中掙扎。他們生前罪孽深重，死後罪有應得。但丁對這些人既有憎惡和蔑視，又對一些有罪的亡魂表現出同情。例如一對偷情的男女，雖然他們受到了處罰，但丁卻對他們深表同情，因為二人之間有真情。這些人物其實都是大千世界芸芸眾生的代表，但丁對他們的描寫體現出了他對世人的態度——既批評他們的罪孽，又同情他們的遭遇。

第七層是但丁認為應該受到嚴厲處罰的人，包括著名的亞歷山大大帝（Alexander the Great）和匈人王阿提拉（Attila the Hun，歐亞大陸匈人的領袖，以善戰和恐怖、殘暴著稱，歐洲人稱之為「上帝之鞭」）等。但丁之所以將他們安排在這裡，是因為他們殺戮太過。從這裡可以看出但丁的價值觀，以及他對生命的尊重。

在第八層，但丁見到了暴君、貪婪的教皇和市井無賴，他們的罪名是欺詐。值得注意的是，在這一層，已故的教皇尼古拉三世（Pope Nicholas III）被倒栽蔥似地插在地上，身體不斷向地心下沉，再無升起的可能。而他的旁邊留了兩個位置，給當時還活在世上的教皇邦尼法八世（Pope Boniface VIII，他是以陰謀手段當上的教皇）和克力門五世（Pape Clement V）。最具諷刺意味的是，尼古拉三世聽到維吉爾和但丁到來時，誤以為是他的繼任者邦尼法八世和克力門五世來了，開口道：「給你們的位置已經準備好了。」但丁詛咒當時還在世的教皇死後下地獄不得超生，反映出了他對這幾位教皇極度的厭惡。這種構思非常奇特，富有創造力，讓人不禁拍案叫絕。

第九層是給叛徒們準備的，這裡就不多講了。

人的亡魂能否進入天堂，要看他能否在煉獄中得到淨化和昇華。煉獄和地獄形狀正好相反，它如同一座層層盤旋而上的高山，在耶路撒冷相對的地球另一面——海中。圖6-2是米凱利諾（Domenico di Michelino）在佛羅倫斯聖母百花大教堂所繪的壁畫《但丁與〈神曲〉》。

在這幅畫中，左邊一層層往下的是地獄，中間一層層往上的高山是煉獄。「煉獄」一詞的義大利文是「Purgatorio」，意為「淨化」。那些罪孽較輕的靈魂可以在這裡懺悔並洗滌罪惡。煉獄的高山分為七層，分別代表七宗罪，即驕傲、嫉妒、憤怒、懶惰、貪婪、饕餮（暴食）和淫亂。每上升一層就會消除一種罪過，直到山頂，就可以升入天堂。煉獄的七層，加上底層的淨界山、頂層的人間樂園（即伊甸園），一共也是九層。

在煉獄的每一層，但丁都會遇到一些朋友或歷史人物。這些人有什麼罪，就要透過懺悔和受懲罰贖相應的罪。例如，過去的教皇亞德良五世（Pope Adrian V）雖然還不錯，但他身處高位依然不滿足，就是犯了貪婪之罪，於是要被綁在地上懺悔。

在煉獄洗滌了罪孽之後，就要進入九層天堂，越往上的靈魂越高尚。但丁顯然深受托勒密影響，九重天的說法就來自托勒密等的地心說理論，也就是認為地球之外有月球層、水星層、金星層、太陽層、火星層、木星層、土星層、恆星層共八層天體模型，外加一個原動層，一共九層。此外，他在《神曲》

圖6-2：《但丁與〈神曲〉》。

中關於天文和地理的描寫都源於托勒密的著作。

在《但丁與〈神曲〉》中，上部帶有星光的一層層圓拱就代表九層天堂（其中最亮的是太陽）。在每一層天上，但丁都會遇見一些對人類文明有重大貢獻的偉人，例如支持編纂《查士丁尼法典》（*Corpus Juris*）的拜占庭帝國皇帝查士丁尼、聖徒和哲學家阿奎納（Thomas Aquinas）、猶太國的賢君所羅門王（Solomon）等等。但丁和他們對話，傾聽他們的教誨。值得一提的是，但丁在火星層見到了他心目中永恆的愛人貝德麗彩。

越過九重天，才來到真正的天堂，聖母瑪利亞和所有得救的靈魂都在那裡。每一個靈魂要經聖母允許後，才能見到三位一體的上帝。

這樣一個宏大的故事，構思是非常奇特的。故事中很多思想和情節來自《聖經》，更多的則是但丁自己想出來的，它們都非常符合邏輯。整部作品可以說是非常富有哲理的，其中的思想在當時也是非常具有前瞻性。

首先，但丁歌頌的是一個以人為本的世界。雖然每個人都在前往見上帝的路上，但是他遇到的那些上天堂的人，絕大多數和宗教無關。即便是聖徒阿奎納，也是因身為有知識的學者上天堂的。在對待上帝的態度方面，但丁雖然相信上帝，並認為自己的知識是受到上帝啟發而獲得的，但世界依然是人的世界。但丁的這種看法，更像兩百多年後進行宗教改革的馬丁．路德，以及後來的新教徒。在這些人看來，雖然上帝創造了世界並予人啟示，但人還是要搞清楚上帝創造世界的奧秘。這就是後來新教國家在科學技術的發展上明顯優於傳統天主教國家的原因。在文藝復興中，達文西、伽利略等人想做的，其實也是破解宇宙奧秘之事。

其次，但丁強調文明的力量，而非武力對歷史的作用。例如他選擇的偉人，除了凱撒等少數政治家，大多是哲學家、詩人、思想家和科學家。在後來的文藝復興過程中，以佛羅倫斯為代表的義大利城邦，就是靠發展文學、思想、藝術和科學，形成人文主義，取代先前的神權。讀懂了《神曲》，就能理解但丁所處的時代，也就能理解當時為什麼會開啟文藝復興。

最後，但丁心中的天堂是精神的天堂，而不是物質的天堂，這其實是在批判當時生活腐朽的羅馬教廷。在《神曲》的最後，貝德麗彩帶他來到最高天，那裡只有上帝無窮的至善、無盡的光芒、無邊的大愛。

但丁在整部作品多次諷刺佛羅倫斯當時唯利是圖的物質主義。他有點像春秋時期的孔子，一生試圖施展政治抱負卻不成功，於是將自己的政治理念以文字留給後人。但丁對天堂的描述，反映的其實是他的政治主張——義大利地區最大的和平是君主制取代神權管理世俗事務。

關於《神曲》，還有一個必須強調的地方，它不是用當時流行的書面語拉丁文寫成的，而是以佛羅倫斯所在的托斯卡納（Toscana）的地區性方言所寫成，這種語言後來被稱為義大利語。但丁這麼做，是為了確保當時的普通人都能讀懂這部史詩。當然，為了撰寫這部宏大的史詩，但丁在口語化的方言加入了拉丁語的文法結構，形成了正規、書面化的義大利語。今天，在法國，人們有時依然會戲稱義大利語為「但丁的語言」。

依照西方文學界的觀點，但丁和莎士比亞一樣，是標準的「原創天才」。這樣的人會在一片空白的基礎上創造出文學的規範，並塑造出不朽的角色。他們從不模仿以往的作家，也不是其他作家可以模仿的。著名的劇作家、文學評論家艾略特（Thomas Stearns Eliot）是這樣評論這兩位文學史上的巨匠：「莎士比亞所展示的，是人類感情的至廣；但丁所展示的，是人類感情的至高和至深。」

最後，我想和各位分享一下《神曲》對我的影響。第一個影響是，因為《神曲》和但丁，佛羅倫斯在我心中成為一個浪漫、有靈性的地方，而不僅僅是一個藝術的殿堂，同時讓我覺得中世紀末期也有了一些脈脈溫情。當然，這就要說到《神曲》中的「女主角」，但丁心中一生的愛人貝德麗彩了。但丁第一次見到貝德麗彩（一二七四年）的時候，對方還只是一個九歲的小姑娘，但丁卻對她一見鍾情。但丁後來在詩集《新生》（*La Vita Nuova*）裡講：「這個時候，藏在生命中最深處的生命之精靈，開始激烈地顫動起來，就連很微弱的脈搏裡也感覺了震動。」等到但丁第二次見到她時，已經是八年以後了，那時的貝德麗彩已經長成一名美麗的少女。但丁見到身著淺色的長裙、手持玫瑰花的夢中情人，竟然不知怎樣開口，兩個人就這樣錯過了。這次邂逅成為後世很多藝術家創作的主題，其中最著名的一幅畫（圖6-3）是以佛羅倫斯亞諾河（Arno）上的廊橋維琪奧橋（Ponte Vecchio）為背景繪製的，如今被收藏在利物浦博物館（Museum of Liverpool）。

貝德麗彩為但丁留下了一生都抹不去的印象。後來，貝德麗彩嫁了人，沒過多久就去世（一二九〇年）了。此後，但丁不僅非常哀傷，還透過對他心中女神精神層面的追求，開始淨化自己的靈魂——透過神學的啟發認識真理，追求一種至善至美的境界。

圖6-3：但丁與貝德麗彩的邂逅。

今天，對所有瞭解這段歷史的戀人來說，走在佛羅倫斯的亞諾河畔，想像著當年但丁在廊橋邊遇到他永恆愛人的場景，沒有比這更浪漫的事情了。這個故事無疑為佛羅倫斯這座古城增添了浪漫色彩。

《神曲》對我的第二個影響是，它對我進行了人文主義的啟蒙，讓我用但丁的眼光重新審視所有歷史人物。我後來寫了很多類似《文明之光》、《全球科技通史》這樣謳歌人類文明進步的書，很大程度上是因為我對歷史人物的評判受到了《神曲》的影響。只有真正致力於創造文明的人，才配享有我們的崇敬。依照但丁的意思，才配升入天堂。

練習題

對比一下歐洲中世紀和明清時期，試著用但丁的方法以五百字對中國明清時期的人物進行分類與評述。

6.5 《傲慢與偏見》：如何詮釋西方傳統愛情？

如果要選一位僅次於莎士比亞的英語文學作家，很多英美作家和評論家，包括作家毛姆（William Somerset Maugham）、評論家艾德蒙．威爾森（Edmund Wilson）在內，選的都是珍．奧斯丁。另外，在英國廣播公司（BBC）評選的英國人最喜歡的一百部文學作品中，《傲慢與偏見》排在第二名。很多人覺得這本書只是講了一個浪漫的愛情故事，那為什麼西方人對它的評價如此之高呢？

簡單地講，奧斯丁在這本書所寫的內容與她以小說表達的想法，濃縮了人類愛情和婚姻的共性。因此，這本書既適合當時的英國人看，也適合今日世界其他地區的人看。前文講到《詩經》定義了我們這個民族婚戀的標準線，奧斯丁的書在西方多少也有類似的作用。但是，東、西方表達思想的方式有所不同——東方人講究概括表述，讀者常常要靠「悟」才能理解，西方人則喜歡以具體的描述和做事方法。例如《孫子兵法》裡講述了高超的戰爭藝術，但是一個例子都沒有，即使讀懂了，不會打仗的人還是不會打。相比之下，克勞塞維茲（Carl Philipp Gottfried von Clausewitz）的《戰爭論》（*Vom Kriege*）在哲學層面並沒有超越《孫子兵法》，但是它具有可操作性，即使是不會打仗的人，讀了之後也能解決戰爭中的基本問題。《詩經》和奧斯丁作品之間的差別也大致如此。下面我就圍繞她的代表作《傲慢與偏見》和《理性與感性》（*Sense and Sensibility*）來說明。

《傲慢與偏見》裡故事的發生時間是奧斯丁生活的年代，即歐洲從農耕時代進入工業社會、從熟人社會進入生人社會的轉折期；地點是英國倫敦附近朗伯恩（Longbourn）莊園；人物則是當地鄉紳班內特一家，以及他們結交的其他上層社會的年輕男女們。

班內特一家生活富裕，有五名女兒。但是根據當時英國的繼承制度，女兒沒有繼承權，家產要由同族的男性繼承。因此，當女兒們到了待嫁的年齡時，班內特夫婦就急著要為女兒們找到好人家，將她們嫁出去。

作者為什麼要為班內特夫婦安排五名女兒呢？因為這樣便於在每個人身上設置一種不同的戀愛觀。大女兒珍美麗單純，只會看到別人好的一面。她的想法很傳統、很現實，就是找一個有經濟實力的老實人。因為自身條件好，珍順順利利地嫁給了一位她喜歡、同時也喜歡她的年輕紳士。二女兒伊麗莎白是小說的女主角，也是英國文學中最著名的女性角色之一。伊麗莎白有很多令人欽佩、愛慕的地方，她聰明而又智慧、可愛而又優雅，最重要的是，她沒有當時上層社會女性常有的低俗、無聊和物質欲等毛病，是作者筆下理想的女性。但是，過分的自信會讓她對男人產生偏見。小說中的男主角達西高貴而又善良，但是為人傲慢，這就讓伊麗莎白對他產生了偏見——書名就是這麼來的。三女兒瑪莉自我感覺良好、愛表現，但最終也沒有嫁出去。四女兒凱蒂在五個女兒中處於不上不下的尷尬地位，最不受關注，但是她後來經常和兩位年長的姐姐來往，見識大有長進。最小的女兒麗迪亞則是叛逆少女的代表，她毫不顧及社會的道德準則，與人私奔又差點被人拋棄。

奧斯丁安排了這麼多人物出場，一方面要在伊麗莎白身上賦予自己對愛情和婚姻的看法，另一方面要讓其他人當襯托紅花的綠葉——這種寫作方法後文還會談到。我們先來看看，奧斯丁表達了自己有關完美愛情的什麼看法呢？

首先，**奧斯丁強調婚姻要建立在愛情的基礎之上，不能勉強，不能湊合。**

在《傲慢與偏見》中，奧斯丁把她的祝福給了擁有真正愛情的伊麗莎白和達西。或許正是因為特別看重婚姻中的愛情基礎，奧斯丁寫了一輩子愛情小說，自己卻終身未嫁。她曾經拒絕了一位富有繼承人的求婚，因為自己不愛他。在奧斯丁看來，婚姻不能勉強、不能湊合。這一點在她的《理性與感性》中反映得淋漓盡致。

在《理性與感性》中，代表理性的是兩姐妹中的艾蓮娜，她愛上了一位很不錯的青年愛德華。當聽說朋友露西已經和愛德華私訂終身有四年之久時，她硬壓住了自己的感情。後來，愛德華因為在婚姻上不從母願，被剝奪了繼承權，艾蓮娜非常大度地幫助愛德華拿到了牧師的職位，讓他有經濟來源和露西成婚。哪知露西轉而和另一位交了好運的青年結了婚。這樣，艾蓮娜和愛德華才能終成眷屬。

奧斯丁書中的那些女主角都是自己把握愛情和婚姻、不勉強、不湊合、精神上具有獨立意識的新女性。其實，透過這些角色，奧斯丁表達的是她自己對愛情和婚姻最基本的看法。

其次，奧斯丁強調愛情要建立在理性的基礎之上。

前文講了雪萊、拜倫和濟慈，他們和奧斯丁是同時代的人，並且三人都是用生命去愛，但這種頗為瘋狂的愛並不為奧斯丁所讚頌。在奧斯丁筆下，那些被感情沖昏了頭腦的人都沒有好結果。例如《傲慢與偏見》中的小妹麗迪亞、《理性與感性》中代表情感的瑪莉安，奧斯丁都在書中安排這兩個人吃了點虧，然後接受教訓。

愛情有很多種，沒有好壞之分，奧斯丁為什麼不贊成衝動型的愛情呢？這反映出了女性在愛情中的不安全感，也和奧斯丁自己的經歷有關。

奧斯丁對愛情其實是既渴望又害怕的。她的家庭背景和《傲慢與偏見》中的班內特家非常相似，是當地的鄉紳。奧斯丁非常早熟，且才華橫溢，十四歲就開始寫作，二十一歲便完成了《傲慢與偏見》的手稿，在此之前已經轟轟烈烈地戀愛過。但是，那段無果的戀情讓奧斯丁一生在感情上都很謹慎。當她父親退休要舉家搬到英國著名的「相親小鎮」巴斯（Bath）時，奧斯丁居然選擇了逃跑。瞭解了奧斯丁自身的經歷，我們就能理解為什麼她筆下的愛情雖然也有激情和纏綿的成分，卻從不會掙脫理性的約束了。

再次，奧斯丁認為婚戀中的雙方須是平等的。

奧斯丁追求的平等和後來夏綠蒂・勃朗特（Charlotte Brontë）要追求的男女平等不同，因為二者生活的大環境不同，奧斯丁不可能在經濟和社會地位獲得男女之間的完全平等。奧斯丁所要的平等也不是郎才女貌、門當戶對，而是兩個人精神層面的對等。她筆下的女主角都是人格獨立、有主見、有自尊心，並且善於思考的知性女子。她覺得女性必須在知識和見識層面與男性站在同等水準，如此一來，二者在婚戀中才是對等的。這種思想至今也沒有過時。與之相對，她的書中發揮襯托作用的女配角們則顯得淺薄。對這些人，奧斯丁時不時地會對她們的虛榮和可笑諷刺一番。

最後，奧斯丁認為理想的愛情是要有物質基礎的。

為了愛情拋棄一切的做法在奧斯丁看來不是長久之計，因此，在她的書中找不到跨越階層的愛。奧斯丁了不起的地方在於，她把那些不會隨時間、地點、特定角色而改變的愛情元素，以及自己要表達的思想，從具體的愛情場景剝離了出來。所以，即便是在二百多年後，這些觀點也不過時，甚至對讀者而言也很有借鑑意義。

今天我們的社會，在發展階段和富裕程度上，與奧斯丁描寫的場景，即英國當時的中、上產階級具有一定的可比性。如果有機會前往奧斯丁生活的小鎮巴斯，參觀一下當地介紹十八、十九世紀最上層人士生活的博物館，就會發現這種相似性。首先，溫飽問題獲得了解決，人們過著小康的生活，但是並沒有實現所謂的財富自由，這一點連當時英國上層社會的人也做不到。其次，年輕人接受過足夠的教育，而且常常比上一代人受教育的水準高，他們希望過一種優雅的生活，同時也因為教育背景不同而和上一代人產生了代溝。最後，年輕人尋求的是自由戀愛，通常是經過和過去素不相識的人親身接觸和體會，才找到生命中的另一半，而不是靠父母、熟人介紹，更不是靠媒妁婚姻。這些特徵今天我們的中產階級家庭都具備，西方的中產階級家庭也不例外，所以它們都和「我」有關。正是因為這個原因，雖然全世界讀者的口味在過去二百多年裡已經換了好幾輪，但奧斯丁的書依然有人讀。

除了對婚戀的看法不過時，奧斯丁在小說中還描繪出了兩個永遠存在的社會現象。

第一個是代溝。在《傲慢與偏見》中，班內特夫婦關心的是婚姻，從來沒有問過女兒是否愛某個男子，女兒們關心的則是有關婚姻、愛情、青春的衝動刺激。這種現象今天依然存在。此外，無論是《傲慢與偏見》或《理性與感性》，書中父母看到女兒們長大後，都喜歡催婚，這和今天許多父母的做法也很像。

第二個是在和平時代人們對教養的追求。奧斯丁在小說中一直強調男女行為的教養，它對應的英文詞是**manner**。這個詞包含很多意思，例如對人禮貌、舉止優雅、談吐有風度等等。在動盪年代，生存下來可能比什麼都重要，但是在穩定的社會中，教養是美好生活不可或缺的一部分，甚至比吃穿住行更重要，今天便是如此。兩個世紀以來，奧斯丁的小說也一直是培養人的教養的教科書。

正是基於上述原因，奧斯丁的書才不會像其他言情作家的小說那樣很快就過時。當然，除了善於提煉思想，奧斯丁還善於把道理放回場景中，將其寫成有趣的故事，這樣人們才會喜歡讀，而喜歡讀才更有可能接受她的思想。這就是奧斯丁的小說和《詩經》這種純粹經典的差別——前者討論的問題更具體，讓讀者覺得更有可操作性。

奧斯丁的寫作方法對很多人，包括我自己都頗有啟發。下面我就來分享幾點。

首先，要選擇自己熟悉的場景講故事，因為只有自己非常熟悉，才能寫得好。很多人為了顯得自己有水準，會寫一些別人感興趣但自己不熟悉的生活，結果漏洞百出。例如，今天很多影視作品對投資領域的描寫，一看就缺乏專業知識。中國很多成功的作家也秉承這個原則，例如魯迅習慣寫紹興、沈從文習慣寫湘西、張愛玲習慣寫上海、老舍習慣寫北京。

其次，要列舉各種可能性，然後挑選出自己中意的，讓讀者感到全面公正。奧斯丁的小說常常會描寫好幾個生活背景類似，但是行為和想法不同的對象，而她其實只中意一個。剩下的，就是用來做為突顯主角的對比。這種寫法在今天寫報告時經常會用到。例如，你要為主管寫一份建議書，而你的想法只有一個，但是只寫這一個似乎有點片面，還難免夾雜私心。所以不如把主要的幾種可能性列出來分析，最後推薦一個你中意的。

最後，扁平人物和立體人物相結合。

一部作品不可能只有主角沒有配角，人們通常會把主角寫得形象豐滿、有血有肉，配角則在無意中被寫成了路人甲、小兵乙這樣的符號人。奧斯丁的做法則不同，她不是隨意安排配角，而是為每一個配角賦予一個特殊的目的，承載她思想的一面。因此，每個配角都不是符號。當然，因為常常只有一面，所以他們是平面人。相比之下，主角則是立體的人，包含許多面向，奧斯丁有時甚至會把一些矛盾的性格加到一個人身上。她筆下主角的立體形象還常常透過時間維度體現，即人物的性格和想法是隨時間而變化的。例如《傲慢與偏見》中的伊麗莎白和《理性與感性》中的瑪莉安，她們對男人的看法、自己的價值觀，都隨著故事的展開而發展。而在配角身上，奧斯丁就不會浪費筆墨了。

有了各種可能性的對比、各種角色的對比，才有實際操作的可能性，這便是西方人將奧斯丁的書作為愛情實戰寶典的重要原因之一。

優秀的文學作品通常必須完成兩個過程。首先，是從具體到抽象。奧斯丁從她熟悉的生活中將一樁樁愛情故事的具體情節過濾掉，留下完美愛情的共性。這個過程是濃縮和純化，而只有具備了共性的東西才能持久。然後，再從抽象到具體。奧斯丁將自己關於完美愛情的想法，以自己最熟悉的生活場景表達。這個過程是展示和表現。正是因為有了這樣生動的展現，奧斯丁的小說才能在兩個多世紀的時間裡不斷吸引年輕人閱讀。

練習題

對珍・奧斯丁作品中你最喜歡的人物做一個五百字的評論。

6.6 《浮士德》：德國何以崛起？

幾年前，一位學歷史的上司讀了我的《文明之光》後，問了我這樣一個問題：如果要在世上找一個和中華民族比較相像的民族，你覺得會是哪一個？我說是德國，至少近代的中國和近代的德國極為相似。他覺得這個看法很獨特，因為一般人會想到日本或俄羅斯，而不太容易想到和中國相距遙遠、政治制度完全不同、語言文化又相差甚大的德國。於是他追問我原因，我講完之後，他覺得很受啟發。其中的原因是多元層面，涉及地理、政治、軍事、經濟的方方面面。但如果把這麼多層面的特性投射到文化上，然後拿著歌德、黑格爾（Georg Wilhelm Friedrich Hegel）和華格納（Wilhelm Richard Wagner）這三把鑰匙，就能找到德國和中國高度的相似性。其中，歌德和本書的主題最相關，因此下方我們就以歌德的《浮士德》，瞭解德國崛起對我們的啟發。

歌德出生於一七四九年，正好是歐洲三十年戰爭結束的一個世紀之後。三十年戰爭對德國（更嚴格地說，是德意志地區）發展軌跡的影響，相當於鴉片戰爭對中國的影響。在此之前，北德意志地區，也就是今天德國的所在地，最早開始了宗教改革，本可以平穩而漸進進入近代社會。但是，三十年戰爭的失敗不僅讓它損失了大片土地；包括割讓給法國的阿爾薩斯（Alsace）和洛林（Lothringen），中學讀過都德（Alphonse Daudet）的小說《最後一課》（*La Dernière Classe*）時，讀過法國人丟失這兩個省痛心疾首的心情，其實這兩個省原本就是德國的土地。德意志還因此陷入了四分五裂的狀態，讓它在歐洲一直被人欺負。這和鴉片戰爭之後的中國很相似，二者都有「苦難」的特性。

在這種情況下，德國的政治菁英就有點像清末到五四運動時期的知識菁英，一直在尋找救國出路，而歌德就是其中的一位。也就是說，歌德不是一般的文學家，他有點像中國的梁啟超、魯迅和陳獨秀，具有一種求索的精神。而「求索」二字，是讀懂和理解歌德的代表作《浮士德》的關鍵。

浮士德的故事在歐洲流傳已久，他的原型是一位會很多魔法的煉金術士。歌德為這個故事賦予了新的內容，塑造出了一個全新的浮士德形象。在歌德這部長達五百頁的史詩中，將浮士德塑造成一位世人景仰的學者，他精通科學、哲學、神學和醫學等，因此是上帝最喜歡的臣民。魔鬼梅菲斯特（Mephisto）和上帝打賭，說他能誘惑浮士德跟隨自己。上帝答應了梅菲斯特的賭局，他其實只是想藉機考察一下浮士德。

在這部長詩的第一部，歌德使用的是多線索同時展開的寫作方式。浮士德當時正陷入苦惱，因為他瞭解的知識越多，反而越困惑——一方面，知識無窮無盡，總是學不完；另一方面，學得越多，他似乎越搞不清楚知識的本質是什麼。浮士德的這種心態在當時德國的文化菁英中，具有一定的普遍性，也與魯迅在《吶喊》的自序所寫的類似——這其實也是當時中國知識分子們的普遍困惑。

在困惑面前，浮士德想自殺。這時，魔鬼梅菲斯特找上了他，要和他做一個交易。

梅菲斯特可以給浮士德隨意穿越時空的超能力，這樣，浮士德就能尋找他想要的一切。而作為交換條件，一旦浮士德對梅菲斯特提供的東西或服務感到由衷的滿意，並且希望在那一時刻永遠停下來，浮士德就得到地獄為梅菲斯特服務。這其實就是用靈魂換取無所不能的能力。

浮士德答應了。他利用超能力隨著魔鬼梅菲斯特遊歷五光十色的大千世界，體驗了凡人世界的愛情，和少女葛雷卿（Gretchen）相戀。但結局非常悲慘——他搞得對方家破人亡。至此，《浮士德》的第一部就結束了。

在第二部中，歌德更常以浮士德為線索，講述社會現象、歷史事件及國家政治。不過，其中對浮士德故事的描寫依舊很完整。

自從有了超能力，浮士德可以變出錢，解決一個王國的財政問題。他對現實世界不滿意，就可以穿越回古希臘。在古希臘，他還成為英雄，娶到了第一美女海倫（Helen），和她生了一個孩子。但浮士德還是不滿意，便又回到現實中皇帝的身邊，幫助皇帝在戰爭中取得勝利。浮士德得到了皇帝的獎賞——一片海灘。在那裡，他想填海造田。

古往今來地遊歷了一大圈，浮士德已經百歲高齡了，但依然沒有找到令自己真正滿足的「理想」。這時，魔鬼梅菲斯特已經等不及了，開始為浮士德挖墓。年邁的浮士德已經雙目失明，聽到挖墓的鏟聲，誤以為是工人在施工。這時，他終於意識到勞動是最美好的事情，於是說了一聲：「停留一下吧，你多美啊！」這句話其實是他對未來社會的憧憬。「我想看到這樣一番忙碌的景象，要在自由的土地上與自由的人民站在一起。」但是根據他和魔鬼的協議，他既然找到了自己心目中的理想世界，靈魂便要讓魔鬼帶走。於是話音剛落，浮士德便倒地死去。

當然，歌德最後給了浮士德一個完美的結局，代表正義力量的上帝拯救了浮士德的靈魂，將他帶到了天國。

我們可以把浮士德的遊歷看作德意志知識分子歌德一生的求索，浮士德最後的憧憬也是歌德的建議——他希望生活在自己熱愛土地上的人民，能以勞動建設一個國家。

歌德在二十三至二十六歲時就開始構思《浮士德》的創作，三十年後才完成了第一部。其間，他擔任過威瑪共和國（Weimarer Republik）的宰相，而幾十年的從政經驗讓他意識到，現實問題無法在現實中得到解決，這在《浮士德》中表現為人間愛情的失敗。隨後，歌德經歷了法國大革命對歐洲的衝擊。當時德意志各小國的知識分子對拿破崙的感情很複雜——一方面，拿破崙是一名入侵者；另一方面，拿破崙又把自由與和平帶到了歐洲各地。因此在史詩的第二部，浮士德這個人間最富知識的人開始深入古今各個時代、各個地區求索。古希臘的政治制度對許多近代歐洲人而言是理想制度，就如同海倫是最理想的美女一樣，但是它們依然解決不了浮士德的問題。接下來，戰爭的勝利也不能解決問題。在史詩中，浮士德希望填海造田，這象徵著歌德希望在一張白紙上創造一個烏托邦的社會，而這當然也不可能實現。最終，歌德意識到，只有勞動、建設才能解決德意志的問題。這時，歌德已經八十二歲了，他終於完成了《浮士德》的創作。一年後，也就是第二部出版的那一年，歌德走完了他八十三年的人生歷程。

歌德在《浮士德》中用了大量的象徵寫法。例如，在日出時，已經獲得超能力的浮士德站在大地上，企圖直視象徵真理的太陽，可是陽光太過刺眼，浮士德不得不馬上低下頭。歌德以這段話告訴人們，再了不起的人，在真理面前也要保持謙遜。再比如，大地在《浮士德》中象徵著生命，浮士德站在大地上，便可以享受生命。生命雖不像永恆的太陽那樣神聖、純粹，但對浮士德來講同樣重要。在整部長詩中，浮士德一開始並沒有意識到這一點，他在自己的知識範圍內越陷越深，甚至到了要自殺的地步。正是因為魔鬼梅菲斯特帶領他遊歷五光十色的大千世界，浮士德才開始積極、充分地體驗生活，他的精神才得到了昇華。我們經常說兩句話——「未經審視的人生不值得過」、「沒有人文的科學是災難」（這句話甘地常講），歌德藉由浮士德對這兩點都進行了詮釋。

《浮士德》會讓人不由自主地聯想起四個人。

第一個是屈原，他可以算是中國古代的浮士德，也用自己的生命求索救世之道，但是沒能找到出路。「路漫漫其修遠兮，吾將上下而求索」這句話，不正是浮士德經歷的寫照嗎？

第二個是李商隱，〈錦瑟〉一詩實際上就是他對自己一生求索的回顧——曾有過美好的往昔，但總體來講，一生過得有點失敗。寫〈錦瑟〉的時候，過去對李商隱來說只是一種幻滅，而他最終也沒有找到出路。

第三個是歌劇大師華格納。我在「得到」的專欄「矽谷來信」中，專門花了兩天時間介紹他史詩般的巨作《尼伯龍根指環》（*Der Ring Des Nibelungen*）。這部長達十七個小時的歌劇，從另一個角度為我們提供了理解德意志民族性的鑰匙。

歌德和華格納有很多相似性，他們都有英雄情結，都為德意志民族找到了出路，那就是尋找英雄、自強不息，實現自我救贖。但是，他們又有所區別。歌德倡導的是和平建設，是靠勞動，而不是戰爭。對於人的能力，歌德認為在神面前、在真理面前，人是渺小的，因此浮士德最後要靠上帝救贖。華格納則激進很多，他在《尼伯龍根指環》和其他作品如《羅恩格林》（*Lohengrin*）中謳歌的都是犧牲自我、解救世界的英雄，認為那些英雄甚至比神更偉大。

華格納是歌劇界不世出的天才，他能喚起成千上萬觀眾的英雄情結，然後號召所有人為了心目中的新世界團結在一起，共同奮鬥。在《尼伯龍根指環》中，男女主角相愛時唱的是「熱愛絢爛的生命，嘲笑死亡」，這和日本武士追求櫻花短暫而絢爛的美麗是何等相似？當一個民族採用暴力的方式崛起時，他們需要華格納，但那種方法並不能真正解決問題。而在今天，當德國開始領導歐盟和平崛起時，我認為他們更需要歌德。

第四個是魯迅。魯迅先生那一代人生活的時代和三十年戰爭戰敗後的德國很相似，因此，他們那一代人也是一生都在不斷求索。但魯迅先生更多的是提出問題，而不是給出答案。不過，我想到這位前輩為國家的前途而求索的經歷，就很能理解歌德。

歌德和《浮士德》，可以用「苦難」、「求索」、「自贖」、「建設」四個詞來概括。德意志民族最終走出了四分五裂的狀態，成為今天歐洲最強大的民族；中國也有幸走出了鴉片戰爭後的厄運，實現了復興。兩個國家的崛起，靠的是什麼呢？其實就是歌德給出的答案——實實在在的勞動和建設。和海洋文明的國家喜歡做生意賺錢不同，德國人和中國人都喜歡實實在在地靠雙手創造財富。因此，這兩個民族雖然在地理上相去甚遠，卻有著相似的國民特性。

闔上《浮士德》這本厚厚的書，我們須思考兩個問題。首先，那些經典的文學著作僅僅是文學作品嗎？顯然不是，有些時候，故事甚至都不那麼重要，更重要的是作者透過故事想告訴我們的是，他對於人和社會的思考。其次，文化菁英的社會責任是什麼？顯然不只是寫出能在市場上獲得成功的書。這也是下一節要探討的問題。

練習題

如果你讀過屈原或魯迅的作品，試著以五百字比較一下它們和《浮士德》的相似性。

6.7 普希金：文化菁英如何擔負起社會責任？

上一節講到歌德顯然盡到了他作為文化菁英的社會責任。不僅德國的知識菁英如此，西方很多國家的文化菁英都在盡這份責任，我們不妨看看俄羅斯的情況。

在介紹俄羅斯文學之前，我們先來體會一下俄羅斯過去在文學和藝術上的成就有多麼讓其他國家羨慕。

一九五七年十月四日，蘇聯先於美國發射了第一顆人造地球衛星史普尼克一號。美國因此引起了恐慌，史稱「史普尼克危機」。隨後，美國全面研究了為什麼當時的蘇聯能在基礎科學研究領域領先。一個結論是，在沙皇俄國時代，俄國在人文與藝術領域的教育水準和成就極高，從普希金（Alexander Pushkin）到托爾斯泰，文豪輩出。事實上，第二次世界大戰後製訂美國科研國策的萬內瓦爾・布希（Vannevar Bush）在提交給美國政府的科技政策報告《科學：無盡的前沿》（*Science: the Endless Frontier*）中，特別指出全面進行文化建設對科學的重要性。這份報告影響美國科技政策至今。可以說，美國在第二次世界大戰後在科技領域整體的成功也受益於全面的文化建設。

歷史上，俄羅斯的文人在國家和民族的發展進步方面扮演了極為重要的角色，俄羅斯歷史文明的元素在很大程度上都是由他們書寫的。我們能透過這些人深刻體會到文人對社會的影響。而討論俄羅斯文學，「菁英意識」和「菁英責任」是個避不開的話題。

俄羅斯真正的民族文學始於普希金。我們都很熟悉他寫的童話《漁夫和金魚的故事》（*The Tale of the Fisherman and the Fish*），這其實只是他非常輕量級的作品。普希金雖然只活了三十七年，卻創作了大量的重量級作品，而且這些作品是用俄語寫的——這對俄羅斯極為重要。

當時俄羅斯上層社會都說法語，在十八世紀之前，很少有人會用俄語進行文學創作，覺得那不登大雅之堂，甚至很多作家是後來才學習俄語的。因此，普希金開創俄語寫作之風意義重大，他也由此被譽為「俄國文學之父」，並且定格了俄羅斯文學的主題、風格和特點。

今天很多人形容普希金會用「浪漫」二字，更是津津樂道於普希金的風流韻事。的確，他的代表作——長詩《尤金．奧涅金》（*Eugene Onegin*），確實有浪漫主義色彩，但我們更應該關注普希金骨子裡現實主義的一面。普希金一直透過作品提出當時主要的社會問題，這種風格影響了後來絕大多數俄羅斯作家。後來的人雖然在創作形式方面不斷創新，但核心所討論的都是社會問題。接下來，我就對《尤金．奧涅金》進行分析，看看普希金在表層和深層分別講了什麼問題，又是怎樣擔負起一名知識菁英的責任。

作品的主角奧涅金是一位受過良好教育的貴族，但是他心情苦悶，於是來到外省鄉下，結識了年輕詩人連斯基（Lensky），然後二人一同認識了一個地主家的兩位千金小姐。姐姐達吉雅娜（Tatyana）瘋狂地愛上了從大城市來且見過世面的奧涅金（Onegin），妹妹奧蓮卡（Olga）則和連斯基相愛了。面對達吉雅娜的情書和熾熱的愛，奧涅金不為所動，還故意追求妹妹奧蓮卡，這讓連斯基非常生氣。被惹惱的連斯基向奧涅金提出決鬥的挑戰，在決鬥中不幸被奧涅金殺死。奧涅金受到良心的譴責，便離開了田莊，到各國旅遊。幾年後，他回到聖彼得堡，在一次舞會上見到已經嫁給一位老將軍的達吉雅娜，才發現原來自己一直深深地愛著達吉雅娜，並跪在她的面前表白。但一切已經太晚了，達吉雅娜不能背叛丈夫，只能拒絕奧涅金。

整部長詩看似是一個浪漫的愛情故事，但這只是表面現象。在深層，普希金藉由這部長詩全景式地展現了當時俄國社會的各種問題，因此《尤金．奧涅金》被後人稱為「俄國生活百科全書」。

普希金首先講的是自己所在的上層社會問題，或者說是貴族們的問題，這和普希金自身的經歷有關。

普希金生活的早年正值拿破崙戰爭期間，俄國一直輸多贏少，特別是到了一八一二年拿破崙入侵莫斯科時，雖然俄國最終獲勝，但國家卻成了一片焦土。因此，當時俄國青年的民族情緒異常高漲。年輕的普希金正是其中的一員，他滿腔愛國熱情，開始學習俄語、用俄語創作。幾年後，俄國隨反法同盟的其他國家攻入巴黎，雖然軍事上看似勝利了，但在政治和文化上是法國人贏了。

俄國的貴族軍官進入巴黎後，看到了各層面超越俄國的西歐文明，特別是開明、民主的政治制度，對軍官們的衝擊非常大。回到俄國後，他們不僅帶回了法國的生活方式，還帶回了自由、民主的思想，其中某些人後來成為十二月黨人（Decembrist）。這些年輕軍官的思想影響了普希金，他從此開始大量閱讀狄德羅（Denis Diderot）和伏爾泰等啟蒙思想家的作品，在文學上受到歌德和拜倫的影響。此後，普希金的寫作風格便從浪漫的詩歌變為古希臘的哀詩。

在文學創作之外，普希金倡導上層社會的改革，還因此得罪了沙皇。所幸他在上層社會有很多朋友，才沒有被流放到西伯利亞。後來十二月黨人起義，試圖推翻沙皇專制制度。普希金雖然沒有參加，但是他贊同十二月黨人的主張。

普希金塑造的奧涅金和連斯基之形象，多少有點當時普希金這樣的俄國貴族的影子。他們對上層社會紙醉金迷的生活，以及缺乏政治權利、無所事事的處境很不滿意，但又沒有解決辦法，只能想辦法迴避。連斯基更是年輕時普希金的化身，他充滿激情，富有浪漫主義的幻想，但是最終被代表現實主義的奧涅金殺死了。在當時俄國的專制制度下，一代代年輕人的理想就這樣被扼殺了。而奧涅金不僅扼殺了自己的理想，還扼殺了自己的愛情。

作品中的女主角達吉雅娜是普希金心目中理想女性的化身。後來俄國著名的文學評論家別林斯基

（Vissarion Belinsky）和大作家杜斯妥也夫斯基（Fyodor Dostoevsky），都對達吉雅娜評價很高。別林斯基認為，普希金用詩歌再現了俄國婦女的典型形象——外貌並不引人注意，但理智、有思想、有個性，情感豐富且忠誠。作為有錢人家的小姐，達吉雅娜接受過良好的教育，甚至受到了法國啟蒙主義思想的熏陶。但是，現實給她安排的道路就是嫁人生子。因此，她看到奧涅金就像看到一根救命稻草，幻想著能得到愛情，但這種努力在當時死氣沉沉的俄國是徒勞的。別林斯基認為，普希金是比較早關注婦女問題的文化菁英。

奧涅金這樣的人在俄國上層社會非常普遍，後來屠格涅夫（Ivan Turgenev）為他們取了一個名字：「多餘人物」。在普希金之後，幾乎每一個俄國文豪的筆下都有一些多餘人的形象，比如萊蒙托夫（Mikhail Lermontov）《當代英雄》（*A Hero of Our Time*）中的畢巧林、屠格涅夫《羅亭》（*Rudin*）中的羅亭、托爾斯泰《戰爭與和平》中的皮埃爾（Pierre Bezukhov）等等。這些人都受過良好的教育，不少還在西方見過世面，例如皮埃爾經常說的是法語而不是俄語。但由於當時的俄國是專制社會，不是商業社會，這種知識青年唯一的出路就是進入政府機構任職，然後往上爬。可是，在專制體制中，他們並沒有多少上升空間，於是便覺得自己懷才不遇、無所事事。他們一方面批評社會，另一方面又不採取行動。列寧（Vladimir Lenin）稱這些人是「語言上的巨人，行動上的矮子」。

俄羅斯文豪們塑造的另一類典型的民眾形象就是小人物。這裡所說的小人物，不是路人甲、小兵乙這種沒有什麼戲份的小角色，而是指處於俄國社會階層下級的職員和低微的小官吏。在官僚體制的沙皇俄國，他們形成了一個特殊的階層。一方面，他們是「先生」、「老爺」；另一方面，他們在職業上受到歧視，還經常受到上司的欺辱，被視為「老鼠」、「擦腳的破布」，自己又不得不逆來順受，甚至在經濟方面也窮困潦倒。例如普希金筆下的十四等文官、一個驛站的站長（《驛站長》〔*stantsionny smotritel*〕），果戈里（Nikolai Gogol）筆下的九等文官抄寫員（《外套》〔*The Overcoat*〕），以及杜斯妥也夫斯基筆下的小公務員（《窮人》〔*Poor Folk*〕）。這些人出身低微，但都非常善良，渴望過上好日子。而在專制制度下的俄國，他們的命運都非常悲慘。

這些俄羅斯文豪所講述的現實問題，其實在很多國家、很多時代都存在，都無法迴避。多餘人物和小人物也並非十九世紀俄國的專利，只要是在一個階層相對固化、被官僚體制嚴格控制的社會，很多人不是成為多餘人物，就是成為小人物。當然，誰也不想成為這類人，但僅憑個人的力量，很難在一代人的時間裡改變狀況。我個人認為，對普通人來講，最簡單的辦法就是乾脆避開容易產生這兩種人的大環境。例如，主動選擇前往市場化程度高、競爭激烈的地區謀求發展。我曾經在很多場合建議年輕人擇業時一定要以城市優先，當然，如果是有條件的話。這些經驗之談不僅來自我，也來自俄羅斯的文豪們。今天很多年輕人主動到北上廣深尋找機會，雖然一開始會比較辛苦，但是至少能避免成為多餘人物和小人物。

俄羅斯絕大多數文學家，包括普希金、果戈里、杜斯妥也夫斯基與下一節會講到的托爾斯泰，都出身於貴族或大地主家庭，他們其實和自己筆下寫的小人物完全不屬於同一個階層。很多人覺得，人出身於哪個階層，就會為哪個階層說話。事實上，沒有受過教育的人或許如此，但是接受了良好教育的上層知識分子的見識會超出他們所在的階層。以自己的筆把社會問題寫清楚，並且引起社會重視，這也是社會菁英擔起責任的體現。在這方面，比普希金稍晚的屠格涅夫也是很典型的代表。

屠格涅夫出身於一個大地主家庭，但他常常和農奴交談，還對母親虐待農奴的行為感到很不滿。從底層民眾那裡，屠格涅夫瞭解了俄國社會，並找到了創作的源泉。別林斯基讀到他寫的詩歌等作品後大加讚賞。在別林斯基的關心下，屠格涅夫成了一位職業作家，寫了很多反映底層民眾生活和社會問題的作品。當時沙皇正在試圖廢除農奴制度，而屠格涅夫的作品對當時的兩代沙皇產生了很大的影響。

沙皇當政時，俄國社會的言論並不是很自由，作家們通常把現實主義的核心裝入各種外殼，讓他們形成了各自的風格，例如普希金的浪漫、果戈里的幽默、杜斯妥也夫斯基的戲劇化和屠格涅夫的反諷，這些共同構成了那個時期俄國文學豐富多彩的景象。但骨子裡的菁英責任，是那個時代俄國文豪們共同的精神特質。

練習題

就一部你讀過的俄羅斯文學作品，以五百字談談你對當時的社會的看法。

6.8 托爾斯泰：西方貴族如何自我救贖？

讀過我的書的朋友都知道，我一直相信人類有一種向善的天性。這種看法最初源於讀托爾斯泰的書，而托爾斯泰在世界文學史，乃至整個文明史上的地位都特別重要。

當年羅曼．羅蘭為了找幾名巨人與有志青年做伴，把世界各國的文化巨匠梳理了一遍，最後挑出了三人——貝多芬、米開朗基羅和托爾斯泰，他們分別代表了音樂藝術、視覺藝術和文學藝術。

選擇貝多芬和米開朗基羅很容易理解，他們分別是自己所在領域的最高峰。但在文學方面，為什麼選托爾斯泰，而不是但丁、莎士比亞、歌德或雨果呢？因為在羅曼．羅蘭眼中，托爾斯泰不僅是文豪，更是自我救贖的英雄。實際上，托爾斯泰也是我們理解今日西方富豪菁英行為的鑰匙，如比爾．蓋茲、麥克．彭博（Michael Rubens Bloomberg）、馬克．祖克柏（Mark Elliot Zuckerberg），以及他們的前輩，如卡內基（Dale Carnegie）、洛克菲勒（John Davison Rockefeller）等。

為什麼這麼說呢？不妨思考兩個問題。第一，這些人為什麼要捐出自己的大量財富，甚至是盡數捐出？第二，美國的貧富差距遠比歐洲大得多，但為什麼仇富現象並不是很嚴重？這兩個問題的答案，就在托爾斯泰的作品和行為之中。

如同許多俄羅斯文豪，托爾斯泰也出身貴族。而且，他的家族非常顯赫，是當時最重要的家族之一。托爾斯泰的祖先曾伴隨沙皇左右，和沙皇的關係有點像曹寅和康熙的關係。托爾斯泰少年時並沒有表現出寫作天賦，也算不上好學生，甚至可以說是紈褲子弟，把大量時間花在社交上，還欠了不少賭債。

托爾斯泰後來和家族其他男性一樣參了軍，表現英勇。在服役的閒暇時間，托爾斯泰開始寫作，並顯示出在這方面的天賦。屠格涅夫看了他的作品後大加讚賞，說他將會是第二個果戈里。幾年後，托爾斯泰退役，又回到聖彼得堡的社交場合鬼混。不斷提攜托爾斯泰的屠格涅夫看不下去了，他希望托爾斯泰不要虛度青春，浪費自己的才華，更不要成為自己作品裡批評的人。但年輕氣盛的托爾斯泰和前輩屠格涅夫發生了多次爭吵，最後兩人斷交了十七年。這時的托爾斯泰，很像自己在《戰爭與和平》中寫的多餘人物皮埃爾。

讓托爾斯泰發生改變的是他隨後在歐洲和俄國的長期旅行，他看到了真實的俄國和世界，又瞭解了西方的人文主義和平等思想。從此，他開始走出原來的上層貴族圈子，思考俄國的出路。

托爾斯泰也和普希金等前輩一樣，透過文學作品全面揭露俄國的問題，盡到一個文化菁英的責任。但是他超越了那些文豪前輩，像歌德一樣窮其一生尋找解決社會問題的答案。托爾斯泰的幾部大作記錄的就是他的思考過程和全部思想。

我們先來看《戰爭與和平》。這部在世界文學史上地位堪比《荷馬史詩》和《浮士德》的文學史詩，表達的是托爾斯泰對國家、民族、歷史和政治的思考。

我讀這本書的第一感覺是規模宏大。它以拿破崙戰爭，尤其是一八一二年拿破崙入侵俄國為背景，講述了三個俄國貴族家族近二十年的悲歡離合。我還透過這本書全方位地瞭解了十九世紀初期俄國社會的全貌和政治變遷過程。書中登場了五百多個人物，從赫赫有名的拿破崙、俄軍統帥庫圖佐夫（Mikhail Kutuzov）到普通士兵民眾，應有盡有。由於托爾斯泰家族的男性代代從軍，他的父親就參加過一八一二年戰爭，他自己也服過役，對拿破崙戰爭和軍旅生涯再熟悉不過，因此，書裡對那場戰爭的描寫非常真實。同時，他又非常熟悉上流社會的社交活動和愛情故事，因而這方面的描寫也令讀者有身臨其境的代入感。當然，這本書最重要的價值是，托爾斯泰表達了自己有關政治、戰爭歷史和權力的獨特觀點。

在《戰爭與和平》中，托爾斯泰常常一大段一大段地表述自己對上述問題的看法。當然，他是藉由小說人物之口表達。很多人在讀《戰爭與和平》時都很納悶，不明白作者為什麼要那麼寫，覺得有點囉唆。這其實是因為托爾斯泰不僅要講故事，更想談論自己的看法。

闔上這本小說，我有一種強烈的感覺：戰爭的勝負和政治的結果並不是完全由拿破崙或庫圖佐夫這樣的英雄人物決定的，而是由很多不隨人意志改變的客觀事實決定。就算拿破崙不犯錯誤，失敗也是難免。類似地，庫圖佐夫能獲勝，並不是因為他比拿破崙更會打仗，而是因為各方面的有利條件最終站在他那邊。我們今天稱之為歷史的必然性，但是當時的菁英可不這麼認為。他們認為，成功是自己的功勞，失敗是因為自己運氣不好。

除了有關戰爭勝負和政治結果的看法，托爾斯泰在見識方面超越時代的另一個地方在於，他肯定了那些微不足道的普通人的作用。他在書中刻畫了不少低級軍官和士兵，正是靠他們浴血奮戰才拯救了國家。庫圖佐夫也正是因為看到了人民的意志，才有了過人的膽識和必勝的信心。相比之下，書中許多貴族對國家的命運毫不關心，只在意尋歡作樂、斂財囤貨。

托爾斯泰的一生是從貴族化走向平民化的過程，而這個趨勢在他寫《戰爭與和平》時已經很明顯了。讀過我的《文明之光》的朋友或許能體會到，我的很多歷史觀和上面這段描述很相似。我必須承認，自己在歷史觀方面受到了托爾斯泰的影響。

托爾斯泰的第二部巨著是《安娜．卡列尼娜》（*Anna Karenina*）。書中的主角安娜是一位充滿魅力、渴望愛情，但婚姻並不幸福的貴族女性。她極力追求感性生命的舒展，托爾斯泰對此極為肯定。但是安娜陷入了人性的迷霧，為了狹隘的個人情愛成為情慾的奴隸。托爾斯泰對此並不贊同，認為她在擺脫社會枷鎖的同時又陷入了另一種枷鎖——感情和精神的枷鎖。在托爾斯泰看來，要獲得真正的自由，需要理性和健全的人格。這種看法和托爾斯泰自己從物質貴族過渡為精神貴族的行為一致。

透過這本書，托爾斯泰表達了自己對人的理解，特別是對愛情、婚姻和家庭的理解。一開篇，他就寫出了那句名言：「幸福的家庭都是相似的，不幸的家庭各有各的不幸。」一方面，托爾斯泰認為人性解放、戀愛自由、婚姻自主是所有家庭幸福的基礎。另一方面，他強調情感和精神的平衡。

身為貴族，托爾斯泰天生獲得了別人沒有的資源，他還曾濫用這種資源，過著腐朽頹廢的生活。托爾斯泰的太太在看了他的舊日記後發現，丈夫年輕時天天鬼混、賭博欠債，還有一個私生子，氣得想把日記燒掉。對於過去的荒唐事，托爾斯泰一輩子都在用行動懺悔和贖罪。他把這個過程寫成了小說《復活》（*Resurrection*），並在《復活》中寫道：「一種是精神的人，他為自己所尋求的僅僅是對別人也是幸福的那種幸福；另一種是獸性的人，他所尋求的僅僅是他自己的幸福，為此不惜犧牲世界上一切人的幸福。」他認為，人要以自我的完善來改變社會。這就是托爾斯泰自我救贖的思想根源。

那麼，托爾斯泰都做了哪些事情呢？身為伯爵，托爾斯泰擁有面積達三百八十公頃的巨型莊園和許多農奴。他先是在自己的莊園裡進行土地改革，把土地還給農奴掌管。但是農奴們不敢接受，紛紛拒絕，甚至恩將仇報。托爾斯泰開始明白，貴族和農奴之間的隔閡是無法在一朝一夕內消除的，想要消除隔閡，必須先改變底層民眾的思想。於是，他興辦農民學校，教窮苦人家的孩子識字、數學和信仰宗教。

但是，托爾斯泰的善行受到了政府和其他地主的反對。他們聯合起來，搜查他辦的學校，迫害、趕走老師。托爾斯泰的夢想再次破滅。後來，他用筆揭露社會問題，同時身體力行，放棄了貴族的生活，讓自己像平民一樣從事勞動。在遭遇災害的年頭，他為農民募捐。一九〇八年，俄國發生了暴動，農民毀壞了地主的莊園。托爾斯泰看到二十多名農民因此被判處死刑後，悲痛地寫下了〈我無法沉默〉（I Cannot Be Silent）一文，指出沙皇政府而非農民，才是暴力的實行者。

到了晚年，托爾斯泰對社會的認識越來越深刻，他把自己對社會的長期思考以雜文的形式寫了出來，編成了一本文集《我無法沉默》（*I Cannot Be Silent*）。書中的內容涉及社會、教育、藝術、生命、文學創作等方面。在我看來，這是最能體現他智慧的一本書。這些雜文對當時西方菁英的影響甚至超過了他的幾本小說。

後來，美國的一些富豪也開始反思自己獲得那麼多財富是否公平，也開始做類似托爾斯泰做的事情，透過慈善方式把錢交還給社會。美國曾經的首富卡內基就講過「在巨富中死去是一種恥辱」，於是盡數捐出他的財富。美國的那些富豪在表達思想時顯然沒有托爾斯泰那麼精闢，但是他們認同托爾斯泰的觀點。一百年後，比爾．蓋茲和祖克柏在捐出巨額財產時都講過這類話，他們獲得如此巨額的財富時在反思，自己做的事是否配得上如此高的回報。因為感覺自己似乎配不上，所以認為捐出來幫助需要的人就是他們的義務。

托爾斯泰的思想後來被人們總結為「托爾斯泰主義」，包括以下幾個方面：**理性的利他主義、改良主義和非暴力不合作抗爭**。最後一點對甘地與馬丁．路德．金（Martin Luther King）等人都產生了決定性的影響。

我自己體會最深刻的則是改良主義。在托爾斯泰生活的年代，美國兩極分化其實很嚴重，缺乏社會公平。很多人都覺得這個問題不解決，美國社會遲早要完蛋。最終美國透過所謂的進步運動，也就是改良的方法解決了問題。富豪們也紛紛捐出自己的錢來解決社會問題。

托爾斯泰被羅曼．羅蘭譽為英雄。而偉人之所以偉大，是因為他們站得高、看得遠，能擺脫時空的局限和約束，即使是在一百年前甚至一千年前說的話，放到今天也依然有現實意義，能夠啟迪當下的人。

練習題

就一部你讀過的托爾斯泰的作品，以五百字分析一下其中的女主角。

6.9 馬克・吐溫：高速發展對社會產生的影響

如果要問今天的中國和歷史上哪個時期的哪個國家最相似，就發展階段而言，應該是第二次工業革命時的美國。例如，人們的生活迅速改變、社會的整體財富劇增、發展機會很多，同時讓人感覺有點亂，不容易把握節奏。這些都是每一次工業革命共同的特點，與國家、民族、政治制度都無關。因此，那個時代的經驗教訓對我們特別有啟發。

最著名的描寫美國第二次工業革命前期社會巨變的文學作品，當屬馬克・吐溫的《鍍金時代》。如同許多文學史上的傳世之作，它全面地反映了一個國家、一個時代的問題和特點。讀這樣的書，可以讓我們回到那個時代。由於歷史在很多方面會有驚人的相似之處，瞭解過去有助於我們今天做好抉擇。

我們不妨就從《鍍金時代》入手，看看能從那個時期的文學作品瞭解到什麼和今天相似的社會現象。如此一來，我們就知道在今天應該採取什麼對策了。

第二次工業革命時期的美國被稱為「鍍金時代」（The Gilded Age），這個名稱其實就來自馬克・吐溫的同名書籍。《鍍金時代》成書於一八七三年。當時是第二次工業革命初期，美國已經打完了南北戰爭，形成了一個大市場，人們有很多發財的機會——有點像中國改革開放之初。在小說裡，老霍金斯（Hawkins）是個一心想做生意發財的人，他先是囤積了七十五萬英畝（三百平方公里）的荒蕪土地，指望靠它發財。又遇上美國西部大開發，他的朋友塞勒斯勸他到那裡試試能不能找到機會，於是霍金斯舉家離開故鄉往西部走，路上還收養了養子克萊和養女萊拉（Laura）。到了西部，霍金斯靠做畜牧業生意，事業有了些起色，但是從來沒有發過大財。他的夢想是有朝一日自己囤積的大片土地能夠增值。但是，做了一輩子發財夢的霍金斯到死也沒有等到這一天，還因為做投機生意把存的錢都賠了進去。臨死前，他讓孩子們守住那一大片可能會值大錢的土地。

接下來的故事就圍繞著老霍金斯美麗的養女萊拉展開了，她要實現養父生前的願望。能將那片貧瘠的土地賣出高價的唯一方法，就是說服國會議員讓聯邦政府購買那片土地。於是，她前往華盛頓，並在參議員迪爾沃西的幫助下成為國會的職業遊說者。萊拉和迪爾沃西合謀，提出了在霍金斯家那片土地建大學的法案，然後就可以把土地賣給政府賺大錢。但是，迪爾沃西賄賂投票的陰謀敗露，不過他還是靠政治手段洗刷了罪名全身而退。萊拉也惹上了麻煩，她在第二次被初戀情人欺騙感情後，開槍殺死了對方。雖然她也靠賄賂得以逃脫罪名，但後來受到良心的譴責，憂鬱而死。最終，老霍金斯想像中的巨額財富——那塊土地，只能被他的兒子賤價處理掉。

《鍍金時代》還有一條與主線交織的副線。老霍金斯的朋友塞勒斯有一次遇到兩名來自東部的年輕人——斯特林（Philip Sterling）和布雷利（Henry Brierly）。兩人出生於有錢人的家庭，還是耶魯大學的畢業生。畢業後，他們在東部工作了一段時間，然後加入西部冒險的大潮，參加了太平洋鐵路的建設。塞勒斯得知他們會修築鐵路，就鼓動他們進行一項新的鐵路建設計畫，然後在鐵路沿線開發一座新城（拿破崙城），這樣他們就可以拿到政府的錢一夜暴富。後來，這兩位年輕人也找到了參議員迪爾沃西，在後者的運作下，他們還真的拿到了政府批准的二十萬美元的計畫經費。要知道，這在當時可是一筆巨大的財富。但是斯特林和布雷利後來發現，在給出議員們行賄與遊說者的報酬之後，剩下的錢連鐵路工人的工資都不夠發，於是他們的發財夢也破滅了。

小說中當然也有積極向上的人。斯特林在建設鐵路失敗後，靠辛苦採礦獲得了成功。他的女朋友，一位生活優越的大小姐，不顧家人反對成為醫生。最後，兩個人有情人終成眷屬了。

《鍍金時代》描寫的美國社會和書名一樣，看上去無比光鮮，但在鍍金外表之下卻是泥沙俱下、境況複雜。

二十多年前我第一次讀這本書的時候，完全看不懂，因為我對裡面的場景一點也不熟悉。雖然衝著馬克．吐溫的名氣硬著頭皮讀了一半，但之後還是把它扔在了一邊。大約十年前，我開始研究技術革命對社會的影響，又有了投資、做產品與商業方面的經驗，再讀這本書時，我發現它簡直就是當今社會的寫照。例如，美國西部大開發時，很多在東部城市裡生活優越的年輕人放棄了舒適的生活，到西部尋求更多機會。這和我很多同學畢業後放棄在北京的生活，南下深圳「撈世界」是同一個道理。今日許多中國房地產巨頭，比如王石、潘石屹等人，都是在深圳開發的早期到那裡碰運氣成功的。當然，有成功就有失敗。在美國西部大開發中，鐵路大王史丹佛（Amasa Leland Stanford）、後來的傳媒大王赫斯特家族（Hearst）是成功者，他們相當於中國的房地產老闆們。但是，美國當時也有大量做著發財夢的人，最後都像老霍金斯一樣，不僅到死也沒有發財，還客死他鄉。

馬克．吐溫書中也談到了腐敗問題。在當時，要想一夜致富，最簡單的辦法就是和官員勾結搞計畫。不過，無論是萊拉胎死腹中的大學建設計畫，還是斯特林和布雷利辦成了的修路計畫，投機商人都不過是在為議員們做嫁衣裳。無論計畫成敗，議員們都旱澇保收，而且幾乎沒有風險。當然，馬克．吐溫也無情地鞭笞了這批人，並批判當時的社會。不過，如果他能多活一個世紀就會發現，世上任何國家在工業化初期，都難免出現同樣的問題。這不是美國本身的問題，而是工業革命的規律之一。雖然這樣的規律有些負面，但社會也正是在對這些問題的修正中不斷前行。

讀完《鍍金時代》，有些人的第一感覺可能是當時的美國社會太亂了。但是我們都清楚，任何時代的知識分子都更像是時代的監督者，而不是歌頌者，他們總是更喜歡揭露社會問題，所以我們不能把小說與現實完全畫上等號。在這方面，馬克．吐溫和俄國的批判現實主義作家沒有差別。

另外，不經過對比就得出的結論常常是片面的。如果把《鍍金時代》這本書放在大型歷史背景之下，從全球視角閱讀，我們就會看到工業革命時期美國社會的另一面。事實上，那段時間是美國整體發展最好的時期之一，美國正是在那二十年裡超越英國成為世界最大經濟體。而且，第二次工業革命一大半的重要發明也來自美國。如果一個體制看似全是問題，卻發展得很好，背後一定有很多我們沒有注意到的價值。我們將其和俄國文豪筆下同時代的俄國對比一下，就會發現美國醜陋表象之下好的一面。

首先，當時的美國社會是一個開放的社會，而沙皇統治下的俄國是個封閉社會。在開放的社會中，不會出現多餘人物和小人物。如果斯特林和布雷利這兩名耶魯大學的畢業生生活在當時的俄國，他們很可能是多餘人物，除了批判政府，無所事事，不可能到西部闖世界。正是因為社會的開放性，他們才有發展空間。《鍍金時代》裡的各種人物天天都在忙自己的事情，根本沒有時間抱怨和批評社會。

其次，工業革命雖然為社會帶來了不少亂象，但是相比之下，它帶來的眾多機會對整體社會好處更多。《鍍金時代》裡的人物可謂三教九流什麼都有，但他們都有一個特點，即透過自身的工作改變經濟狀況和經濟地位。在那個社會，你看不到階層固化。當然，很多人未必是靠正當手段謀得財富的，但無論如何，他們都必須做事情才能獲得財富，而不是依靠繼承祖上的遺產不勞而獲。不過，有成功就有失敗，在變革時期，一夜暴富是很多人的夢想，但是最終能夠成功的只有少數人，這一點馬克．吐溫表述得很清楚。

最後，由於工業革命帶來的經濟層面之機會，女性自然而然地參與了經濟活動，甚至扮演了很重要的角色。霍金斯家族後來最重要的人物就是養女萊拉，她雖然社會經驗尚不豐富，卻擔負起了完成家族使命的重任。斯特林的女朋友露絲雖然出身於富有的家庭，卻也成了一名職業女性，而不是依靠男人過活。她們和安娜．卡列尼娜以及珍．奧斯丁筆下的女性都不同。

在另一本能幫你瞭解第二次工業革命時美國社會的名著《嘉莉妹妹》（*Sister Carrie*）中，嘉莉妹妹就是今天的「北漂」。這位來自美國中西部的女性雖然一開始在大城市生活艱難，找不到工作，甚至要靠男人過活，但是最終仍然依靠自己的努力和天分，成為舞臺劇當紅演員。雖然《嘉莉妹妹》中的諷刺和批判多過讚賞，但正是因為工業革命和城市化帶來的機會，才造就了嘉莉妹妹這樣的「北漂一族」。雖然此處沒有篇幅講解這本書，但是我非常希望你也讀一讀它，因為它可以讓你更深入理解變革時代。

那身處第四次工業革命中的我們應該怎麼辦？我覺得，除了積極參與，別無他法。當然，最終的受益者恐怕只有二%的人，這也是我在《智能時代》一書中表述的觀點之一。這個觀點的形成在一定程度上要感謝一百多年前的美國作家記錄了當時美國社會的全景。

練習題

閱讀《百萬英鎊》（*The 1000000 Bank Note*），試著以五百字對比我們的社會和《百萬英鎊》中的社會之間的相似性和不同之處。

6.10 海明威：如何走出物質滿足後的困惑？

每一次工業革命都會造就一個大時代。但任何大時代都有結束的時候，之後，社會就會從高速發展期進入平穩期。社會平穩，人們衣食不愁，是不是就萬事太平了呢？歷史和文學告訴我們並非如此。

一個國家快速發展、財富迅速積累之後，會出現什麼問題呢？首先，不論做什麼都能賺錢、不斷有升遷機會的好時代已經過去了。其次，有可能大量出現多餘人物和小人物。在美國和歐洲，一八九〇至一九〇〇年出生的那一代人就面臨著這個困境，因此他們在歷史上得到了一個專門的稱謂——迷惘的一代（Lost Generation，編注：亦稱為失落的世代）。

對今天的人來說，迷惘的一代的作品不僅有文學欣賞意義，更重要的是，它們可以與當下的情境對應。這就不能不提費茲傑羅的代表作《大亨小傳》了。這本小說被譽為「美國二十世紀最重要的小說」之一。

《大亨小傳》的主角是蓋茲比（Gatsby）。他原本是一個窮小子，在第一次世界大戰（以下簡稱「一戰」）前和白富美黛西墜入愛河，但是等他從歐洲前線回來，黛西轉身就嫁給了高富帥布坎南。蓋茲比後來靠販賣私酒發了財，在紐約郊區富人聚集的長島買下了黛西家對面的豪宅，天天舉辦奢華的派對以吸引黛西的注意。最終，蓋茲比設法和黛西重溫舊情。他覺得自己擁有了整個世界，而黛西願意和他重新交往的真實原因卻是丈夫布坎南有了婚外情。最後，黛西開車撞死了人，蓋茲比為了保護愛人，替她承擔下了所有責任。而車禍死者的丈夫知道後，誤殺了蓋茲比。

在這個故事中，蓋茲比有點像今天我們所說的「備胎」。但是費茲傑羅的主要目的不是講愛情中的備胎，而是以既讓人同情又覺得可悲的人物蓋茲比，揭示一個國家在平穩階段會遇到的社會問題——階層固化、上層人對底層人的歧視、上層社會的紙醉金迷等等。這就是那一代年輕人迷惘的原因。

這種狀況的出路在哪裡呢？迷惘世代的另一位代表作家海明威給出了答案——在更大的空間和時間裡尋找自己的位置。

海明威在十九世紀的最後一年，出生於美國中部的一個富有家庭。他的父親很像文藝作品中的硬漢，喜歡戶外活動；他的母親則是一名歌唱家。雖然家裡一度想挖掘海明威的藝術天分，海明威卻和父親一樣喜歡戶外運動和冒險。不過，海明威從小就嶄露出了文藝創作的天分，在中學就是校報編輯。高中畢業後，他原本該進入著名的伊利諾大學（University of Illinois）上學，但一家著名的報社給了他一份記者工作，於是他毫不猶豫地選擇了去工作。在報社工作期間，海明威形成了自己的寫作風格——行文簡潔，用很短的段落開篇，用具有震撼力的句子表達思想，宣傳「正能量」。有些人讀托爾斯泰的書可能會著急，因為要靜下心來慢慢讀，但讀海明威的書一定會感覺暢快淋漓。

海明威如果生活在十九世紀的俄國或法國，他可能會逐漸成為一個多餘人物。所幸他生活在一個開放的社會，還有其他選擇。當時正值一戰爆發，海明威不顧父母的反對，作為戰地記者去到了歐洲前線。除了冒著炮火到一線採訪，他還參加了傷員救助。在一戰期間，海明威受了傷。在養傷期間，他認識了一位美國的護士，並與她相愛。但是一戰結束後，這段愛情就戛然而止。這時的海明威並沒有像蓋茲比那樣一心挽回失去的愛情，到前女友面前炫耀自己，而是將自己在一戰期間的經歷和思考，寫成了第一本小說《戰地春夢》（*A Farewell to Arms*）。

雖然海明威在戰爭期間獲得了義大利王朝頒發的軍功獎章，但他卻因為看到了戰爭的傷害而成為國際主義者和反戰主義者。在此之後，海明威有了更大的發展空間，那就是全世界，而且他一生都堅信全世界是一個整體。這個觀點，海明威在其代表作《戰地鐘聲》中用英國詩人多恩的詩表述得清清楚楚：

沒有人是自成一體、與世隔絕的孤島，
每一個人都是廣袤大陸的一部分。
如果海浪衝掉了一塊岩石，
歐洲就減少。
如同海岬失掉一角，
如同你的朋友或你自己的領地失掉一塊。
每個人的死亡都是我的哀傷，因為我是人類的一員。
所以，不要問喪鐘為誰而鳴，它就為你而鳴！

《戰地鐘聲》的故事發生在西班牙內戰期間。代表西班牙民主力量的共和國戰士在國際縱隊（International Brigades）的幫助下，準備對佛朗哥（Franco）叛軍發起反攻，收復馬德里郊外的一座軍事重鎮。戰役的關鍵是炸燬一座鐵橋，以切斷叛軍支援的通道——這項任務被交給了國際縱隊的爆破專家、美國人羅伯特．喬丹。最終，羅伯特在游擊隊的配合下成功地炸燬了橋梁，但在撤退的過程中彈落馬。於是，他告別愛人與戰友，自己一個人留下狙擊追兵。

在這本書中，海明威成功地塑造了硬漢羅伯特．喬丹的形象。硬漢後來也被讀者看成海明威自己的形象。書中故事的時間跨度只有四天（週六的下午到週二的上午），海明威卻洋洋灑灑地寫了幾十萬字，而且讀起來一點都不乏味。

在西班牙內戰期間，海明威參加了國際縱隊，支持民主的西班牙共和國。最終的結果是民主共和國輸了，德、義法西斯支持的佛朗哥叛軍贏了。海明威用「喪鐘為誰而鳴」作為這本書的書名，有兩層深刻的寓意。首先，是告誡法西斯不要得意，因為喪鐘已經為他們敲響。其次，也是告誡那些袖手旁觀的人，今天法西斯摧毀的是西班牙，明天可能就會輪到你們頭上。不要對別人的災難冷漠視之，因為在全世界成為一個整體的今天，喪鐘是為每一個人敲響的。要知道，那時美國國內流行孤立主義，所以海明威的國際主義就顯得格外突出了。

海明威超越同時代人的地方在於，他更早意識到了人類必須有一個全球視角，來關注和處理社會發展所導致的民族、國家和利益群體之間的競爭與衝突。當一個人走出自己的小圈子，把自己放在全世界的視角，就會有無數的事情要做，即使遇到挫折，也會在失敗中奮起。

對比一下蓋茲比和海明威，我們就能看出兩種人、兩種做法在同一個國家、同一個時代的高下之分了。這兩個人都參加了一戰，也都因此失去了女友。蓋茲比的做法是千方百計地「逆襲」，然後在女友面前證明自己，奪回自己所失去的。海明威則是讓自己過去的經歷過去，繼續往前走。

世界很大，我們總能找到自己的位置。身處一個自身發展受限的時代，蓋茲比千方百計地想讓上流社會接納他，海明威則是看到世上有很多問題沒有解決，選擇親自解決這些問題。蓋茲比最終遇到了過不去的關卡，成了迷惘的一代；海明威則因為自己在世界各地的經歷，悟出了人生的道理，活得有滋有味。海明威遇過很多挫折，但每一次都沒有讓他倒下。雖然他會受到打擊，但也會再次奮起——他的「硬漢」頭銜也不是浪得虛名。

對今天的年輕人來說，《大亨小傳》和海明威的作品有很大的現實意義。上一代人所處的年代相當於美國的鍍金時代，一切都在發展，有很多機會，因此人們根本沒有時間，甚至不必考慮人類的問題，只須努力工作就能改善自身的經濟狀況和社會地位。今天則更像一九二〇年代繁榮時期的美國：一方面，有了物質基礎，人們可以考慮更高層次的問題；另一方面，在一個小世界中，個人上升的空間其實很有限。這時，到更大的空間尋求發展就有了一定的基礎，並且成為一種必要的事。在今天的社會上，我們能同時看到蓋茲比和海明威這兩種人的影子。

幸運的是，我們有一個開放的社會，不會像十九世紀的俄國那樣不給人選擇的自由，它給我們準備好了做選擇的物質基礎，何去何從是每個人自己的選擇。為什麼在同一時代，既會出蓋茲比，也會出海明威呢？因為人的見識、活動的範圍以及抱負，決定了他最終的命運。蓋茲比有很多值得同情的地方，但是他見識狹隘，沒有超越過去的階層。海明威有全人類一家的情懷，對精神和自由的渴求遠遠超過對物質的追求，「在偉大的事業中尋求不朽」。透過迷惘的一代作家們的作品，瞭解他們曾經遇到過的社會情況和不同應對做法帶來的結果，相信你也不難找到適合自己的選擇。

練習題

閱讀《大亨小傳》，評論階層固化的問題。

6.11

川端康成：如何表現日本美學？

很多人喜歡日本文化，喜歡去日本旅遊，吃日式料理，還有人喜歡日本製作精良的工業品和工藝品。

我們一方面覺得日本文化和中國文化有很多相似之處，另一方面又覺得二者之間的差異其實非常大，而這些差別又很難說清楚。因此，大部分人對日本的瞭解只停留在表面上，很難細細欣賞、品味。要解決這個問題，有兩個辦法：一個是交一些日本朋友，在日本生活一段時間；另一個是讀日本主流作家的小說，看經典的日本電影。相比而言，後者顯然容易得多。在所有日本作家中，川端康成對我來說是一把理解日本文化本質的鑰匙。

川端康成的作品在市面上有非常多版本，你可能並不陌生。他的文字非常獨特，為了增加對他作品的感性認識，以下先來讀一段他在《千羽鶴》中的描寫：

> 稻村小姐為太田夫人再次點茶。全場人的目光都落在她的身上。不過，這位小姐大概不曉得這只黑色織部茶碗的因緣吧。她只顧依照學來的動作而已。
>
> 她那淳樸的點茶做派，沒有絲毫毛病。從胸部到膝部的姿勢都非常正確，可以領略到她的高雅氣度。
>
> 嫩葉的影子投在小姐身後的紙拉門上，使人感到她那豔麗的長袖和服的肩部和袖兜隱約反射出柔光。那頭秀髮也非常亮麗。

作為茶室來說，這房間當然太亮了些，然而它卻能映襯出小姐的青春光彩。少女般的小紅綢巾也不使人感到平庸，反倒有種水靈靈的感覺。小姐的手恍若朵朵綻開的紅花。

小姐的周邊，彷彿有又白又小的千羽鶴在翩翩飛舞。太田遺孀把織部茶碗托在掌心上，說道：

「這黑碗襯著綠茶，就像春天萌發的翠綠啊！」

我問過不少人對這段文字的感覺，他們的回答往往是細膩、精緻，還有人說是在平凡之處體現美，而且是一種清淡的美。這些感覺沒錯，它們都是日本文化的特點。如果對比一下日式料理和中國的佳餚，我們就會發現前者要精緻得多，但是形式又很簡單。日本是一個生存空間狹小且物產貧乏的國度，沒有崑崙、三峽這樣壯美的景色，也不可能建造圓明園或凡爾賽宮這樣龐大而又美輪美奂的宮殿群，於是日本人只能在螺螄殼裡做道場，把每一個細節都做到極致，又在外觀形式上做得非常簡潔。

當然，如果對日本文化的理解只停留在細膩這個層面，那就太膚淺了。中國江南的文化也很細膩，但仍與日本文化截然不同。這種不同，體現在日本文化裡有一種物哀美學。

物哀不是簡單的觸景生情，也不是悲慘，這一點和黛玉葬花不同。日本人所說的物哀，有傷感淒涼的成分，但也有哀憐和感動的部分。例如前文講寓情於景時提到的《古都》中的那段文字，千重子看到上下相差一尺的兩朵紫花地丁時會想到，它們彼此會不會相見？會不會相識？這就是物哀。雖然我們和西方人都會觸景生情，但這種物哀卻很少。

日本文學作品中，物哀的情緒隨處可見。例如被譽為「日本《紅樓夢》」的《源氏物語》，整部小說的情調就是一種淡淡的哀愁。相比之下，《紅樓夢》雖是悲劇，卻要明快得多。之所以會有物哀的情緒，常常是因為生活本身充滿了悲劇，而這些悲劇是由命運所致，人們逃脫不了。這就如同日本人喜愛的櫻花，雖然在綻放的一瞬間非常美麗，但那種美麗極為短暫，很快就會化為塵土。

川端康成的《千羽鶴》是將物哀文化演繹得淋漓盡致的一部作品。在這部小說中，太田夫人是男主角菊治的父親的情人，她是一位十分善良的女性。在菊治的父親去世後，她將對菊治父親的情愫轉移到菊治身上，這種感情讓她產生了罪惡感，於是她受不了良心的譴責，自殺了。這種悲劇就是由個人無法掙脫的命運所致。整部《千羽鶴》充滿著濃郁的物哀情緒，親人的死去、情感的哀傷、人生的短暫等貫穿始終。書中另一位對菊治有感情的女性是象徵著至純至美的雪子。作者花了很多筆墨描寫雪子的美，但是她的美有如櫻花，轉瞬即逝。菊治不久之後再看到她時，她已為人婦，漠然和慵懶的眼神中已不再能包容任何美的幻覺。川端康成暗示雪子所代表的美只是一隻在清晨或暮色之中飛舞的千紙鶴，令人憧憬，卻不可觸及。

講到這裡，你會不會覺得《千羽鶴》中的男人很渣？菊治的父親有情人，菊治不僅和父親的情人有過曖昧，還交往了很多女性。這其實也是日本文化的一種現實，當然，在日本文化中，好色和風雅是有區別的。川端康成筆下的男性屬於後者，這是他的作品體現出的日本文化的另一個特徵。

風雅源於日本文化中男性對女性的欣賞。在展開這個話題之前，我要聲明一點，日本傳統文化中沒有男女平等的概念，男性是處於主動地位的一方，女性相對來講要謙卑很多。關於這種文化好不好、對不對，先別忙著做評論，要只看事實。這其實也是我們與不同文化背景的人交流時應該注意的。讀世界各國的文學作品，很重要的意義之一就是能讓我們更深度地瞭解和理解不同的文化，進而理解文化背後的人。

在日本這樣的男權社會，男性是否能夠欣賞女性的美，決定了他是否風雅。相應地，能贏得男性欣賞的女性會被認為是有魅力的。在《千羽鶴》中，這種風雅就體現在對女性美的感悟和追逐上。川端康成在書中並沒有讚譽或詬病這種文化，只是把它寫了出來。而正是因此，我們才得以透過他的文筆瞭解日本文化的這一面。

如今，距川端康成生活的年代已經過了近半個世紀，日本文化的這一面已經被隱藏得很深了。在日本，至少在表面上，男女是平等的。

川端康成的作品還幫助我對日本的禪宗文化有了更感性的認識。英文裡有個詞叫Zen，指的是日本禪宗。日本禪宗和我們熟悉的中國禪宗不太一樣。中國的禪主要是指靜修，自己修心、頓悟。日本的禪則是融入生活的一種文化，體現為劍道、茶道、飲食和文學上的崇尚自然與極簡主義。一方面，他們認為現實世界的一切在自然面前都是短暫的，不管多麼絢麗的美都是虛妄的幻象；另一方面，人們又用各種方式，如插花、枯山水庭園、文學作品，將這些易逝的美「永恆」地保留了下來。這種眷戀塵世的「永恆」，反倒更增添對現世的哀愁。

川端康成對日本禪宗的詮釋，在其小說《雪國》中隨處可見。以下這是其中一段文字：

> 黃昏的景色在鏡後移動著。也就是，鏡面映現的虛像與鏡後的實物在晃動，好像電影裡的疊影。出場人物和背景沒有任何聯繫。而且人物是一種透明的幻象，景物則是在夜靄中的朦朧暗流，兩者消融，描繪出一個超脫人世的象徵世界。尤其當山野裡的燈火映照在姑娘的臉上時，那種無法形容的美，使島村的心都幾乎為之顫動。

一切好像都存在，一切又好像皆是虛無。書寫到最後，生命都被厚雪掩蓋和藏匿，蒼茫無一物。在小說的結尾處，作者用了大段筆墨描繪星空與銀河的景象。這些宇宙時空，其實也是人物內心情感的反映。人類的生命，縱有百年，也逃不出自然規律的宿命。於是，看淡生死，超脫情懷，達到枯與寂的意境才能永恆。

禪宗文化講究人融於自然，同時人作為主體領悟自然之美。參觀過日本寺院的朋友會發現，那些寺廟都非常漂亮。這並不是給遊客看的，而是修行的人刻意營造出了清淨的環境幫助自己修心。川端康成把這種思想融入自己的作品，自然美在他的小說中無處不在，和主人公的情感融合，體現出一種「以我觀物，物皆著我之色彩」的境界。

最後必須要提的是，川端康成那一代人在日本被稱為「覺醒的一代」。他們經歷過戰敗，一方面看到了國家、城市變得滿目瘡痍的景象，另一方面又在一夜之間擁有了遊行、集會和示威的自由——這也是戰敗帶來的，而且在不到十年的時間裡，日本就實現了從戰爭狀態到和平狀態的轉型。這一切來得太快、太容易，過去的各種願望「輕飄飄」地就實現了。這時日本人就會覺得不踏實，不得不開始思考「我是誰」的問題。

這個「我」是指日本民族。日本人的成功之處在於，他們把大和文化做了西式的包裝，然後推向全世界。除了川端康成，三島由紀夫、黑澤明也都是這個時代的人。他們把日本的文化用西方人容易接受的方式表達，引起了許多西方人的興趣。事實證明，日本以外的民眾想看的是日本自身的文藝作品，而不是對西方作品拙劣的模仿。從這一點來講，川端康成值得當下的我們學習，特別是可以學習如何將我們文化的精髓以國際化的語言表達。

回到本節開篇所說，瞭解日本文化最好的辦法是去日本，交一些日本朋友，或者讀日本主流作家的書、看日本的經典電影。當然，看故事不是重點，重點是感受其中的文化，特別要留心一下「精緻」、「物哀」、「禪宗」這幾個關鍵詞。

練習題

閱讀川端康成的《雪國》，以五百字評論對其中人物。

本章小結

一個國家有一個國家的文學，一個時代有一個時代的經典作品。反過來，透過一部經典作品，我們能瞭解一個時代，能懂得一個國家的文化和國民特性。雖然親身經歷、親身體驗得到的感覺更真實，但這不僅成本高、時間長，而且常常無法實現。所以，閱讀相應的經典著作可以算是一個捷徑。那些經過長期考驗、眾多讀者篩選後保留下來的著作，不僅大大真實地反映了國家和歷史，作者高超的表達技巧也值得我們學習。

第7章

關於社會

文學作品是社會的一面鏡子，我們能夠從中看到社會百態；文學作品也是時代的縮影，我們能夠因此而瞭解時代的特徵和變遷。無論是反映現實還是重現歷史，文學作品都與時代有著必然的聯繫；無論是紀實的還是虛構的，文學作品都表達出了作家對社會的認識。正如法國著名文藝理論家丹納（Hippolyte Adolphe Taine）所說，藝術作品的產生取決於時代精神和周圍的風俗。每一個時代的代表性作品，從形式到內容，都打上了時代和社會的烙印。

7.1 《李爾王》：莎士比亞的人生智慧

如果說但丁開創了義大利語文學，莎士比亞則稱得上是英語文學的開山鼻祖，甚至可以說是現代英語的開創者。在今天人們使用的英語中，有大約一千七百個單詞是莎士比亞發明的。當然，莎士比亞享譽全球，更多的是作為偉大的劇作家和詩人，而不是單詞的發明者。莎士比亞一生寫了三十七部戲劇，絕大部分都堪稱精典。在批評家巴特開出的「有史以來最偉大的一百部戲劇」清單中，莎士比亞的戲劇在前十部中占了五部（第一名《李爾王》〔*King Lear*〕、第三名《哈姆雷特》〔*Hamlet*〕、第五名《馬克白》〔*Macbeth*〕、第七名《奧賽羅》〔*Othello*〕和第十名《第十二夜》〔*Twelfth Night*〕）。

從莎士比亞生活的時代開始，他就被文學界和讀者廣泛推崇。人們對他的崇拜從未因時間的流逝而衰減，種種新的文學流派都試圖從他那裡找到自己的立足點。在英國，他被冠以「民族詩人」的尊號；在歐洲大陸啟蒙時期，伏爾泰、歌德等人都是他的崇拜者；在浪漫主義時期，雨果等人稱他的作品充滿了浪漫主義精神；恩格斯則說莎士比亞的《溫莎的風流娘們》（*The Merry Wives of Windsor*）中的一個角色加上一條狗，比全部德國喜劇加在一起更有價值；進入二十世紀，早期的現代主義運動者將莎士比亞看成先鋒派的鼻祖，後期的文學家們則稱莎士比亞為後現代主義鋪平了道路，甚至女權主義者也從莎士比亞的戲劇中尋找男女平等的依據——其實，那些後現代主義作家距莎士比亞生活的年代已經過去四個世紀之久了。

今天，人們依然在讀莎士比亞的作品。美國私立中學要教四五部完整的莎士比亞劇作，一方面是因為這些作品確實寫得很好，另一方面是因為作品中探討的各種問題，特別是人與人之間的問題，是跨越時空的，今天我們依然會遇到。莎士比亞不僅是一個文豪，也是一個充滿生活智慧的人。他總是會透過作品中的人物之口說出自己的想法，而那些話充滿了哲理。我們不妨讀一段他在《哈姆雷特》中借老臣波洛涅斯之口說出的話：

不要想到什麼就說什麼，凡事必須三思而行。對人要和氣，可是不要過分狎昵。相知有素的朋友，應該用鋼圈箍在你的靈魂上，可是不要對每一個泛泛的新知濫施你的交情……傾聽每一個人的意見，可是只對極少數人發表你的意見；接受每一個人的批評，可是保留你自己的判斷……不要向人告貸，也不要借錢給人；因為債款放了出去，往往不但丟了本錢，而且還失去了朋友；向人告貸的結果，容易養成因循懶惰的習慣。尤其要緊的，你必須對你自己忠實；正像有了白晝才有黑夜一樣，對自己忠實，才不會對別人欺詐。

波洛涅斯是女主角歐菲麗婭的父親，這段話是劇中波洛涅斯在兒子波爾提遠行之前叮囑他的話。這段話講得很直接，但是越想越有道理，對我處理人際關係的影響很大。

和很多文人過得窮困潦倒所不同的是，莎士比亞是一個精明的商人，晚年生活得恬適安詳，這其實也和他的人生態度、生活方式有關。今天雖然存有一些關於他生平的文獻和史料，但是瞭解他思想最好的辦法還是讀他的書。比如，我從他的書中總結了這樣一些人生智慧——如果篇幅允許，我還可以列出很多：

- 合理支配金錢。
- 家庭和諧最珍貴，要忠於愛情，區分愛情與情慾；兩性關係需要兩情相悅，水乳交融，不能勉強；

- 要放鬆自己，享受生活，體會文學和音樂的魅力，享受美食，不要過度悲傷；
- 要克制自己的慾望，不要酗酒、賭博、縱慾無度；
- 年輕與老邁全由心靈決定。

莎士比亞最著名的是悲劇，尤以創作於成熟期和晚期的四部作品藝術成就最高，它們分別是《哈姆雷特》、《奧賽羅》、《李爾王》、《馬克白》，也就是一些批評家所說的「四大悲劇」。其中，《李爾王》被巴特列為有史以來的第一劇作，緊隨其後的是《伊底帕斯王》和《哈姆雷特》。因此，我們就透過《李爾王》，來看看莎士比亞對人、社會、歷史的思考。

李爾王的故事源於英格蘭的一個遠古傳說。這個傳說可以追溯到羅馬人統治之前，流傳到莎士比亞，至少有一千五百年了。在劇本中，故事是由好幾條線索同時展開的，但是情節並不複雜。故事梗概是這樣的：年事已高的李爾王打算退位，把國家交給三位女兒統治，並把最大的領地賞賜給最愛他的人。於是，大女兒高納里爾和二女兒里根獻媚，稱自己愛父親勝於世上的一切。三女兒考狄利婭不會阿諛奉承，只說自己的愛不可以用言辭表達。喜歡聽奉承話的李爾王在盛怒中收回了三女兒考狄利婭的繼承權，將國家分給了大女兒和二女兒。當時，勃艮第公爵和法蘭西國王都在追求考狄利婭，但是當勃艮第公爵聽說她什麼都沒有分到時，便毀掉了婚約，而看中考狄利婭品貌的法蘭西國王迎娶了這位一無所有的小公主。

至於李爾王的結局，一想便知。得了領地的兩個女兒不僅不贍養父親，還想著殘害手足以獲得全部的領地，反倒是一無所有的考狄利婭表現出了對父親的愛，並在法蘭西國王的幫助下反抗自己的兩個姊姊。

這中間還有一些曲折的情節，我們跳過不談，直接來看最後的結局：反抗失敗，考狄利婭和李爾王被俘，考狄利婭被殺，而她那兩個罪大惡極的姊姊也沒有得到好結局。最後，荒涼的世界上只剩下垂垂老矣的李爾王，可以說是個大悲劇。

《李爾王》是一個上了年紀的人才寫得出來，上了年紀的人讀才更有體會的大悲劇，是莎士比亞成熟期的悲劇作品。這時的莎士比亞對人生已經有了非常深刻的理解，因此，包括《李爾王》在內的四大悲劇和早期的悲劇作品《羅密歐與茱麗葉》完全不一樣。《羅密歐與茱麗葉》的結局雖然也很悲慘，但故事推進得比較輕鬆。用歌德的話說，這部劇「到處充滿了青春與春天」。《李爾王》則從頭到尾都非常沉重，這反映出了作者歷經人生滄桑後對人生和命運的深刻感悟。英國著名劇作家蕭伯納（George Bernard Shaw）說：「沒有人可以寫出比《李爾王》更加悲慘的戲劇了。」回顧前文講過的古希臘悲劇的本質，你會發現，這時的莎士比亞已經走上了希臘古典主義悲劇的道路。

許多著名的演員扮演過李爾王，但通常只有上了年紀的演員才能演繹好這個角色。這很像西班牙的佛朗明哥舞，通常只有四十歲以上的演員才能跳出那種滄桑勁兒。

當然，《李爾王》中有很多誇張的地方，比如，是否真有李爾王這麼傻的父親？但作為讀者的我們不必太認真，因為作者只用了兩萬六千多個單詞，就講了這樣一個場面和時間跨度都很大的故事，所以必須做到文字精練，壓縮掉所有不必要的情節。不過，在中國歷史上，還真有像李爾王這樣的人，比如戰國時的一代英主趙武靈王。

讀這部作品，更需要關注的是作者透過故事表達的思想，以及那些發人深省的對話，而不是情節本身有沒有破綻。作為讀者，我們應該清楚，作品是作家對生活本質的獨特觀察和總結，而非對生活的直接臨摹。這裡面不僅融入了作者的主觀看法，而且為了使作品產生戲劇化效果，作者常常會在一個場景中融合平時生活裡很多場景下才有可能出現的多個畫面。這就如同中國繪畫中有所謂的「四季開花」現象一樣，也就是把不同季節開的花畫到一幅作品中。尤其是戲劇，為了表現作者對人生獨特的觀察和感受，也為了吸引人，通常會把劇情編得比較誇張。正是因此，英語裡才有了「dramatic」這個詞，用以表示戲劇化、誇張的。

我第一次瞭解莎士比亞的作品，是父親跟我提到《羅密歐與茱麗葉》和《梁山伯與祝英台》的相似性。後來他又給我講了《哈姆雷特》和《威尼斯商人》的故事，令我對這個四百多年前的英國作家產生了興趣。一開始讀莎士比亞的劇作只是出於好奇，後來發現他對人生看得極為透徹，而且他的看法和時代、國家無關，這引發了我的很多思考，我就陸續讀了他的所有作品。讀了朱生豪的譯本後（朱生豪只活到三十二歲，沒有來得及翻譯完莎士比亞的全部作品，未完成的部分由方平繼續完成了），怕翻譯得不夠準確，還又拿來梁實秋的譯本對比著讀。即便不讀英文版，也能感覺到朱生豪的版本再創作的成分多一些，梁實秋的則完全是直譯。到美國後，我讀了英文版，證實了我的想法。總的來講，我覺得還是朱生豪的版本更好一些。可以說，莎士比亞的作品一直伴隨著我成長，我從他那裡學到了很多為人處世之道。直到今天，我還會時不時地拿起他的書看一看，幫自己理清一些想法。當然，莎士比亞對我寫作的幫助也很大。

莎士比亞是個很擅長透過講故事傳遞思想的人。關於莎士比亞在表達自我方面的技巧，我總結為以下三個層次。

第一層，要講能喚起別人共鳴的故事。正如前文所說，莎士比亞是一個生活經歷非常豐富的人。他的作品雖然大多取材於當時流行的一些故事、傳說以及歷史事實——這一點和薄伽丘、喬叟（Geoffrey Chaucer）等人都一樣——但是他也有對自己的經歷加以裁剪和整理，附著在他講的故事中。這讓那些故事看起來似乎就是我們身邊發生的事情，這也是莎士比亞劇作到今天還有很多人讀的重要原因之一。就連《李爾王》裡所說的親情問題，也並不會因為社會整體的進步就消失了。幾百年後我們再讀也完全不覺生疏，因為我們周圍仍舊有一堆李爾王這樣的人。當我們看到表面奉承、暗中耍手段的人，就會想到李爾王的兩個女兒。

《李爾王》這部劇還講到了愛情，告誡女孩子們要搞清楚對方看中的是自己這個人，還是自己能帶來的榮譽、地位、金錢等。法蘭西國王在得知考狄利婭將一無所有時，講了這樣一段深刻的話：

> 最美麗的考狄利婭！你因為貧窮，所以是最富有的；你因為被遺棄，所以是最可寶貴的；你因為遭人輕視，所以最蒙我的憐愛。我現在把你和你的美德一起攫在我的手裡；人棄我取是法理上所許可的。天啊天！想不到他們的冷酷的蔑視，卻會激起我熱烈的敬愛。陛下，您的沒有嫁妝的女兒被拋在一邊，正好成全我的良緣；她現在是我的分享榮華的王后，法蘭西全國的女主人了……

莎士比亞的這些洞見是超越時空的，到今天還能夠引起我們的共鳴。托爾斯泰說「作家要喚起一種經驗過的情感，這種情感要以別人可能體驗到的方式交流」，莎士比亞做到了。

第二層，文學創作的元素要抽離現實生活，這正是文學需要高於生活的地方。從本質上講，《李爾王》探究的是親屬關係對人類不幸的影響。這是一個有哲學高度的話題，不是一個時代、一個民族的問題，而是我們世代都必須面對的問題。我環顧自己身邊，像李爾王這樣的家長非常多。雖然現在很多人是獨生子女，不會遇到這樣的父親，但職場裡的主管也可能是個李爾王。

《李爾王》還探討了一個關於權力的話題。權力會使人任性，李爾王如此，很多獨裁者也是如此。但是，曾經擁有權力的人一旦失去了權力，身上的任性卻不會隨之消失。不過到那時，這種任性不僅不會再被任何人接受，還會產生一種反作用，使這樣的人必然成為犧牲品。李爾王如此，很多失去權力的人也是如此。

類似地，很多曾經擁有過財富又失去了財富的人也難逃厄運。任何人的權力和財富都需要和他的能力相匹配，否則就會出問題，這個規律適用於所有國家和時代的人。因此，今天很多政治學學者喜歡以《李爾王》為例討論權力的話題。

莎士比亞這種將思想高度濃縮的寫作手法，值得我們學習。當一個人需要在普遍性問題上表達自己的觀點時，必須拋開那些和具體時代、地域、文化背景有關的元素，抽取出最本質的東西，這樣才可能對全人類都適用。我在「矽谷來信」中介紹過如何做出全球化的產品，其中最重要的一個觀點就是拋開國別、地域的特色，尋找全人類都有的基本需求，比如，好萊塢電影、iPhone就是這樣做的。過於個性化、本土化，就不可能全球化。而莎士比亞作品的一大特點，就是從生活中提取、濃縮出關於人性和社會本質的思想。當然，這些思想必須要附著在一個故事上講出來，那樣才有人讀，否則就成哲學作品了。

第三層，再深刻的道理，也要用直白的語言說出來。

《李爾王》雖然思想深刻，但是語言很直白，下面不妨看一下其中的三句話：

> 一個負心的孩子，比毒蛇的牙齒還要使人痛入骨髓！（第一幕）
>
> 瘋子帶著瞎子走路，本來是這時代的一般病態。（第四幕）
>
> 愛情裡面要是摻雜了和它本身無關的算計，那就不是真的愛情。（第一幕）

這些大實話隱含了很多哲理。有的人為了令文字有美感，會用很多形容詞和典故。在我看來，這就如同為了做一道好菜，用很多名貴的原材料一樣。其實，寫作的最高境界是用平實的語言寫出警句。而《李爾王》和莎士比亞其他劇作中的很多警句都沒有典故，也沒有難懂的詞，含義卻深刻雋永。

莎翁的劇作能夠跨越時空廣為流傳，是因為他是透過文學講哲理，能夠喚起今天大眾的共鳴。在表達上，他能借助人們熟悉或喜聞樂見的故事，以直白的語言將深刻的道理寫出來，讓各個國家、各個時代的人都能理解。

練習題

閱讀一部莎士比亞的悲劇作品，理解命運和悲劇之間的聯繫，思考為什麼命運造成的悲劇是所有悲劇中的悲劇。

7.2 《十日談》：黑死病後的歐洲變革

生活在今天的人，受益於科技的進步和物質的豐富，更多關注的是如何進步和發展。我們的基調是不斷向前的，我們喜歡談論英雄、理想主義，相信明天一定比今天好。但是，在人類歷史上，災難並沒有因為經濟和科技的發展就消失了，它不僅一直存在，還會時不時地發生。二〇二〇年，全世界遭受了新型冠狀病毒肺炎的襲擊，人們不得不重新審視人生和社會，重新理解幸福。這場全球公關衛生事件不是歷史上的第一次，也不會是最後一次。而在這種時候，人們往往會不知不覺地從過往的文學作品中尋找相似的境遇，再尋找答案。於是，很多人把目光投向了薄伽丘的《十日談》（*Decameron*）。

《十日談》講述的是十四世紀中期發生在義大利的故事。當時，佛羅倫斯和歐洲的很多城市都爆發了黑死病，僅佛羅倫斯就死了十多萬人，而整個歐洲的死亡人數據說在七千萬到兩億之間。一三五〇年，薄伽丘開始創作《十日談》。他虛構了一個場景：十位年輕男女跑到佛羅倫斯郊外躲避瘟疫，在一個宜人的花園住下，每天除了唱歌、跳舞，每個人還要講一個故事。十天，十個人，就講了一百個故事。這些故事合在一起，就是《十日談》。

今天，這本書之所以值得拿出來讀一讀，不僅是因為這場全球公共衛生事件，也是因為它能教我們換一種視角看待社會、審視人生。我們過去長期堅持的價值觀可能是虛無的，忽視的東西可能是美好的，尊敬的人可能是虛偽的，看到的事情可能只是表象。下面不妨來看看書中具體的一個故事，體會一下什麼叫作換個角度看問題。

這是書中第一天的第二個故事。有一個叫作亞伯拉罕的猶太人，他有一個好朋友叫楊諾，是個天主教徒。楊諾為了勸說亞伯拉罕皈依天主教，不斷吹噓天主教。時間一長，亞伯拉罕多少有點信了楊諾的話。但亞伯拉罕覺得耳聽為虛、眼見為實，要去羅馬親眼看看天主教是什麼樣的，只有這樣才能決定信還是不信。

楊諾一想，亞伯拉罕到了羅馬，目睹了教會的腐敗生活，肯定不會信教，因此他不建議朋友出行。但亞伯拉罕很堅決，楊諾只好讓他去了。

果然，羅馬教廷醜陋的一面都被亞伯拉罕看到了，可他回來後竟然告訴楊諾，自己決定皈依天主教。楊諾感到很奇怪，追問他原因。亞伯拉罕說，羅馬本該是神聖的，現在卻成了包容一切罪惡的大熔爐；那位高高在上的「牧羊人」（即教皇）和下面那些「牧羊人」（即主教們），本該做天主教的支柱和基礎，卻正日日夜夜千方百計地要讓天主教早些垮臺。

但是，亞伯拉罕話鋒一轉，說不管人們怎樣拚命想把天主教推翻，它都屹然不動，而且日益被發揚光大。這意味著天主教一定有聖靈做支柱、做基石，天主教確實比其他宗教更加正大神聖。楊諾萬萬沒想到，亞伯拉罕竟從教會的腐朽中得出了這麼一個結論。

這個故事很短，但是有很多值得學習的地方。

首先，它的寫作手法非常巧妙，用今天的話說叫劇情大反轉，但是這樣的反轉很符合邏輯。其次，也是更重要的，就是它教會了我另一種思考方法。而且這樣一個從文學作品裡得到的感悟，日後經常被用在工作中。這裡我講兩件事。

第一件事是很多年前我在騰訊時遇到的。當時一位從Google來的員工向我抱怨，說代碼品質太差，還沒有單元測試，系統三天兩頭崩潰，他很鬱悶。於是我就和他講了這個故事，告訴他換一個角度看問題。照理說，這麼差的工程品質，用戶早就應該都跑光了，可是它的用戶還在不斷增加，大家使用起來好像也沒有遇到什麼麻煩。這說明它像故事裡的天主教一樣，「有聖靈在給它做支柱」。

接著，我建議他去找原因，這個原因一定是價值所在。後來他按我說的去做，真的找到了原因，之後便能夠客觀地評價騰訊的工程工作了，他自己的職業也發展得很順利。

第二件事是我幾年前做一個風險投資時遇到的，那筆投資給我的基金帶來了幾十倍的回報。如果你盯著很多細節看，那個創業公司問題一大堆，但奇怪的是，很多企業做不成的事情，它都能做成。因此，從外面整體看，它發展得很好，而且沒有作假。

有一家很有名的基金本來要和我們一同投資給它，看到那些「亂象」後就放棄了。幾年後，這家基金問我為什麼當時堅持看好它，我也講了這個故事。

然後我說，如果你發現一個大廈有很多蛀蟲卻能屹立不倒，那說明它可能有過人之處，如果真能找到這個過人之處，就可以放心投資。我是發現那家公司的創始人很厲害，總能先人一步進入一個即將蓬勃發展的領域。事實上，到今天，華為、三星（Samsung）等企業都是它的客戶。

看完這兩段經歷，你是否覺得文學的用途遠不止提高文采？它對我們讀理工科、做技術、做投資都可能有用。《十日談》的這個小故事不斷提醒我，看到表象和常識相違背的時候，表象可能是假的，我們需要尋找表象下面的本質。莊子講，無用之用，是為大用，就是這個道理。

其實，整本《十日談》都是在啟發我們換一個角度看問題。

《十日談》成書於黑死病肆虐之後。黑死病對歐洲社會影響巨大，可不僅僅在於死了很多人，更在於讓人們對生活的看法、對上帝的信仰都發生了改變，用今天的話講，就是讓人「三觀盡毀」。其結果是，人們做事的方式、生活的態度開始轉變。其中的原因主要有三點。

首先，人們發現和上帝距離更近的主教、教士們並沒有少死，這讓人們對上帝的崇拜大減，甚至開始懷疑上帝是不是全能的。好像在細菌面前（當時還不知道是細菌引起了黑死病），所有人都是平等的。神治不了病，還得靠醫生，這就促進了歐洲醫學的發展。另外，既然教會沒有那麼神聖，它所規定的清規戒律人們就不嚴格遵守了，人們的價值觀（比如對貞操的看法）也隨之改變。這些在《十日談》一書中有很多體現。

其次，中世紀的歐洲人比較重視來世，覺得現世只是將來上天堂的一個短暫的過渡期。可是，整個社會一下子死了好多人，自己的親朋好友都說走就走了，這不免讓活著的人倍覺生命的可貴，開始重視當下的生活。具體講，就是更關注世俗的幸福，而不是對信仰的虔誠。

因此，從十四世紀開始，以義大利為代表的歐洲進入一種享樂主義的風潮。再加上十字軍帶回了阿拉伯地區的生活方式，就連教皇等神職人員都開始享受生活。薄伽丘筆下的很多教士都沉醉於物質享受和肉慾的快感之中，那也是當時義大利的普遍情況。在後來的文藝復興期間，教皇們對藝術、建築、裝飾產生了極大的興趣，這也是文藝復興得以在義大利開展的原因之一。

最後，由於勞動力一下子少了很多，荒地到處都是，人變得非常值錢，有條件過更好的生活。當時城市裡的雇主為了吸引勞工，都在漲工資，這就逐漸催生了城市的中產階級。此外，勞動力短缺促使歐洲開始尋求用機械取代人力，引起了後來的工業革命。

歐洲，特別是義大利的這種種變化，被薄伽丘看在眼裡，並且被他透過故事的方式寫了出來，這讓我們得以感受那一段歷史。在薄伽丘之前，但丁完成了《神曲》，那是講神的故事、精神的故事，薄伽丘則補上了人間的故事、世俗的故事。作為文藝復興的先驅人物，他們二人共同推動了文學從中世紀到新世紀的轉折。

接下來，我想藉由《十日談》這本書，分別站在作者和讀者的角度，談談寫作與閱讀方面輪廓和細節的關係。

先從作者的角度來看一下。《十日談》裡的故事，從主題到形式，差異都非常大；書中的人物眾多，有王公貴族、僧侶騎士，也有平民百姓、販夫走卒。這麼多複雜的故事、這麼多複雜的人物被放在一起，整本書的輪廓卻非常清晰，那就是讚美人間美好的生活，諷刺教會和貴族騎士。書中所有的故事，都是圍繞這一目的而組織的。

為了讓大眾接受書中的觀點，薄伽丘採用了「三分迎合、七分引導」的方式。你可能聽說過，《十日談》裡的很多故事並非薄伽丘原創的，而是在當時歐亞諸國廣為流傳的民間故事，這就是「三分迎合」，讓讀者感到熟悉、親切。不過，薄伽丘在不違反事實的前提下，對每個故事的細節做了編輯和潤色，以達到他諷刺教會、謳歌人間的目的，這就是「七分引導」。事實上，《十日談》在出版後獲得了巨大的成功，很快被翻譯成其他語言。要知道，當時歐洲還沒有古騰堡（Johannes Gutenberg）發明的印刷機呢。

站在讀者的角度，我們需要從每一個看似離奇的故事中讀出作者的本意，而不是單純為了獵奇。

我第一次讀《十日談》時，這本書還沒有解禁，我是透過北大圖書館裡的一位朋友才借到的。當時這本書沒有解禁，原因是怕有讀者會把書裡一些男歡女愛的故事讀歪了。實際上，我們在讀一本書時，先要讀出全書的輪廓和作者的本意。《十日談》一書宣揚的人文主義精神，是對當時歐洲社會和人們觀念變革的全方位描述，作者很清晰地講述了教會的腐朽和當時人性的復甦。作者告訴人們，過去大家的精神信仰可能有問題，大家尊敬的主教們並沒有那麼高尚，而人間的生活是美好的，舊時的貞操觀念已經過時了。這是我們透過泛讀應該獲得的整體印象。當然，我們可能會對一些具體的故事更感興趣，甚至會讀很多遍，由此獲得的體會可能會成為我們知識體系的一部分，這就是精讀的效果。

回到《十日談》這本書，在薄伽丘之前，中世紀的文學體裁遠沒有現在這麼豐富，只有宗教文學、詩歌和宮廷文學，凡人的故事是難登大雅之堂的。在《十日談》之後，歐洲出現了大量講述人間故事的短篇小說。這些短篇小說後來又成了一些著名戲劇的創作原本，比如，莎士比亞很多戲劇的情節就來源於那些短篇小說。今天讀這本書，更能幫助我們理解薄伽丘所處的變革時代，理解為什麼文藝復興會在義大利出現。

練習題

閱讀《十日談》或者《坎特伯里故事集》（*Canterbury Tales*），談談人性解放的話題。

7.3 《簡愛》：女性的獨立平等意識

不少正在讀大學的讀者讓我推薦兩本書給大學生，我說，男生一定要讀一讀《詩經》，至於女生，必須讀《簡愛》（*Jane Eyre*），而且有男朋友的女生最好是和男朋友一起讀。推薦男生讀《詩經》，是為了讓他們多一分文采和浪漫情懷；推薦女生讀《簡愛》，是因為它是現代女性尋找理想伴侶的參考書。

讀《簡愛》這本書，不能光看故事。雖然它的情節並不枯燥，甚至很有懸念，但是相比於書中透露出的思想以及極為細膩優美的文筆，故事情節頂多排到第三位。

我最初讀這本書是在初中，和很多人一樣，我是抱著看故事的心態讀的，因此沒有讀出太多味道。我第二次讀這本書是在高中，因為歷史老師推薦將《簡愛》和哈代（Thomas Hardy）的《德伯家的苔絲》（*Tess of the d'Urbervilles*）一起讀，認為這樣年輕人就能清楚將來應該選擇過一種什麼樣的生活。我的這位老師並沒有習慣性地把苔絲個人的悲劇全部算到時代頭上，而是指出了苔絲性格上的缺陷——軟弱和對男人的依賴性。作為對比，他認為簡愛是堅持獨立、平等、自己掌握自己命運的女性的代表。我驚訝於他對我們的坦誠，正巧當時剛讀完《德伯家的苔絲》，馬上又把《簡愛》找來讀了一遍，就讀出了一些味道。後來我又去讀《簡愛》的英文版，進一步體會到它文字上的美感。

《簡愛》的故事情節大致是這樣的。

簡愛出生在一個貧窮的牧師家庭，從小父母雙亡，被舅媽虐待。她在十歲的時候開始反抗舅媽，從此舅媽再也不敢小覷她，不過很快就將她送到了一個條件極差的寄宿學校。在學校，簡愛被老師訓斥，還遭受霸凌，唯一能給她安慰的是好朋友海倫，但不久海倫就因肺病去世了。

我認為全書最細膩、最有感染力的一段文字就是關於海倫之死的，下面不妨來讀一讀。

「海倫！」我輕聲地悄悄喊著，「你醒著嗎？」

她動了一下身子，把床帳拉開，我看見了她的臉，又蒼白，又憔悴，但卻相當平靜。她看上去變化那麼小，我的擔心馬上煙消雲散了。

「真是你嗎，簡？」她用她特有的溫和語調問。「啊！」我想，「她不會死的，他們搞錯了。要真會的話，她決不會說話口氣和神情都這麼鎮靜。」

我靠近她的床邊，吻了吻她。她的額頭冰涼，面頰又冷又消瘦，手和腕也這樣，但是她的微笑仍和從前一樣。

「你幹嘛上這兒來，簡？已經過了十一點了，我幾分鐘以前就聽見鐘敲過。」

「我是來看你的，海倫。我聽說你病得挺厲害，不跟你說幾句話我睡不著覺。」

「那麼說，你是來跟我告別的囉，也許你來得正是時候。」

「你要上哪兒去嗎，海倫？是回家嗎？」

「對，回我永久的家——我最後的家。」

「不，不，海倫！」我悲痛已極，說不下去了。我正竭力想把眼淚嚥回去的時候，海倫劇烈地咳嗽了起來，但卻並沒有驚醒護士。這陣咳嗽過去以後，她精疲力竭地靜躺了幾分鐘，然後輕聲地說：

「簡，你光著兩隻小腳。快躺下來，蓋上我的被子。」

我照著做了。她用一隻胳臂摟著我，我緊緊依偎著她。默默不語了很長時間以後，她才又重新說話，聲音仍舊很輕。

「簡，我很快活。當你聽到我死了的時候，你千萬別傷心，沒有什麼可傷心的。我們大家都總有一天會死，正在要我的命的這個病也並不太痛苦，它是一步一步緩緩來的。我心裡沒有什麼牽掛。我死後沒有人會太懷念我，我只有一個父親，他新近又結了婚，不會想念我的。正因為死得早，我會免受許多大的痛苦。我並沒有什麼品質或者才能讓我在世上闖出一條路來，我準會老是不知怎麼辦才好的。」

「可是你是在往哪兒去呢，海倫？你看得見嗎？你瞭解嗎？」

「我相信。我有信仰，我是到上帝那兒去。」

「上帝又在哪兒呢？上帝到底是什麼？」

「是你我的創造者，他是決不會把他創造的東西毀掉的。我絕對信賴他的力量，完全相信他的仁慈。我正在數著時間，等待那重大的時刻到來，它會把我交還給上帝，讓他顯示在我的眼前。」

「這麼說，海倫，你是相信一定有那麼個叫作天堂的地方，我們死了以後靈魂能夠上那兒去嗎？」

「我相信一定有個未來的國度，我相信上帝是善良的，我可以毫不擔心地把我不朽的那部分交託給他。上帝是我的父，上帝是我的朋友。我愛他，我相信他也愛我。」

「那麼我死了以後，海倫，我還能再見著你嗎？」

「你也一定會到那個幸福的地方去，受到同一個無所不在的全能的天父接待的，毫無疑問，親愛的簡。」

我還在問，不過這回只是在心裡問：「那個地方在哪兒？它真存在嗎？」想著，我用兩臂把海倫摟得更緊一些。對我來說，她顯得比過去更寶貴了，我覺得我簡直不能放她走。我躺在那兒，把臉埋在她的頸窩上。不一會兒，她用最溫柔的語調說：

「我覺得多麼適意啊！剛才那一陣咳嗽弄得我有點疲乏了，我覺得彷彿想睡似的。不過別離開我，簡，我喜歡你待在我身邊。」
「我會陪著你的，親愛的海倫，誰也沒法把我拉開。」
「你暖和嗎，寶貝？」
「暖和。」
「晚安，簡。」
「晚安，海倫。」
她吻了我，我也吻了她。我們倆都很快就睡著了。
我醒來時已經是大白天。一種不平常的驚動弄醒了我。我抬頭一看，自己正躺在別人懷裡，是護士抱著我。她穿過走廊把我抱回到寢室裡去。我並沒有因為離開自己的床挨罵，大家有別的事要操心。當時誰也不來回答我的一連串問題，不過一兩天以後，我聽說了當譚波爾小姐清早回到自己的房間裡時，看見我睡在小床上，我的臉緊貼著海倫．彭斯的肩頭，兩臂摟著她的脖子，我睡著了，而海倫已經——死了。

這段描寫我一直忘不了，它把和親友離別的悲傷寫到了極致。
說回故事的主線。海倫去世多年之後，簡愛從寄宿學校畢業，去到一戶有錢人家當家庭教師。這個家庭被一種神秘的氛圍籠罩著。後來，她愛上了男主人羅徹斯特先生，男主人也愛上了她。就在兩個人準備結婚時，有人指出羅徹斯特先生早已結婚，而他的妻子原來就是那個被關在莊園裡的神秘瘋女人。於是，簡愛毅然離開了羅徹斯特。
她沿途乞討，歷經磨難，最後病倒在路上，被一位叫作約翰的牧師救起來並收留。然後，她就在當地一所學校任教。約翰（其實是簡愛的表兄）向簡愛求婚，簡愛雖然感激他卻不愛他，於是離開了約翰。小說的最後，簡愛回到羅徹斯特的莊園。那座宅子已被瘋女人放火燒成了廢墟，瘋女人墜樓身亡，羅徹斯特則雙目失明。簡愛找到他，覺得兩個人平等了，便和他走到了一起。

簡愛這個角色其實是作者夏綠蒂．勃朗特（Charlotte Brontë）的化身。

夏綠蒂是十九世紀初的英國女作家。她的父親是一位貧窮的牧師，母親雖然來自一個富裕的家族，但是在她很小的時候就去世了。勃朗特三姐妹被送到如書中所描繪的那樣一個規矩嚴厲、生活條件很差的寄宿學校。那裡的很多孩子都生病死掉了，或者因病終生身體虛弱。夏綠蒂的姐姐就病死在裡面，她是小說中海倫的原型。

夏綠蒂從學校出來後，自己辦過學，當過家庭教師。對於做家庭女教師的這段經歷，夏綠蒂感到艱辛和屈辱，這是她在小說中一直表達渴望平等的原因。在這段時間，有兩個人向夏綠蒂求過婚，一個是她的一位女友的哥哥，另一個是一位年輕的牧師——這兩個人都是小說中約翰牧師的原型。夏綠蒂沒有答應，因為她覺得那兩個人並不是真的愛她，只是要娶妻生子罷了。對照夏綠蒂和簡愛的經歷，就會發現二者高度相似。

夏綠蒂寫這本書，就是要透過簡愛這個人物表達自己對婚姻、女性社會地位以及人生價值的思考。在一百五十多年前，英國很少有女性出書（珍．奧斯丁是個特例）。因此，《簡愛》這本書於一八四七年第一次出版時，用的甚至是「柯勒．貝爾」（Currer Bell）這樣一個男性化的筆名。

雖然今天女性的地位跟夏綠蒂生活的時代相比已經有了翻天覆地的變化，但《簡愛》這本書所表達的女性價值——具體說來，就是公平意識、平等意識和獨立意識——仍然是我們認同的現代女性的基本價值。因此，男性想要更好地跟女性相處，也應該對此有所瞭解。

首先是公平意識。不僅要有這種意識，還要懂得反抗。簡愛從十歲開始反抗舅媽，到後來反抗學校的霸凌，反抗社會偏見對女性的不公平，她一直都在這方面努力著。其實，如何對待霸凌和不公平的待遇，是今天每一個在學校的孩子，在職場上的年輕人，以及無力再加班的中年人都必須面對的問題。

我在《見識》一書中講到，小時候挨了一巴掌後的反應決定了一個人後來的命運。其實，即便在西方，強烈的公平意識和自我意識也並不是自然就有的。從《簡愛》這本書中可以看出，具有這種意識的女主角在當時是另類。但正是因為社會上有簡愛這種人，公平意識在今天才能深入人心。我自己對公平意識的追求，對不公平的反抗，其實是從讀《簡愛》這一類書開始的。我要感謝我的老師，明確地告訴我們他對簡愛身上所具備的公平意識的肯定。

其次是平等意識。在戀愛和婚姻中，雙方一定要平等，這樣才能走得長遠。這個平等不僅僅是對待自己和對待對方的態度，更是以雙方的自身條件為基礎的。如果一方是參天大樹，另一方是一株小草，那麼即便前者表示出平等的意願，後者提出平等的要求，也很難真的做到平等。這種平等，不在於物質和外在條件，而在於思想和靈魂。《簡愛》一書中最著名的一段，就是第二十三章簡愛離開羅徹斯特時說的一段話：

「我跟你說，我非走不可！」我有點發火了似的反駁說，「你以為我會留下來，做一個對你來說無足輕重的人嗎？你以為我是個機器人？——是一架沒有感情的機器？能受得了別人把我僅有的一小口麵包從我嘴裡搶走，把僅有的一滴活命水從我的杯子裡潑掉嗎？你以為，就因為我貧窮，低微，不美，矮小，我就既沒有靈魂，也沒有心嗎？——你想錯了！我跟你一樣有靈魂，——也完全一樣有一顆心！要是上帝曾賦予我一點美貌、大量財富的話，我也會讓你難以離開我，就像我現在難以離開你一樣。我現在不是憑習俗、常規，甚至也不是憑著血肉之軀跟你講話，——這是我的心靈在跟你的心靈說話，就彷彿我們都已經離開了人世，兩人一同站立在上帝的跟前，彼此平等，——就像我們本來就是的那樣！」

簡愛堅守的這種男女雙方公平對等的原則，即便在今天，也不是所有人都能堅持的。這種不平等不太會影響到熱戀，但是會影響婚姻。簡愛很清楚，靠高攀得到的婚姻不會有好結果，因為那樣自己不過是婚姻中一個無足輕重的人。雖然她貧窮且長相平庸，但是她和上層人一樣擁有豐富的靈魂。她需要的不是憐憫，而是靈魂的平等對話。當她發現自己的地位不可能讓她做到這一點時，即使非常不捨，她也寧可選擇離開。

小說的最後，羅徹斯特幾乎失去了一切，而且失了明，這時簡愛覺得自己這隻醜小鴨終於和他平等了。於是，兩個人走到了一起。

最後是獨立意識。簡愛出身卑微，沒有太多朋友，時常生活窘迫，但她無論在什麼時候都保持著獨立意識，有主見，堅持把命運掌握在自己手裡。不管在什麼時代，大多數人的處境其實都和簡愛差不多，但是不同人的想法和行為方式差異很大。在當時的英國社會，很多女性熱衷於釣金龜婿，為了達到這個目的而舉辦的社交活動也很多。很多未來的丈母娘只關心男方的姓氏，不關心男方是什麼樣的人。這些女性在攀高枝的同時，也失去了對自己命運的把握。但由於在經濟上越來越獨立，出現了不願意在婚姻上湊合的女性，找不到合適的，她們乾脆終身不嫁。夏綠蒂對這兩種做法都不贊同，她一方面追求幸福的婚姻，另一方面堅持自己的獨立性。

夏綠蒂的生活智慧還在於，她懂得感激和愛情是兩回事。在書中，約翰牧師救了簡愛，幫助過她，但是她並不愛約翰。因此，約翰向她求婚時，她果斷地拒絕了。我們在生活中會發現，很多人分不清感激和愛情的區別。在我看來，不能因為別人對你好，經常幫你，就嫁給對方或者娶對方。簡愛是一個善良的人，但並不會因為感激約翰而委屈自己。世界上很多悲劇都是因為把感激和愛情混為了一談。人不應該因為一時的孤獨而走入婚姻，然後一輩子孤獨。

《簡愛》一書問世後受到熱捧，主要是因為它第一次談到女性在婚姻中平等地位的問題。之後，隨著全世界女性地位的提升，這本書的地位也越來越高。作為一位有思想、有文化的女性，夏綠蒂不僅提出了問題，還給出了自己的答案——**保持公平、獨立、平等的意識，永遠把命運把握在自己手中**。當然，夏綠蒂的觀念不僅適用於婚姻，也適用於任何可能存在不平等現象的關係。

如果我們從女性拓展到一般意義上的弱勢群體，《簡愛》一書中的原則同樣適用。比如個人和工作，個人就是弱勢的一方，但是如果能堅持獨立性和對公平的追求，即便遇到一些暫時性的困難，從長遠來講也是能保持主動的；反之，如果過分依賴組織，就會陷入被動，而且會習慣這種被動。

練習題

閱讀《簡愛》，分析一下書中的女權主義思想。

7.4 魯迅：文學對社會變革的力量

前文講過歌德等德國文化菁英對四分五裂的德意志民族出路的思考。其實中國在鴉片戰爭後的情況，和歐洲三十年戰爭後的德意志地區非常相似，中國的社會菁英也都在尋找中華民族的出路。

甲午戰爭失敗後，李鴻章訪問了德國，並專程到鄉下去向已經退休在家的鐵血首相俾斯麥（Otto von Bismarck）求教。一番會談後，李鴻章得到的結論是三句話：「五洲列國，變法者興，因循者殆！」此後，中國的文化菁英雖然在「怎麼變」這件事情上吵得一塌糊塗，但是對「變法者興」的認識是一致的。當然，要變，就必須對過去有全面的反思。在這一點上，「五四」那一代文學家都有很深入的思考。

「五四」一代的文學家不僅數量多，而且見識廣，影響深。這一節，我就以魯迅先生為主，談談文學跟社會變革的關係。

魯迅先生是中國新文學史上的代表人物之一。一百多年來，他不僅在中國人心目中的地位極高，在全世界也受到廣泛讚譽。哥倫比亞大學著名的東亞研究所稱魯迅是中國近代最偉大的文學家，日本諾貝爾文學獎得主大江健三郎則稱魯迅是二〇世紀亞洲最偉大的作家。

如果要問魯迅先生最了不起的地方是什麼，很多人一定會說，魯迅先生對中國人國民性的認識入木三分。的確如此，而且他的小說有相當大一部分都是在討論這個問題。任何一個民族的國民性都有好的一面和壞的一面，但是對於好的一面，魯迅先生很少說。這其實並不難理解，他是覺得，他們那一代人的任務就是要改變中國，給中國尋找出路，因此好的就不用說了。不僅魯迅先生如此，和他在政治觀點上相去甚遠的胡適先生也是如此。胡適雖然講話溫和，卻毫不客氣地指出了中國人的很多劣根性，一點也不比魯迅先生客氣。

不過，少褒揚、多貶抑的做法是很招人恨的，這也是今天很多不明事理的人胡亂批評、調侃魯迅先生的原因。在他們看來，辜鴻銘歌頌中國人的溫良優秀品質，更值得褒獎。不過，著名政治經濟學家和社會學家韋伯曾經說過，一個學者真正的任務就是犧牲自己，他應該說出別人不想聽到的事實。在這方面，魯迅先生確實擔得起「中國魂」這個評價。

為了讓更多人接受他的思想，魯迅先生透過文學作品（包括他寫的和翻譯的），在故事裡把自己的想法講了出來。他在早期的小說代表作《吶喊》和《徬徨》裡揭露了封建禮教對人性的摧殘，同時對中國國民性的缺點有著深刻的洞察。在我看來，以下三個方面特別值得關注。

第一，「奴性」特點。這是魯迅先生的代表作《阿Q正傳》和《藥》主要描寫、批判的特點。這種奴性表現為：當了奴隸卻不自知，不僅泰然處之，甚至還有些歡喜；對同伴的悲慘境遇麻木不仁，只要厄運沒有落到自己的頭上，就去當圍觀群眾，甚至叫好。胡適也表達過類似的觀點，他稱之為「沒有人格」。

第二，自欺欺人。阿Q的精神勝利法就是最典型的表現。這一點很多人在中學語文課上都學過，我就不贅述了。

第三，做人和辦事不認真。魯迅先生在《端午節》這篇小說裡塑造了一個叫方玄綽的「差不多」先生。這個人糊里糊塗地過了一年又一年，不願意面對現實，苟且偷安。不僅做人如此，做事也一樣。

魯迅先生在很多雜文中也講了中國人不認真的毛病，而且特別跟日本人做事認真的特點做了對比。這種看法，不僅魯迅先生有，陳獨秀、胡適，甚至一直讚譽中國傳統文化的辜鴻銘也有。辜鴻銘說過：「如果拿現代中國和日本相比較的話，中國人只是口頭饒舌，而懶得去做，日本人是口頭上不怎麼說，但卻認真地付諸行動。」

需要特別強調的是，魯迅先生和「五四」那一批文化菁英指出的毛病，在今天的中國人身上已經不太明顯了。這在很大程度上要感謝他們那一批文化菁英，將這些劣根性從幾千年的文化中挖了出來。要知道，做這樣的事情是有道德風險的，但是他們寧願承擔各種罵名，也要透過自己的文學作品影響一代又一代人。中國人逐漸拋棄傳統專制社會，轉向近現代文明社會，那一代人的文學家發揮了相當重要的作用。

當然，魯迅先生看到的中國國民性不只是缺點，也有好的一面，這主要集中在他晚年的作品中。大家都知道魯迅先生有「中國的脊梁」的說法。在離他去世只有兩年時間的一九三四年，魯迅先生寫了《中國人失掉自信力了嗎》一文。在這篇短文中，他特別肯定了中國，說：「我們從古以來，就有埋頭苦幹的人，有拚命硬幹的人，有為民請命的人，有捨身求法的人。」其實，直到今天，這四種人依然是我們社會的中堅力量。

此外，魯迅先生自始至終都對中國底層百姓的很多優秀品質讚譽有加。比如，他在《一件小事》中描寫了一個心靈美好、有責任心、有擔當的人力車伕，在《故鄉》中描寫了各種善良的鄉村民眾。相比之下，他對上層人士提出的多是批評。這種看法，和前文介紹的俄羅斯文豪如出一轍。

你可能會問：瞭解一個地方的國民性有什麼用處？我在大學畢業前對此是無感的，因為平時打交道的都是自己的同類人，不是同學就是老師。後來我開始工作，接觸到辦公室政治，就多少需要對中國人的國民性有些瞭解了。再後來，我到全球各地做生意，就需要瞭解世界各國人的國民性。我在生意場上的一位領路人和我講過一段話，大意是，我們無法改變每個地區的人的國民性，但是需要詳細瞭解他們的長處和弱點，這樣才能善用他們的長處，同時抓住他們的弱點。這是一位成功的商業人士的忠告。對於今天的年輕人來說，要想瞭解中國人的國民性，讀魯迅先生的作品是個很好的路徑。

當然，瞭解中國人的國民性不等於找到解決中國問題的答案。事實上，魯迅先生一生都在為這個問題而不斷求索。在我看來，這和歌德很相似。其實，不僅魯迅在求索，那個時代的社會菁英也都在求索，從梁啟超到陳獨秀，從蔡元培到胡適，無一不是如此。用今天的話來講，這些人都是那個時代的「網紅」，身後都有一大群追隨者，而他們思想形成和變遷的過程，影響了同輩人和下一代人跟隨他們一同往前走。只不過，他們解決問題的手段不同——梁啟超提倡改良，陳獨秀走向革命，胡適選擇教育，魯迅先生等人則依靠文學。

當然，那批人生活的年代離今天有點遠了，因此有人讀他們的作品會覺得吃力；再加上社會環境發生了很大的變化，有的人甚至會覺得他們的作品有點乏味。而要想從他們的作品中汲取營養，就需要瞭解他們思想形成的過程。

相比於德國的歌德、黑格爾、華格納等人，魯迅等中國的文化菁英有一個便利條件，就是有可以借鑑的東西，因此他們都是拿來主義者——借鑑了日本和西方的思想文化。比如，胡適受美國的影響比較大，特別是受他的老師實證主義大師杜威的影響很大；陳獨秀受馬克思主義影響；魯迅先生早期受日本和德國文化影響，後來受到唯物主義影響。理解了這一點，讀魯迅先生的作品就容易多了。

大多數人都知道魯迅先生曾經留學日本，他的日文水準很高。但你也許不知道，魯迅先生還下功夫學過德語。他在日本留學期間，閱讀了尼采大量的原文作品，他早期的作品中也有很多尼采的影子，包括德國式的英雄情結。因此，德國著名漢學家、《魯迅文集》的德文譯者顧彬（Wolfgang Kubin）說，如果不理解德國和日本的文化，是很難真正理解魯迅先生的。這話有一定的道理。比如，英雄情結和超人思想在魯迅先生早期的作品中體現得非常明顯。

如果要說魯迅先生一輩子做了什麼事情，我會把它概括為「喚起民眾」。而喚起民眾這件事，就是典型的德國式英雄主義情結，以及日本近代啟蒙思想家福澤諭吉做的事情。在中國的傳統文化裡，文人講究「窮則獨善其身，達則兼濟天下」，但很少有喚起民眾的思想。而魯迅先生的作品，喚起民眾的目的性很強，甚至很直接。下面不妨看兩個例子。

在《吶喊》的自序中，魯迅先生講：「我們的第一要著，是在改變他們的精神」，這話說得很直接。雖然他後面寫道：「我絕不是一個振臂一呼應者雲集的英雄」，但這其實是一種自謙。在我看來，他真正想做的事情，恰恰就是要振臂一呼。魯迅先生在這篇文章中還談到自己的想法不被人理解，因而感到孤獨，感到無端的悲哀，但他並不憤懣。我覺得這其實和尼采的心態非常像。尼采也覺得當時的人不理解他，感到孤獨，但是他對自己非常有信心，相信後世的人能夠懂他，因此他從不憤懣。

不過，隨著新文化運動的落潮，魯迅先生陷入了徬徨之中，跟「五四」時期的「吶喊」狀態完全不同。直到一九二〇年代末，他接觸到左翼的思想，結識了瞿秋白和其他左翼作家，開始接受唯物主義，並逐漸拋棄了英雄主義。他對中國民眾的肯定，也是在那之後的事情。

但魯迅先生思想的轉變，並不意味著他早期努力的失敗，因為有閱讀能力的青年人的確被他那一代的知識菁英喚醒了。中國最終也像德國一樣開始了復興，這其中有革命者的功勞，有教育者的功勞，也有魯迅這樣的文學家的功勞。

練習題

閱讀魯迅先生的《朝花夕拾》，評述二十世紀初的中國社會。

活躍在一九四〇年代上海的女作家張愛玲，在沉寂了近五十年之後，其作品突然在圖書市場上變得非常流行。

7.5 張愛玲：現代都市紅男綠女的生活

要理解「張愛玲歸來」的文化現象為何會出現，先要理解為什麼她沉寂了幾十年。前文在介紹古典主義文學和藝術時講過，所有大時代都需要標準化的文學和藝術作品。張愛玲那些描寫十里洋場紅男綠女的作品，在當時顯得有點不合時宜，也因此被冷落。不過，隨著轟轟烈烈的革命時代被和平建設的時代取代，中國改革開放和城市化進程加速，張愛玲所描繪的都市生活場景，讓一九九〇年代的中國讀者覺得親切了起來。張愛玲還是那個張愛玲，但社會環境變了，讀者的接受程度也隨之發生了變化。

下面，我就透過張愛玲的代表作《傾城之戀》，來講一講她對當代讀者的意義。

在一九八〇年代以前，中國文學寫都市生活的作品數量不多。茅盾先生的《子夜》算是極有分量的一部。這部作品描寫的是民族資本家的生活，裡面對上海的生活有很精細的描寫。但由於講的是金融市場的故事，改革開放前的中國人對此並不熟悉，加上小說的政治意味比較濃，人們也就忽視了其中有關都市生活的內容。另一部寫城市生活的作品是曹禺先生的《日出》。這個故事雖然也發生在上海，但由於是劇本，講的是一個家庭在一天之內發生的事情，對社會生活場景的展示很少。其他寫城市生活的海派作家，多數時候處於邊緣位置。

相較之下，對感受到了現代都市生活的中國讀者來說，看到張愛玲的作品當然會覺得很驚喜。張愛玲在上海出生、長大，又去香港讀過書，她早期作品寫的正是這兩個城市的生活。

在相當長的時間裡，中國真正有現代大都市氣息的城市，幾乎只有上海和香港。北京雖然大，但是現代都市生活的氣息不夠濃；蘇杭、廣州雖然生活氣息濃，但是城市不夠大，時代氣息也不夠。當一九九〇年代中國開啟城市化和現代化進程時，大都市裡的現代生活、人際關係應該是什麼樣的，怎麼處理感情上的問題，人們其實不是很清楚。於是，張愛玲的書就成了都市生活教科書。

我們先來看看張愛玲在她的代表作《傾城之戀》中描繪的幾段生活場景，這本書寫的是一九四〇年代初期發生在上海和香港的故事。很多文學愛好者最關注的，當然是女主角白流蘇和男主角范柳原的愛情糾葛。但我一九八〇年代讀這本書時，最驚訝的是那些對城市生活的描寫。比如，張愛玲在開篇是這麼寫的：

> 上海為了「節省天光」，將所有的時鐘都撥快了一小時，然而白公館裡說：「『我們用的是老鐘』，他們的十點鐘是人家的十一點。他們唱歌唱走了板，跟不上生命的胡琴。」

這寫的是夏時制。夏時制就是根據季節，對標準時進行調節，這本身就是現代社會的一個產物。中國在二十世紀八〇年代末實施過幾年的夏時制，當時我們四月份也要把表撥快一個小時，因此，我在大學時讀到這一段，既感到驚訝，又覺得特別親切。

接下來，書中講白四爺「在萬盞燈的夜晚」，咿咿呀呀地拉著胡琴。中國過去江南小鎮上拉胡琴的不少，卻沒有人「在萬盞燈的夜晚」拉。瞎子阿炳只能在月色下拉，因為中國過去根本就沒有路燈，而且到了晚上，街上就沒人了。到了二十世紀八〇年代以後，我才看到北京夏日夜晚的萬盞燈火，年輕人才有了閒暇享受生活。那時，雖然沒有人拉胡琴，卻有很多人彈吉他唱歌，也就是說，絕大多數中國人體會到的城市化初期的生活氛圍，跟張愛玲描寫的幾十年前的上海非常像。

當中國的城市居民再有點錢，開始出去旅行，經歷的很多場景也能在張愛玲的小說裡找到近似的描寫。比如，在《傾城之戀》第四章，有一段描寫了徐先生、徐太太一家和女主角白流蘇到香港後住酒店的情景。

他們下船之後，「上了岸，叫了兩部汽車到淺水灣飯店」。到了飯店，「他們下了車，走上極寬的石級，到了花木蕭疏的高臺上，方見在高的地方有兩幢黃色房子。徐先生早定下了房間，僕歐們領著他們沿著碎石小徑走去，進了昏黃的飯廳，經過昏黃的穿堂，往二層樓上走」，這才到了他們預訂的房間。然後「僕歐拿鑰匙開了門」，幫他們放下行李。你看，這是不是和我們今天出差或者度假住酒店的情形很相似呢？

再接下來，徐太太開著門放白流蘇和她的男朋友范柳原進房間，請他們喫茶，說「在我們這邊喫茶罷，我們有個起坐間」，然後「揿鈴叫了幾客茶點」。這和我與朋友出門旅行的情況也差不多，到了酒店，我們會聚到一個相對大的客房喝茶聊天。

然後，徐先生從臥室走出來道：「我打了個電話給老朱，他鬧著要接風，請我們大夥兒上香港飯店。就是今天。」這種接風的場景你也覺得很熟悉吧？

但是，這樣的生活在一九九〇年代之前的中國是難得一見的。如果不讀張愛玲的小說，一九八、九〇年代的普通人其實很難想像得出來。不要說巴金、丁玲這批老作家很少寫這樣的生活，就是一九九〇年代年輕的小說家們，其作品也大都不涉及這樣的內容。

張愛玲生活在中國一九三、四〇年代大都市的中上階層，她的生活後來在全中國被普遍化了，所以後來的讀者能從她的小說裡讀到親近感。

當然，張愛玲小說的價值，並不只在於描繪了大都市的生活方式，更重要的是，她非常細膩地寫出了城市社會環境中男人和女人會怎麼相處，人們的婚戀觀具有什麼樣的特點。我還是以《傾城之戀》為例來說明。

在這部中篇小說中，女主角白流蘇是一位漂亮的大家小姐，書中花了不少筆墨描寫她的美麗和風韻。她經歷過一次失敗的婚姻，身無分文，備受親戚們的嘲諷，因此看透了世態炎涼。好不容易遇到了有錢未婚的男主角范柳原，便拿自己當賭注，特地到香港去博取愛情和婚姻。范柳原是一位情場高手，跟白流蘇原本有點逢場作戲的意味。兩個人從一開始交往就各自揣著算計，不肯拿出真心。張愛玲對白流蘇的心態寫得特別好，把女性的那些小心思全寫了出來。

兩個人鬥到後來，范柳原感到乏味了，準備出國，白流蘇也準備放棄了。但就在這時，老天成全了他們。日軍在襲擊珍珠港的第二天開始轟炸香港，白流蘇擔心范柳原的船被炸沉。第二天一大早，白流蘇聽到門鈴聲，發現站在門口的居然是范柳原——原來他並沒有走，而是選擇了回來保護白流蘇。兩個人緊緊地摟在一起。張愛玲說，「香港的陷落成全了他們」，「傳奇裡的傾國傾城的人大抵如此」。這也就是小說書名的來歷。

不僅這部小說，張愛玲幾乎所有小說描寫的都是生活中普普通通的人。當然，那些人放在當時都是中上階層的人。這些人不會做出驚天動地的偉業，不會有什麼充滿懸念的離奇經歷，甚至可以說他們是一些俗人。但是，一對俗人也可以有驚世駭俗的愛情。白范二人原本出於防範的心態，都不願拿出真情，但是炸彈炸掉了兩個人防範對方的牆，讓他們看到了彼此的真心。張愛玲在小說的結尾講：「他不過是一個自私的男子，她不過是一個自私的女人。在這兵荒馬亂的時代，個人主義者是無處容身的，可是總有地方容得下一對平凡的夫妻。」這是城市人的患難見真情，有算計，也有真心。

對城市裡戀愛男女的人性特點進行細緻入微的描寫，是張愛玲小說的一大亮點，很多人喜歡讀張愛玲的小說也是這個原因。她道出了很多男女關係中普遍存在，但未必人人都好意思說出來的心思。

比如，我們熟悉的紅玫瑰和白玫瑰論，即男人娶了美豔活潑的紅玫瑰，就會想要溫柔理性的白玫瑰，反過來也是如此。這種心態很多人都會有。而在《傾城之戀》中，張愛玲有一段關於好女人和壞女人的理論，意思是，男人就希望對方既是壞女人，又是好女人，希望對方在家裡關起門來是風騷的壞女人，在外人面前又是一本正經的好女人。這也是今天的城市生活中，很多人有但不願意承認的心態。更真實的情況是，這種想法不僅男人有，女人也有。讀一讀心理學或性學的書籍、研究報告，你就會發現，這種心態在人類身上普遍存在。但是，學術性的讀物實在不好理解，對人的影響遠不如文學大。在論及這類問題的中國作家中，還真沒有人能超過張愛玲——她善於洞察人心，而且能夠用一兩句非常精練的語言道出現象背後的本質。因此，戀愛中的男女要想理解對方的心理，不妨讀讀她的書。

提起張愛玲，很多人都會想到她那句「出名要趁早」。這句話成了今天很多人想輕輕鬆鬆一夜成名的理由，甚至很多沒有讀過她的書的人也會把這句話掛在嘴邊。因此，我們需要說說她是如何獲得那些文學成就並得到相應的名氣。事實上，張愛玲說這句話是有背景的。

張愛玲雖出身於一個大家族，祖父張佩綸是李鴻章的女婿，但因為父母離婚，她一直跟著父親和繼母生活，童年並非無憂無慮，而是和繼母矛盾很深。張愛玲後來講，她一直害怕穿繼母的舊衣裳，而且似乎永遠穿不完。在這樣的環境下，張愛玲發奮讀書寫作，十二歲的時候在校刊上發文章，中學還沒畢業就已經寫稿子掙錢了。這讓她的生活有了很大的改變，也令父親對她的態度有了改善。因此，張愛玲後來在書攤上看到自己的書，發出了「出名要趁早」的感慨。

很多人只記得這句話，卻不知道張愛玲從小就在閱讀上花了非常多的時間。她十一歲就讀了《紅樓夢》以及大量的古典名著，中學時就有著極高的文學素養。這有點像今天一些十幾歲就大學畢業的天才。我們不能光看到結果，還要明白他們十幾歲的時候，學問就已經不在成年人之下了。

今天張愛玲的書仍然值得讀，絕不是因為她出名早，而是因為她對都市男女入木三分的刻畫。

練習題

寫兩段文字，分別描繪三十年前的都市生活和今天的都市生活。

7.6 米蘭・昆德拉：西方存在主義思潮

我在大學的時候和幾位同學一起讀存在主義的著作，發現非常晦澀。後來我在書攤上看到一位叫作米蘭・昆德拉（Milan Kundera）的捷克作家的小說，讀起來輕鬆很多，而且書裡講的很多事情和存在主義是一回事。於是，存在主義就變得好理解了。

後來我在美國生活了二十多年，去過歐洲十幾個國家，和很多西歐、北歐的人一同工作甚至一同生活過。我發現歐洲人在生活中對物質的慾望不是很強烈，能吃飽飯、有地方睡覺就好，而他們對婚姻家庭和兩性關係的看法，不僅和東方人不同，也和美國的清教徒完全不同。理解他們，需要懂得存在主義，而米蘭・昆德拉的作品可以說是從文學上理解存在主義的一把鑰匙。

米蘭・昆德拉這個名字對讀者來說並不陌生，即使你沒有讀過他的書，也會經常在媒體上看到他的名字。特別是到了每年的十月，他就會和村上春樹等人一道出現在「最有可能獲得諾貝爾文學獎的人」的名單上。當然，大部分人瞭解他，是因為他的代表作《生命中不能承受之輕》（*Nesnesitelná lehkost bytí*）。這本書一直非常暢銷。

順便說一句，《不能承受的生命之輕》是這部小說的通行譯名，而我當年讀到的時候，它被翻譯成《生命中不能承受之輕》。不過無論怎麼譯，讀起來都有點彆扭。其實，它的英文名稱 *Unbearable Lightness of Being*（第一版是法語版，書名為 *L'Insoutenable légèreté de l'être*）更能反映作者的原意。這個書名有兩個表達語義的詞彙，一個是「unbearable lightness」（不能承受之輕），另一個是「being」，雖然它可以被翻譯「生命」，但是它準確的含義應該是「人的存在」。實際上，法語原版用的就是

「l'être」（存在）一詞。因此，從書名我們就能知道，這本書是要討論人和人的關係。當然，這種關係離不開政治和社會背景。

小說寫的是一九六八年的捷克，主人公托馬斯是一位生活在布拉格的外科醫生，他在婚姻失敗後，開始和多個情人同時交往。他有一套自己的理論，認為性和愛是可以分開的，而且他對情人們總是一視同仁。所以，他和幾個女性同時交往卻完全沒有心理負擔，而他的情人們也不好有什麼抱怨。

後來，托馬斯遇到了特蕾莎，開始改變自己的想法，決定娶她。由於時局動盪不安，托馬斯帶著特蕾莎去到瑞士開始新的生活。但是，不習慣異鄉生活的特蕾莎後來又回到了捷克。特蕾莎離開後，托馬斯最初有一種重獲自由的輕鬆感，但沒多久他就發現自己其實已經再也無法回到原來無拘無束的生活了，於是回到捷克去找特蕾莎。在捷克，托馬斯不僅要受到特蕾莎的約束，還要受到政治的約束。他因為發表文章而丟了在大醫院的工作，只能和特蕾莎到農村生活。所幸，在那個天高皇帝遠的地方，沒有人關心他的政治表現，這讓托馬斯和特蕾莎可以擁有自己快樂的生活。不過，作者暗示他們二人死於一場人為製造的車禍。

在書中，作者還安排了兩條副線與之做對比。

第一條副線是托馬斯與女藝術家薩賓娜的感情糾葛。薩賓娜曾經是托馬斯的情婦之一，她不僅漂亮，還和托馬斯有共同語言，是特蕾莎吃醋的對象。薩賓娜的生活態度和以前的托馬斯非常像，她能夠把愛與性分割開來，並且選擇在生活中不承擔責任。她認為忠誠是討好大眾的媚俗行為，因此在感情中不斷選擇背叛。托馬斯和她交往時，兩個人都沒有負擔，因此顯得特別「輕鬆」。

第二條副線是薩賓娜的情人，大學教授弗朗茨的故事。弗朗茨本是一個比較傳統的人，有家庭，並且對婚姻抱有堅定的信念。為了和薩賓娜在一起，弗朗茨離了婚，卻被薩賓娜拋棄，因為薩賓娜並不想受到婚姻的約束。於是，弗朗茨的婚戀觀受到了重創，他發現自己的想法可能還停留在上一代。像是矯枉過正了一般，他要去過一種轟轟烈烈的生活，於是就和自己的學生相戀了。有一次，弗朗茨跑到柬埔寨參加一場毫無意義的遊行，遇到搶劫，他想展現自己的勇氣，和劫匪打鬥起來，不幸被擊倒而喪命。

這本書的寫作手法是將人物和思想兩兩對照著寫。比如托馬斯和弗朗茨，特蕾莎和薩賓娜，他們彼此既對立，又形成相對的統一。當然，生命中的輕和重是作者要重點對照的。

所謂生命之重，昆德拉引用了尼采的永恆回歸理論，把它用文學的語言講了出來：「如果我們生命的每一秒鐘都有無數次的重複，這就會像耶穌釘於十字架，被釘死在永恆上。」我的理解是，這樣一種輪迴讓每個人的一舉一動都變得極其重要，因為這些舉動會對別人和世界造成重大影響。這樣一來，生命就成了一種重負，沉甸甸地壓在人身上。但如果沒有輪迴，生命似乎又變得毫無意義了，輕得同樣讓人不能承受。個人生命如此，歷史也是如此。

這本書中的故事發生在一九六八年——這是「布拉格之春」（Prague Spring）發生的年代。你能想像到，托馬斯生活在一個動盪的年代，他的每一次抉擇都意味著喪失，這讓他感到非常沉重。於是，托馬斯和薩賓娜在男女關係上看似很隨意的舉動，就成了追求輕的做法。

雖然我們今天跟托馬斯身處的社會環境全然不同，但關於生活之重的體驗，其實我們每個人都有。往小事上說，我們在公司裡，總是做完一件事又來兩件，沒完沒了，彷彿被釘在了十字架上。往大事上說，我們人生中的每一次選擇又何嘗不是沉重的？

在親密關係上，也是如此。今天不少年輕人雖然有固定的伴侶，卻不願意結婚，也是想獲得那種輕的感覺。似乎只有輕，才能平衡生活中的重。講到這個輕，你可能會聯想到前文講的尼采的酒神精神，我覺得它們確實有聯繫。

但是，如果認為簡簡單單地用一個「輕」字就能化解生活中的重，就是把問題看得太過簡單了。現實生活中，追求輕本身就是一個讓人無法承受的負擔。這也是書名《生命中不能承受之輕》的由來。事實上，沒有了重，輕就失去了根基。在書中，特蕾莎是「生命之重」的化身，她在托馬斯的一次出軌之後，嘗試了一次一夜情。但這不僅沒能讓她解脫，還讓她陷入了麻煩和苦惱。也就是說，輕並沒有那麼容易化解重。作者在書中講了這樣兩段話：

> 可是在每一個時代的愛情詩篇裡，女人總渴望壓在男人的身軀之下。也許最沉重的負擔同時也是一種生活最為充實的象徵，負擔越沉，我們的生活也就越貼近大地，越趨近真切和實在。
>
> 完全沒有負擔，人變得比大氣還輕，會高高地飛起，離別大地亦即離別真實的生活。他將變得似真非真，運動自由而毫無意義。

這說明輕實際上要以重為基礎。然後，作者向所有讀者發問：「那麼我們將選擇什麼呢？沉重還是輕鬆？」

米蘭．昆德拉的這個發問，其實是一九六〇年代之後歐洲自由派知識分子經常問自己的問題。在資訊時代到來之後，西方社會在物質水準上已經比第二次世界大戰前進步了許多，但人類的根本性問題並未消解，只是被掩藏在了浮華喧囂和全民娛樂之下。在這種背景下，存在主義成了非常熱門的文化思潮，並且對歐洲人產生了很大的影響。

按照其代表人物尚－保羅．沙特（Jean-Paul Sartre）的說法，存在主義就是「存在先於本質」。按我自己的理解，這句話的含義是，人本身並沒有先天的道德和靈魂，道德和靈魂都是人在生存中創造的。因此，人沒有義務遵守某個特定的道德標準或信仰特定的宗教，都具有選擇的自由。更通俗地講，我們的行為和我們的選擇，最終形成了我們的思想。

照理講，要瞭解存在主義應當去看沙特的書，但他的書實在太難讀了。我幾次拿起來，又放了下去。相比之下，同樣思考這個問題的米蘭．昆德拉的作品，對我來說就更容易讀進去。雖然昆德拉極力反對人們將他劃歸到某個主義，但我覺得，他的作品確實充滿了存在主義色彩，他是在用文學的語言寫哲學。

書中的薩賓娜是今天女權主義者的代表，而弗朗茨這個形象很像今天歐洲理想主義的知識分子。他們在年輕的時候接受的是比較傳統的教育，但是他們渴望更精彩的人生。弗朗茨就像是寫下了《動物莊園》的英國作家喬治．歐威爾，雖然有著上層社會的身分，上過伊頓公學，但十分關注社會不公問題和底層民眾，還跑到西班牙參加過國際縱隊，反對獨裁者佛朗哥。

瞭解了存在主義的思想，就不難理解托馬斯、特蕾莎、薩賓娜和弗朗茨的行為了。他們都沒有預先設定的道德和價值觀，各自選擇自己的道路，而這些選擇既有他們對自由、愛情和情慾的渴望，也受到他們過去生活軌跡的影響。他們追求著輕，但每一次選擇又都是很沉重的，而且沒有回頭路可走。

昆德拉在書中用四個人物講述輕與重的問題，但他更多的是啟發我們思考，而不是給出答案。事實上，昆德拉自己也沒有答案。我們可以把托馬斯和特蕾莎之死理解為，即使放棄對生命之輕的追求，問題依然得不到解決。弗朗茨臨死前是他前妻守護在身旁，這似乎又在說，傳統社會依然是人們的避風港。對此我很理解，因為今天歐洲的很多知識分子也是這樣的，他們的夢想和現實發生著強烈的衝撞。

如果回顧一下歐洲過去百年的思想文化史，我們會發現，已經有好幾代人在思考「人的存在」這個很基本的問題了。理解存在主義，感受小說中人物的行為和想法，思考昆德拉給我們提出的問題，有益於我們在全球化時代更好地理解歐洲人。

我剛到美國不久時，曾經和一個北歐人在一間公寓共同生活過一個暑假，他的行為就像是活脫脫的托馬斯。還有一位跟我關係很不錯的羅馬尼亞同學，他身上則明顯帶有弗朗茨的影子。要是按照我們通行的價值觀衡量他們，簡直可以用思想、行為荒誕來描述，但是瞭解了歐洲的現代文學後，我就容易理解他們、和他們相處了。

當然，每個人都不可避免地會遇到所謂輕和重的問題。讓我們再次重複昆德拉那句靈魂拷問：「那麼我們將選擇什麼呢？沉重還是輕鬆？」對此，我更願意學習寫下《老人與海》的海明威，追求人生中積極的一面，在更廣闊的天地裡尋找人生的意義，把大部分精力用於行動。

練習題

閱讀《齊瓦哥醫生》或者《靜靜的頓河》（*And Quiet Flows the Don*），以一千字分析一下二十世紀初的俄羅斯社會和民眾心理。

本章小結

文學最終都要指向人的問題，涉及人和人的關係，包括男女關係，以及人的存在等根本問題。而人的問題離不開社會背景，因此，優秀的文學作品常常是社會的縮影。由此你就不難理解，為什麼在兩個時代之交會有《十日談》出現，在革命的年代會有魯迅先生，而在城市化的年代，人們又捧起了張愛玲的書。

第8章

關於體裁

在本書的最後一章，我將換一個角度——從形式出發，講解文學。文學有多種形式，比如詩詞歌賦、散文、小說、雜文、報導。不同形式的文學作品有不同的特點，也是表達自我的不同方式。有時我們需要根據場景選擇不同的文學形式，而瞭解它們的特點是我們熟練使用這些文學形式的前提。此外，不同的文學形式有不同的形成背景，其發展會有歷史和時代的烙印，欣賞和理解經典的文學作品，常常需要回到當時的歷史環境中。

8.1 唐詩：形式與內容哪個更重要

中國詩歌水準發展的最高點是在唐朝，再往後，其實是在走下坡路。今天的人已經習慣了社會不斷向前發展，方方面面都是一次又一次地創造新高。其實，社會不斷向前發展只是工業革命以後才有的現象，在此之前，「循環往復」比「不斷發展」更能概括歷史的特點。即便在今天，也只有科技和經濟是永遠向前的，文學和藝術未必如此。在歷史上，文學可以有很多高峰，很難講後面的就一定比前面的高，詩歌藝術便是如此。中國詩歌在唐朝達到巔峰之後，進一步發展的社會基礎和需求不復存在了，自然就無法再提高了。

詩歌在唐朝達到巔峰有兩個標誌，一個是題材更為豐富，另一個是詩歌的各種形式定了型。這些都是唐朝人的創新，並且由於他們在這兩個方面做得太好了，留給以後的文人進一步提升的空間就很有限了。再加上宋朝之後的科舉考試和人才選拔並不看重學子們賦詩的水準，詩歌只是士大夫們抒發情懷的方式，而不是學問的體現，進一步導致詩歌無論在題材還是形式上，都沒有更多突破。因此，今天我們讀詩，主要是讀唐。而讀唐詩，就必須瞭解它是如何發展起來的，特別是相比於之前的詩在形式上做了什麼創新。

世界各國早期都是詩和歌不分家，也就是說，詩是可以唱的。中國早期詩歌的代表作品《詩經》和《楚辭》也是如此。這種詩歌讀起來和唐詩的差異極大。最早有唐詩風貌的詩歌是漢朝的古詩，今天流傳下來的代表作品是南朝蕭統收集整理的《古詩十九首》。這十九首詩都很通俗易懂，讀起來朗朗上口，因此廣為流傳。下面不妨讀一讀其中的一首，體會一下其中的韻味：

生年不滿百，常懷千歲憂。
晝短苦夜長，何不秉燭游。
為樂當及時，何能待來茲？
愚者愛惜費，但為後世嗤。
仙人王子喬，難可與等期。

這首詩反映了古人對人生的思考，有一種憂傷的美，表現出了道家的哲學意境，讀它猶如讀《莊子》。

《古詩十九首》深刻地反映出了漢末社會大動盪時期，知識階層理想的幻滅和心靈的覺醒，抒發出了人最自然、最樸素的情感。這十九首詩能流傳下來，可以說完全依賴於其內容。至於它們在創作的形式上是否有獨到之處，公平地講，真沒有，除了押韻，毫無格律可言。其實，不僅這十九首詩，直到隋唐之前，大多數詩都是如此。雖然那幾百年不斷有好詩出來，但好詩的產生有很大的隨機性，和後來的唐朝無法相比。

詩到了隋唐便開始迅速發展，猶如春花在瞬間綻放，昨天還是一派嚴冬景象，今日便已是春色滿園。造成這種現象的原因主要有三個。

先從技術層面看，隋唐出現了印刷術，這讓詩歌可以廣泛傳播。否則，單靠口耳相傳或者用手抄寫，即便有好詩，也未必傳得下來。再從文化層面看，自隋唐之後，政治穩定，社會進入文化大繁榮時期，門閥政治的格局也被打破，讀書的人數量大大增加，這為詩歌藝術的繁榮奠定了基礎。最後從政治需求層面看，當時的科舉考試是要考詩賦的，而舉子拜見考官和當朝士大夫時也要呈上自己寫的詩。所以要想當官，必須寫好詩。詩人韓翃就因寫下了「春城無處不飛花」的佳句，得到了唐德宗的賞識。

今天我們讀唐詩，會發現它們和更早的古詩有很大的區別，直白地講，就是韻律讓人覺得特別舒服。這就是唐人在詩歌上做出的貢獻。雖然在唐朝依然有類似於漢樂府詩歌和魏晉南北朝詩歌的古體詩，但人們寫的更多的是格律詩，即絕句和律詩。

格律詩不僅對詩的長短、字數有規定，詩的韻腳還要固定，中間不能換韻，而且對每句詩中用字的平仄也有嚴格要求。律詩還要求中間四句各自對仗。寫詩符合這些規範，才能被稱為工整。

在唐朝的詩人中，詩寫得最工整的是誰呢？是我們都很熟知的詩人杜甫。

對於杜甫的詩，如果僅僅讀了中學課本選的作品，那你恐怕還沒真正體會到杜甫詩歌的風格。杜甫一生寫了三千多首詩，流傳下來的有一千四百多首，題材多樣，其中以七律成就最高。僅〈登高〉一首，就被歷代文人推崇，很多人甚至認為它當屬中國歷代律詩第一名。下面不妨先來欣賞一下這首詩，體會一下它的文字之美：

> 風急天高猿嘯哀，渚清沙白鳥飛回。
> 無邊落木蕭蕭下，不盡長江滾滾來。
> 萬里悲秋常作客，百年多病獨登台。
> 艱難苦恨繁霜鬢，潦倒新停濁酒杯。

我認為，這首詩有「三佳」。

首先是內容佳。杜甫在重陽節登高有感而作此詩，他寄情於景，寫透了自己對人生的感悟。雖然全詩只有五十六個字，內容卻極為豐富。比如，第一句就寫了風、天、猿、渚、沙、鳥六種景，而且宏大的場景和工筆寫實相結合。在這個意義上，我不由聯想到米開朗基羅在西斯汀教堂天花板畫的《創世紀》。

其次是氣勢佳。曾國藩在論文章之道時講，文章的氣勢要雄奇。杜甫的這首詩景象寬闊，氣勢雄渾，特別是中間「無邊落木蕭蕭下，不盡長江滾滾來。萬里悲秋常作客，百年多病獨登台」四句。

最後是格律佳。律詩要求頷聯（即第三句和第四句）和頸聯（即第五句和第六句）對仗，而首尾兩聯只需平仄對應、押韻即可。但這首詩很特別，四聯句句對仗工整。後人評價它，「一篇之中，句句皆律，一句之中，字字皆律」。明朝文藝批評家胡應麟在《詩藪》中說，這首詩「五十六字，如海底珊瑚，瘦勁難名，沉深莫測，而精光萬丈，力量萬鈞」，還說杜甫不僅是唐人七言律詩第一，根本就是古今七律第一。

其實，這首詩還配得上一個格調佳。不過關於格調，我在後文講宋詞的時候再來說。實際上，隨便拎出杜甫的一首律詩或絕句，在格律上都無可挑剔。比如我們都很熟悉的〈絕句四首〉中的第三首：

兩個黃鸝鳴翠柳，一行白鷺上青天。
窗含西嶺千秋雪，門泊東吳萬里船。

雖然這只是他在杜甫草堂即興而寫的一首小詩，而對仗對絕句這種體裁來說又不是必選項，但杜甫依然把全詩四句對得極為工整。杜甫曾說「語不驚人死不休」，這倒不是吹牛，而是他對自己詩歌的要求非常高。細細品讀杜甫的詩，一定能感受到漢語文字的美感。非常遺憾的是，我在讀中學時，課本中選的杜甫的詩政治意味太強，雖然內容不錯，但是體現不出杜甫的工筆之細緻。改變我對杜甫詩看法的，是他〈曲江二首〉中的這一首：

一片花飛減卻春，風飄萬點正愁人。
且看欲盡花經眼，莫厭傷多酒入唇。
江上小堂巢翡翠，苑邊高塚臥麒麟。
細推物理須行樂，何用浮榮絆此身？

開頭「一片花飛減卻春，風飄萬點正愁人」一句實在是太美了，而頷聯和頸聯對仗極為工整，最後兩句又充滿哲理。後來讀的唐詩多了，我發現要論寫詩的工整程度和對文字拿捏的細緻程度，古代詩人中還真難找到能超過杜甫的。難怪英國廣播公司（BBC）在介紹中國古代文學時，會說杜甫是中國歷史上最偉大的詩人。

到此，你可能會想，詩歌的形式受到嚴格的限制，寫起來綁手綁腳，那寫詩是不是變得非常困難了呢？凡事有一弊，常常就有一利。一方面，寫格律詩自然要對漢語字和詞的格律非常瞭解；但另一方面，因為有章可循，入門其實並不難。這就如同學開車，一本交通法規和駕駛指南在手，照著學，一個週末就會了。反之，讓你隨便來，你可能一個月也學不會。

格律詩的出現把中國古代的詩歌分成了兩個階段，唐朝之前的統稱為「古詩」，唐朝之後符合格律的稱為「近體詩」。當然，這裡面的「近」字是相對而言的。

詩歌在有了定式之後，詩人們要做的不是憑空寫詩，而是「填詩，就如同填詞一樣。我在前文講了日常要用到的各種應用文體的寫法，其實就是給出了格式參考，讓你可以填入內容。當然，填出來的詩有好的，也有差的。乾隆皇帝一生寫了上萬首詩，還有一堆文人幫他潤色，結果一首都沒流傳下來，就是因為寫得太差。那怎樣才能寫出好詩呢？我們來看看杜甫是怎麼做的。

首先，杜甫文學功底深厚。他的爺爺是大詩人杜審言，他從小就接受了非常正規的中國文化和儒家思想的教育。這和李白那種靠天賦寫詩的人是不一樣的。其次，他有四個寫詩的原則，這些原則我們平時寫作也都用得上。

第一，在主題的選取上，多以有典型意義的事件、經歷和人物作為描寫對象。

我在前文多次強調，該不該寫、寫什麼、不寫什麼，比怎樣寫更重要。至於什麼該寫，最簡單的判斷標準有兩個，一個是重要性，另一個是自己熟悉，能寫好。杜甫的絕大部分詩，寫的都是對他觸動很大的生活經歷、當時的大事件、在重要地點的感悟。

杜甫成就最高的時期是在安史之亂期間和之後。一方面，是因為這時他的創作水準達到了爐火純青的地步；另一方面，是因為他經歷了太多值得記錄的事情。比如，長詩《三吏》、《三別》都是那個時期的作品。那時，每當聽到朝廷、官軍傳來好消息，他都會寫首詩；遇到令他感受特別深的事情，無論是喜事還是傷心事，也都會用詩記下來。因此，他的詩被稱為「詩史」。

比如，當時吐蕃攻陷長安，唐代宗出逃，宦官專權，藩鎮割據，朝廷內外交困。杜甫在聽說朝廷任命了新的劍南節度使後，欣喜萬分，回到成都，登樓憑眺，寫下了〈登樓〉一詩：

> 花近高樓傷客心，萬方多難此登臨。
> 錦江春色來天地，玉壘浮雲變古今。
> 北極朝廷終不改，西山寇盜莫相侵。
> 可憐後主還祠廟，日暮聊為梁甫吟。

詩中的北極朝廷是指唐王朝，西山寇盜指吐蕃。由於有真實的歷史事件做背景，不是無病呻吟，《唐詩別裁集》中稱這首詩「氣象雄偉，籠蓋宇宙，此杜詩之最上者」。

第二，寄情於景，在敘事中抒情。

我在前文講如何寫日記時提過，每個人看到一件事都會有自己的想法，把當時的想法寫下來很重要，但需要有真實的場景作為背景，這樣讀起來才有味道，才能引起讀者共鳴。當然，自己的想法要寫得入木三分。比如前文提到的王羲之的〈蘭亭集序〉，它好就好在寫下了作者當時的人生感悟。杜甫的很多詩也有這個特點，除了〈登高〉、〈登樓〉兩首，他在遊玩三峽時寫的五首詠懷古蹟詩，也是在敘事中抒情的代表。這五首詩分別吟詠了庾信、宋玉、王昭君、劉備、諸葛亮，下面可以看一下寫王昭君的一首：

群山萬壑赴荊門，生長明妃尚有村。
一去紫台連朔漠，獨留青塚向黃昏。
畫圖省識春風面，環珮空歸夜月魂。
千載琵琶作胡語，分明怨恨曲中論。

杜甫感嘆王昭君的遭遇，遠離故國之怨難以言表。當然，杜甫也是藉此感慨自己的遭遇。其餘四首也都抒發了他懷才不遇、壯志難遂的悲怨心情。杜甫是一個官宦人家的子弟，從小就想像爺爺那樣做官為朝廷效力，但卻命途多舛。他考科舉的那一年，遇上李林甫向唐玄宗稟報說，天下所有的人才都已經被朝廷錄用了（「野無遺賢」），而唐玄宗居然信了這種鬼話，於是包括杜甫在內的所有考生全部落榜。後來他雖然當過小官，但是仕途一直不順。也正是這些經歷，激發出了他全部的寫作潛力，令他寫了很多寄情於景的好詩。

第三，敘事注重客觀描述，讓故事本身直接感染讀者，少發議論。

還是以上面那首寫王昭君的詩為例。八句中的前七句都是客觀記事，只有最後一句是作者的一點點感慨。但是透過前七句，我們已經感受到了蒼涼的韻味。

第四，在格律詩原則不變的條件下，提升表現力。這就是我常說的在邊界內做事。比如，杜甫的律詩常常會設計一次主題反轉。他著名的〈登岳陽樓〉是這樣寫的：

昔聞洞庭水，今上岳陽樓。
吳楚東南坼，乾坤日夜浮。
親朋無一字，老病有孤舟。
戎馬關山北，憑軒涕泗流。

前一半寫景，後一半寫自己的近況和心情。這種轉折寫法在盛唐之後的詩中很常見。很多人在寫作時不喜歡受限制，覺得這樣發揮空間更大。是否真的是如此呢？這要看一個人駕馭文字的能力有多強。和杜甫這種講究形式的詩人形成鮮明對比的，是不講究形式而更重視情感的大詩人李白。李白號稱「詩仙」，這個「仙」字可不是白說的，下面就來讀一首李白的詩，體會一下他詩中的仙氣。

〈將進酒〉

君不見，黃河之水天上來，奔流到海不復回。
君不見，高堂明鏡悲白髮，朝如青絲暮成雪。
人生得意須盡歡，莫使金樽空對月。

天生我材必有用，千金散盡還復來。
烹羊宰牛且為樂，會須一飲三百杯。
岑夫子，丹丘生，將進酒，杯莫停。
與君歌一曲，請君為我傾耳聽。
鐘鼓饌玉不足貴，但願長醉不復醒。
古來聖賢皆寂寞，惟有飲者留其名。
陳王昔時宴平樂，斗酒十千恣歡謔。
主人何為言少錢，徑須沽取對君酌。
五花馬，千金裘，呼兒將出換美酒，與爾同銷萬古愁。

這首詩寫得氣勢磅　，感情奔放，讓人讀了之後不禁大呼過癮。但是像〈蜀道難〉、〈將進酒〉這樣想像力豐富，一氣呵成，又極具感染力的詩，除了李白，再也沒人能寫得出來。可以說，李白寫詩靠的是天生稟賦。對絕大部分人來講，向杜甫學習更現實，在一定的章法甚至是定式內，選好主題，情景結合，側重客觀描述，靈活應用規則，這樣練習一段時間就會有進步。

關於怎麼學寫詩，《紅樓夢》中林黛玉的一番高論可以說是立意既高，又具體實用，值得我們在學習各種文體的寫作時作為參考。林黛玉論詩的背景是這樣的。香菱想跟林黛玉學作詩，林黛玉先講：

（作詩是）什麼難事，也值得去學！不過是起承轉合，當中承轉是兩副對子，平聲對仄聲，虛的對實的，實的對虛的，若是果有了奇句，連平仄虛實不對都使得的。

這其實道出了唐朝之後寫詩的本質，即先遵循格律，掌握詩的形式，再按照形式規範填寫。當然，如果你有李白的文采，不遵循格律也沒人指責。

隨後，香菱又說喜歡陸游的詩，黛玉道：

斷不可看這樣的詩。你們因不知詩，所以見了這淺近的就愛，一入了這個格局，再學不出來的。你只聽我說，你若真心要學，我這裡有《王摩詰全集》，你且把他的五言律讀一百首，細心揣摩透熟了，然後再讀一二百首老杜的七言律，次再李青蓮的七言絕句讀一二百首。肚子裡先有了這三個人作了底子，然後再把陶淵明、應瑒、謝、阮、庾、鮑等人的一看。你又是一個極聰敏伶俐的人，不用一年的工夫，不愁不是詩翁了！

這一段堪稱古典詩歌創作的教科書。林黛玉表達了四層意思，層層遞進。

首先，學東西起點要正，或者說格局要高。宋人的詩在林黛玉看來境界不夠、太「淺近」，跟著他們學，相當於給自己定了一個很低的天花板。雖然一開始能學幾句佳句，但最後寫出來的東西不過是金玉其表，內容空洞。

其次，學東西要先掌握形式，再自由發揮。在林黛玉看來，王維的五言、杜甫的七言都是格局高、文字工整的格律詩典範。因此，林黛玉先是推薦了這兩人的詩作。在掌握形式時，要由簡入難，五言詩相對簡單，因此在王維和杜甫中，先從王維入手。

再次，掌握好形式之後，可以將注意力放在內容上，而靠內容取勝的代表人物是李白。公平地講，李白有很多詩並不講究詞句工整，行文不受約束，但是想像力豐富，氣勢雄渾。比如我們熟悉的〈望廬山瀑布〉：

日照香爐生紫煙，遙看瀑布掛前川。
飛流直下三千尺，疑是銀河落九天。

如果說工整程度，這首詩其實很一般。但是全詩充滿了浪漫主義精神，「飛流直下三千尺，疑是銀河落九天」這種想像力可謂超乎尋常。如果基本功沒打好，一開始就學李白的詩，可能會畫虎不成反類犬。反過來，把王維、杜甫的詩研究透了，再學李白就容易多了，效果也會好很多。

最後，完成了前三步，就進入隨心所欲的狀態了。這時候，再讀形式更隨意的古詩，突破唐詩的限制，擴大視野，對詩的理解會更上一層樓。但是，這一層需要建立在有了紮實的唐詩（近體詩）基礎之上。

當然，林黛玉的這些看法其實是曹雪芹的看法，而我們知道，曹雪芹是有非常深厚的中國古典文學基礎的。曹雪芹所說的這四個學習寫詩的步驟，其實適用於任何文體的寫作練習。也就是說，在開始學習之前，立意要高，選擇好師法的對象，不要臨摹那些看似範文的詞句，否則將來只會虛有其表。等到真正開始學習時，要規規矩矩地來，遵循一定的定勢，由簡入難。但無論哪個階段，都需要閱讀至少上百個案例。等把定勢學會、用熟了，就要在內容上下功夫了。我在前文介紹過的優秀文學家都是有故事的人，因此，個人豐富的閱歷是創作內容具有真情實感的基礎。最後，當寫作熟練到一定的程度，就可以隨心所欲了。

如果對詩歌的發展過程、曹雪芹的習作建議做個總結的話，那就是創作好詩好文，要遵守一定的規範，同時要有好內容。那麼好內容或者真情實感從何而來呢？瞭解一下宋詞，或許會有所啟發。

練習題

對比一下盛唐詩人（李白、杜甫、王維）和晚唐詩人（李商隱、杜牧）的風格差異。

8.2 宋詞：藝人詞是怎麼登上大雅之堂的

人們通常會把唐詩和宋詞放到對等的位置提起，因為它們是中國古典文學的雙峰。其實在南宋之前，詞是無法和詩相提並論的，它的地位並不高。在北宋時期，士大夫們雖然寫詞，但這只是為了娛樂、消遣，要抒發自己的家國情懷時，他們還是會選擇寫詩或寫文。

在北宋，詞之所以處於這種不尷不尬的局面，原因主要有兩個。

首先，詞的起點不高。

要知道，中國古代詩歌的起點可是非常之高的。第一部詩歌總集《詩經》的水準就極高，其後的《楚辭》也是。詩給人的感覺是彷彿橫空出世，一下子從無到有，而在此之前是否經歷了較長的發展時期，我們今天不得而知。

詞則不同，它形成於唐朝，最初只是唱曲的歌詞，也被稱為「曲子詞」。直到北宋，文人們依然習慣於稱之為「曲子」。既然是唱曲，創作、吟唱的場合大多是在酒樓歌肆或者士大夫的宴飲之地。就像今天大家喝酒喝高興了編兩句順口溜一樣。比如，韋應物用〈調笑令〉寫過一匹迷途的馬，整首詞是這樣寫的：

> 胡馬，胡馬，遠放燕支山下。跑沙跑雪獨嘶，東望西望路迷。迷路，迷路，邊草無窮日暮。

如果你不瞭解韋應物，一定完全無法將這首「順口溜」和寫了「春潮帶雨晚來急，野渡無人舟自橫」的那個詩人聯繫在一起。而詞能從歌樓舞館裡的流行歌曲變成可登大雅之堂的文學經典體裁，離不開蘇軾、李清照、辛棄疾這些文人的努力。

從中晚唐到五代，雖然有不少文人會填詞，像張志和與白居易也寫出了〈漁歌子〉*和〈憶江南〉*這種語言生動、格調清新、寄情於景的好詞，但絕大多數文人寫詞都只是為了娛樂、消遣，沒太把詞當一回事。

今天流傳下來的第一部詞的總集，是五代十國的趙崇祚編輯的《花間集》，裡面收錄了晚唐與五代時十幾位詞人的作品。那些作品可以用香豔綺麗來形容，因為都是為歌臺舞榭、享樂生活而作。同樣是第一部總集，《花間集》和《詩經》簡直沒法比。如果要給《花間集》在詩中找一個標竿做對比的話，陳後主的〈玉樹後庭花〉*或可比。

其次，**北宋的統治階層，上至皇帝，下至士大夫，對詞都不太「感冒」**。這和唐朝朝廷把詩作為科舉考試的內容截然不同。到了宋朝，詩依然是科舉考試的內容之一，但是詞從來不曾入選。詞雖然起點不高，但是在北宋初年其實有過一次登上大雅之堂的機會，而這就要感謝李後主了。關於李後主在詞上的成就及其原因，前文已經講過了，這裡就不再贅述了。很多學者認為，最值得讀的宋詞就是「兩個李」的作品，前一個李是南唐後主李煜，後一個李是這一節會介紹的李清照。

王國維先生認為，沒有李後主，在詞方面就不會有後來的歐陽修和蘇東坡。不過，李煜作為一個亡國之君和俘虜，他對北宋統治階層在文學上的取向不可能產生很大的影響。雖然詞在北宋繁榮了起來，

---

* 〈漁歌子〉全詞如下：西塞山前白鷺飛，桃花流水鱖魚肥。青箬笠，綠蓑衣。斜風細雨不須歸。
* 〈憶江南〉三首中最廣為人知的一首是：江南好，風景舊曾諳。日出江花紅勝火，春來江水綠如藍。能不憶江南？
* 〈玉樹後庭花〉全文如下：麗宇芳林對高閣，新妝豔質本傾城。映戶凝嬌乍不進，出帷含態笑相迎。妖姬臉似花含露，玉樹流光照後庭。

但文人們只是把填詞當作休閒的雅趣，始終認為寫詩才是正經事。一個文人，如果只填詞，他的地位不會高，比如大詞人柳永。我們在中學時可能都學過他的〈雨霖鈴〉，那首詞把離別之情寫得很好：

寒蟬淒切，對長亭晚，驟雨初歇。都門帳飲無緒，留戀處，蘭舟催發。執手相看淚眼，竟無語凝噎。念去去千里煙波，暮靄沉沉楚天闊。

多情自古傷離別，更那堪冷落清秋節。今宵酒醒何處？楊柳岸、曉風殘月。此去經年，應是良辰好景虛設。便縱有千種風情，更與何人說？

不過，柳永當時成天混跡於青樓，寫的大多是輕浮香豔的詞。雖然他出身大族*，也考中了功名，但因為寫了太多豔詞，被宋仁宗厭惡。考上功名之後，吏部不敢給他官做，柳永只好去找同樣寫詞的宰相晏殊。晏殊上來就調侃他，說「賢俊作曲子麼？」這個「曲子」就是詞。柳永雖然地位低下，卻有文人的傲氣，反脣相譏道：「只如相公亦作曲子。」晏殊當然很不高興，就說：「殊雖作曲子，不曾道：『針線慵拈伴伊坐。』」意思是說，我雖然也填詞，卻不會寫你那樣格調低的詞。

雖然晏殊看不上柳永，但在那個時代，詞本來就是用於歌樓舞館演唱的通俗文學。即便是歐陽修這樣的大文豪填詞，也都是走柔媚婉轉這一路，其中還有不少豔詞。比如歐陽修的〈臨江仙〉：

柳外輕雷池上雨，雨聲滴碎荷聲。小樓西角斷虹明，闌干倚處，待得月華生。燕子飛來窺畫棟，玉鉤垂下簾旌。涼波不動簟紋平，水精雙枕，傍有墮釵橫。

在今人看來，這首詞其實不比柳永的端莊多少。

那詞是怎麼跟詩平起平坐的呢？我覺得，一來是靠蘇軾、李清照、辛棄疾這些著名詞人的貢獻，二來要感謝北宋末年靖康之難帶來的社會巨變。

先來說說蘇軾等人的貢獻。蘇東坡可以說是北宋第一個擴大了詞的表現功能和題材的文人。過去，詞的題材無非是戀情、離別、傷時，而蘇軾以一己之力，最先將它變成表達人生思考的文學體裁。他的〈念奴嬌．赤壁懷古〉和〈水調歌頭．明月幾時有〉，談歷史，談人生，思想深度可以和杜甫、李白的詩相比。下面不妨讀一讀這首〈念奴嬌．赤壁懷古〉，你一定能體會到它和之前各家婉約詞的差異。

> 大江東去，浪淘盡，千古風流人物。故壘西邊，人道是、三國周郎赤壁。亂石穿空，驚濤拍岸，捲起千堆雪。江山如畫，一時多少豪傑。
>
> 遙想公瑾當年，小喬初嫁了，雄姿英發。羽扇綸巾，談笑間、檣櫓灰飛煙滅。故國神遊，多情應笑我，早生華髮。人生如夢，一尊還酹江月。

蘇東坡的詞不僅題材廣泛，而且充滿真情實感，比如他為亡妻寫的悼亡詞〈江城子．乙卯正月二十日夜記夢〉：

> 十年生死兩茫茫，不思量，自難忘。千里孤墳，無處話淒涼。縱使相逢應不識，塵滿面，鬢如霜。
>
> 夜來幽夢忽還鄉，小軒窗，正梳妝。相顧無言，惟有淚千行。料得年年腸斷處，明月夜，短松岡。

* 柳永出身於官宦世家，祖上是著名的河東柳氏的一支。河東柳氏在唐朝還出了著名文學家柳宗元和書法家柳公權。

這首詞成為後人表達對亡者思念的範本。這種忘不了的相思，抹不去的鄉愁，實際上是中華文化的一部分，這種感情是虛構不來的。早在《詩經》中，就有不少悼亡的詩，比如〈邶風．綠衣〉：

綠兮衣兮，綠衣黃裡。心之憂矣，曷維其已！
綠兮衣兮，綠衣黃裳。心之憂矣，曷維其亡！
綠兮絲兮，女所治兮。我思古人，俾無訧兮。
絺兮綌兮，淒其以風。我思古人，實獲我心！

但是，用詞來表達這種情感，在蘇軾之前還沒有人。

總的來講，蘇軾在北宋文人中算是異類，他的詞我們今天讀起來覺得非常好，但是那類詞在當時所占的比例不高。詞後來更根本性的改變，是由李清照、張孝祥、朱敦儒、辛棄疾*這些「南渡詞人」完成的。他們的詞前後風格差別很大，從描寫閒情逸致的個人生活轉變為描寫國家興亡的重大主題。在這些人之中，李清照格外突出，是中國歷史上最了不起的女詞人。詞從通俗娛樂的藝人詞提升到可登大雅之堂的文人詞，她功不可沒。

李清照的詞從風格到題材前後都有很大的變化，而這種變化來自她生活環境的巨大改變。

李清照出生於一個中等的官宦人家，但是她母親的娘家（王家）是名門望族，因此李清照從小接受了非常好的教育，這和當時大部分官宦人家的女子只是識個字、做做女紅完全不同。李清照後來嫁給了同是官宦人家出身的趙明誠。趙明誠是所謂的金石學家，我們可以把他理解為一個文化素養很高的古董收藏家。李清照的前半生過得很幸福，她那個時期的詞大多是描寫幸福的家庭生活，或者夫妻之間的思念之情。其中最有名的當屬她在重陽佳節思念差旅在外的丈夫時寫下的〈醉花陰〉：

薄霧濃雲愁永晝，瑞腦銷金獸。佳節又重陽，玉枕紗廚，半夜涼初透。
東籬把酒黃昏後，有暗香盈袖。莫道不銷魂，簾卷西風，人比黃花瘦。

這首詞雖然也和當時的很多詞一樣，寫的是離情，但因為充滿了真情實感，溫柔、含蓄而絕無「曲子詞」那種輕浮的感覺，為歷代文人所讚頌。根據清朝徐釚《詞苑叢談》的記載，趙明誠拿到這首詞後自愧不如，廢寢忘食了三天寫了十五首詞，然後拿給朋友北宋文人陸德夫看。趙明誠當然沒有說哪首詞是他寫的，哪首是李清照寫的。陸德夫看了之後說：「只有『莫道不銷魂』三句絕佳。」

李清照這時寫詞的技巧已經到了爐火純青的地步，風格清新婉約，但是由於生活經歷有限，她的作品在內容和題材上比起前輩的詞人並沒有太大的突破。我今天欣賞她那個時期的詞，是出於「養性」的目的，體會她的文筆和表達情感的方式，但是不會被她的詞震撼。這和我讀李後主前期的詞感覺是一樣的。

但李清照四十三歲那年，發生了靖康之難，這時李清照女丈夫的一面就展現出來了。當時，趙明誠為母奔喪先到了南方，李清照一個人擔負起全家南遷的事宜。她將重要的文物裝了十五大車（還留下十個房間的帶不走），在兵荒馬亂的年代，經歷了很多坎坷，將它們運到江南。相比李清照，趙明誠就懦弱得多了。他身為南宋朝廷的地方官，遇到叛亂卻不思守土，反而棄城逃跑。趙明誠因臨陣脫逃被革了職，後來雖再被起用，但第二年便鬱鬱而終。此後，李清照的日子就更艱難了。幾年後，她跟一位叫張汝舟的下級軍官結了婚。但張汝舟品行低劣，婚後兩人性格不合。那個時代的女子並沒有提出離婚的權

* 辛棄疾和李清照等人不同，他其實沒有在北宋生活過。他出生時北方已經被金國占據，但是他率眾南歸，因此也被看成南渡詞人。

利，於是李清照冒著自己也得坐牢的風險，把張汝舟科舉舞弊一事告上了公堂。還好，李清照在友人的幫助下很快被釋放了。這樣剛烈的女子，在中國歷史上並不多見。

國破家亡，既讓李清照看到了國家的不幸遭遇，又徹底毀掉了她原先無憂無慮的幸福生活。在這個過程中，她經歷了太多事，對人生的感悟越來越深刻，從此詞和詩文的風格發生了巨大的變化。此後，她的詞作多是感慨命途多舛，詩文則是感時詠史。這個時期，李清照最有代表性的作品是〈聲聲慢〉：

> 尋尋覓覓，冷冷清清，悽悽慘慘戚戚。乍暖還寒時候，最難將息。三杯兩盞淡酒，怎敵他晚來風急？雁過也，正傷心，卻是舊時相識。
>
> 滿地黃花堆積。憔悴損，如今有誰堪摘？守著窗兒獨自，怎生得黑？梧桐更兼細雨，到黃昏、點點滴滴。這次第，怎一個愁字了得？

這首詞的妙處首先在開頭的七疊字上。這是過去詩詞都不曾有的寫法，也成了後世很多文人學習的典範。不過，這還只是這首詞淺層的精妙所在。國學大師梁啟超對這首詞的評論更深刻：「這首詞寫從早到晚一天的實感。那種煢獨悽惶的景況，非本人不能領略；所以一字一淚，都是咬著牙根嚥下。」

這首詞的核心是「愁」字，為了寫它，李清照將外界景物和主觀情感一層層交織推進，最後讓一個愁字愈結愈大，大到心都無法包容的地步。相比之前清新婉約的風格，這首詞可以說是韻味蒼涼。對比李後主的名句——「問君能有幾多愁，恰似一江春水向東流」，同樣是表達愁緒，李後主一句還是有邊界的，李清照的愁卻是無邊的，讀者將它想成多大就有多大。可以說，這首詞奠定了李清照在中國文壇上不朽的地位。

從李清照早年的詩詞中，我看到的是一個有情趣、熱愛生活的人，但是這種生活跟腐朽奢靡不沾邊。晚年她雖然失去了一切，卻沒有消沉。她將大部分時間和精力用於整理、完成趙明誠寫了一半的《金石錄》一書，這是中國早期最重要的金石研究專著之一。李清照可以說是一個外柔內剛的人，雖為女子，卻不乏男兒氣。

李清照寫過這樣一首〈漁家傲〉：

天接雲濤連曉霧，星河欲轉千帆舞。彷彿夢魂歸帝所。聞天語，慇勤問我歸何處。
我報路長嗟日暮，學詩謾有驚人句。九萬里風鵬正舉。風休住，蓬舟吹取三山去！

這首詞想像力豐富，氣勢磅　，毫無釵粉之氣，如果不點明作者，很多人可能會猜它出自蘇軾、辛棄疾之手。李清照還寫過一首我們都很熟悉的五言絕句，即〈夏日絕句〉：

生當作人傑，死亦為鬼雄。
至今思項羽，不肯過江東。

相傳這首詩是她隨丈夫逃難到江西，行至當年楚霸王項羽兵敗自刎之地，悲憤之下寫下的。有人說她是在諷刺丈夫臨陣脫逃的行為，不過這種說法沒有太直接的證據。但她譏諷當時朝廷的一大群懦夫之意，是可以確定的。

李清照的寫作手法以白描為主，沒有太華麗的辭藻，沒有深奧的典故，用詞淺近易懂，但讀起來或清新婉麗，或淒婉悲愴。她在把當時國家和個人的悲劇真實地記錄下來之時，也將宋詞推向了新的高峰。

當然，南渡的詞人不止李清照一位，他們的經歷和文風的變化與李清照都有相似之處，其中辛棄疾非常值得一提。雖然受篇幅所限，我沒有介紹他，但要說明的是，宋詞沒了辛棄疾是不完整的。在南渡詞人的推動下，詞從描寫綺羅香澤的工具，變成了文人抒發家國情懷的工具，這才站到了和詩平起平坐的地位。

從詞的發展過程，我們可以看出內容和真情實感對文學作品的重要性，而這兩者又往往來自豐富的經歷。這正是我們在讀萬卷書的同時，還需要行萬里路的原因。

練習題

對比北宋和南宋詞人的風格差異，可以參閱王國維先生的《人間詞話》。

8.3 元曲：劇作家是如何引導、迎合大眾的

在古代，無論是唐詩還是宋詞，主要的讀者都是讀書人，因此它們只能影響這部分人，特別是士大夫階層的思想和審美情趣。對於不識字的老百姓來講，詩詞寫得再好也無法影響他們。而民眾其實是需要文化生活的，即便不識字，他們也會受到文學的影響，只不過能表達他們想法的是其他體裁的文學作品。

我們知道，在老百姓心目中，關公是忠勇之士，曹操是奸雄，這種印象從何而來？很多人會說是看戲得到的。沒錯，歷史上很多人的形象，以及人們接受的價值觀，都來自戲劇。舉例來說，一提中國古代的奸臣，很多人馬上會想到明朝的嚴嵩，前面提到過，這很大程度上就是拜他的對頭王世貞創作的戲劇所賜。

王世貞因為父親被嚴嵩害死，就不斷用筆把嚴嵩往歷史的恥辱柱上釘。他寫了一部戲劇《鳴鳳記》，專門講嚴嵩父子的罪惡行徑。因此，從明朝開始，嚴嵩白鼻子奸臣的形象就被樹立起來了。雖然有人認為《鳴鳳記》可能是王世貞的學生寫的，但不管真實作者是誰，這些觀點都來自王世貞。

王世貞還寫了一本《嘉靖以來內閣首輔傳》，書中嚴嵩所做之事皆是壞事，凡和嚴嵩作對之人皆是好人。這本書後來成為很多描寫嚴嵩的戲劇——比如《一捧雪》和《打嚴嵩》——的根據。普通老百姓不會去看歷史書，也懶得花時間搞清楚朝廷大臣們的對與錯，但是看了戲，他們就會對某個人物有共識；如果這個共識符合社會對懲惡揚善的期盼，還會代代相傳。於是，嚴嵩成了頭號奸臣。這就是戲劇的力量。也就是因為這個，有人讀到嚴嵩和王世貞的恩怨時感嘆道，得罪誰也不要得罪能寫的文人。

為什麼傳統戲劇能對民眾的價值觀和認知產生如此重大的影響呢？因為傳統戲劇常常會用「三分引

導、七分迎合」的表達方式，是少有的大眾容易接受的文藝體裁。所謂「三分引導」，就是劇作家要把自己的想法透過戲劇表達出來；而「七分迎合」，指的是劇作家並非完全臆測觀眾的想法，而是會迎合當時社會普遍的價值判斷。比如在關於嚴嵩的戲劇中，有忠有奸，但奸人終會受到報應，這是迎合大眾的部分；至於誰忠誰奸，面對奸臣，忠臣該怎麼做，這就是作者可以自己表達的了。下面我們就以《西廂記》故事裡張生的形象演變為例，來談談戲劇跟民間思想的關係。

《西廂記》的故事可以追溯到唐朝著名詩人元稹寫的傳奇小說《鶯鶯傳》。這個傳奇小說一開始的故事情節和後來《西廂記》的一致。在故事中，張生旅居在普救寺時遇到匪亂，救了同在寺中的遠房姨母鄭氏及其女兒，並因此對美貌的遠房表妹鶯鶯動了心。經過鶯鶯的丫鬟紅娘牽線搭橋，兩人成就了好事。到此為止，這似乎只是一個私訂終身的愛情故事，但接下來的情節就非常「狗血」了。張生赴京應試未中，雖然鶯鶯依然對他一往情深，但是張生不久就變了心，另娶他人。對於這種行為，張生還總結出了一堆紅顏禍水的歪理為自己開脫。後來，鶯鶯另嫁，而張生路過鶯鶯家門時，居然以外兄的身分請求相見，遭鶯鶯拒絕。

從宋代開始直到現代，很多學者，包括魯迅先生和陳寅恪先生在內，都認為張生就是元稹本人，而崔鶯鶯就是他的表妹崔雙文。

元稹和《鶯鶯傳》裡的張生，在行為上是高度一致的。元稹一輩子的感情經歷就是遇到一個愛一個，然後為了前程拋棄一個，再娶一個，這樣不斷重複。可謂生命不息，折騰不止。就在妻子去世時，身在外地的元稹寫完「曾經滄海難為水」一詩，卻沒有回去奔喪，而是轉身和女詩人薛濤相愛了，這也算是對那句詩的諷刺了。讀過「曾經滄海難為水，除卻巫山不是雲」這兩句詩的人都會被感動，但瞭解了作者的生平後，就應該明白什麼叫「要看一個人怎麼做，不要看他怎麼說」。

這樣的一個故事，這樣的一個張生，如果搬到舞臺上，是會被觀眾罵死的。即便是在古代的男權社會，大家也覺得張生是個渣男，紛紛譴責他。包括宋朝詞人秦觀在內的很多文人都寫過詩文表達對崔鶯鶯的同情，譴責張生始亂終棄。雖然《鶯鶯傳》裡的故事在現實中並不少見，但至少中國正統的文化和道德觀念並不認同這種渣男行徑。

可以說，和大眾價值觀明顯相牴觸的作品很難收穫大量的讀者和觀眾。到出現了戲劇演出和商業競爭的宋金時代，這個故事就被改成了痴情女子負心漢的結局。但這樣的故事仍然不會有太大的市場，因為人們並不喜歡悲劇。於是，劇作家把這個故事中大家喜愛的部分，即前半部分保留了下來，又安排了一個大團圓結尾，這樣就完成了「七分迎合」的任務。而完成這個任務的，是金朝文人董解元*。

董解元保留了《鶯鶯傳》中的前半部分，把後半部分改成了如下的情節：在張生考中功名後，有一個叫鄭恆的年輕人編造謊言說張生負心，在京城另娶他人，崔母便要鶯鶯嫁於鄭恆。好在這時張生趕了回來，帶鶯鶯私奔，有情人終成眷屬。

當然，這個故事再叫《鶯鶯傳》就不合適了，於是董解元將其改名為《西廂記》。在《西廂記》中，無論是張生還是崔鶯鶯，都是正面形象。同時，為了增加戲劇性，董解元只好把崔鶯鶯的母親放到了對立面，還給張生創造了一個叫鄭恆的情敵。

我們今天讀到的《西廂記》，還經過了元代劇作家王實甫的進一步疊代。他在保留董解元版本基本故事情節的基礎上，做了兩個重大修改。

其一是把結局改得更完美——張生和崔鶯鶯二人沒有私奔，而是光明正大地在一起。為了增加故事的合理性，紅娘這個牽線的角色就變得特別重要。在王實甫的《西廂記》中，紅娘這個配角的重要性，在很多人心目中甚至超過了主角崔鶯鶯。

---

* 董解元並不叫解元，我們今天對他的生平瞭解甚少，而解元是對當時讀書人的尊稱，就像今天說董博士或者董教授一樣。

其二是增加了文學性。自這部作品以後，老百姓會在舞臺上看故事，文人則會在花前月下品讀作品。《紅樓夢》裡也有賈寶玉和林黛玉偷偷讀《西廂記》的情節：那是一個春光明媚的日子，賈寶玉坐在園子裡聚精會神地看《西廂記》，林黛玉葬完花經過那裡，和他一起看。曹雪芹給我們描繪了一個浪漫唯美的畫面，表現出這對情侶共同沉浸在理想的愛情中。

透過改造張生的形象、改寫大團圓結局和提高文學性，《西廂記》有了在士人和老百姓中廣泛傳播的讀者基礎。不僅《西廂記》如此，為了表達作者的想法，絕大多數元雜劇都做了一些符合當時主流價值觀和道德標準的改動。比如關漢卿的《單刀會》和馬致遠的《漢宮秋》，尤其是後者，和史實完全不吻合。元曲作家這麼做，是為了努力擴大作品的受眾範圍。只有讓觀眾滿意，自己的思想才有市場。我們說七分迎合、三分引導，倒不是說真要按照這個比例來，而是說傳統戲劇都是迎合的成分多、引導的成分少。

那麼，在《西廂記》中，作者傳達了哪些思想呢？

首先，作者寫出了大家想實現卻不容易實現的理想。在這部劇裡，理想是遇到一見鍾情的對象，娶一個大家小姐，考中功名，封妻蔭子。人們在現實中得不到的東西，很容易寄託於戲劇。這樣的戲看多了，人們慢慢就會把這種生活當作目標。中國古人的內心並不缺少浪漫情懷，只是現實並不浪漫。《西廂記》營造出了一個浪漫的氛圍和完美的結局，非常符合人們彌補現實缺憾的需求。

其次，作者在作品中將女性的地位提高了。無論是鶯鶯還是紅娘，她們的行為都是主動的。這可能和王實甫生活在元朝有關。《西廂記》也因此成為古代支持女性追求自主婚姻的作品，進一步影響了民間思想，「紅娘」也成了「媒人」的代名詞。

可以說，王實甫的這些思想和中國古代傳統的婚戀觀是不同的。

戲曲在元朝達到頂峰自有其道理。在宋金時期，主流的文人是不會去寫劇本的，他們要考功名做官。但是到了元朝，不再有科舉考試，文人們學而優則仕的出路被阻斷了。而當時商品經濟發達，看雜劇是人們娛樂的主要方式，於是水準高的文人都開始寫戲劇，即元曲。從此，中國的戲劇就由本來結構不完整的短小戲曲，變成了文辭精美、結構完整、雅俗共賞的長篇劇作。明朝之後，讀書人又有了考功名的出路，戲劇文學反不及元朝繁榮。這又反映出了文學與時代的關係。

練習題

對比元人小令和宋詞的區別。

本章小結一

從唐詩到宋詞再到元曲，這些文學體裁能夠發展起來，是有其歷史背景的。詩和詞在唐朝之後，都講究形式（格式），按照一定的格式寫作是寫作進階的基礎。但是光有形式，缺乏內容，就會像早期的詞一樣空洞，難登大雅之堂。而內容來源於生活，南渡詞人生活的劇變，之後的作品把詞這種藝術形式推向了高潮。當然，可登大雅之堂的作品未必能影響底層民眾，對他們來講，通俗易懂，七分迎合、三分引導的戲曲反而影響力更大。而元朝恰巧有適合戲曲藝術發展的商業環境和文化基礎，於是有了元曲的繁榮。

概括來講，由形式到內容，由閱歷提煉內容，部分迎合，部分引導，是學習任何體裁的寫作都可以借鑑的方法。

8.4 通俗小說：市井文學的價值在哪裡

到目前為止，我在書中介紹的作品都是文人、知識分子或者社會菁英的思考。即便是元曲這樣針對普羅大眾的文藝作品，也是讀書人在對老百姓傳播思想。從大的範疇來講，它們多半屬於嚴肅文學，或者叫高雅文學。但我們知道，社會是分層的，很多時候老百姓會有自己的想法和價值取向，那些想法多來自他們看到、聽到的通俗故事。同時，他們也會編故事反映自己的想法，這就形成了俗文學。俗文學的價值恰恰在於能讓人獲得一種民間視角，它跟知識分子和社會菁英的視角可能會有很大的差別。

這種現象在明朝以後變得非常明顯。當然，即便是俗文學，也有高下之分。幾百年來流傳甚廣的「三言」、「二拍」就是中國俗文學裡的翹楚，我們有必要瞭解一下。

俗文學在中國的蓬勃發展始於明朝中後期，當時城市化和商業的發展讓市民階層有了文化需求。這些人當然不會去聽文人的詩詞大會，只會去聽故事。為了滿足市民的需求，市面上就出現了不少白話小說。不過，這些小說和故事的寫作水準普遍太低，無法傳世。用後來創作了「二拍」的淩濛初的話講，那些作者都是「初學拈筆，便思污衊世界，廣摭誣造，非荒誕不足信，則褻穢不忍聞」。翻譯一下就是，那些人剛學著寫東西，要麼胡編亂造，要麼低俗色情。

在大量低水準的俗文學裡，「三言」和「二拍」脫穎而出。雖然它們的文學成就和藝術水準無法與《紅樓夢》這類作品相比，但它們也算得上中國古代短篇白話小說的最高成就了。這兩套書大約有一百五十萬字，內容包羅萬象，可謂瞭解宋元明生活和民間思想的百科全書。它們之所以在今天還有閱讀價值，也跟創作者較高的文化素養有關。

馮夢龍出身於書香門第，他蒐集了宋元明時代說書人講故事的底本，進行編輯、整理、再創作，總共彙集了一百二十個故事，編為《喻世明言》（也被稱為《古今小說》）、《警世通言》和《醒世恆言》三本書，簡稱「三言」。

「三言」在市場上獲得了巨大的成功，讓當時的書商看到了商機，於是有書商請另一位秀才凌濛初也來編寫白話小說賺錢。凌濛初動筆時才發現，當時廣為流傳的宋元話本差不多都已經被馮夢龍收集完了，於是只好動筆自己編寫故事。書商們看到這些新故事，不禁拍案叫絕，就給這部短篇小說集起名為《拍案驚奇》，並馬上刊刻付印。

《拍案驚奇》同樣在市場上獲得了很大的成功，於是書商們鼓勵凌濛初繼續寫。為了區別這前後兩部書，人們就把第一部叫作《初刻拍案驚奇》，後一部叫作《二刻拍案驚奇》，合稱「二拍」。

「三言」和「二拍」雖然是明清通俗小說的代表作，但我並不建議你從頭讀到尾，因為它們是精華與糟粕共存的，最好有一定的判斷能力再讀。

我第一次接觸「三言」是中學時讀《警世通言》中的《俞伯牙摔琴謝知音》，讀完以後感慨萬分。人進入青春期之後，非常渴望別人能理解自己。而這篇講知音友誼的小說寫得非常感人，馬上引發了我的共鳴，我至今都能背出文中的這幾句詩：

> 摔碎瑤琴鳳尾寒，子期不在對誰彈！
> 春風滿面皆朋友，欲覓知音難上難。

「三言」裡的故事很有趣，因此我初次接觸時感到非常好奇，捧著書如饑似渴地讀了起來。父親知道後不讓我繼續看，說裡面的內容格調不高，同時給了我一本《儒林外史》，告訴我四大名著以外，這本書算是好的中國古典小說。我當時不太理解父親的說法，把書還回給圖書館後，等到暑假，就在圖書館的開架書庫把「三言」都讀完了。讀完之後，我發現裡面的故事確實水準不一。有的說出了一些很有用的做人道理，即使過了幾百年，那些道理我也願意接受；有的確實是糟粕，夾雜著封建說教，讓人很反感。此外，由於「三言」中的故事多是馮夢龍從各種管道收集、整理的，很多觀點前後矛盾，比如前一篇告訴讀者有志者事竟成，後一篇馬上又宣傳宿命思想。這時，我就大致明白父親說它格調不高的原因了。高中和大學時，我又讀了「二拍」，發現裡面的想法比「三言」還保守，這和淩濛初自己的思想有關。

等我成年工作之後，「三言」和「二拍」對我來說有了新的意義。我最後一次通讀那些書是大學畢業後做生意的那段時間。我那時候剛走出校門，接觸到社會上三教九流的人，發現很多人的想法和我從小生長的環境，和我熟悉的同學、師長相去甚遠。那些想法，有些可以說是民間智慧，有些在我看來，則是迂腐、俗氣、迷信和宿命，甚至還有些是陰謀論。我知道我不可能一下子改變周圍人的想法，但又要和他們打交道，只能盡可能地去瞭解、理解他們。於是，我再次把「三言」、「二拍」拿了起來，透過這些書看社會百態，理解書中各種各樣的觀點。所以，重讀「三言」、「二拍」時，我的目的變了，不是為了欣賞文學，而是為了去瞭解宋元明時代百姓的生活和想法；更重要的，是為了比較當時人的想法和今天大眾想法的相似與差異之處。我發現，過去芸芸眾生的想法和今天三教九流之人的想法是高度重疊的。

下面不妨來看幾個我深有感觸的例子。

其一，上天不欺老實人。

《初刻拍案驚奇》中的「轉運漢遇巧洞庭紅 波斯胡指破鼉龍殼」講了一個叫文若虛的老實人的故事。雖然文若虛一開始做生意運氣不好，總是賠錢，但是老天爺不會欺負老實人，後來他和別人去波斯做生意，不知道該賣什麼，就在碼頭邊花一兩銀子買了一筐橘子（也被稱為洞庭紅）帶上海船，準備在路上解渴。沒想到到了海外，再普通不過的橘子竟成了稀世珍品，被搶購一空，賣了一千多個銀圓，而每個銀圓都有八錢七分重。後來船飄到一個無人的海島上，大家下船休息，文若虛無意間揀了一個別人都看不上的大烏龜殼。誰知殼裡有十顆大夜明珠，令文若虛發了大財——賣了五萬兩銀子。從此，文若虛成了福建的一個富商，在當地娶妻生子、成家立業，此後他的家族子孫綿延，家道殷富不絕。

這類故事在中國講了上千年，今天在很多媒體上還經常出現。你既可以把它看成一種民間智慧，也可以把它當作心靈雞湯。但無論如何，它反映出了一大批人的想法，那就是期望上天不欺老實人。即便在今天，這種想法也依然有生命力。

當然，上面的想法是作者傳遞出來的，我讀完後還有一點自己的聯想，那就是做生意永遠不要湊熱鬧、和別人去擠、去搶，永遠要找一些別人看不到的機會。在這個故事中，文若虛第一次掙錢，其實是用一兩銀子買了一百多斤橘子，帶上出海的大船。一開始他還被大家嘲笑，誰知到了海外國家，原本在岸上毫不值錢的橘子變得稀奇了起來，賣了大價錢。我當時正在做生意，讀這篇小說比較容易產生共鳴。後來讀了有關美國淘金熱的書，看到那時賣水的掙了大錢，李維．斯特勞斯（Levi Strauss）賣牛仔褲掙了大錢，我就總會想起這個故事。

二〇一一年，中國「千團大戰」*，很多基金投資團購公司，結果都賠了。我當時和一位朋友投資了廣告公司，結果回報極高。為什麼投廣告公司呢？因為一旦市場上有那麼多團購公司，就幾乎不可能有人能賺到錢，但是他們都要投廣告，而廣告公司賺到的是真金白銀。這和文若虛做橘子生意、在淘金

* 二〇一一年，中國團購網站的數量一度超過五千家，並最終演變成互聯網史上一次規模極大的混戰，這次混戰就被稱為「千團大戰」。

熱中賣水是一個道理。誰說小說裡沒有商業智慧呢？

其二，強中自有強中手。

《初刻拍案驚奇》的第三回「劉東山誇技順城門 十八兄奇蹤村酒肆」講了這樣一個故事。劉東山是京城的一名捕頭，一身好本事，弓馬熟嫻，箭無虛發，抓了很多盜賊，平時很是得意。一天他在京城附近趕路，遇到一位文弱的美少年。這位美少年好像很怕盜賊，想和劉東山搭伴同行。劉東山看他不像歹人，又要顯示自己的本事，就答應了。兩人很快熟絡起來，少年和劉東山把各自的弓給對方拉拉看。結果劉東山的弓在少年手裡就像軟皮筋似的，而他根本拉不動人家的弓。結果自然是劉東山被少年劫了錢財，這時他才明白強中自有強中手的道理。從此心灰意冷，辭了差事，隱姓埋名，賣酒為生。

多年後，一群少年來到劉東山的酒店。這群人各個英雄了得，打劫他的少年也在其中。而這群人裡姓李的首領（十八兄），本事又比那群手下不知強多少。從此，劉東山大徹大悟，棄弓折箭，本分營生度日，後來得以善終。

我經常給下屬和同事講這個故事。有些人初出茅廬，做了一兩件事情，便覺得天下沒有比自己強的。我和他們講，上至諾貝爾獎獲得者，下至各大公司的頂梁柱，我都見過，人和人的差距常常是量級的。劉東山要是不遇到那個美少年，也不知道自己的本事小；再遇到那位「十八兄」，才知道自己原來是井底蛙。覺得自己了不起，只能說明見過的能人太少。

「三言」、「二拍」常常寫到的民間觀念還有：好人有好報，惡人有惡報；負心漢會遭報應；富貴運氣自有天命；家和萬事興，等等。總之，這些話我們今天也經常聽人講。

「三言」、「二拍」中講的都是這樣一些老生常談的「道理」。說它們老套吧，其中有些卻也真的是我們做人該懂的道理。不過，書裡也有大量偏見和過時的說教。無論如何，它們就是當時老百姓的真實想法，甚至今天這些想法也還有市場。因此，俗文學成了我瞭解老百姓想法的鑰匙，特別是理解社會不完美的鑰匙。

下面，我們來看一下《醒世恆言》中「鬧樊樓多情周勝仙」這個故事。故事中的周勝仙是一位花容月貌的少女，她看上了開酒肆的范二郎。誰知父親極力反對，周勝仙一氣之下身亡。離奇的是，她下葬後遇到一個盜墓的，受盡凌辱卻死而復生。一天周勝仙趁盜墓者不注意逃了出來，來到樊樓見情郎范二郎，結果被後者當成鬼失手打死。

這個故事令人歔欷不已，不過，中國古代為什麼會流行這樣的故事呢？這顯然不是歌頌自由戀愛的，而是在警示女子要遵照父母的意願婚嫁，不要以為跑到外面就能獲得幸福，因為外面有像盜墓賊那樣的豺狼。至於作者安排范二郎失手打死周勝仙，也符合中國古代「餓死事小，失節事大」的社會認知。畢竟，如果讓周勝仙活著，范二郎是娶她還是不娶她呢？

讀「三言」、「二拍」，我發現私訂終身的女子基本上都沒有好結果。今天雖然不至於出現周勝仙這樣的悲劇，但有她父親那種想法的人卻還是不少的。同時，整個社會的婚姻觀念對女性遠不如對男性寬容，還動不動會加之語言暴力。雖然元明時期有《西廂記》、《牡丹亭》這種支持青年男女追求幸福的作品，但是也有「三言」、「二拍」這種反對的聲音，這反映了當時的現實。這就如同今天，雖然社會越來越進步，但還有很多過時的觀念依舊頑固地存在著。

今天，一方面我認可父親的看法——「三言」、「二拍」的確格調不高。但是另一方面，我覺得有辨別能力的讀者不妨讀一讀這樣的俗文學，瞭解一下人們思想的多樣性，特別是老百姓一些固有的想法。這樣就能明白，不同環境下成長起來的人會有不同的想法，從而對他人多一分理解。

練習題

分析一下《杜十娘怒沉百寶箱》、《蔣興哥重會珍珠衫》或者其他通俗小說作品中所反映的社會現實。

8.5 哥德式小說：透過懸念反映現實

我們常說文學是反映思想的，但是有沒有不方便直接表達的思想？或者為了更加吸引人，作者能否故意製造懸念，讓自己的思想深深印在讀者的腦子裡？答案都是肯定的。過去的歌德式小說和今天的一些玄幻小說，就是這麼做的。

歌德式小說是誕生於十八世紀後期的一種流派。這類小說充滿懸念，有著令人意想不到的結局，而且通常伴隨著極端的感情，因此能吸引很多讀者。在二〇〇三年BBC開出的大閱讀書單中，排名靠前的書有約五分之一是歌德式小說，包括接下來要講的《咆哮山莊》。在歌德式小說中，通常會有陰森恐怖的城堡或莊園，神秘的走廊，隱秘的門，威脅性的秘密，古老的詛咒，無數的困擾，有時還會有經常昏倒的女主角等暗黑驚悚元素。歌德式小說一般被看作今天驚悚小說和恐怖電影的源頭。

當然，我這裡不是要講如何寫驚悚小說，而是要探究歌德式小說暗黑的情節、怪異的人物、極端的情感所記述和映射的社會現實。

先從《咆哮山莊》（*Wuthering Heights*）說起。《咆哮山莊》的作者是勃朗特三姐妹中的艾蜜莉．勃朗特（Emily Brontë），我認為這本書是女作家創作最優秀的小說，比夏綠蒂．勃朗特寫的《簡愛》還要好。除了故事情節複雜、寫作方法獨特，更重要的是小說提出的問題都是現實生活中的問題，發人深省。

前文介紹了《咆哮山莊》講故事的方式。小說一開始已經進入到時間軸九〇%左右的位置了。然後前三十一章都是倒敘，最後四章是順序。艾蜜莉採用這種在當時非傳統的戲劇性寫法的主要原因是，書中的故事時間跨度非常大，是兩代人的故事。為了讓結構不顯得雜亂，艾蜜莉引入了兩個故事講述者，一個是小說中的「我」，即客人洛克烏，另一個是女管家納莉。小說中的倒敘部分由納莉這個過去的見證人來講，順序部分則由「我」這個旁觀者來講。根據我對小說的瞭解，這種雙重敘述法始於艾蜜莉。

小說一開始，「我」第一次來到山莊做客，那是一個冬天。「我」看到的是一片肅殺——那裡連樹都被北風吹斜了，要「向太陽乞討溫暖」，要不是建築師把房子蓋得很堅實，恐怕早就被風吹跑了。所以，這個地方叫咆哮山莊一點都不奇怪。

一到山莊，「我」在正門附近發現了「一五〇〇」這個年代和某個名字——讀者馬上就能想到這個古老的莊園裡一定發生過很多故事。但是當「我」問主人時，極不友好的主人希斯克利夫感到很不耐煩。

接下來，「我」看到了極不協調的一幕，這個凶巴巴的主人有一個天仙般的十七歲兒媳婦，而他的兒子已經死了。雖然「我」是一位遁世者，但對此也感到不寒而慄。不僅主人如此，僕人也都冷漠無情，連狗都是一群惡狗，而那個天仙般的姑娘傲慢得不近人情。讀到這裡，讀者的好奇心一下子被提了起來——這個山莊裡一定發生了很離奇的故事。

接下來就由女管家納莉揭開咆哮山莊之謎了。這個山莊原來的主人歐肖收養了一個棄兒，就是現在的主人希斯克利夫。希斯克利夫和家裡的小姐凱瑟琳朝夕相處並且愛上彼此，但是凱瑟琳的哥哥辛德雷十分憎惡希斯克利夫。等老歐肖一死，辛德雷不僅禁止希斯克利夫與凱瑟琳接觸，還百般虐待、侮辱他。這加劇了希斯克利夫對辛德雷的恨，也加深了他對凱瑟琳的愛。接下來，凱瑟琳認識了鄰近的畫眉田莊的小主人，也就是溫文爾雅的林頓。林頓向凱瑟琳求婚，凱瑟琳比較天真，就嫁給了林頓。希斯克利夫知道後，痛不欲生地離開了山莊。

接下來就是希斯克利夫報復這兩家人的故事了。他先從辛德雷下手。辛德雷是個紈褲子弟，揮霍光了家產，只能把山莊抵押給希斯克利夫，並淪為他的奴僕。希斯克利夫隨後拜訪畫眉田莊，讓林頓的妹妹伊莎貝拉對他傾心，並隨他私奔。之後，希斯克利夫把她囚禁在咆哮山莊並折磨她，作為對林頓的報復。凱瑟琳嫁給林頓後原本生活平靜，但是希斯克利夫的歸來喚起了她對他曾經的愛。在激動中，凱瑟琳病倒了，並很快就死去了，留下一個女兒凱蒂。

如果希斯克利夫的復仇僅限於此，那他還算不上十足的惡棍。但接下來，他又報復了他那些所謂的仇人的下一代。

辛德雷不久之後酗酒而死，而他的兒子哈里頓落入希斯克利夫的掌心。希斯克利夫將這個孩子當豬一樣養，剝奪了他受教育的權利，並且想把他培養成一個惡魔。

被希斯克利夫囚禁的伊莎貝拉後來找到機會從咆哮山莊逃了出去，並生了一個男孩，叫林頓·希斯克利夫——我們不妨稱呼他為小希斯克利夫。十二年後，伊莎貝拉病死他鄉，希斯克利夫接回兒子，卻非常厭惡他。

對於情敵林頓，希斯克利夫則趁他病危，將凱瑟琳的女兒凱蒂接來，並強迫她與自己的兒子結婚。幾天後，林頓死去，小希斯克利夫就成了畫眉田莊的主人，但是不久後，小希斯克利夫也悄然死去。從此，希斯克利夫就霸占了這兩家人的全部家產。至此，希斯克利夫的復仇圓滿成功。

但是，人類善良的天性和對愛情的追求是壓抑不住的。被仇人當豬養的哈里頓儘管沒有受過教育，沒嘗過人間的溫暖，卻敦厚忠實。長大以後，他居然變得風度翩翩，並且和年輕寡居的凱蒂產生了愛情。這讓希斯克利夫大為惱怒，他決心拆散這對戀人。然而，生活在仇恨中的希斯克利夫此時身體已經變得很差，時日無多了。此時，他似乎從這對戀人身上看到了當年的自己和凱瑟琳的影子，心裡不再有恨意。最後，在一個風雪之夜，他呼喚著凱瑟琳的名字離開了人世。

故事接下來又是由局外人「我」來講述了。哈里頓和凱蒂有情人終成眷屬，咆哮山莊的寒冰終於被

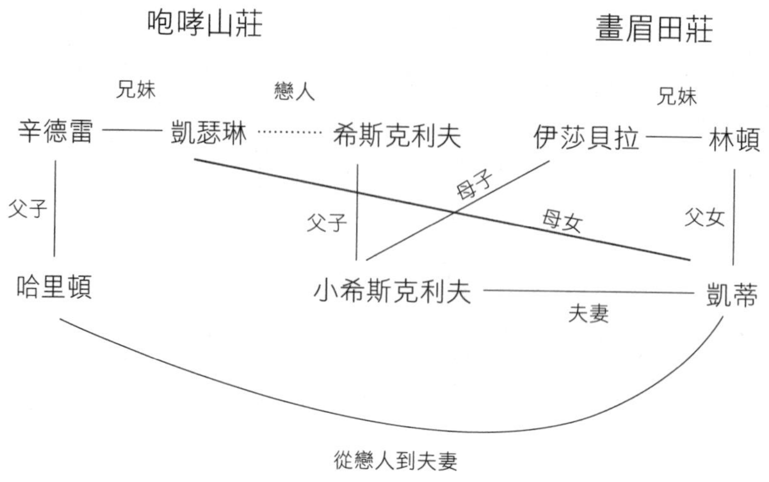

圖8-1《咆哮山莊》人物關係圖

畫眉田莊的陽光融化，愛戰勝了恨，全書到此結束。

為了方便你理解書中的人物關係，我將它畫在了圖8-1中。

《咆哮山莊》問世以後，關於它的文學評論特別多，尤其集中在希斯克利夫這個人物身上。這個人物極為複雜，既是一個徹頭徹尾的惡棍，心狠手辣，又有惡的智慧。而且，作家艾蜜莉將這個人物塑造得讓人不免對他產生同情，還在最後安排他恨意消退、愛意復甦。我們該怎麼理解文學作品中這樣的怪人呢？

其實，《咆哮山莊》的恐怖並不來自情節，而是來自對不可測的私慾的恐懼。而對於私慾的根源和克服它們的辦法，人們至今也沒有統一的認識。這體現在人們對希斯克利夫的評價上——不僅爭論的觀點多，隨著時間的推移，看法還在改變。比如，在很長時間裡，西方主導輿論的自由派都傾向於尋找他作惡的社會根源，對他心中還僅存一點的善予以肯定，特別強調在一個人幼年時期正確引導的重要性等等。但事實證明，一味地寬容和試圖理解雖然表面上看似有效，卻沒有解決深層的問題。在「九一一」事件之後，很多人開始質疑，一個人過去不幸的遭遇能不能成為他今後犯罪或者作惡的理由。再往後，人們發現，有些人，無論是對他們好，還是對他們嚴厲，都不可能避免他們犯罪。可以說，對希斯克利夫的爭論，在今天已經成為西方世界分裂的一部分了。

優秀的歌德式小說看似講的是驚悚、懸疑甚至有些荒誕的故事，但其實它們也是一種反映現實問題的方式。在艾蜜莉．勃朗特之前，另一位英國女作家的歌德式小說曾在社會上引起過更大的反響，那就是前文提到的瑪麗．雪萊（Mary Shelley）的《科學怪人》（*Frankenstein*）。在這本書中，生物學家法蘭克斯坦造出了一個人造怪人，這個人造怪人本心善良，但是因為沒有女伴，得不到溫暖和友情，後來製造了一連串詭異的命案，最後連法蘭克斯坦的新娘也死於怪人之手。

瑪麗．雪萊生活的年代正值工業革命興起之時。在此之前，人類發明的影響有限，負面影響也有限，很少有人會考慮科學家的社會責任感。但工業革命時期，人們製造出的東西——從機械到工業廢物——對社會的影響和衝擊要遠遠超出創造者的想像，而且有很多影響是負面的。人們開始思考：沒有節制的科技發展對人類到底是好事還是壞事？從那時開始，科學家和發明家需要考慮自己的研究和發明可能產生的社會後果。

十九世紀初，這些問題被瑪麗．雪萊以小說的形式提出來，時刻提醒人們注意。在二〇一六年全球人工智慧熱潮之後，《科學怪人》再次熱銷，因為人們開始思考，沒有節制的人工智慧技術是否會把人類引向滅亡。這件事並非杞人憂天，從十九世紀開始，發生過很多次因為對技術和發明缺乏全面瞭解而導致的災難，比如海洛因的發明和使用。甘地經常引用一句話，「人類新的七宗罪包括沒有人文的科學」。

很多年前，我們在Google開發新技術，一直秉持一個原則，就是不作惡。因為一旦掌握技術的人開始作惡，就會造成嚴重的災難。可以說，《科學怪人》這部小說的恐怖，來自對不可知的技術的恐懼。

《咆哮山莊》和《科學怪人》這兩部具有代表性的歌德式小說，關注點並不在於陰森恐怖的氣氛和怪異的情節，而在於更深層的一些問題。前者談論的是人性的惡，並且對其根源和解決辦法提出了自己的思考，後者談論的是技術對社會的負面影響。今天，歌德式小說已經不像十九世紀那麼流行了，其他科幻和怪誕的小說卻非常流行。比如，今天全球銷量最高的小說《哈利波特》（*Harry Potter*）、被改編為電影的《魔戒》（*The Lord of the Rings*），以及很多玄幻小說，在某種程度上都是過去歌德式小說的後輩。

不管是什麼作品，放在一個較大的時空來考察，都是現實主義作品，哪怕歌德式文學也不例外，它們都是在虛構的場景下討論現實問題。那些驚悚的懸念，不過是對現實世界某種恐懼心理的映射。今天科幻小說很流行，其實也是將人們在現實生活中實現不了的很多願望放進了小說中。

練習題

如果你讀過《魔戒》，試著分析一下它的現實意義。

8.6 科幻小說：一切文學都是現實主義的文學

不知大家是否思考過這兩個問題：為什麼現在電影裡的外星人那麼多？為什麼科幻小說如今會這麼流行？有一次我和科技史專家吳國盛教授討論這兩個問題，他和我的想法不謀而合——因為現在沒有鬼了！

為什麼過去神鬼故事特別多？鬼又是從哪裡來？其實，它們來自人腦所具有的超經驗能力。我們的祖先現代智人和我們的近親，也就是曾經出現過但後來滅絕了的其他人類，如尼安德塔人，最大的區別就在於，前者有超經驗的想像力，能想像出不存在的東西，包括神和鬼。

人類不僅具有超經驗的想像力，而且人類在文明開始之後，獲得的大部分知識都不是經驗的，而是超經驗的，或者是被告知的，而不是自己經歷的。比如，老師告訴你地球圍繞太陽轉，你一輩子都不會去驗證；老師說秦始皇統一了中國，但誰也沒看到。我們為什麼還會相信？因為老師這樣說，我們就信了。過去很多人接受神和鬼的存在，和我們接受地球圍繞太陽轉沒有什麼差別。

超經驗是人的一種內在需求，刻在我們的基因裡。知道地球圍繞太陽轉這件事並不能當飯吃，但我們就是想瞭解，這是我們的內在需求。今天，我們掌握了科學知識，不再相信神和鬼了。但是，我們很多原本需要神鬼世界才能安放的內在需求依然存在，於是這種需求就會以其他形式表現出來，而這些形式包括虛構的武俠故事、科幻穿越小說，以及這一講我要談的科幻小說。

古代人對神鬼的追求並非完全出於迷信，有的是用來獲得自己在現實生活中得不到的東西。比如，《聊齋志異》寫落魄書生們遇到美麗的狐仙，就和今天一個一無所有的人幻想「逆襲」娶了美女總裁、白富美一樣。再比如，過去人的壽命很短，越是這樣，就越想長生不老，甚至創造出神和仙——神是不死的，仙是長壽的。有了這樣的幻想，人們就會覺得多少活得更有希望些。今天還有很多人問我，是否到了二〇三〇年，醫學和人工智慧就能讓人永生，這和信神信鬼其實沒有區別。

在所有神鬼的替代品中，科幻小說相對比較高大上。武俠故事中人物的能力畢竟有限，這就限制了我們的想像力，而且武俠小說中的很多描寫都不符合物理法則。科幻追求的是在基本上不違反物理法則的前提下，不受制於當前技術的可行性，這讓很多讀者覺得讀這樣的書是有科學素養的。因此，科幻作品幾百年來雖然起起落落，但總是有其讀者。而且隨著科學技術的進步，科幻作品的想像力越來越豐富了。

科幻作品在滿足人的超經驗需求時，總要談一點吸引人的主題。在我看來，那些主題無一例外都和現實世界有關。比如，在轟動一時的3D電影《阿凡達》（*Avatar*）中，我就看到了當年西方殖民者殖民過程的影子，只是加上了今天倡導的人性光輝。又比如，在各種涉及外星人的電影中，外星人也總是有好有壞，這和人類社會是一樣的。有的外星人具有高尚的品德，有的則卑鄙、陰險、貪婪，在他們身上，我們看到的是地球人人性的優缺點。很多人看了好萊塢的科幻大片激動得落淚，那不是外星人或者科幻讓人感動，而是人性讓人感動。

所以在科幻作品中，更受歡迎的，不是對科技的想像最豐富的作品，而是對人性、世界以及人類思考得更深刻的作品。在科幻作家中，把這些問題思考得非常透徹的當屬以撒·艾西莫夫（Issac Asimov）和亞瑟·克拉克（Sir Arthur Charles Clarke）。這一節，我就重點談一談亞瑟·克拉克。

我最初接觸亞瑟·克拉克的作品是在美國看了他編劇的電影《二〇〇一太空漫遊》（*2001: A Space Odyssey*）。那一年，他出版了「太空漫遊」系列的最後一本《三〇〇一太空漫遊》（*3001: The Final Odyssey*），很多媒體又介紹起那部電影，而且給予了很高的評價。但我看了之後頗為失望，向美國同學吐槽。他說，可能因為電影是一九六〇年代末拍的，那時的技術在今天看起來太落後了，然後向我推薦了亞瑟・克拉克寫的這個系列的小說。他說，你一定要讀一讀，寫得非常精彩，於是我就把四本書都讀了一遍。坦率地講，亞瑟・克拉克的文筆遠不如前面介紹的那些文豪，但是他很善於思考人類最根本的一些問題，並且把這些問題作為懸念融入了小說之中。

那麼，克拉克討論的是什麼根本問題呢？概括說來，就是「我們從何處來，我們是誰，我們將向何處去」的終極追問。下面我把幾本書的內容簡述一遍，你一定能從中感受到科幻小說是怎麼呈現這種追問的。

這個系列的第一本書《二〇〇一太空漫遊》，是一九六八年他為同名電影寫的劇本。那是阿波羅十一號登月的前一年，人類對即將到來的太空旅行完全陌生，又過於樂觀。因此，克拉克透過太空漫遊這個熱門話題來講述他有關人類的思考。

這本書講述了人類發展的三個時間點。

第一個時間點要倒回猿猴變成人的時候。一群猿猴因為某個巨大的黑石板被賦予了靈感，學會了使用工具來狩獵，並不斷進化，於是有了人類。

第二個時間點是人類有能力建立月球基地的時刻，其實就是阿波羅計畫的高潮時期。人類在月球基地上發現了相同的黑石板。經過研究，專家們發現這是一個發射器，它發出的信號射向木星。於是，載有鮑曼博士、普爾和一臺人工智慧電腦的宇宙飛船前往木星。在旅行過程中，人工智慧造反，普爾死了，鮑曼最後拔掉了電腦所有的電路板，將人工智慧關閉了。至於為什麼人工智慧會造反，其實是一個很值得思考的問題——當ＡＩ真的有了自主意識，它們可能會變得自私，而不考慮人類的利益。

第三個時間點是鮑曼一個人到達木星附近，見到了第三塊黑石板。在那裡，鮑曼被一種超自然的力量放置於廣袤的太空之中，靈魂變成了不死的星童。到此為止，克拉克為讀者留下了一個大大的謎團，那就是變成星童的鮑曼會有什麼故事，人類的命運會是什麼樣子的。

在接下來的兩本書，即《二〇一〇太空漫遊》（*2010: Odyssey Two*）和《二〇六一太空漫遊》（*2061: Odyssey Three*）裡，作者揭開了鮑曼和人類的秘密。原來宇宙中有一個超級文明，也就是黑石板的主人。這種超級智慧生命把宇宙變成了智慧生命的試驗場，透過黑石板去發現其他生命的跡象，並啟發它們進化，地球人就是受益於他們。當地球人能夠進行太空旅行後，他們就把鮑曼變成了永生的星童，讓他守護人類。

在第二本書中，地球人派了第二艘飛船到木星去尋找鮑曼等人的下落。已經沒了形體的星童鮑曼指示他們離開木星，因為它即將變成太陽系的第二個太陽。同時，星童鮑曼向人類傳達了超級文明的警告，不要去木衛二歐羅巴，因為那裡出現了正在進化的新生命，超級文明不希望看到人類影響那裡生命的進化。

不過，人類約束不住自己的好奇心。在第三本書中，到了二〇六一年，依然有一群人類登上了歐羅巴，並且看到了正在進化的另一種形式的新生命。這自然惹怒了黑石板的主人，他們將如何懲罰地球人呢？這個懸念就留到了最後一本書中。

在最後一本書《三〇〇一太空漫遊》中，之前死去的普爾在絕對零度的太空中漂浮了千年，又被救活了。普爾見到了星童鮑曼，鮑曼讓他轉告人類，黑石板的主人要清除不聽話的人類，因為人類私闖了禁區歐羅巴星。為什麼黑石板主人的懲罰會在近千年後才到來？因為他們在銀河系近千光年以外的地方，消息傳過去需要時間。

這時的人類在物質層面上無法抗衡黑石板的主人，因為後者根本不是物質的。最後，人類抱著試試看的心態，在鮑曼的幫助下，透過打資訊戰，也就是用電腦病毒打敗了對手，獲得了勝利。當然，這本書中有一個明顯的漏洞，就是人類把電腦病毒傳給黑石板的主人也應該需要上千年的時間。但這不影響書的主體輪廓。

在這套書中，對「我們從何處來，我們是誰，我們將向何處去」的問題均有呈現。我們從何處來？我們知道人類從古猿進化而來，但為什麼是我們這一支，即現代智人最後成為地球的主宰？今天很難給出明確的結論，這裡面又有很多偶然性。很多科學家都覺得，世界上似乎有一種冥冥的力量在幫助人類。克拉克在書中反映出了這種想法。

那麼，我們是誰呢？我們是一群好奇心極強的生物，越是不被允許的事情，就越想突破禁區試一試。有些時候，這種好奇心會讓人類往前邁進一大步，有些時候則會帶來巨大的災難。但無論哪一種，人類都必須面對結果。

最後，我們將向何處去？在《三〇〇一太空漫遊》中，人類生活在天上，但這並非人類最終的歸宿。或許人類將來會像黑石板的主人那樣，以非物質，即資訊的形態存在。克拉克說：「只要是一種生命，歸根結底它是一種資訊。」這其實反映了在發現DNA雙螺旋結構後，很多人，包括一些頂尖科學家對生命的認識。

二〇一九年，我帶一些學員拜訪英國皇家學會，學會的前主席、著名天體物理學家馬丁．里斯（**Martin Rees**）爵士接待了我們。我們問到有關外星人的問題，里斯教授認為人類發現具有形體的高等智慧生命的可能性近乎為零，因為人類或其他高等智慧文明最終可能會進化到無形的狀態，只剩下資訊。里斯教授的這種觀點當然只是他的想像，但卻代表了很多頂尖學者對生命的看法。

不過，資訊只是全體人類的歸宿，並非每一個個體的歸宿。個體的歸宿就是死亡。克拉克說：「愛與死是普通人最重要的兩件事。」我們無法操控死亡，這是我們從出生起就注定的悲劇結局，我們能做的就是勇敢去愛。因此，克拉克要在書中賦予那個永生的星童鮑曼人性的光輝。每一個人類個體在悲劇的命運中活出自我，就是作為個體對命運的抗爭。

值得一提的是，克拉克還有一部短篇小說《星》（*The Star*）非常值得一讀，它的含義非常深刻，因此獲得了科幻小說大獎雨果獎。

科幻小說和過去的神鬼傳說一樣，虛幻的情節折射出的是現實社會，回答的是現實問題。好的科幻小說，能對人類的終極追問給出很有想像力的答案。

練習題

閱讀亞瑟．克拉克的短篇小說《星》，分析一下作者想表達的思想。

8.7 即時報導：怎樣記述好真實的事件

前文講過的文學作品大多是虛構類的。這類作品雖然會在虛構的背後反映現實，但是寫作內容並不會受到真實性的約束，作者可以充分發揮自己的想像力。很多作家就是利用想像力創造出了不朽的藝術形象。

但是，還有一大類作品是非虛構的，包括回憶錄、傳記、歷史事件和新聞報導等。按照《韋伯字典》（*Webster's Dictionary*）的定義，只要不是小說、戲劇和詩歌，其他所有作品都可以歸到非虛構作品中。當然，有人認為非虛構作品只是講述真實世界的文學作品，這其實是一種比較狹義的理解。

為什麼在本書的最後一節，我要談非虛構作品，特別是報導類的作品呢？一來，這一類作品的寫作手法對我們寫公文有幫助；二來，我們可以根據嚴肅記者和撰稿人的寫作原則，學會如何判斷報導的真實性。

下面我就以美國著名記者和作家、普立茲獎獲得者湯瑪斯．佛里曼（Thomas L. Friedman）為例，來說一說報導類作品的寫作和閱讀。

二〇〇六年，佛里曼藉著新書《世界是平的》（*The World Is Flat*）出版的機會，在Google分享他的創作心得。因此，這一節的內容，一部分是我讀他的《從貝魯特到耶路撒冷》（*From Beirut to Jerusalem*）一書的心得，另一部分是他自己寫作的心得。

第一，報導類作品要保證真實性。

我在本書的上半部分講過，寫作有六個要素——時間，地點，人物，事情發生的原因、經過和結果。在很多文學作品中，上述資訊是隱含的，不會直接點出。但在報導類作品中，必須明確、具體地點出時間、地點、人物或對象，對事情發生的起因、經過的描寫也必須確鑿，不能含糊不清——這一點也是我們日常寫公文時要注意的。如果事件還在發展中，結果尚不清楚，寫作者就不能臆測結果。

如果按照這個要求去審視一些報導，就會發現其中有很多是不合格的——除了基本訊息含糊不清，作者還加入了很多「合理想像」與感慨。很多人問我如何在資訊爆炸的時代過濾不可靠的訊息，我的做法是，看到這種基本訊息模糊、摻雜大量想像的報導，就不會往下讀了。

此外，報導類作品的寫作者不能擅自揣測人物的心理活動。這一點不僅和小說不同，和文學類非虛構作品也有非常大的不同。文學類的非虛構作品，在符合事實的大前提下，作者可以添加一些背景元素、人物心理活動等虛構成分，以增強作品的文學性和趣味性。比如，美國女作家巴巴拉·塔奇曼（Barbara W. Tuchman）的作品裡有很多對環境景物的描寫，甚至人物角色的想法都是她構想出來的，但這不違背已知的事實，而且符合邏輯，我們讀起來也覺得很有意思。她獲得普立茲獎的作品《八月炮火》，是一部講述一戰危機的形成、爆發和大戰初期戰役的歷史著作，書中有很多作者自己加入的合理猜測和推論。

第二，報導類作品要保證時效性。

新聞報導的價值在於時效性，時效性一丟失，它的價值就會打折扣。但是，強調時效性必然會帶來一個結果，就是故事通常只有開頭沒有結尾。這個矛盾該怎麼處理呢？佛里曼來Google演講時給出的答案讓我有點吃驚，那就是不要管結果（也就是等待結果），因為你根本等不到。

佛里曼舉了一個他自己的例子。他的報導類書籍《從貝魯特到耶路撒冷》是一九八九年出版的。他根據自己在貝魯特和耶路撒冷十年的經歷，用這本書向世人介紹了一個真實的中東。這本書對當時的政治家瞭解中東問題起到了很大的助力，也讓他獲得了普立茲獎。但是二〇〇六年他向我們演講時，距離這本書出版已經過去快二十年了，書中的很多內容已經不符現實了。比如，後來以巴矛盾出現過轉機，以色列總理拉賓和巴勒斯坦領導人阿拉法特握了手，和平似乎要到來了，但隨後一個被暗殺，一個病逝。這些結果都是讓人始料未及的。今天，以色列和巴勒斯坦的舊問題解決了，可是新問題又冒了出來，而書中顯然不可能提及這些新問題。因此，佛里曼認為，紀實性報導不要太在意結尾，把已經發生的事情趕快寫好，讓讀者在第一時間看到準確的報導才是最重要的。至於結論，那是歷史學家的事情。

就連他當時介紹的新書《世界是平的》，今天回過頭來看，書裡介紹的全球化也已經完全過時了。但是，這本書在當年讓很多人開始思考全球化的問題，並且採取了行動，而這樣紀實報導的目的就達到了。

從佛里曼的經驗可以知道，如果一個報導給不出結論，就千萬不要牽強附會地下一個對自己有利的結論。今天有些報導，內容本身不錯，但是被胡亂下結論毀了。

佛里曼講，紀實報導的價值體現在兩方面。一方面，正是這樣的紀實報導讓全世界都知道真相，才在一定程度上改變了歷史的進程。他認為，一件事早報導和晚報導，結局是不同的。另一方面，紀實報導要帶給讀者一雙眼睛。比如，雖然從一九八〇年代末到二十一世紀初，中東地區發生了天翻地覆的變化，但這只是表面現象。政治與宗教、商業與社會、人性與利益、仁愛與漠然，依然在相互角力。透過讀紀實報導學會瞭解事實、觀察社會、討論問題，這永遠不會過時。

第三，報導類寫作要注意講故事的視角和內容的選取。

記者做一次現場報導很容易，把真相講出來就可以了。但要做深度系列報導的話，難度就要大很多。佛里曼在中東待了近十年，用他的話講，幾乎每天發生的事情都值得寫，如何挑選內容，如何講故事，帶著讀者從什麼視角來看問題，就是一門藝術了。

在《從貝魯特到耶路撒冷》一書中，佛里曼把重點放在講述黎巴嫩的磨難和動盪上。他說自己在黎巴嫩是一個冷眼旁觀的局外人，在那裡的生活不涉及任何個人利益，他不因此高興，也不因此絕望，但是他對中東充滿了好奇心，而那段經歷滿足了他的好奇心，讓他得以如願以償。世界上絕大部分人這輩子可能都不會去黎巴嫩，更不會經歷那裡紛飛的戰火，因此和他一樣充滿好奇心。在這本書裡，他就用好奇心牽著讀者走。佛里曼的這本書雖是紀實作品，但很像故事書，這是因為他精選了那些能夠引起讀者好奇的故事來支持自己的思想。

但用這種方式寫耶路撒冷，對他來講就有點難了。作為一個猶太人，他很難做到完全中立、不帶感情色彩。因此他選擇了另一種創作視角，就是對比。以色列和黎巴嫩不僅在同一地區，而且一百多年前有相似之處，都是處於被殖民統治的狀態。後來，那裡有了兩個不同起源和命運的政體，在今天產生了不同的結果。佛里曼就透過回顧歷史，反思宗教、政治對中東國家帶來的影響。

總的來講，我覺得佛里曼關於貝魯特的部分寫得比耶路撒冷的部分更吸引人，這說明牽動讀者對紀實事件的好奇心，讓讀者不斷隨著作者的眼睛看世界，要比做大段分析更吸引人。

第四，報導類寫作要注意人物塑造和場景還原。

紀實作品中也有人物，他們也需要被塑造。當然，作者不能胡亂編造人物故事，因此更準確地講，紀實文學作品中的人物塑造是人物形象的設置。比如，二〇一六年奧運會中國女排奪得了冠軍，記者都去報導主教練郎平。對郎平形象的塑造有各種方法，將她寫成一個能夠鼓舞士氣、臨場指揮水準很高的教練，是絕大部分記者採用的方法。但這樣的報導不出彩，因為沒有給讀者帶來新資訊。但我看過一篇報導寫得很有意思，講郎平用了大量的數據統計來幫助訓練和制定戰術，這就將郎平塑造成了一個懂得高科技的教練。

紀實報導要給讀者畫面感，因此重建場景對這類作品來說也是必不可少的。在《從貝魯特到耶路撒冷》一書中，作者一開始給我們展現的是什麼畫面呢？剛下飛機，就看到千瘡百孔的機場以及荷槍實彈的軍人；幾週之後，他租的公寓就被炸毀了。這就是作者給我們重構的場景。當然，場景的還原必須來自親身經歷，而非想像。

除了佛里曼給出的經驗之談，我個人還有一個體會想分享——**要想給讀者身臨其境的感覺，自己先要盡可能地靠近現場。**亞馬遜網站上的讀者是這樣評價佛里曼的：外人看到的是（中東的）高牆，而不是高牆內的庭院，然後憑主觀想像裡面的情景，佛里曼帶著大家進入了庭院。

當然，靠近現場是有風險的。匈牙利裔的美國戰地記者羅伯特・卡帕（Robert Capa）在西班牙內戰中拍攝了《倒下的士兵》（The Falling Soldier）。由於從照片上看，拍攝的距離非常近，有些人懷疑是擺拍的。卡帕輕蔑地回答，那是因為你們走得不夠近。我很能理解卡帕這種說法的合理性，我以前在巴爾的摩的房東愛德華就是這樣一位攝影記者，他任職於《巴爾的摩太陽報》（*The Baltimore Sun*）。後來為了拍出有意義的照片，他去了戰火紛飛的索馬利亞，而他太太天天為他祈禱。在槍林彈雨中過了半年後，他總算是平安回來，隨後被提名了普立茲獎。

其實，不僅紀實作品需要深入一線獲得資訊，很多其他題材的寫作也是如此。比如，我在寫《浪潮之巔》之前，去過很多公司向內部員工瞭解該公司不為外人所知的情況。很多人稿子或者書寫得好，是因為拿到了別人沒有的素材。

我們在工作中要寫的一些文件、報告等，就很類似於紀實報導。客觀性、時效性、說故事的視角、人物的塑造和場景的還原，都是我們要注意的要素。大家不妨在寫年終總結時，考慮一下這幾個因素要怎麼呈現。

練習題

閱讀《世界是平的》，分析作者的寫作手法。

本章小結二

任何優秀的文學作品，無論是小説還是非虛構類的，無論是現實主義的還是玄幻或科幻的，從本質上講，都是現實主義作品，都要討論、解決人的現實問題。很多時候，我們不方便直來直去地談論這些問題，就借助文學的形式來討論。相反，任何脱離了現實生活、完全不考慮現實意義的作品，都將是空中樓閣，難以獲得讀者基礎。因此，我們在讀那些優秀的作品時，可以有意識地思考它們的現實意義。當然，那些作品也是我們提高自己表達水準的範本。

閱讀與寫作通識講義：紮實理解他人、表達自己的能力

作　　者　吳軍
責任編輯　夏于翔
協力編輯　魏嘉儀
內頁構成　李秀菊
封面美術　萬勝安

發 行 人　蘇拾平
總 編 輯　蘇拾平
副總編輯　王辰元
資深主編　夏于翔
主　　編　李明瑾
業　　務　王綬晨、邱紹溢、劉文雅
行　　銷　廖倚萱
出　　版　日出出版
地址：231030新北市新店區北新路三段207-3號5樓
電話：(02)8913-1005　傳真：(02)8913-1056
網址：www.sunrisepress.com.tw
E-mail信箱：sunrisepress@andbooks.com.tw

發　　行　大雁出版基地
地址：231030新北市新店區北新路三段207-3號5樓
電話：(02)8913-1005　傳真：(02)8913-1056
讀者服務信箱：andbooks@andbooks.com.tw
劃撥帳號：19983379　戶名：大雁文化事業股份有限公司

印　　刷　中原造像股份有限公司
初版一刷　2022年2月
初版六刷　2023年10月
定　　價　580元
I S B N　978-626-7044-22-3

原書名：吳軍閱讀與寫作講義
作者：吳軍
本作品中文繁體版通過成都天鳶文化傳播有限公司代理，經北京思維造物資訊科技股份有限公司授予日出出版．大雁文化事業股份有限公司獨家出版發行，非經書面同意，不得以任何形式，任意重制轉載。

國家圖書館出版品預行編目（CIP）資料

閱讀與寫作通識講義：紮實理解他人、表達自己的能力／吳軍著. -- 初版. -- 臺北市：日出出版：大雁文化事業股份有限公司發行, 2022.02
400面；17×23公分
ISBN 978-626-7044-22-3（平裝）

1.CST: 漢語教學　2.CST: 閱讀指導　3.CST: 寫作法

802.03　110022743

圖書許可發行核准字號：文化部部版臺陸字第110425號
出版說明：本書由簡體版圖書《吳軍閱讀與寫作講義》以中文正體字在臺灣重製發行。